タリア・ラヴィン
道本美穂 訳

地獄への潜入

白人至上主義者たちのダーク・ウェブカルチャー

柏書房

地獄への潜入

――白人至上主義者たちのダーク・ウェブカルチャー

CULTURE WARLORDS

My Journey into the Dark Web of White Supremacy

by **Talia Lavin**

家族、フェム・コレクティブ、
黒人や褐色人種やユダヤ人やムスリムの子どもたち、
クィアやトランスジェンダーの子どもたちに捧ぐ。
憎しみのない世界で育つべき子どもたちへ。
そして、戦士ダイアンへ。

奴らを通すな！

――ドロレス・イバルリ

彼らは悲嘆に暮れて、ファシズムとの戦いを続ける決意を固めた者たちだった。

――エマ・ゴールドマン

地獄への潜入

目次

はじめに 9
第1章 憎悪 21
第2章 ユダヤ人 41
第3章 過激主義運動「ブーガルー」の台頭 69
第4章 アシュリン作戦 105
第5章 インセルとの冒険 139
第6章 古き良き時代の宗教 173
第7章 カジノからの脱出、10代のレイシスト、テック企業の責任 213
第8章 高まる動き――加速主義と暴力 249
第9章 アンティファが内戦を起こすというデマ 277
第10章 私たちの安全を守るのは私たちだ 295

おわりに……319
謝辞……323
寄稿（安田菜津紀）……324
原注……xv
索引……i

【凡例】

・本書は以下の日本語訳である。Talia Lavin, *CULTURE WARLORDS: My Journey into the Dark Web of White Supremacy* (HachetteBook, 2020)
・原注は各章ごとの通し番号を（ ）で行間に入れて巻末にまとめた。現在ではアクセスできない記事や論文、あるいは危険サイトとしてブロックされてしまうものも含まれているが、原書のとおり掲載した。
・本文中の［ ］は著者による、〔 〕は訳者による補足である。
・傍点は原文の強調である。適宜「 」も使用した。
・具体的なソーシャルメディアサービス、アプリの名前等は原則〈 〉で示した。
・外国語文献等からの引用は、既訳がある場合は参考にしながら訳出した。既訳がない場合はすべて翻訳者による訳である。
・本書には差別的な表現が多数含まれるが、白人至上主義、過激主義、極右の内実を知るために必要なため、そのまま掲載している。

はじめに

ニューヨーカー誌に、お気に入りの古い漫画がある。インターネットが登場した初期の頃にあたる1993年の漫画だ。一匹の犬が、どっしりしたマッキントッシュのようなコンピュータを前にしてオフィスの椅子に座り、困ったように見上げるもう一匹の犬に向かってこう言う。「ネットのなかじゃ、おまえさんが犬だなんて誰も知らないよ」。なるほど、そのとおりかもしれない。同様に、インターネットのなかでは自分で言わないかぎり、あなたがユダヤ人であることなど誰も知らないのだ。私は人生で初めての著書となる本書を書きながら、丸一年ほどたっぷりと時間をかけて、自分がユダヤ人であることを明かすことなく、本来なら聞くこともなかったインターネットのなかの人々の話に耳を傾けてきた。

白人ナショナリズムの世界をできるだけ深く覗き見るために、私は何度も、自分自身のアイデンティティと決別しなければならなかった。現実の世界では、私はニューヨークのブルックリンに暮らす、魅力のないバイセクシュアルのユダヤ人だ。茶色くて長い、ぼさぼさのウェーブの髪をして、フィリップ・ロスの小説に出てくる母親のような貫禄のある体つきをしている。政治的には、どこかの政党を特別に支持しているわけではないが、国民皆保険制度を掲げる左派に大きな関心を寄せている。本書を執筆するあいだ、私はやむをえず、自分の本当の姿を隠していた。そして、白人ナショナリズムの世界で見聞きしたことのせいで、ときにはありのままの自分に戻りたくないとさえ思った。

執筆に取り組むなかで、私がしてきたことをいくつか紹介しよう。

私は嘘をついた。みごとなほどに真っ赤な嘘をついた。架空の人物をでっち上げたのだ。本当の私は、ユダヤ人であり、ジャーナリストであり、ファシズムを憎む偉そうなツイッターユーザーとして知られているのだが、そんな人物はまったく歓迎されないコミュニティに潜り込む必要があった。別人になる必要があり、だから架空の人物をつくり上げた。

まず一人目は、ほっそりとして小柄な、金髪の女性狩猟家《ハントレス》。アイオワ州の白人ナショナリストの家庭に育ち、白人限定の出会い系サイトで結婚相手を探しているという設定にした。

二人目は、ウェストヴァージニア州モーガンタウンの落ちぶれた倉庫作業員。妻が家を出てから自暴自棄になり、白人ナショナリスト運動に加わることで、ようやく自分を取り戻した。運動に参加する同志を支援するためなら何でもするつもりだ。

また、「インセル」になりすましたこともあった。インセル（incel）とは、「不本意な禁欲主義《インボランタリー・セリベイト》」を貫く童貞で、自身の性的不満の原因は女性たちにあると考えて憎悪をつのらせる男性を意味する。「フォーアヘルシャフト師団」（Vorherrschaft はドイツ語で「優越」の意）と呼ばれる、ヨーロッパを拠点とするネオナチ・テロ集団のプロパガンダサイトに潜入したときには、セクシーな若い女性のふりをした。暴力によって白色人種を守ることに関心があり、「アーリアクイーン」というハンドルネームを名乗る女性である。

そして、私をレイプしたいと空想にふけるネオナチの男たちを黙って観察した。

一方で、本当の私自身は、社会の闇に足を踏み入れ、アメリカのための戦いの最前線にいる人たちと話をした。悪い連中もいれば、良い連中もいた。

フィラデルフィアで開催された、「オルトライト（オルタナ右翼）」〔米国で台頭している過激な右翼・反動勢力〕のユーチューバーが集まるカンファレンスに参加して、カジノから追い出されたこともある。

ヴァージニア州シャーロッツヴィルでは、コミュニティを守る反《アンチ》ファシストと毎日のように話をした。

ニューヨーク州オールバニーでは、白人至上主義者が集う異教徒《ペイガン》の儀式に参加しようとして、教団の長老らに追い払われた。この教団は、ウエイトリフティングなどのエクササイズを推奨する「オペレーション・ウェアウルフ」という異教的なカルト集団である。

白人ナショナリストがフリースタイルのラップバトルで、ぞっとするほど相手を侮辱する様子にも耳を傾けてきた。

ネオナチの人々が、トランスジェンダーやユダヤ人や黒人の子どもたちの写真を投稿し、その殺害について話し合っているのをじっと眺めてきた。

一年近くのあいだ、私は毎日のように、リンチ殺人の写真が面白いミーム〔リチャード・ドーキンスがつくった言葉で文化的発想の伝達単位のこと。今日ではユーザーが生み出したコンテンツなども指す〕のように回覧されているチャットグループやウェブサイトやフォーラムを頻繁に訪れた。そこでは「ユダヤ人を殺せ《キル・ジューズ》」というスローガンが掲げられ、殺人者は「聖人」として称えられていた。ピッツバーグのシナゴーグ（ユダヤ教礼拝所）で起こった銃乱射事件から丸一年が経った日には、礼拝中のユダヤ人11人を殺害した人物、ロバート・バウアーズが英雄であり友人であるかのように称賛されていた。見知らぬ人たちが毎日、ユダヤ人の殺害について語り合っていた。暴力を煽り立て、殺人を褒め称え、白人だけの純粋な世界をつくるために世界を血で染める計画を話し合っていた。彼らのポッドキャストに耳を傾け、彼らの動画を見つめた。彼らの恐ろしい音楽を耳にし、彼らが人種差別を称えるために集まろうと計画するさまを眺めてきた。レイシズム（人種主義）は、彼らの生きがい《レゾンデートル》だった。

そして、私のなかで何かがはじけた。

正直に言おう。私は右翼のレイシスト（人種差別主義者）に対して怒りを覚えながら、この本を書きはじめた。当初は、そうした人々の正体や彼らの目指すところをただ正確に書き記すために、口汚い表現にはなっても、理性的かつ情熱的で、論旨明快な本を書き上げたいと考えていた。本書の執筆を始める以前からすでに、ネオナチのウェブサイトであるデイリー・ストーマーのおかげで、「脂ぎった太ったカイク」〔Kikeはユダヤ人の蔑称〕とグーグル検索をすると、私はトップに表示されていた。「パトリオット・フロント」という名のヘイト団体は、私の両親に「血と土」というナチ時代のスローガンが書かれたハガキを送りつけてきた〔bloodは民族、soilは祖国を意味する〕。白人至上主義者が好んで集まるソーシャルメディアであり、ピッツバーグのシナゴーグを襲撃したロバート・バウアーズも利用していたとされる〈ギャブ（Gab）〉では、私の親戚の名前がすでに公表されていた。本書を書くために調査に乗り出せば、私はどうなってしまうのか。心の準備はできていると思っていた。

しかし、現実は違った。

いま、本書を書きながら、私は燃えるような激しい怒りを感じている。一晩では収まらないほどの怒りだ。「恋人同士は怒ったままベッドに行ってはいけない」という古い決まり文句《クリシェ》があるが、昨年の私は、怒りを抱えて眠りにつき、怒りを抱えて目を覚まし、口のなかに血の味を感じるぐらい、じっとりとした怒りを抱えて一日を過ごしていた。

極右のレイシストらが、人間とは思えないような、理解を超えたモンスターだとわかったからではない。彼らは、科学者が法医学的に分析を加えて冷静に眺める必要のある新種の人間などではなかった。ひどく愚かな人でもなく、極度の貧困に苦しむ人でもなく、深刻な社会問題に悩まされる人でもなく、社会的・経済的に特定の階層に属する人でもなかった。モンスターではなく、人間だった。この国、この世界のいたるところにいる平凡な人間で、大部分が男性だが、女性もいる。他人を憎み、人生の意味を憎しみに求め、憎しみをもとに連帯感を共有し、日々の生活のなかでは優しく気を配りながらも憎しみを深めていく人だ。まったく異なる歴史観をもち、怒りをかき立て、人殺しを煽ることだけを目的とする、偏ったプロパガンダの世界で活動する人だ。金持ちもいれば、貧乏人もいる。職人もいれば、会社員もいる。10代の若者もいれば、中年男性もいる。食事をして、睡眠をとり、酒を飲み過ぎるときもあれば、しらふのときもある。孤独な人もいれば、異性に目がない人もいる。落ち込んだり、困惑したり、喜んだりする。つまり、彼らは、あなたや私とまったく同じような人間だった。あなたが知らないだけで、彼らはとなりの部屋で働いているかもしれないし、授業でとなりの席に座っているかもしれない。あなたが知らないだけで、あなたの近所に住み、スポーツチームに参加し、深夜になると、笑いながらリンチ殺人の写真を野球カードのようにトレードしているかもしれない。

だが、私はもう、そんな男性や女性を知っている。彼らが何を書き、どんなふうに話し、何を読み、どんなふうに歌うのかさえ見てきた（歌は下手だった）。私は、彼らの人間性そのものに大きな怒りを感じている。彼らが広める憎しみや、彼らが求める暴力は、人間によるたくさんの小さな選択の積み重ねなのだ。

毎日のように、彼らは自分とは別の人格をつくり出しては、鉤《かぎ》十字やスカルマスクやトーテンコップ〔ナチ・ドイツ時代の親衛隊（SS）の帽章〕を喜んで掲げ、歴史上のおぞましい出来事を称え、そうした過去の歴史と現在が切れ目なく混じり合うのを歓迎している。彼らが夢見ているのは、平和や平等ではなく、現在のような惨めで荒れ果てた世界をよくすることでもない。彼らが夢見ているのは、ユダヤ人をはじめとする白人以外《ノンホワイト》の人々や、イデオロギーという彼らの腐敗した病根に立ち向かう人々など、彼らが「人間未満《サブヒューマン》」とみなす人の血であふれ、恐怖で引き裂かれた恐ろしい世界だ。彼らの会話は常に幼稚で、暴力的で、ハチドリが花の蜜に戻って来るように、すべてはいつも暴力に立ち戻る。暴力こそが彼らの望みであり、暴力があるからこそ、つかの間の男らしさと生きる意味を感じられる。彼らは恐怖を植えつけることによって自分たちの力を感じ、人殺しを「戦友」と称賛する。白状すると、私はレイシストについて調べつつこの本を書きながら、自分が感じた怒りが膨れ上がり、憎悪《ヘイト》となって凝り固まってゆくのを感じていた。それは肌の色による憎しみではなく、自分が見聞きした激しい言葉の蓄積による憎しみだった。会ったこともない人たちが、私の姪や甥、いとこや叔母、私の愛する人々や友人たち、そして私自身を殺そうと話し合っていたのだから——。ある意味で、私は彼らをだまして偽りの自分を演じることに、刺激的な喜びを感じはじめていた。

しかし、こうした偏屈者たちへの怒りは、私が感じたことの一部でしかない。やがて、私の怒りは、ネオナチ組織に強硬姿勢をとることに反対する人々にも向いていった。いわゆる「白人穏健派」への怒りである。自分は高みの見物で、ネオナチの発言機会を奪おうとせず、ネオナチのデモ行進に立ち向かおうとせず、ネオナチが支持を増やし、影響力を拡大し、その思想を広める確固とした足場を築くのを阻止しない人たちのことだ。「奴らのことは無視しろ！　行進させておけ！ツイートしようが、大学のキャンパスで演説しようが放っておけ。いろんな考えが切磋琢磨して淘汰される『言論の自由市場』で、そのうち敗れ去るだろう」と言う人たちのことだ。自分たちには分別がある、とばかりに「勝手に主張させておけ」と言う人たちだ。だが、ネオナチの思想は毒ガスのツィクロンBのような効果をもつ。この思想を深く調べてわかったのは、毒ガスをほんの少しでも部屋に入れてはいけないのと同じく、言論の世界でそうした発言をたとえわずかでも認めてはならないということだ。

ネオナチの言動を野放しにしろと主張する人は、自己満足に陥ってはいないだろうか。レイシズムによる暴力を容認することは、極右が正しいと主張する価値観に従うわけではないにせよ、そうした価値観をある意味で容認することになってしまうのではないだろうか。

本書で取り上げるとおり、レイシストの極右思想にはさまざまな種類がある。たとえば、自らの文化的アイデンティティの保持を訴える「アイデンティタリアニズム（アイデンティティ主義）」は、意気地なしのような有識者らの浅知恵だが、極右思想の一種と言えるだろう。彼らは、心のなかの憎悪を気取った言葉で隠しながら、人種ごとにエスノステートを建設する必要がある、そうすれば平等が実現する、と真面目くさった顔で論じている。

また、極右の「加速主義（アクセラレイショニズム）」は、米国社会が人種戦争に突入するまでは、一層のテロ攻撃が必要だとして、直接的な暴力を主張する。ほかにも、宗教的な思想と深く結びついたレイシズムもあれば、疑似科学と密接な関係にあるレイシズムもある。これらすべての思想に共通するのは、毒のように有害な影響力をもつということだ。遠回しに「寛容さ《トレランス》」を支持する議論をもとに、こうした思想を広めることを認めれば、圧倒的な力を得ようとする人種差別運動に屈することになってしまう。生まれつき固有の特徴によってレイシストに敵視されている者たちが、全滅する可能性もあるのだ。

このような動きを知るにつれて、私はレイシズムを、それを許容する人々を、ますます許せないと感じるようになった。極右について調べたことで、たとえ力を得るだけの理由があるからといって、容赦してはいけない敵もいること、それがどういうことか、わかった気がした。レイシズムが勢いづくほど、彼らはその力を暴力的な目的のために使うだろう。本書のために調査を重ねるにつれて、そのなかでジャーナリズムともアクティビズムとも言える異常な経験を重ねるにつれて、私は急進的になっていった。暴力的な極右が目指す唯一の目標は、破壊だ。彼らを勢いづかせることは、その目標に同意することに等しい。白人至上主義（ホワイトスプレマティズム）と和解し、チャンスを与え、情けをかけることは、「黒人、褐色人種、ムスリム、同性愛者、トランスジェンダー、ユダヤ人を暴力から守ることは、それほど重要でも必要でもない」と主張するのと同じだ。毒がすてきなパッケージに入って売られていたり、憎しみがそれを切実に欲しがる人の手に渡ったりすれば、言論の自由市場は破綻する。極右について調べたことで、私は、憎悪がどのようなものか、どんなふうに憎悪を抱くようになるのかを知った。

憎悪は私をイライラさせる。まるで、自分の心に小さすぎるウールのセーターを着せたような感じだ。私はもともと怒りを感じることはあっても、憎しみを感じることはなかった。だが、金属を溶かす王水のように、極めて危険な思想に長く顔を押しつけているのは苦痛でしかない。自分の心が醜く変形し、膨れ上がるのを感じた。この痛みはしばらく続くだろう。だが、自分がなぜこんなことをしてきたのか、理由はわかっている。富や名声のためではない。富や名声を手に入れたいのなら、もっと近道がある。私が本書を書いたのは、彼らが殺したいと願う子どもたち、まだ幼い私の親戚、いとこや叔母、私の愛する人々や友人たち、そして私自身のためだ。

米国の詩人、イリヤ・カミンスキーは「作家の祈り（*Author's Prayer*）」という詩のなかで、作家であることの責任について、こう表現している。

私は自分自身の限界ギリギリを歩かなければならない
目の見えない人が家具に触れることなく部屋を通り抜けるように、
私は生きなければならない

私は本書を執筆するために、一年間、まさに自分自身の限界を超えて生きてきた。自分でも自分のことがわからなくなってしまった。憎しみの世界で暮らし、美味しいチーズとオリーブや、ブルックリンのアパートや、作家のテリー・プラチェットの小説や、ほかにも、生きる価値のあるすべてのものがあふれた愛の世界には、ときどき戻って来るだけだった。

何カ月ものあいだ、私の心は地獄に向かっていたが、それはすべて白人至上主義者や彼らの文化、その動機《モチベーション》を書き記すためだった。そうすることで、彼らから力を奪うことができるからだ。彼らが暗闇のなかで組織的に活動する力を奪い、彼ら自身が望む恐ろしい悪魔となって活動する力を奪うことができる。彼らの髪の毛をつかんで明るいところに引きずり出し、悲鳴を上げさせることができる。私が本書を書いた目的はそこにある。本書は、極右とその歴史を包括的に説明したものではない。現在、オンライン上で極右がどれほど存在感を高めているかについて、その全体像を描いたものでもない。十分に明らかにできなかったテーマはたくさんある。男性グループよりもわかりにくい女性の極右グループや、おもにフェイスブックで広範に広がり、白人至上主義団体と完全ではないにしろ大きく重なり合う反政府派のミリシア運動〔過激な武装組織による政治運動〕などは、取り上げることができなかった。また、本書は現在の動向のほんの一部を取り扱ったにすぎない。私が経験した、壁が大きな凸レンズでできた灼熱の部屋のような世界しか、描くことができなかった。私は多くを学んだが、学ぶべきことはまだたくさんある。それに、私は自分が何を許せないかも学んだ。私や私の愛する人々を嫌悪する白人至上主義者を、私は決して許さないだろう。ネオナチは、私の友人たちをレイプしたい、むちで打ちたい、殺したい、死体を置き去りにしたい、と公の場で空想にふけっていた。私はそれを決して忘れない。私に憎しみを植えつけたこと、私の心に燃えるような憎しみを注ぎ込んだことを、決して許しはしないだろう。本書は、私の一種の報復《リヴェンジ》であり、完全とは言いがたいながらも、近年のレイシズムの動向を明らかにした本である。憎悪というものが、それを目にした者に対しても、それをつくり出した者に対しても、どのような影響を与えるかを描いた物語でもある。読者のみなさんを戦いに駆り立てるための手引書《マニュアル》にもなるだろう。あなたや私にとって、そして、憎悪という不快な毒気のない世界に生きるべき黒人、ムスリム、ユダヤ人、トランスジェンダー、褐色人種のすべての子どもたちにとって、よりよい世界をつくるためにも、戦わなければならない。このじっとりと腐ったような悪臭を漂わせるレイシズムを明るみに出し、粉々に砕いて、根絶しようではないか。

第 1 章

憎悪

On Hating

２０１９年６月半ば、私はある極右のチャットルームに潜入した。数週間前から、メッセージングアプリの〈テレグラム（Telegram）〉〔ロシア人技術者が開発した、暗号化された秘匿性の高いアプリ〕でチェックしていたチャットルームだ。名前は「バンクハウス」――知り合いから聞いたところでは、ひときわ暴力的な発言《レトリック》が飛び交っているという。時間は明け方の４時。寝不足でぼんやりした頭でチャットルームを眺めていた私は、ふと自分が話題になっているやり取りを見つけた。「ブサイクなあの女をレイプできるか」が議論されていた。

数時間ほど前からバンクハウスのメンバーたちは、ユダヤ人女性とのセックスについて露骨なチャットに興じていた。「イエンタとセックスするのも、合意の上でならありかもしれないな」とあるメンバーが言った（Yentaとは「おせっかいで口うるさい女性」を意味するイディッシュ語で、一部の白人至上主義者がユダヤ人女性への侮蔑を強調するために使いはじめた言葉だ）。別のメンバーが「でも、孕《はら》ませるのはありえないだろ」と返信した。するとその直後、あるメンバーがこんなメッセージを送信した。「誰かタリア・ラヴィンをレイプできる奴はいるか？」

「俺の二連銃でレイプしてやるよ」と、「ジェームズ・メイソン」というハンドルネームのユーザーが返信した。ジェームズ・メイソンは、アメリカ人ネオナチの児童ポルノ製作者の名前だ。このユーザーは彼を崇拝しているのだろう。メイソンは、レイシストによるテロ行為を提唱した書籍

『シージ（*Siege*）』の著者としても非常に有名な人物だ。

チャットルームの大部分のユーザーは、私のことを醜すぎてレイプする気にもならない女とみなしていた。「タリア・ラヴィンの顔を見ると腹の底から吐き気がする」、「画面越しでもラヴィンの体臭が臭う」、「タリア・レヴィン〔原文ママ〕にはヘドが出そうだ」といった具合だ。しまいには、遠回しではあるものの、私を殺害したいと言い出す者まで現れた。一人のユーザーが、「ここで詳しくは言わないが……」と私への暴力をにおわせる発言をし、それに対して別のユーザーが、「おまえらも同感だろうけど……ちぇっ、いまここにタリア・ラヴィンがいればいいのに」と答えた。

その夜、私はウォッカを延々と飲みながら考えた。見ず知らずの人が私を二連銃でレイプしたいと言っている。なんと異様なんだろう。まさか本人がそのチャットをこっそり読んでいるなどとは、メンバーたちは思ってもいないようだった。本人不在のまま、私は話のネタになっていた。私がこれまで執筆した記事は決して多くはない。そのことを嘆きつつ、私はかねがね批判の的になるのにふさわしい人物、つまり、こういう罵詈雑言を浴びせられるに値する人物になりたいと願ってきた。これまで、ニューヨーカー誌とニュー・リパブリック誌に極右団体による詐欺についての記事を書いたことがあり、ワシントン・ポスト紙とハフポストにもコラムと論説をいくつか投稿してきた。それらの記事に全力を尽くしたものの、アメリカで高まりつつあるファシスト運動に大きな打撃を与えたとはとても言えなかった。私はもっぱらツイッターで偉そうな発言をしていただけだ。それなのになぜ、チャットルームのメンバーたちは私に固執するのだろうか。やがて、彼らから私のツイッターにメッセージが届くようになった。犬とセックスする私、といったひわいな妄想が書かれており、私が見ているとも知らずに、バンクハウスではそれらのメッセージのスクリーンショットがやり取りされていた。

調査のためにこのチャットルームを覗いたほうがいい、と最初に勧めてくれた人物によると、ここには「シージ信者」が大勢集まっているという。シージ信者（Siegeheads）とは、ネオナチのジェームズ・メイソンの著書に心酔する人々のことだ。メイソンは、アメリカの社会秩序を転覆させるためのテロ行為を勧めていた。バンクハウスは暴力を平然と話題にし、人種戦争を熱心に推し進め、とかく偏執的なハラスメントと攻撃を仕掛ける傾向のある者たちの集まりだった。一部のメンバーは、〈ボウルキャスト（Bowlcast）〉というポッドキャストの配信者でもあった。〈ボウルキャスト〉とは、2015年にサウスカロライナ州チャールストンのエマニュエル・アフリカン・メソジスト監督教会を襲撃し、教会員9人を殺害した若者、ディラン・ルーフのマッシュルームカットにちなんだ名称である。チャットルームのメンバーたちは、繰り返しルーフの写真を送り合っていた。ときにはフォトショップで加工し、ルーフの頭に「ユダヤ人を殺せ」と書いたバンダナを巻かせた写真まであった。2019年6月17日には、「聖ルーフ」による殺人の記念日を祝い、白人至上主義者による相次ぐ襲撃を称えて、祈りのようなフレーズを唱えた。

ヒトラー万歳《ハイル・ヒトラー》
バウアーズ万歳《ハイル・バウアーズ》［ロバート・バウアーズは、2018年にピッツバーグのシナゴーグでユダヤ人11人を殺害したとされる人物である］

勝利万歳《ジーク・ハイル》
ルーフ万歳《ハイル・ルーフ》
ブレイヴィク万歳《ハイル・ブレイヴィク》［アンネシュ・ブレイヴィクは２０１１年に大規模なテロ攻撃を起こし、77人を殺害したノルウェー人のネオナチである］
マクヴェイ万歳《ハイル・マクヴェイ》［ティモシー・マクヴェイは、１９９５年のオクラホマシティ爆破事件の犯人である］

たしなめる者は一人としていなかった。ここは非公開の場であり、お互いを扇動し、大量殺人者を崇拝し、いつかそうした殺人を模倣するであろう人々のために存在する場所だからだ。彼らは私の自撮り《セルフィー》写真や足の写真を、クイズ番組『ジェパディ！（*Jeopardy!*）』に出演したときの散々な成績に関するグーグルの検索結果を、何度も投稿していた。私の足はどんな臭いがするか、私の身体がいかにみっともないか、と勝手に想像されていた。私がチャットルームに潜入していることに気づいている者はいなかった。とにかく私は恰好の標的だった。

動揺した私は、ニュースサイトのデイリー・ビーストに過激主義（エクストリーミズム）に関する記事を書いているレポーターで、友人でもあるケリー・ヴェイユにテキストメッセージを送ってみた。「私は白人至上主義者から敵視されるに値する人物だと思う？」ヴェイユの返信によると、アメリカの極右団体と関わりをもつジャーナリストや活動家はごく少なく、だからこそ何かを書いたり発言したりすると、過激主義者から異常なほどに注目されてしまうのだという。「彼らは人生というドラマのなかで、自分たちはヒーローで、私たちは悪役だと思っているからね」とヴェイユは言った。

　ユダヤ人であることを公表し、女性であり、痛烈なツイートという形ではあるもののアンチファシスト的な発言をしている。過激主義者には、そんな私のイメージが強く植えつけられていた。その結果、私は見知らぬ人間から心のなかで銃口を向けられ、彼らの想像がつくり出した真っ暗な庭で人種化され、反ユダヤ主義的な、そして女性嫌悪《ミソジニー》による暴力の茂みに押し込まれていた。誰も見たいとは思わない場所を覗き見た代償として、ひどい屈辱を受けたのだ。チャットルームでは、すべてが浮き彫りになっていた。ユダヤ人と女性に対する根深い憎悪、人命軽視、際限のない暴力の扇動、銃への強い関心、敵とみなす人物への悪意に満ちた中傷。私は、それらと戦うことを決意した。

*

　私が初めて反ユダヤ主義（アンチセミティズム）を経験したのは、インターネット上でのことだった。

　それは、私が一見ユダヤ人に見えないから、というわけではない。むしろ私は、どこからどう見てもユダヤ人だ。アシュケナージ〔ドイツ系ユダヤ人〕の血筋と後天的に植えつけられた不安感の強さが、私という人間にありありと表れていた。長く、茶色い、扱いにくい巻き毛の髪を、気まぐれな風で目にかからないように、たいていはうしろで束ね、ヒップとバストは、ユダヤ人女性の風刺画や

「ヴィレンドルフのヴィーナス」の小像のように貫禄があった。鼻はひいき目に見れば「カギ鼻」、現実に即して言えば単にデカいだけ。身振り手振りを交えながら早口で喋り、声は威圧的。同じぐらい強気の人間には口を挟まれる前に全部言ってしまわねば、とでもいうような、ニューヨークらしい切迫感を漂わせていた。いずれにせよ、これらは私の家族に共通する特徴だ。若い頃にアイスランドやウクライナやロシアを旅行した際には、こうした私のユダヤ人らしさに対して、初対面の人はせいぜいよそ者扱いするだけだった。部屋に入ってきた私の髪を触り、「ハヴァ・ナギラ」〔ユダヤ教徒の結婚式などで演奏される楽曲〕を歌いながら、「ユダヤ人ですか？」と尋ねた。私は危険を感じたことはなく、ただ自分がユダヤ人であること、人とは違っていることをたびたび思い出すだけだった。

私はかなり極端な環境で、ユダヤ人らしく育った。私の故郷は、ニュージャージー州ティーネック。この町の「ヘブライ人の丘」と呼ばれる現代正統派のユダヤ地区で育った。正統派ユダヤ教の学校に通い、コーシャ認証を受けたレストラン〔ユダヤ教の戒律で食べてもよいとされる「清浄な食べ物」を提供する飲食店〕で食事をし、ユダヤ人向けのサマーキャンプに参加した。テレビでシーフードレストラン「レッドロブスター」のコマーシャルを見ながら、「不浄な料理であふれる広い世界への誘惑そのものだ」と思っていた〔ユダヤ教の戒律ではエビは不浄な食べ物〕。ユダヤ教の戒律を守る私の生活の外では、丸々としたホワイトシュリンプが輝くソースのなかに次々と放り込まれ、カメラのレンズを通しても欲望が刺激され、心惹かれた。クリスマスについても知っていた。冬のアメリカに住むということは、どこもかしこもクリスマス一色に浸ることだからだ。だが、私はいつもそこから締め出され、窓ガラスに鼻を押しつけて、光輝くクリスマスツリーを眺めていた。アメリカ大統領がキリスト教徒であることも、歴代の大統領全員がキリスト教徒であることも知ってはいたが、私はニュージャージー州郊外の家庭や学校や課外活動といった守られた世界のなかで、隔絶された穏やかな生活を送っていた。そこでは、私にとって大切な人間関係の相手はすべて、ユダヤ人だった。

幼少期には、聖書やタルムード〔モーセが伝えた教えを収めた文書群で、ユダヤ教では聖書に続く聖典〕の教えはもちろん、ユダヤ人の歴史を徹底的に教え込まれた。学校でのそうした授業は、中立的とは言えなかった。ユダヤ人の歴史的悲劇を思い起こし、敬虔な正統派ユダヤ教徒を育て、維持することが目的だったからだ。ホロコースト記念日のたびに、痩せ細った遺体の映るスライド上映を見ては、ユダヤ人犠牲者を追悼し、感傷的なバラードを歌った。ポグロム〔帝政ロシアによるユダヤ人大虐殺〕について学び、帝政ロシア時代のユダヤ教徒を描いた『屋根の上のバイオリン弾き（*Fiddler on the Roof*）』を学校で上演した際には、主人公の妻ゴールデの役を演じた。ヨーロッパのユダヤ人の長く、複雑で、輝かしい歴史が、流血とガスと遺灰となって崩れ去った経緯を、詳しく学んだ。学校だけではない。ホロコーストは、広い意味でユダヤ民族を形づくっただけでなく、私の家族の形も変えたのだ。一世代という時間を置いて、私の一生は反ユダヤ主義によって決定づけられていた。

私の母方の祖父母、エステル・ライターとイスラエル・ライターは、20世紀に入る頃にガリツィアで生まれた。ガリツィアとは、当時はポーランド、現在はウクライナに属する地域だ。私の母は祖父母の末っ子で、祖母が40代のときに思いがけなくできた娘だった。ホロコーストを生き延びた体験を祖父母の口から直接聞いたことはなく、私が耳にしてきたのは、いまや家族の言い伝えのようになった、含みのある断片的な物語だった。森のなかで生き延び、パルチザンに加わったこと。同じ部隊のメンバーがナチの捜索隊に捕らえられて殺害されたこと。祖母は戦時中に出産したが、赤ん坊は亡くなった。連れて歩いていた娘もいたが、森で捕らえられ、銃殺された。凍った地面に埋まったジャガイモを探して歩き、靴が破れてからは冬でも裸足で歩いた。祖父は月の満ち欠けから暦を判断し、「ペサハ（過ぎ越しの祭り）」と思われる時期には泥でマッツァー（パン）をつくった。

　母から少しずつ聞いて形づくられた物語から、私の知るかぎり、祖父母にとって、戦争は完全に終わったわけではなかった。祖父には、同じくラビ〔律法に精通したユダヤ教の宗教的指導者〕だった優秀な兄弟がいたが、祖父は兄弟を亡くしたことを嘆きつづけた。母が子どもの頃、祖父は毎夜、夜驚症に苦しみ、週に一、二回はドイツ語で「警察だ！（Polizei!）」と叫び、娘たちを集めてブルックリンの街に飛び出したという。祖父母が自力で生活できなくなり、母が育ったバラパークの狭いアパートを引き払ったときには、祖父母の寝室の床板の下に小切手や債券が隠されているのを親戚の人が見つけた。常に逃げる用意をしていたのだろう。ユダヤ人だから殺される、という恐怖が消えることは決してなかった。

　とはいえ、これらはすべて、私が訪れたことのない大陸で起きたこと。私の想像のなかでのポーランドは、荒廃と喪失が広がる、凍てついた大地だった。私が育ったティーネックの町では、ユダヤ教の戒律に従って調理されたカツレツを食べたければ、「チーキーズ」と「シュニッツェル＋」という二つのレストランから選ぶことができた。学校では、咳止めドロップや夕食のパンやニンジンを食べる前に、それぞれどんな祈りを唱えるべきかを学んだ。私の家系図から残酷にも何本かの枝が切り落とされたという現実から、私は反ユダヤ主義が実際に存在することを理解してはいたものの、遠く離れたところにあるもののように感じていた。毎年夏、哀悼と断食をおこなうユダヤ教の祝祭日、ティシュアー・ベ＝アーブには、悲しみを表すために床に座り、エルサレム神殿の破壊を記念する『エレミアの哀歌』を聴き、大声で朗読した。こうしたすべての哀歌は、祖父母をかえって苦しめ、祖父母を通じて母をも苦しめ、その歌声は長く恐ろしい過去に流れ込んでいくかのように聞こえた。そして、そんな過去から生まれた私自身は、何も危険を感じることのないこの国で成功を収めたいと願っていた。

大人になるまで、私にとって反ユダヤ主義は、いわば抽象的な概念だった。個人的に経験したものではなく、ガラスの外の世界に空気がたくさんあるのに水槽のなかで魚があえいでいるような状態にすぎない、と思っていた。私はユダヤ人でありながらも完全に白人であるため、白人の特権と思われるものを世の中で享受しつつ、同時に、関わりをもつ人々を通じてユダヤ人としてのアイデンティティを見い出しながら安全に暮らしていた。

私は大学を卒業後、フルブライト奨学金で一年間をウクライナで過ごした。夏の旅行よりもゆっくり時間をかけて、東欧を見て回りたかったからである。また、自分の家族の系譜が傷つけられ、血が流れた事実を見つめて、家族の過去を探りたい気持ちもあった。何世代にもわたって家族を支えてきた愛、創造力、伝統、情熱について、そしてそれを断ち切った憎悪について知りたかった。反ユダヤ主義が私自身にどんな影響を及ぼしたのかを理解したかった。

その年の秋、耐えられないほどの寒さが始まり、太陽が隠れてしまう前に、私はウクライナの首都キーウ（キエフ）からリヴィウまで、ゴトゴト走るソビエト連邦時代の夜行列車に乗り、そこからマイクロバスで祖父の生まれ故郷の村、チェメリンツィに向かった。道路の状態はありえないほど悪く、割れたアスファルトでくぼみが模様のようになっていたが、辺りは生い茂った草で青々としていた。ちょうどベニバナの収穫の時期で、馬がすきを引いて黄色い丘を掘り起こしていた。1930年代、生き残った私の家族がここに暮らしていた。その頃からほぼ一世紀が過ぎたわけだが、その名残は、草原地帯《ステップ》に点々と立つ電柱だけだった。血なまぐさい家族の物語が生まれたこの草原地帯でも、誰も私を追い出そうとはしなかった。村はとても小さく、丘の上にぽつんと立っているタマネギ型ドームの教会を取り囲むように家々が並んでいた。バスを降りた私は臆することなく、村でいちばん高齢の方と話したいと頼んだ。紹介された女性はママ・スヴィトラーナ、90歳。スヴィトラーナの家はサワーミルクのような匂いがした。だが、彼女はほとんど何も覚えておらず、口数も少なく、長い冬が終わって私が戻ってきたときには亡くなっていた。そこでもう一度、「村でいちばん高齢の方を紹介してほしい」と道行く村人たちに尋ねると、今度はユダヤ人が住んでいた通りに案内された。村人たちは私に、袋いっぱいの傷んだゴールデン・アップルまでくれた。戦争中とその後の混乱期に、ここでいったい何が起こったのだろう。家族から伝え聞いた話によると、新婚だった祖父はこの近隣の村で、短期間ながらラビとして働いていたという。ある年配の女性は、当時のことを思い出して「苦難の時期」と語り、人気のない廃墟が立ち並ぶ通りを指差して言った。「戦前はユダヤ人が住んでいて、店が並んでいたんだよ。いまはユダヤ人もいないし、店もなくなったけどね」

アメリカに帰国したとき、私はほっとした。自分が確かにアメリカ人であり、一方で、宗教とは関係のない文化的な面ではユダヤ人であることをあらためて感じたからだ。やがて、私はユダヤ通信社（ＪＴＡ）の編集部でインターンとして働きはじめた。ＪＴＡは、アメリカ国内と世界中のユダヤ系新聞にニュースコンテンツを提供する、百年もの歴史をもつ老舗通信社である。社員は少なく、インターンである私の役割は、ブログを更新し、ニュースレターを書き、トラフィック〔ウェブのアクセス量〕とコメントを管理することだった。

私が現代の反ユダヤ主義に初めて出会ったのは、このときだった。キーボードの向こうにいる威圧的な人々から、それを強く感じた。

ＪＴＡのウェブへは、ストームフロントというサイトからのアクセスが最も多いことがすぐにわかった。ストームフロントは当時、インターネット上のネオナチユーザーが多数集まる、白人至上主義者の中心的なウェブサイトだった。このサイトについて私が尋ねると、同僚はそっけなく答えた。私たちの仕事は、悪事を働いたユダヤ人について書き（つまり、ユダヤ人は極悪人という彼らの言い分を追認し）、成功を収めたユダヤ人について書き（つまり、ユダヤ人は自らの優越性を主張する狡猾な人種だとする彼らの言い分を追認し）、どのセレブや著名人がユダヤ人であるかを書く（つまり、彼らのユダヤ人ファイルに新たな人物を追加する）ことなのさ、と。虐待やスキャンダル、ユダヤ人コミュニティ内での対立に関する記事は、とりわけストームフロントの注目を集めた。

それに、私たちライターに対する脅迫もあった。

小さなオフィスの雑用係として、ＪＴＡの記事へのコメントに対応するのも私の仕事だった。どんな出版物でもそれはひどく大変な仕事ではあるが、そこで目にしたことは、私を震え上がらせるに十分だった。さまざまな人物が匿名で、私たちライターを殺してやる、手足を切断してやる、拷問してやる、といったコメントを生々しい描写とともに送ってきた。彼らはなぜそんなことをしたいのか。それは、私たちがユダヤ人であるという事実と大いに関係しているのは明らかだった。現代の反ユダヤ主義者がそこにいた。彼らはポーランドにいたわけではなく、数十年のあいだに消え失せていたわけでもなかった。いまこの瞬間、私や同僚たちに与えたい仕打ちについて書いていた。まさにファシズムだ――。鉤十字を熱心に掲げ、私の生まれや育ちを理由に、私に悪意と深い憎しみを向けていた。彼らはヒトラーとその帝国《ライヒ》を信奉し、使い捨てのハンドルネームで、私がこれまで聞いたこともないような言葉を数えきれないほど吐いていた。それを見た瞬間、私は悟った。これは戦いなのだ。自分に何が必要なのかを知り、戦わなければならない。

＊

その5年後、私のツイッターのフォロワーが、〈8チャン（8chan）〉のスクリーンショットをいくつか送ってくれた。〈8チャン〉は、インターネットの肥溜めのような役割を果たす、悪名高い匿名掲示板サイトだ。「悪評を受け入れる」というスローガンのもとに、あからさまなヘイトスピーチやいかがわしいポルノ、陰謀論が投稿される、無秩序で巨大なチャネルである。リンクが送られてきたスレッドには、「ユダヤ人は異人種か」について仮説を唱えるユーザーが集まっていた。

そして、私の写真がたくさんアップされていた。

　スレッドのタイトルは、「謎に包まれたユダヤ人／ネアンデルタール人の頭蓋骨」（原文ママ）。そこには疑似科学と異様な反ユダヤ主義が羅列され、言うまでもなく、ロスチャイルド家（ドイツ出身のユダヤ系財閥の一族。陰謀論の対象になることが多い）に関する話がたっぷりと盛り込まれていた。ユダヤ人はホモ・サピエンスではなく、実際にはネアンデルタール人と近縁関係にある、と彼らは言う。「だから、ユダヤ人は僕たちのことを文字どおり異人種みたいに、まったく別物と見ているんだ」とあるユーザーが投稿し、それに対して別のユーザーが、「人食い『人種』の伝説を見てみろよ。どんな話にも、ユダヤ人と同じ大きなカギ鼻が出てくる」とコメントしていた。

　投稿された私の6枚の写真のうち2枚は、ネアンデルタール人の不格好な絵と並べられていた。大部分は古いツイッターのプロフィール写真だったが、ブルックリンの小さなブログのためにおこなった撮影会の写真もあった。そのほかにも、２０１５年に『ジェパディ！』に出演した際に、司会者のアレックス・トレベックの日に焼けた端正な顔のすぐ横で、ぎこちなく微笑んでいる写真もあった。

「ネアンデルタール人の特徴は、もちろん頭蓋骨の形だけではない」。私の写真の下に、ある匿名ユーザーがコメントをしていた。「ネアンデルタール人の身体は、クロマニョン人のような現代人種と比べて、たくましくて、がっしりしているのさ」

　私は自分の身体を見下ろして、「だからダイエットにほとんど成功しないのか」と思わずにはいられなかった。極右の深淵《アビス》を覗き見るようになると、やがて反対に、自分に視線が返ってくるようになる。恐ろしい、歪んだ視線、退屈さと怒りが憎悪となって凝り固まった視線が。その頃には、私は極右の世界をじっくり観察し、彼らについて公の場でコメントし、記事を書き、報道していた。そして自分の素性、つまりユダヤ人であることを、決して隠そうとはしなかった。

そう、私は一人のユダヤ人だ。だが、何千年にもわたって私たち民族に対しておこなわれてきたあらゆるプロパガンダが描いた「ユダヤ人」ではない。「国際ユダヤ人」〔自動車王ヘンリー・フォードが出版した反ユダヤ的な書籍〕でもなければ、「永遠のユダヤ人」〔１９４０年にドイツで公開された反ユダヤ主義のプロパガンダ映画〕でもなく、「さまよえるユダヤ人」〔最後の審判の日まで放浪を続ける運命を負わされた伝説のユダヤ人〕でもない。私自身は、多くの人が邪悪な民族とみなし、道楽と破壊と自民族の謎めいた目的のための離散しか頭にないとみなす民族に属する、ちっぽけな存在にすぎない。インターネットはある意味で、怪しげな言葉を瞬時に普及させ、小声でほのめかすのに適した、偏見を生むためのメディアのように見える。偏見をにおわす言葉を広めることがこれまでになく容易になり、そういう言葉に熱心に耳を傾ける人々が、サンディエゴからピッツバーグまで、アメリカのいたるところで見つかるようになった。ネオナチがよく使う表現にあるように、「ユダヤ人を名指しで非難する」ことが、かつてないほど容易になってしまった。

私は戦う用意ができている。インターネットの奥底の暗闇で、毒をもったマングローブのように太くたくましく育った反ユダヤ主義の根っこを枯らし、根絶したいと強く願ってきた。この国には、反ユダヤ主義の情報が循環する「生態系《エコシステム》」のようなものが存在する。恣意的に選択されたニュースだけを取り込み、それを不快なほどに、炎上するまで繰り返し吐き出すシステムだ。民族の根絶、陰謀といったレトリックを駆使し、その起源はトランプ時代よりはるか昔にさかのぼる。反ユダヤ主義は、アメリカを形づくる多くの人々のあいだにはびこる「アメリカ人の偏見《アメリカン・プレジュディス》」と言えるのだ。

アメリカでは、反ユダヤ主義が恐ろしい暴力となって顕在化した事件がたびたび起きている。2018年と2019年だけでも、死者を出した銃乱射事件がシナゴーグで2回発生した。ピッツバーグのツリー・オブ・ライフ・シナゴーグで11人の信者が殺害された事件と、カリフォルニア州パウウェイのハバッド派のシナゴーグで女性1人が殺害された事件である。ほとんどの場合、極右の過激派における反ユダヤ主義は、白人至上主義イデオロギーの根幹を成している。白人男性をほかの誰よりも上位に置こうとする世界観の要《かなめ》となっている。その場合のユダヤ人とは、必ずしも一人ひとりのユダヤ人というわけではなく、プロパガンダ映画『永遠のユダヤ人（*The Eternal Jew*）』で描かれた、型にはまったユダヤ人のことだ。そうしたユダヤ人は、敵の象徴、人間の理解を超えた狡猾さ、想像を超えた悪、どんな方法も通じない敵を表す象徴となっている。この敵と戦わなければ大切なものをすべて差し出すことになる、と反ユダヤ主義者は信じている。1946年にジャン＝ポール・サルトルが語ったとおり、「もし、ユダヤ人が存在しなければ、反ユダヤ主義は、ユダヤ人を作り出さずにはおかないだろう」〔安堂信也訳『ユダヤ人』（岩波新書）より〕。すべてを兼ね備えた敵をつくり、その敵が数千年にわたって自分たちを苦しめたとして、あらゆる不幸の責任を負わせる。それが彼らにとって好都合なのだ。

白人至上主義者たちの運動において、ユダヤ人は長いあいだ、スケープゴートの役目を果たしてきた。他人への非難はときに原動力となる。白人至上主義に傾倒する人々は、「絶えず悪だくみをする悪魔のようなユダヤ人」という恐怖の感情によって、自分たちこそが正義であり、不当な扱いを受けているのは自分たちだ、と考えることができるのだろう。非合理で不誠実と思うイデオロギーを支持する人などいない。それは「白人だけが権力の座に就くべきだ」と考える人にとっても当てはまる。白人以外の人種をおとしめては歓声を上げ、レイシストによる残虐な行為の正当性を支持する人にも当てはまる。白人至上主義者の多くは、最初はインターネット上で、もっぱら他人を挑発するために、人種差別的な発言や反ユダヤ主義的な主張を始めるものだが、たいていの場合、それはイデオロギーを強めていく出発点にすぎない。最終的には心からそういう主義主張を信じるようになる。いつの時代にも、社会で広く認められた通念や理想に疑問を抱きがちな人はいるものだが、そうした人々は2種類に分かれる。その知的好奇心を使って、誠実かつ厳しく真実を探求しようとする人と、プロパガンダに騙され、危険で、利己的で、誤った考えに染まってしまう人だ。そしていつの時代も、後者の人は、自分は前者だと勘違いしている。

インターネットが普及した時代にも、プロパガンダの誘惑はこれまでと同様に存在する。ジャーナリストのアンナ・マーランがアメリカの陰謀論に関する近著『嘘が横行する共和国（*Republic of Lies*）』で述べたとおり、ニュースで報じられる出来事の背後に隠された意味や悪意ある法則を探そうとする傾向は、アメリカ人の心に深く根差している。とりわけ社会が混乱すると、陰謀論を信じる人が急増しがちではあるものの、そうではない平時にも、陰謀論は私たちの社会的言説の背景として、何十年ものあいだ一貫して息づいてきた(1)。ただ、インターネットによって、陰謀論者が互いに結びつきやすくなったのは間違いない。陰謀論者は集団化し、耳触りのいいプロパガンダを生み出しつづけることで、影響力を拡大しやすくなった。ユーチューブやツイッターやフェイスブックのよどんだ沼地のような領域では、反ユダヤ主義的なコメントが盛んに投稿されている。また、〈マインズ（Minds）〉や〈ギャブ〉のような多くのサービスは「言論の自由」を叫び、主流のソーシャルメディア・プラットフォームから締め出されたイデオロギーの温床となり、歯止めの利かないヘイトを広める場所として白人至上主義者から愛用されている。そのほかにも、白人至上主義の立場を鮮明にするニュースサイト、フォーラム、ブログもある。

　白人至上主義者の世界観は、有色人種《ノンホワイト》への単純な憎悪というよりは、もっと多面的で複雑なものだが、それはユダヤ人の存在によるところが大きい。ユダヤ人を人種間の自然な序列を逆転させようとする極悪非道の敵とみなし、そんなユダヤ人と戦うために、残虐な行為や差別、人種によるカースト制の強化を武器とする。白人至上主義者のすべてのイデオロギーが反ユダヤ的な陰謀論を中心に展開されているわけではないものの、レイシスト団体に属する多くの人にとって、ユダヤ人は邪悪《イヴィル》であると同時に、イデオロギーを論じる上でなくてはならない存在なのだ。

　2019年の秋、私は極右のエコシステムのなかで反ユダヤ主義的なミームが生まれ、広まっていくのを目の当たりにした。それは、サウスカロライナ州チャールストンのアフリカ系アメリカ人の教会で教会員9人を殺害した21歳の白人至上主義者、ディラン・ルーフの犯行声明《マニフェスト》に書かれた考えに基づいていた。マニフェストでは、ルーフの激しい怒りと軽蔑のすべては黒人に向けられていたが、白人至上主義の有力者と親交のあったルーフは、「ユダヤ人問題」を完全に避けることはできなかった。ユダヤ人については「謎が多い《エニグマ》」とし、ユダヤ人問題を理解する際の根本的な問題は、ユダヤ人が白人とうまく同化できるかどうかにかかっていると指摘した。「24時間以内にすべてのユダヤ人をブルーに染めることができれば、大衆は目を覚ますと思う。いま起こりつつある事態が一目瞭然になるだろうからね」

このルーフの言葉に刺激され、2019年11月、〈テレグラム〉のある小さなチャネルがミームを生み出した。本当に「すべてのユダヤ人をブルーに染めよう」と呼びかけ、ニュースやポップカルチャーから取ってきた画像や動画をフォトショップで加工しはじめたのである。コラムニスト、最高裁判事、テック企業の幹部、大統領顧問、全員がさまざまな色合いのブルーに塗られていた。最高裁判事に指名されたブレット・カバノーに高校時代に性的暴行をされたと証言した女性、クリスティン・ブラジー・フォードの代理人を務めた弁護士らの画像は、ブルーに塗られて何千回も共有《シェア》され、閲覧された。画像では、雪のように白い本来の肌で描かれたブラジー・フォードの横に2人の弁護士が立っており、彼らはフォードのほうに体を寄せ、汚れた影響力を行使しているかのように、スミレ色に近いブルーに塗られていた。権力の場のいたるところにユダヤ人がいて、邪悪な目的を果たすために大衆の意思を動かしているという白人至上主義者の一貫した考えを表現したものだった。私は本書を執筆するための調査を通じて、これら多くのミームを生み出した思想の根幹を成す、毒をもった太い根っこについて学んだ。白人至上主義者が利用する体系立ったメッセージ、イデオロギー、思想的源泉を把握し、彼らが日々オンラインで交わす、過去と現在の憎悪が混じり合った感情を知った。現在の憎悪を理解するためには、過去を振り返る必要がある。歴史の色あせたページに押し花のように残された悪意に、私は立ち戻らなければならなかった。

第２章

The Jews

ユダヤ人

現代の白人至上主義は、いろいろな意味で、新しいイデオロギーではない。ソーシャルメディアサイトやチャットアプリやブログを通じて支持者を獲得しつつあるため、その普及方法は技術的には斬新と言えるかもしれないが、中心となる思想は、デジタル化以前の数十年間にわたる影響が積み重なったものだ。19世紀の科学的レイシズムから、20世紀後半のレイシストによる暗黒の未来《ディストピア》を描いた空想小説まで、偏見にとらわれた人々のあらゆる思想がごちゃ混ぜになって包含されている。

2019年には、ヘンリー・フォードやアメリカ・ナチ党を創設したジョージ・リンカーン・ロックウェル、極右活動家のウィリアム・ルーサー・ピアースといった人物が提唱した思想の多くが、あらためて注目を集めるようになった。ヘンリー・フォードが出版した『国際ユダヤ人（*The International Jew*）』のコピーは、オンラインで入手できるようになり、さまざまなバージョンが無料で提供され、販売されている。本書を書いている時点では、きれいに装丁されたペーパーバック版が書店バーンズ・アンド・ノーブルのウェブサイトで販売されていた。南部連合〔アメリカ南北戦争の際に南部諸州が形成した政治連合。奴隷制を支持する〕やジム・クロウ法〔南部の各州が19世紀末に定めた人種差別法〕の継承者による人種分離主義を記した派手なパンフレットは、グーグルで何度も検索されている。同様に、フォードが英語圏で普及させ人気を博した『シオン賢者の議定書（*The Protocols of the Elders of Zion*）』も、簡単に見つけられる。

また、骨相学（つまり「頭蓋骨の測定」）と人種科学も、ポリティカル・コレクトネス（政治的な公正さ）によって排斥され抑圧された学問分野とされ、オンライン上で復活しつつある。〈8チャン〉の匿名の投稿者が、私のスタイルをネアンデルタール人と比較し、「ユダヤ人はホモ・サピエンスではないし、ホモ・サピエンスである人類にあまり共感を抱いていない」と言い放ったのは、こうした学問の影響を受けたものだった。あらゆる古い思想がオンライン上で息を吹き返している。最悪の歴史が紙媒体の縛りや時間軸から解き放たれて漂い、憎しみを煽る人々の手に渡って支持を集めている。オンライン上で白人至上主義に加わる人たちの多くは、ユーチューブで語りかける人物の影響を受けて、あるいはフォーラムやグループチャットで勧められるままに、さまざまな情報源から手当たり次第に主義主張《プリンシプルズ》を取り入れ、それをほかの人に伝えていた。

そのなかで中心となるのが、反黒人主義（アンチブラックネス）である。白人以外の人種に対する憎悪は、アメリカ合衆国の建国に関わるイデオロギーの一つで、主流派《メインストリーム》から過激派《エクストリーム》まで、米国の政策、政治、経済状況のあらゆる部分に明白に表れている。作家のアダム・セルワーは、このカースト制をアメリカの「人種契約（racial contract）」と呼び、白人こそが人間だとしてそれ以外の人種を劣った存在とみなす考え方が、国家と国民との関係にも、白人以外の国民と白人の国民との関係にも見て取れると言う。だが、セルワーが指摘するとおり、現代の人種契約では、そうした白人以外の人種が置かれた低い立場は「目に見えないインクで書かれた補足事項」のようなもので、「その恩恵を受ける人さえ気づかない場合」に最も効果的に機能する。[1]

では、白人至上主義運動のメンバーと、米国政治の主流派を形成し、明確かつさりげなく黒人に対する人種差別を支持する人とのおもな違いは何なのだろうか。それは、人種契約という言葉を大いに楽しんでいるかどうか、人種間の不公平をもっと明白にしたい、もっと暴力的で、露骨で、完全なものにしたいと願っているかどうかにある。白人至上主義者は、白人以外の人々に暴力を振るいたい、自分たちの国を「浄化《クレンズ》」したい、国家的暴力や法的に認められない暴力を通じて白人以外のコミュニティを破壊したい、という思いに駆られている。こうした強迫観念の根底には、「世界を支配し、白人を弱体化する、ずる賢いユダヤ人が世界に拡散している」という強い思い込みがあり、それが白人至上主義運動の思想的な基盤をつくっている。現代のアメリカ政治の本流では、反ユダヤ主義は力を失っている。そのため白人至上主義者は、反ユダヤ主義を取り入れることで、ほかの人種差別思想との違いを強調することができている。

本章では、白人至上主義運動のメンバーが反黒人主義を正当化する思想的な枠組みを理解し、そうした現象そのものを考察するために、アメリカの反ユダヤ主義の歴史を見ていく。現代の白人至上主義運動は、ほかの人種を否定する人種差別的な考えの上に成り立っている。白人至上主義者は、そもそも黒人やほかの人種的マイノリティが自らの地位向上のために組織をつくり、好ましい社会変化を起こせるほどの知的能力をもつとは考えようとしない。人種間の平等が進展しつつあるのは、ユダヤ人が企てた陰謀のせいだと考えている。ユダヤ人は白人のすぐ近くにいながら悪知恵を働かせ、内部から白人社会の破壊を願っている――。そう考えるからこそ、白人至上主義者にとって、ユダヤ人は最も危険な存在なのだ。

＊

今日私たちが知っている反ユダヤ主義は、中世ヨーロッパにさかのぼる起源をもつ。「ユダヤ人は世界支配を目論んでいるに違いない」という説が初めて論じられたのは、中世の黒死病の時代、１３４８年から１３４９年にかけてのことだった。当時ユダヤ人は、キリスト教徒を全滅させるために結束して井戸に毒を入れたと非難され、スペインからフランスのストラスブールにいたる各地で起こった大虐殺《ポグロム》により大勢が殺害された。その後、19世紀になると優生学が思想上の主流となり、「ユダヤ人は遺伝的に区別されるべきで、あらかじめ遺伝的に定められた悪行を犯す民族だ」とする人種化された反ユダヤ主義が生まれてきた。アメリカでは、こうした考え方は、ヨーロッパの反ユダヤ主義の伝統と、憎しみによって生まれた現代の疑似科学から導き出されている。歴史家のレオナルド・ディナースタインが指摘するとおり、19世紀末までのアメリカで、ユダヤ人はヨーロッパ的な根強いステレオタイプと偏見に大いに苦しみ、「神を冒瀆する詐欺師」、キリスト教国家の部外者《アウトサイダー》と見られていた。とはいえ、当時はアメリカに暮らすユダヤ人は非常に少なく、「プロテスタントの世界のなかの点」でしかなかった。(2)

１８８１年、ロシア皇帝アレクサンドル2世が暗殺され、ロシア帝国ではポグロムの嵐が吹き荒れた。皇帝がユダヤ人の革命家によって暗殺されたと疑われたからである。キーウ（キエフ）とエリザヴェトグラード（現在のウクライナの都市キロヴォフラード）のあいだの地域では、さまざまなユダヤ人コミュニティが集団レイプ、大量虐殺、激しい破壊行為を受けた。(3)　１８８２年、皇帝アレクサンドル3世は、ユダヤ人に制限を加える一連の法律を制定し、その一部は「五月勅令」としても知られている。この法律は、ユダヤ人コミュニティに対する厳しい課税を打ち出し、田園地帯でユダヤ人とユダヤ人以外のコミュニティの分離を強制し、ユダヤ教の崇拝を制限し、またロシア帝国内でのユダヤ人の移動を禁止した[4]。その後1903年から1905年にかけて、暴力は激化し、ユダヤ人の虐殺はさらに増えていく。1881年から、合衆国議会が移民を厳しく制限する法律を制定した1924年までのあいだに、アメリカのユダヤ人人口は約250万人にまで膨れ上がった[5]。

　ロシア帝国の虐殺を逃れてアメリカに渡ったユダヤ人は、それ以前のユダヤ人移民とは違っていた。古い世代のドイツ系ユダヤ人移民は、西海岸や大草原地帯や南部を中心に米国全土に散らばり、農村地帯で商品を売り歩き、シンシナティやルイビルやニューオーリンズのような都市でひっそりとコミュニティを築いていた。多くのドイツ系ユダヤ人が信仰していた改革派ユダヤ教は、アメリカ文化への同化を奨励した。それに対して東欧系ユダヤ人移民は、どちらかと言えば大都市にまとまって定住した。絶望的に貧しい状態でたどり着いた者たちが多かった。伝統的な服装に身を包み、安息日《シャバット》や儀式的な食事の規則を守る東欧系ユダヤ人移民は、マイノリティながらも大規模で目立つ集団を形成した。こうした新しい、活気のあるコミュニティでは、さまざまなユダヤ文化が花開いた。ニューヨークのユダヤ系新聞は、社会主義（ソーシャリズム）を強く主張した記事を量産し、シオニズム〔パレスチナにユダヤ人の民族的拠点を構築しようとする思想・運動〕の信奉者らは、ユダヤ人のナショナリズムを高めようと大衆に呼びかけた。ニューヨークではイディッシュ語の演劇に騒々しい群衆が大勢集まり、エマ・ゴールドマンのようなアナーキスト〔国家や政府など一切の社会的・政治的権力を否定し、個人の完全な自由と独立を望むアナーキズム思想の信奉者〕は、ユダヤ人が海を越えて持ち込んだ革命的な思想を広めていた。いつの間にか、アメリカには都市部を中心に、厄介なユダヤ人移民のコミュニティが無秩序に広がっていた。見た目の上でも文化的にも、周りに暮らす人たちとは異なるコミュニティだった。

こうして、アメリカのユダヤ人が存在感を増し、人数も増えるにつれて、新たな偏見が生まれた。アメリカに渡って以来、ユダヤ人は、政治史家のマイケル・バーカンが「一般的な反ユダヤ主義（ordinary anti-Semitism）」と名づけるものに直面してきた。つまり「ユダヤ人は、大衆文化のなかで否定的に描かれ、社会的立場や住宅や職業の面で差別され、身体的または言葉によるハラスメントを受ける事件が相次いでいた」。だがその後、19世紀の最後の数十年で、アメリカに暮らすユダヤ人の数が増加しはじめるにつれて、強烈な反ユダヤ主義が現れるようになる。「社会問題の原因はユダヤ人だとして、反ユダヤ的なイデオロギーがあからさまに喧伝され、こうしたイデオロギーが政治運動にも反映された」[6]。ユダヤ人は、何世紀ものあいだアメリカに暮らしてきた。数が少なく冷遇されがちではあるものの、迫害の対象にはならないマイノリティとして生きてきた。だが、何百万ものユダヤ人の流入によって、「ユダヤ人」は一つの民族としてはっきり認識され、あらゆる憎悪を体現する存在として、争い、醜悪さ、苦しみの原因とみなされるようになった。また、建国以来、反黒人主義が染みついたアメリカという国にとって、この強烈な反ユダヤ主義は有効なツールであることも明らかになった。反ユダヤ主義と反黒人主義という2つのイデオロギーは、互いに関連し合って作用し、互いに精神的な刺激を与え合い、道徳的な根拠を提供し合い、決して乾くことのない毒の泉のような役割を果たしている。

やがて、進歩主義時代（1800年代末から1920年にかけて、アメリカで社会運動と改革が広範かつ精力的に進んだ時代）の訪れと同時に、アメリカの知識人のあいだでは、優生学と人種科学が盛んになった。黒人に対する敵意は、建国以来、アメリカ社会を形づくってきたが、人種科学と優生学は一流の学者たちにも偏見を植えつけた。当時の知識人はこう考えるようになった。ユダヤ人は、ずる賢く悪知恵が働く守銭奴という不変的性質をもった独特な人種であり、アメリカのアングロサクソン人とは根本的に異なり、同化することはできないのだ、と。たとえば、当時の知識人だったバートン・J・ヘンドリックは、1907年にマクルーア誌で、アメリカ合衆国は「ユダヤ人に侵略されている」と語り、ユダヤ人は生まれつき常に何かを獲得したがる性質をもつと非難した。ヘンドリックによれば、それまで彼が出会ったロシア系ユダヤ人は全員、土地を獲得しようと躍起になる「地主タイプの人間」で、取引ではあらゆる陰険な手を使ってライバルの息の根を止めようとしたという。(7) 優生学運動の中心を担った知識人であるエドワード・A・ロスは、ユダヤ人に対するヘンドリックの辛辣な批判に同意しつつ、それに科学的決定論の要素をつけ加えた。1914年にセンチュリー・マガジン誌のなかで、ロスは「ヘブライ人」の「民族性」に関する理論を示し、ヘブライ人は「生まれつき金儲けを好む」と説明した。ロスは、ある無名の校長の言葉を引用して、「研究が進んでも、何かを獲得したがるヘブライ人の性質があらためて明らかになるだけだ」と述べた。そして、「利己的で不誠実なヘブライ人の若者は、アメリカの学校で鍛えられた明晰な頭脳をもってしても、危険人物になってしまう」と書いた。(8)

確かに、ロスが指摘したユダヤ人の貪欲な性質と並はずれたスキルが本当だとすれば、「キリスト教徒が、取引や顧客をユダヤ人の侵略者《インヴェーダー》から守るために、屈辱的で見苦しい争いにやむなく巻き込まれたことに腹を立てている」としても驚くには当たらない。ロスはうんざりしたように警告した。「［ロシア皇帝《ツァーリ》が］600万人のヘブライ人の大半をアメリカに追いやることに成功したとしたら、我が国ではユダヤ人問題が持ち上がり、暴動が起こり、反ユダヤ的な法律が制定されるだろう(9)」

実際、「ユダヤ人問題」が持ち上がるまでに長くはかからなかった。よく知られるように、ユダヤ人問題は、ほかでもないアメリカでいちばんの実業家であったヘンリー・フォードによって提起された。フォードが1919年にディアボーン・インディペンデント紙（以下、インディペンデント紙）を買収し、新聞の発行を始めた頃には第一次世界大戦は終結していたが、戦争をきっかけに、アメリカには疑心暗鬼の空気が生まれていた。ボリシェヴィキ（のちのソビエト共産党）への疑念、反戦を訴える活動家や外国のスパイへの疑念、そして、それらすべてに置き換わる存在としてのユダヤ人への疑念である。1917年のロシア革命後に生まれた強い反共主義（アンチコミュニズム）のもとで、ボリシェヴィズムは事実上「イディッシュ語」と同じ意味とみなされていた。フォードのユダヤ人に対する敵意がどこから生まれたのか。それを完全に突き止めるのは難しいものの、フォード社の従業員らは、「第一次世界大戦の責任はユダヤ人投資家にある」という彼の発言を覚えている。また、インディペンデント紙の編集者だったE・G・ピップは、フォードが1918年まで、「頻繁に、ほぼひっきりなしに」ユダヤ人のことを口にしていたと述べている(10)。

1920年5月22日、インディペンデント紙は、『国際ユダヤ人——世界最大の問題（*The International Jew: The World's foremost Problem*）』という書籍を刊行した。それは、1922年1月

14日までに同紙で掲載された一連の週刊記事を集めた書籍の第1巻だった。「ユダヤ人の銅採掘王が戦争成金に」、「ユダヤ人がアメリカの野球のレベルを落とす」、「ユダヤ系ジャズが我が国の国民音楽になる」といった一部の記事は確かに世相を表していたが、そのほかの一連の記事は、当時の反ユダヤ主義的な陰謀論の中心的役割を果たしていた。たとえば、ユダヤ人は「世界の報道《ワールドプレス》」を支配している、自らの金銭的利益のために戦争を始めた、といった説が論じられ、何よりユダヤ人は生まれつき悪賢い性質をもった人種で、排他的な人種的結束を大事にすると主張された。この『国際ユダヤ人』の刊行によってユダヤ人という人種のイメージがアメリカ人の意識に植えつけられ、それは21世紀の今日まで根強く受け継がれている。ユダヤ人は青白い顔をした黒幕で、権力を意のままに操り、富を利用し、無慈悲で、世界を動かすための権力を欲しているというイメージだ。

1920年6月12日の紙面から以下を引用しよう。

世界を支配するユダヤ人は、金持ちではあるが、富よりはるかに強力なものをもっている。

すでに明らかにされているとおり、世界中でユダヤ人が支配的な立場にあるのは、裕福だからではなく、人種として商業的に優れた才能を有し、ほかの人種にはないユダヤ人としての絆と団結力をうまく利用しているからだ。つまり、国際ユダヤ人が現在手にしている世界支配を、キリスト教徒のなかで最も商才のあるグループに譲り渡したとしても、その支配は最終的にバラバラに崩れてしまうだろう。なぜなら、キリスト教徒は、人間的なものであれ宗教的なものであれ、あるいは先天的なものであれ後天的なものであれ、ユダヤ人がもつある種の資質に欠いているからである。

1920年7月24日、インディペンデント紙は、「『ユダヤ人議定書』の紹介」という記事を発表した。1903年にロシアで刊行された『シオン賢者の議定書』を紹介したものだが、この議定書は、フォードが入手したときにはすでに偽書であることが証明されていた。ユダヤ人指導者たちの会議のようなものの議事録とされ、キリスト教徒の数を計画的に減らし、キリスト教徒を貧困に陥れ、キリスト教世界を混乱させることで世界を組織的に支配しようとする、悪魔のような計画が書かれていた。結果としてこの議定書は、20世紀にあれほど多くの人命を奪うことになった強烈な反ユダヤ主義を生み出すことになった。インディペンデント紙はその後の一連の記事で、この文書を翻訳して幅広く紹介し、英語圏の何十万人もの読者に初めて広めた。記事では、ユダヤ人やその協力者による反論も取り上げられたが、それらはユダヤ人が公平で判断力の優れた反対派を不当に弾圧し、支配権を振るおうとしている証拠だと決めつけられていた。インディペンデント紙を傘下に収めるディアボーン・パブリッシング・カンパニーは　先述のとおり1920年から22年にかけて、それらの記事を『国際ユダヤ人』というタイトルの4冊組の本に編集して出版している。この本は著名人に無料で提供され、フォード社の販売店でも配布された。

『国際ユダヤ人』は、のちにドイツ語に翻訳されてナチ・ドイツに広まり、ヒトラーの反ユダヤ主義的なプロパガンダ活動に影響を与えた。ヒトラー自身がフォードの崇拝者であることを公言し、1938年には、ナチ政権が外国人に与える最高位の勲章であるドイツ鷲大十字勲章をフォードに授与している。[11] 反ユダヤ主義が大西洋を渡る時代の幕開けだった。アメリカのレイシズムと反ユダヤ主義がドイツ第三帝国の台頭と活動に影響を与え、逆に、ナチスのイデオロギーは一部のアメリカ国民に支持された。

1920年代から30年代にかけて、アメリカの反ユダヤ主義は新たな特徴を示すようになる。建国以来、キリスト教徒のあいだには反ユダヤ主義に加えてユダヤ人を見下す意識があり、キリスト教徒とユダヤ人のそうした関係性は当時も残っていた。だがいまや、さらに強烈な反ユダヤ主義が横行するようになる。『国際ユダヤ人』や『議定書』に書かれたように、悪賢いユダヤ人が世界支配を目論んでいるという考えに基づくイデオロギーが広まり、それは、何世紀ものあいだユダヤ人とキリスト教徒の関係性に浸透していた「ユダヤ人は子どもをさらう誘拐犯や貪欲な高利貸しで、キリスト教徒を殺す者《クライスト・キラーズ》」というステレオタイプをはるかに超える思想だった。フォードの出版物やヒトラーのプロパガンダによって、「ユダヤ人は世界を包囲する寄生虫《パラサイト》のような存在で、現代世界の悪の根源、悪の擁護者である」という見方が広まっていた。古い偏見の上に築かれたこの大きな世界観が、20世紀のその後の数十年間に白人至上主義イデオロギーを生み出し、現在まで続いている。そのため、20世紀に大いに広まった反ユダヤ主義的イデオロギーの本質を理解することなく、現代の白人至上主義を理解することはできない。白人至上主義者は、先人たちのこれらの書籍をやり取りし、この憎しみに満ちた有害な文章をチャットアプリ上でよみがえらせている。「自分たちは物語のような長い思想の歴史を歩んでいる」と彼らは信じているが、20世紀の強烈な反ユダヤ主義とそこから生まれた憎悪を考えると、それはあながち間違いではないだろう。白人至上主義者の思想は、古くからある激しい水源のようなものから生まれている。彼らは深い井戸から湧き出る苦い水を飲んで、力を引き出しているのだ。

＊

さて、20世紀のアメリカでは反ユダヤ主義に関わる事件が数えきれないほど起きているが、その詳細は本書では割愛する。ここでは強烈な反ユダヤ主義を体現し、現在インターネット上に広まる白人至上主義イデオロギーの土台を築いた重要人物を何人か紹介しよう。

20世紀前半、ヒトラーはヘンリー・フォードの反ユダヤ的な言説や、黒人隔離を定めたアメリカ南部の複雑な人種差別法に刺激を受けたと言われているが、反対に、アメリカの多くの扇動家たちはヒトラーの台頭に刺激を受け、ユダヤ人の絶滅を目指す反ユダヤ主義の正当性をますます強く訴えるようになっていた。フランクリン・デラノ・ルーズヴェルト政権に関する陰謀説も飛び交っていた。ルーズヴェルトの姓は、実はユダヤ系の「ローゼンフェルト」であって、「ユダヤ人の取引《ジューディール》」と皮肉られたニューディール政策の背後には、ユダヤ人の腹黒い企みがあるに違いないと言いふらす者もいた。その代表的な人物がウィリアム・ダドリー・ペリーである。ペリーは、「リベラシオン（解放）」として知られるキリスト教の秘密結社を創設し、「スピリチュアル優生学」コースのあるガラハッド大学を設立した（もっとも、大学そのものは長続きしなかった）[12]。１９３３年１月30日にヒトラーがドイツ首相に選ばれると、ペリーは別名「アメリカの銀軍団」とも呼ばれる「キリスト教民兵」の設立を宣言する。おそらく、ナチの「褐色シャツ隊」をまねてつけられた「銀シャツ隊」という名称のほうがよく知られているだろう。隊員数は1万5000人を上回りはしなかったものの、その支部はたちまち22の州に広がった。銀シャツ隊が掲げたイデオロギーは、ユダヤ人をアメリカから排除すること。ペリーは1936年、アメリカのユダヤ人全員の登録・迫害と、アフリカ系アメリカ人の再奴隷化いう要綱を掲げて大統領選に出馬し、ワシントン州から立候補した。さらに1938年になると、「白人キリスト教徒によるアメリカ」を守るために、銀シャツ隊のメンバーに銃身を短くしたショットガンを持たせ、自宅に2000個の銃弾を備蓄させるようになった。これは、数十年後に生まれる民兵運動の先駆けとなった(13)。

歴史家のディナースタインの推定によれば、1930年代には、明確に反ユダヤ主義を掲げる団体が100ほど設立されたという。アメリカの歴史全体を通して、そうした団体は「おそらく合計5団体ほど」だったことと比べると、これがいかに多いかがわかるだろう(14)。その一つが「新生ドイツの友」、のちに「ドイツ系アメリカ人協会」となる団体だ。当時のアメリカにおける最大のファシスト団体であり、全米約2万人の会員と10万人の支持者を誇っていた。アメリカのドイツ系国民を対象とし、会長は「アメリカのヒトラー」のニックネームで知られるフリッツ・クーンだった。1930年代を通じてこの団体は、各地で「ヒトラー青少年団（ヒトラーユーゲント）」のような子ども向けキャンプをおこない、ナチの反ユダヤ主義的プロパガンダを熱心に取り入れては普及させ、鉤十字と親衛隊（SS）の制服を身につけた独自の突撃隊員を養成した(15)。

ドイツ系アメリカ人協会は、やがて第二次世界大戦となるヨーロッパの戦争への不介入を強く主張していた。それに賛同したのが、同じく暴力的な反ユダヤ主義に基づく団体で、カリスマ性のあるカトリック司祭、チャールズ・カフリン神父が結成した「キリスト教戦線（クリスチャンフロント）」だ。ミシガン州ロイヤルオークのナショナル・シュライン・オブ・ザ・リトル・フラワー・バシリカ教会で説教を始めたカフリンは、やがて反ユダヤ主義運動の精神的指導者となり、国中から支持者を集めることになる。１９２６年には、ポピュリスト的な説教スタイルでラジオ放送にも乗り出した。１９３０年代になる頃には、カフリンの番組『ザ・アワー・オブ・パワー（*The Hour of Power*）』は全国の多くのラジオ局で毎週放送され、数百万人のリスナーを獲得した。１９７９年にワシントン・ポスト紙に掲載されたカフリンの死亡記事によると、この「ラジオ放送の王者」は１９３０年代を通じて約４０００万人のリスナーを獲得し、[16]「現代の高利貸」や「共産主義の赤い霧」への非難[17]から、やがて急進的な反ユダヤ主義、過激思想、ファシストを支持する説教を流布するようになったという。１９３８年のラジオ放送でカフリンは、『シオン賢者の議定書』の文章を広く引用し、資本主義が荒廃した責任はユダヤ人銀行家にあるとしつつ、同時にボリシェヴィズムはユダヤ人の陰謀だと非難した。また、ユダヤ人は「ユダヤ民族の優越性という自然主義的な思想に世界中の国々を服従させること」を目指していると訴えた。[18]同年11月9日から10日にかけて、「水晶の夜（クリスタル・ナハト）」が起こり、ドイツ各地でユダヤ人の命が失われた。ヒトラー政権率いるナチ・ドイツが、ドイツ中でシナゴーグを焼き払い、ユダヤ人商店を略奪し、３万人のユダヤ人を逮捕し、少なくとも91人が殺害された事件である。それから10日後、カフリンはラジオで、ロシア共産党中央委員会の59人の委員のうち56人が「権力をもつ」ユダヤ人マイノリティで構成され、「ユダヤ人ではない残りの３人の委員は、ユダヤ人女性を妻にもつ男性だ」と事実に反した非難をした。さらに、ロシア革命はユダヤ人銀行家から資金援助を受けておこなわれたと語ったが、これも誤りだった。カフリンはこう述べている。「私の考えでは、ナチズムは共産主義の影響を受けて生まれた。シナゴーグや金融やラジオや報道の世界で高い地位にあるユダヤ教徒が、共産主義の大義、その誤りや普及を率直に批判するまで……それは決して消えることはないだろう[19]」

要するにカフリンは、「共産主義を広めたのはユダヤ人だ。スターリンやレーニンといった共産主義のリーダーによる残虐行為は、ユダヤ人が直接全責任を負うべきだ」と考えていた。こうした反共感情に基づく反ユダヤ主義は、今日の白人至上主義者のあいだにも依然として残っている。

1938年、カフリンはラジオと自らが発行する雑誌『社会正義（*Social Justice*）』を通じて、反共民兵組織の結成を訴えはじめた。支持者らは熱狂してこれに応え、「キリスト教戦線」を結成したが、この組織が実際は反ユダヤ主義的な民兵組織であることは明らかだった。ディナースタインによると、キリスト教戦線の集会では、参加者は「ハイル・ヒトラー」と唱えながら敬礼し、「アメリカのユダヤ人の粛清」を支持したという。1939年から1942年にかけて、キリスト教戦線のメンバーはアメリカ各地でユダヤ人を暴行し、シナゴーグを襲撃し、ユダヤ系企業に黄色い星をつけて回った。こうした団体は、その設立趣旨においても主張においても攻撃的な姿勢を明白にしていたが、それはアメリカ人のあいだに広まる反ユダヤ感情を反映したものだった。当時の世論調査では、ユダヤ人はアメリカで「過大な権力」を手にしているという考えが常に大きな賛同を集めていた[20]。

1941年12月7日、合衆国が真珠湾攻撃を受けて第二次世界大戦に参戦すると、戦時中の政府は、国内で高まるファシスト運動のメンバーを厳しく取り締まるようになる。その結果、１９４０年代後半から50年代前半にかけて、露骨な反ユダヤ主義が急速に影を潜め、戦後は、ユダヤ人へのあからさまな嫌悪に反対する世論が高まった。法律面でも、数々の訴訟により組織的な宗教差別の禁止に向けて前進した。だがその一方で、反共主義の高まりや公民権運動の盛り上がりが、新世代の強烈な反ユダヤ主義を生み出すことになる。ヒトラーやフォードのユダヤ人観が再び支持を受けるようになり、それが当時の政治的対立にうまく当てはまったのだ。

20世紀中頃の反ユダヤ主義は、以前から存在するもっと直感的なほかの偏見を支える、イデオロギー的な土台の役割を果たしていた。そして、それは現在も変わらない。なかでも注目すべきは、ジム・クロウ法の廃止や公民権運動の高まりとともに、反ユダヤ主義と反黒人主義的レイシズムが深く結びついていたことだ。１９５４年、連邦最高裁判所はブラウン対教育委員会裁判で、黒人と白人の学生分離を違憲とする判決を下し、ジム・クロウ法に大きな打撃を与えた。この判決と人種統合に向けた動きを受けて、「マッシブ・レジスタンス」として知られる運動が起こった。マッシブ・レジスタンスは、南部の白人のあいだで起きた暴力を伴う報復的な反発《バックラッシュ》を遠回しに指した言葉である。南部の人々は高まりつつある公民権運動に対抗するため、「白人市民会議」を結成した。ディナースタインの言葉によれば、「熱心な分離主義者の多くは反ユダヤ主義者でもあり、ユダヤ人と人種統合を結びつけて考えていた」。だが、南部のほとんどのユダヤ人は、人種分離への反対を表明することには及び腰で慎重だった。「アメリカ南部連合の娘の会」が１９４８年に発行した回覧で、「南部の黒人を扇動するための資金の多くはユダヤ人から拠出されていて、活動家もユダヤ人が多い」と述べているとおり、南部のユダヤ人は、キリスト教徒である隣人の多くが自分たちに強い疑念を抱いていることに気づいていたからだ。一方で、北部のユダヤ人はそういう良心の呵責を感じることなく、南部の人種差別の廃絶を求める運動で重要な役割を果たした。ブラウン判決に至る訴訟を率いた「全米黒人地位向上協会（NAACP）」は、最高裁判所が判決を下した当時、ユダヤ人のアーサー・スピンガーンが代表を務めていた。

白人至上主義の扇動者《アジテーター》は、人種差別の主張に説得力を持たせるためにスピンガーンを利用し、ユダヤ人と「人種混交（race mixing）」を悪意ある陰謀によって結びつけようとした。その代表的な人物がJ・B・ストーナーである。ストーナーは10代の頃からクー・クラックス・クラン（KKK）のメンバーで、1958年にアラバマ州の黒人教会を爆破した罪で有罪判決を受けている。ストーナーは、1945年に「キリスト教反ユダヤ党」を結成した。同党が1955年に発行した『白色人種を守る（*Defend the White Race*）』というタイトルのパンフレットは、ユダヤ人と「人種混交」と共産主義を関連づけようとしていた。(21)「人種分離を廃止に導いたのはユダヤ人だ……NAACPの代表者が黒人ではなくユダヤ人のアーサー・スピンガーンだと知って、驚く人もいるだろう……ユダヤ人の人種混交計画は、白人だけでなくアフリカ系人種も滅ぼしてしまうだろう」とそこには書かれている。この恐ろしい計画を企てたのが、「ユダヤ人共産主義者」とされた。

ストーナーらによるこうした扇動に刺激されて、1957年から58年にかけて、白人至上主義者が南部のユダヤ人施設を爆破する事件が立てつづけに起きている。未遂のものもあれば、実行されたものもあった。シナゴーグ爆破未遂事件は、ノースカロライナ州シャーロット、同じくガストニア、アラバマ州バーミンガム、フロリダ州ジャクソンビルで起きた。1958年には、フロリダ州マイアミのユダヤ人学校別館とテネシー州ナッシュビルのユダヤ人コミュニティセンターが爆破され、さらにはジョージア州アトランタの歴史ある教会（ヘブライ慈善教会）が爆弾攻撃を受け、建物が大きな被害を受けた。(22)

この1958年は、ジョージ・リンカーン・ロックウェルが政治の世界に登場した年でもある。活動家としてのキャリアはわずか9年間と短いものの、ロックウェルはアメリカの極右のイデオロギーと戦術に強烈な足跡を残した。マッシブ・レジスタンスの開始から3年後、ロックウェルは、のちにアメリカ・ナチ党となる「自由経済国民社会主義者世界連合」をヴァージニア州アーリントンで結成した。ロックウェルの政治活動の土台となったのは、激しい反ユダヤ主義思想である。組織は決して大きくはなかったが、ナチを模した鉤十字と突撃隊の制服を利用することで、ロックウェルは過激派に名を連ねた。マスメディアに抜け目なく取り入り、活動を扇動する際に効果的な演出をおこない、全米の支持者から資金援助を取りつけることで、その後数十年にわたって大きな影響力をもちつづけることになる。「裏切り者」の「カイク」（ユダヤ人の蔑称）を絶滅させるべきとする、ロックウェルの激しい反ユダヤ主義は、当時のレイシズムや反共主義と混じり合って一体化した。「私も党の突撃隊も、ただ『共産主義と人種混交』に反対しているだけです。どちらも偶然、ユダヤ人が企てた陰謀ですが……」と繰り返し語るロックウェルは、組織の人数の少なさを悟られまいと政治劇を意のままに操っていた。彼が率いる突撃隊は、初期のイスラエル国をロマンチックに描いたヒット映画『栄光への脱出（*Exodus*）』にピケを張ったために、大規模な抗議運動を引き起こし、メディアでも大きく報じられた。さらに、1960年代初頭に南部で人種差別の反対者らがおこなった「フリーダム・ライド」〔黒人と白人がバスの同じ席に並んで座り南部を目指すという人種差別抗議行動〕と時期を同じくして、アメリカ全土で「ヘイトバス」を走らせた。また、合衆国憲法修正第1条をたびたび利用し、警察の保護を受けるなど国家権力を味方につけて、ニューヨーク市を含む反対派の多い地域で演説をおこなった。ナチの残虐行為を「でっちあげ」と呼ぶホロコースト否定論は、ロックウェルによって初めて主張され、それ以降現在に至るまで、レイシストから熱烈な支持を受けつづけている。1967年、ロックウェルは、不満を抱いた元突撃隊員に暗殺された。反ユダヤ主義とレイシズムと陰謀論を一つにまとめた白人至上主義の思想を確立し、レイシストのプロパガンダを広める手段としてメディアを最大限に利用した人物だった。

ロックウェルの死後、その信奉者の一人だったウィリアム・ルーサー・ピアースが、アメリカの過激派イデオロギーを受け継いだ。1970年代、このネオナチの若者の著書『ターナー日記（*The Turner Diaries*）』が、途方もない規模の暴力を生み出すことになる。1978年に出版された『ターナー日記』は、近未来の合衆国に白人のユートピアを築くための暴力的な闘争を描いた小説だった。この小説はフィクション作品として広く人気を集めた一方で、一部の熱心な読者は、小説が描いた人種差別が横行する空想の世界を実現するために、殺人をはじめとするさまざまな悪行を働くようになった。

白人至上主義者や陰謀論を信じる人から見て、『ターナー日記』はじつにしなやかな強さをもった、説得力のある物語だった。当時、この飾らないシンプルな散文体で綴られた作品は、銃の展示会や通信販売でも売られていた。白人の主人公アール・ターナーは、「オーダー」と呼ばれる地下組織のテロリストで、「システム」と呼ばれる多文化的なアメリカ政府に対する暴力的な革命に参加していた。物語はターナーによる日記形式で語られていく。主人公の言葉によると、「浅黒い、縮れ毛の、小柄なユダヤ人の男たち」が、白人の人種差別に反対するためにアフリカ系アメリカ人に金を渡し、白人アメリカ人の大多数に「ユダヤの魔法（Jewish spell）」をかけて、物質主義と自己満足に浸らせたという。

この『ターナー日記』に影響を受け、作品に登場する組織にちなんだ「オーダー」と呼ばれる白人至上主義のテロ集団が、銀行や現金輸送車を襲い、１９８４年には、コロラド州でユダヤ系ラジオの司会者だったアラン・バーグを射殺した。１９９５年にアルフレッド・Ｐ・マラー連邦ビルを爆破し、子どもを含む１６８名の犠牲者を出した犯人、ティモシー・マクヴェイが、この小説をイデオロギーの拠りどころとしていたこともよく知られている。ＦＢＩはこの作品を「右翼のレイシストのバイブル」と呼んだ。

『ターナー日記』がバイブルだとしたら、のちに白人至上主義運動の教理問答《カテキズム》をつくったのも『ターナー日記』の信奉者だった。オーダーの一員だったデヴィッド・レーンである。レーンは、アラン・バーグを殺害した罪で服役中に、「白人大虐殺《ホワイトジェノサイド》のマニフェスト」として知られる小冊子を執筆し、優生学の時代にさかのぼって白人の「種の自殺（racial suicide）」について警告を発している。レーンがこのマニフェストから抜粋した「私たちは自らの種族の存続と白人子孫の未来を守らねばならない（We must secure the existence of our people and a future for white children.）」という一文は、非常にシンプルな「14単語《ワーズ》」として、それ以降、白人至上主義の世界に広く普及した。しかし、そうした未来につながる道を見据えても、私たちは人種差別のイデオロギーに彩られた過去、そして現在に引き戻されてしまう。これまでアメリカの反ユダヤ主義の歴史を追ってきたが、ここからは現在の状況を見ていこう。

*

現代の極右勢力は、ユダヤ人が「白色人種の血を薄める」陰謀を企てていると言う。この陰謀にはさまざまな側面があり、「伝統的《トラディショナル》」な（すなわち、異性愛による典型的な生殖能力をもった）男らしさ《マスキュリニティ》に対する攻撃だけでなく、合衆国の人口構成を意図的に変えて、白人が占める割合を引き下げようとする企てでもあるという。レーンのマニフェストは、「白人の混血を進め、白人を圧倒し、絶滅させるためのシオニストの陰謀に、すべての欧米諸国が支配されている」と主張し、レイシズムと反ユダヤ主義を大胆に関連づけている。アメリカ人の心の底に植えつけられた反黒人主義と反ユダヤ主義の両方を前提にした陰謀論だった。「ユダヤ人は白人を服従させ、英雄的資質をもつ白人の存在感を弱めるために、白人の血を薄めるという巧妙な遺伝子実験を企てている」という説を、白人至上主義者は繰り返し主張する。「ユダヤ人は圧倒的に白人の多い国々で混血人種の『標準市民』をつくり出すために、人種混交を進めている。白人以外の人種は生まれつき頭が悪く、従順で、野蛮で、支配しやすいため、混血人種も同様の性質をもつだろう。ユダヤ人の世界支配にぴったりだ」という主張がさまざまな場所で論じられてきた。

極右の反ユダヤ主義の性質がおわかりいただけるのではないだろうか。彼らのターゲットは多くの場合、一般のユダヤ人である。権力者や権力の近くにいるユダヤ人ではない。だからこそ、近年注目を集める白人至上主義者によるユダヤ人攻撃は、手当たり次第にシナゴーグをターゲットにしていることが多い。また、ドナルド・トランプの支持者たちが大統領選挙の勝利を祝ってブルックリン、フィラデルフィア、セントルイスのユダヤ人墓地で墓石を倒した事件は、犯人こそ捕まっていないが、そのターゲットは支配権をまったくもたない死者だった。つまり、ユダヤ人の陰謀という考えは、権力や富に近いユダヤ人だけに向けられているのではない。極右の反ユダヤ主義を理解する上で鍵となるのは、「すべてのユダヤ人が悪のメカニズムに関わっている」という見方である。だからこそ、非常に恐ろしいのだ。老いも若きも、金持ちも貧乏人も、すべてのユダヤ人が白人に対する戦争の兵士とみなされている。ジョン・アーネストは、その点をマニフェストで明確に記している。アーネストは10代の白人至上主義者で、２０１９年4月にカリフォルニア州南部のパウウェイのシナゴーグを銃撃し、60歳のロリ・ギルバート・ケイを殺害したとされる人物だ。銃撃の直前に書かれたマニフェストには、次のようにあった。「ユダヤ人は全員、ヨーロッパ人種を集団虐殺《ジェノサイド》する緻密な計画の責任を負わなければならない。ユダヤ人は一団となって行動し、すべてのユダヤ人は意識的にせよ無意識にせよ、ほかの人種を奴隷化するための役割を果たしている」

白人至上主義者がユダヤ人を「ほかの人種を奴隷化する狡猾な人種」と考えていることは、彼らがヘブライ語やイディッシュ語の言葉《ターム》を織り交ぜながら話すことにも表れている。特に、オンライン上で活動する白人至上主義者は、イディッシュ語の仲間言葉《ヴァナキュラー》を使い、なかでも〔ユダヤ人にとっての〕「異教徒《ジェンタイル》」や「非ユダヤ人」を意味する「ゴイム（goyim）」という言葉を多用する。この言葉は、文字どおりの意味としては単に「民族」を指し、ユダヤ人の世界ではたいてい外集団と内集団を区別する言葉として使われているが、状況によっては相手を見下す意味にもなる。白人至上主義者は、自分はユダヤ人の本質を知っているという印象を与えるために、ユダヤ人の仲間言葉を得意気に使用し、ユダヤ文化の内部知識とされる情報をひけらかしている。「the Goyim know」、すなわち「ユダヤ人よ、われわれ異教徒はおまえたちの非道なおこないに気づいている」という表現も、インターネットのいたるところで、特にユダヤ人を攻撃する場合に好んで使われる。また、イディッシュ語で「ああ悲しいかな」という意味でユダヤ人がよく使う「オイベイ（Oy vey）」という言葉は、もっぱらユダヤ人の苦しみをあざ笑うために使われる。同様に、白人至上主義者がとりわけホロコーストを否定する文脈でホロコーストを指す場合に最もよく使う言葉は、ヘブライ語の「ショア（Shoah）」である。ユダヤ人が襲撃事件を事前に警告するために反ユダヤ的な感情や出来事、ホロコーストの記憶について語るとき、白人至上主義者は一般に、「Oy vey, anuddah shoah!（ああ悲しいかな。またしてもホロコーストだ！）」という極めて屈辱的な表現で返答する。ユダヤ人の苦しみと不安をあざ笑いつつ、同時にユダヤ文化に精通している印象を与えようとする言い回しだ。ユダヤ人と関連づけて金銭を指すときには、イスラエルの通貨である「シェケル（shekels）」という言葉を使うことも多い。また白人至上主義者は、タルムードの特定の一節を好んで引用する。タルムードの一部には、仮定の話として小児性倒錯《ペドフィリア》に関する記述が見られるため、6000ページに及ぶタルムード全体を児童虐待や性倒錯への讃歌であると非難し、自分たちはユダヤ人の聖典と「ユダヤ人種」全体の邪悪な性質をよく知っていると伝えることが彼らの目的なのだ。

オンライン上では、ユダヤ人に対する暴力を煽るために、社会的地位にかかわらずユダヤ人全員がターゲットにされている。白人至上主義者が、発言の目立つ著名な政敵だけでなく、一般のユダヤ人を無差別に恐怖で支配し、ユダヤ人であるがために安全ではないと気づかせようとしているさまを、私は何度も目にしてきた。たとえば、〈テレグラム〉上にある公開チャネル「ザ・ノーティサー」では、ユダヤ人だと明かしている人々のツイッターアカウントからスクリーンショットを集めて、それを何千人もの熱心な反ユダヤ主義の視聴者にさらして激しく攻撃していた。なんと恐ろしいことだろう。２０２０年5月の時点で、「ザ・ノーティサー」の会員数は1万１０００人にのぼり、そのチャットは〈テレグラム〉のユーザーに公開されている。チャネルの管理者は、１６００人を超えるユダヤ人のスクリーンショットを投稿していた。

名称からもわかるように、「ザ・ノーティサー」の目的は、表向きは白人として通そうとしているユダヤ人を攻撃することだった。政治的にも文化的にもキリスト教の価値観と暗黙の文化的前提に支配された国であるアメリカで、自分がキリスト教徒でないとはっきりと自覚しながら育った私は、自分がアスタリスク付きの白人であることを知っていた。ユダヤの星のアスタリスクである。第二次世界大戦後の数十年間で、私たちユダヤ人は白人に同化し、文化面でのゆるやかな変化によって、その社会的地位も向上したのかもしれない。だが、白人至上主義者はそうした人口動態の変化を、内部から白人に毒を盛り、白人を絶滅させるためのユダヤ人の策略と考えている。白人至上主義者にとって、それはユダヤ人の最大の罪であり、大いに罰するべきものだ。チャネルの管理者は、ユダヤ人が白人に溶け込もうとし、アメリカで白人として生きようとしていることに気づいていた。「ザ・ノーティサー」への投稿はすべて同じ形式に統一され、まずはターゲットの写真、その次に本人のさまざまなツイートが掲載され、本人がユダヤ人であることを明かしたツイートも必ず含まれていた。ターゲットにされたユダヤ人は、「仲間の白人のみなさん（fellow white people）」という表現をしばしば使っており、この表現は、「ユダヤ人が白人になりすまそうとしている」ことの具体的な証拠として白人至上主義者が利用するミームのようになっていた（肌の白いユダヤ人女性である私にとって、白人としての経験はいつも条件つきだった。つまり、私は警官を相手にするときや就職の面接では白人として通用したし、私の祖父母は亡くなるまでずっとアメリカ国民だったが、一方でシナゴーグに警備員がいる理由は知っているし、自分が白人とはいえ最終的にはユダヤ人だとわかっていた。それらは別問題だった）。「ザ・ノーティサー」やそれと似たような活動の目的は、ユダヤ人を白人から除外すること。ユダヤ人の曖昧な立場はユダヤ人自身の抜け目ない計画によるもので、白人至上主義者は細心の注意を払ってこれを阻止することができると明確に指摘することだった。

「ザ・ノーティサー」のターゲットとされた者は、たいていツイッター上で率直に意見を述べる、博識な人物だった。弁護士、大学教授、技術コンサルタント、プロデューサー、ジャーナリスト、作家といった人たちだった。ユダヤ人であること以外は何の罪もなく、大胆に意見を述べる人たちだった。だが、彼らの多くは、極右について何かを積極的に発表したり極右と関わりをもったりしたわけではなく、ネオナチから突然嫌がらせのターゲットにされた事実を知り、驚きと恐怖を感じていた。それこそが、こうしたチャネルのそもそもの目的だった。ソーシャルメディア上のすべてのユダヤ人に対して、昔も今も安全ではないと知らせることが目的だった。

２０１８年6月から7月にかけて、同様の出来事が起きた。ニューヨーク市にある正統派ユダヤ教のイェシーヴァー大学で、大学の写真共有サイトである「フリッカー」のページやほかの公開情報源から何千枚もの学生の写真が集められ、ネオナチサイト「ヴァンガード・ニュース・ネットワーク」に投稿されたのだ。学生たちは恐怖に震え上がった。コメント投稿者たちは、膨大なスレッドのなかで、「Juden」（ユダヤ人を意味するドイツ語）のような人種を見下す言葉を使いながら、ユダヤ人の「表現型」〔遺伝学の用語〕を見つけ出そうとして、大学とその付属高校の学生の写真を投稿していた。学生新聞の解説によると、「スレッドには、赤ん坊や夫婦やお年寄りの写真も数えきれないほどあった」という。女性向けの姉妹校であるスターン・カレッジに通う学生は、こう語った。「自分の写真がネオナチに笑いものにされたのを見て、狙われていると感じました。身の危険を感じて、自分がちっぽけな存在になったかのようでした」。私にはこの気持ちがよくわかる。ある学生は、ユダヤ教の大学に所属しているだけでターゲットにされたことが怖いと話していた。こうした言葉によって植えつけられる恐怖は、白人至上主義者が意図的につくり出したものだった。白人至上主義者の世界観のもとでは、すべてのユダヤ人は、白人男性を絶対的優位とする世界秩序と戦い、これを覆すことを生まれながらの人種の宿命としているわけだ。

極右派はユダヤ人に執拗にこだわり、その結果、過去に死者を伴う事件が起こり、それは現在も続いている。だが、そうした執着は憎しみをやみくもに積み上げるだけでなく、別の役割も果たしている。反ユダヤ主義という旗印のもとで、影響力のあるさまざまなイデオロギー、政治哲学、対立の絶えない多くの極右団体が一つにまとまっているのだ。人種間の憎しみはそれ自体が強烈で、人命に関わる力をもつが、大きく膨らむためには、より幅広い思想的なフレームワークが必要だ。だから、白人至上主義者は、自分たちが勇気ある抑制の効いた戦いを挑む「悪の全体《ホリスティック》システム」という概念を生み出すために、ユダヤ人を必要としている。鉤十字のタブーが若者を魅了し、社会学者は、第二次世界大戦後の数年間に起こった反ユダヤ主義的な暴力・破壊行為を犯した者たちを「情緒不安定な10歳から18歳の若者たち」[23]と評した。残虐な行為にふける喜びはイデオロギーとして形になり、一世紀にわたる反ユダヤ主義のプロパガンダは以前から敵を欲しがっていた熱心な活動家にとって教典のような役割を果たしている。こうしたいかがわしい土台の上につくり出されたのが、「同性婚、移民、社会正義を求める運動といったあらゆる問題は、邪悪で、抜け目なく、資金力も豊富な敵の陰謀のせいだ」とする世界観である。金槌を手に取ればすべてのものが釘に見えるように、白人至上主義者にとっては、すべての悪はユダヤ人に見えるのだろう。

第3章

過激主義運動「ブーガルー」の台頭

Boots on for the boogaloo

2019年の夏、ソーシャルメディアの世界では、白人至上主義者に対する風当たりが強まっていた。ツイッター、フェイスブック、ユーチューブといった主流のソーシャルメディアで広まったレイシストの主張や陰謀論に歯止めをかけるための取り組みが、実際には中途半端なものではあったが、大々的に発表されていたからだ。白人至上主義者たちは、相変わらず主流のソーシャルメディアで確かな存在感を放っていたが、別のツールも模索しはじめていた。匿名掲示板サイトである〈4チャン（4chan)〉や〈8チャン〉のような、長い歴史をもつハブサイトに対しても、彼らは疑いを抱きはじめていた。かつては、チャットアプリの〈ディスコード（Discord)〉がビデオゲーム愛好家のあいだで人気を博し、極右がオンライン上でやり取りするためのおもなツールとなっていた。2017年8月にヴァージニア州シャーロッツヴィルで開催され、死者も出る事態となった白人至上主義者の集会「ユナイト・ザ・ライト」も、その計画のほとんどが〈ディスコード〉上で練られたことがわかっている。だが、ヘザー・ハイヤーという名の女性が死亡し、数十人が重傷を負ったこの衝突からわずか2日後、アンチファシストを掲げる報道機関「ユニコーン・ライオット」が、〈ディスコード〉上で極右メンバーがやり取りした膨大なチャットの履歴《キャッシュ》を公表しはじめた。ユニコーン・ライオットは最終的に、〈ディスコード〉上の極右のメッセージを検索可能なデータベースとして公開し、次のように発表した。「ユニコーン・ライオット・ディスコード・

リークスは、データジャーナリズムを通じて国民の審査を受けるために、極右活動センターを開設します」。実際、そのとおりになった。プライバシーが守られている前提で極右らが自由な会話を楽しんでいたチャットが、アンチファシズムの活動家やアメリカのヘイト運動を報じるジャーナリストの目にさらされた結果、その多くの素性が特定され、暴露されたからだ。

２０１９年6月、私は〈8チャン〉で、あるスレッドを偶然見つけた。ニュージーランドのクライストチャーチで礼拝中のムスリム50人以上を射殺したブレントン・タラントが、〈8チャン〉に声明文《マニフェスト》を投稿していたことが明らかになったあと、そのユーザーらは、大勢の「おとり」が匿名掲示板を監視するようになったと不安を口にしていた。そのため〈8チャン〉ユーザーは、オンラインで意見を述べ、互いに交流するためのツールとして、別のプラットフォームがないかと探していた。〈ディスコード〉は簡単に侵入できてしまうことがすでに明らかになっていた（〈8チャン〉にマニフェストや襲撃の生配信《ライブストリーム》を投稿する銃乱射事件が数カ月のうちに3回起きたことを受けて、〈8チャン〉はその後、インターネットサービスプロバイダからオフラインにされた）。

結局、一部のユーザーは、暗号化された〈テレグラム〉に移っていった。〈テレグラム〉は２０１３年に開始《ローンチ》され、政治的意見を表明するプラットフォームとしてロシアで注目されるようになったメッセージングアプリである。暗号化キーの提出を拒否したことをめぐって、ロシア当局と法廷闘争を繰り広げていた（ニューヨーカー誌のファクトチェッカーを務めていた私は、ロシア反体制派の人たちと〈テレグラム〉で連絡を取っていた。そのうちの一人、チェチェン地方の仲介者は、同地方で権力を握るラムザン・カディロフに批判的な記事を私たちが発表したあと亡命を余儀なくされた）。しかし、そうしたプライバシー保護への断固たる姿勢が裏目に出て、２０１９年、〈テレグラム〉は極右の過激主義者が集まる場として有名になった。ソーシャルメディアで検閲を受けた者、そういう検閲を恐れる者が集まってきた。〈８チャン〉のスレッドでは、〈テレグラム〉で集まろう、と複数のチャネルがリストアップされていた。

そこで、私は２０１９年6月1日から、〈テレグラム〉の90以上の極右グループに参加するようになった。〈８チャン〉のスレッドでリストアップされていた英語チャネルが大半だったが、参加したグループを通じて自分で見つけたものもあり、多くは「プロキュアメント」と呼ばれるチャネルを通じて知った。「プロキュアメント」は、極右チャネルのリストを提示する、「自由な言論《フリースピーチ》のプラットフォーム」を自称していた。私がこれらのグループに参加した目的は、投稿者が安心して自由に発言できる環境で、極右の発言をこっそり観察し、その暴力や人種的な敵意、反ユダヤ主義を監視するためだった。彼らは〈テレグラム〉という新たなプラットフォーム上で、ありのままの自分を見せて熱心にやり取りをしていた。私自身はそういう活発なチャットには参加せず、バナナの絵をアヴァターとする目立たない人物「トミー」として、ただじっと身を潜めていた。チャットの参加者やチャネル加入者の大部分は、私と同じく匿名のため、私は特に注目を集めることはなかった。さらに自分の素性をわかりにくくするため、アプリの登録には架空の電話番号を使った。

２０１９年6月27日に発表された「南部貧困法律センター（ＳＰＬＣ）」の報告書によると、ネオナチのウェブサイト「デイリー・ストーマー」は、２０１８年8月に〈ディスコード〉上で「ＳＰＬＣがあなた方を監視している」と支持者に警告し、白人至上主義者に向けては〈テレグラム〉

のエンド・ツー・エンドの暗号化を代替《オルタナティブ》ツールとして推奨した。報告書ではさらに、〈8チャン〉のような掲示板サイトと比べて〈テレグラム〉がもたらす危険性の大きさが指摘されていた。〈テレグラム〉では、「過激主義者は、表向きのプロパガンダが投稿されるチャネルでつながり、その後、同アプリの暗号化されたチャット機能を利用して非公開で絆を深めることができる。そこで計画されたテロ行為は、法執行機関から発見されにくい」という。私自身が見たところでは、ミームがカオスのように飛び交い、暴力が呼びかけられ、「敵《エネミー》」になる可能性のある人たちに関する詳しい個人情報が暴露されている――それが極右チャネルの特徴だった。

各チャネルには刺激的な名称がつけられ、その多くは、反ユダヤ主義のプロパガンダを広めることに純粋に力を入れていた。〈8チャン〉では、〈テレグラム〉の15チャネルのリストが図式化され、「反ユダヤ主義ギルド」という名のもとでグループ化されていた。〈テレグラム〉ユーザーのイデオロギーを急進化させるために、ネットワークのような図を示しているものもあった。たとえば、ユーザーは「入門レベルの現実把握（entry-level redpills）」というチャネルからスタートし、「ゲイやトランスジェンダー問題（gay trans agenda）」や「最高の画面キャプチャとタメになる読み物（based screencaps and good reads）」といったチャネルに誘導されていく（「based」は「極右のイデオロギーに忠実であること」を指して頻繁に用いられる用語である）。かつて下院議員候補だったポール・ネーレンが運営するチャネルを見たこともある。ネーレンは、ドナルド・トランプの支援を受け、ポール・ライアンの対立候補として下院議員の予備選挙を争った人物だ。激しい反ユダヤ的見解のためにツイッターから利用停止措置を受け、ウィスコンシン州共和党からも支援を拒否されていた。私はほかにも「GenＺＹＫＬＯＮ」、「ＫｉＫｅＳＣｅＮＴＲａＬ」、「ジューイッシュ・リチュアル・マーダー・アボーション・サタニズム・ピザゲート（Jewish Ritual Murder Abortion Satanism Pizzagate）」、「ジューデンプレス・モニター／アーカイブ（Judenpresse Monitor/Archive）」、「ホロホークス・ミーム・アンド・インフォ（Holohoax Memes & Info）」、「ジューズ・オウンＵＳＡ（ウォーズ・メディア・バンクス）（Jews Own USA（Wars Media Banks））」といったチャネルにも参加していた。「メイク・アメリカ１１０（MakeAmerica110）」と呼ばれるチャネルもあり、これは「ユダヤ人はこれまで１０９カ国から追放されてきた」という、白人至上主義者がよく持ち出す数字にちなんだ名称だった。アメリカを１１０番目にしたいと彼らは考えていた。

参加者の人数はチャネルによって異なり、22人と小規模なものもあれば、５０００人が参加する大規模なものもあった。ユーザー同士が会話できるオープンチャットもあれば、個人のチャネル管理者が加入者に対して、ミーム、ニュースリンク、動画、ソーシャルメディアの投稿、非難を拡散するフィードとして運営されているものもあった。２０１９年6月5日の時点で、私が参加していたチャットの参加者は合計3万２３８０人にのぼった。ヴァイス・ニュースの記者であるテス・オーウェンは、２０１９年10月に公表した調査で、〈テレグラム〉について徹底的な分析をおこなっている。調査では、過激主義者がフェイスブックやツイッターなどの主流ソーシャルメディアから締め出されたのを受けて、〈テレグラム〉は同年に極右のプラットフォームとして飛躍的に成長したことが明らかにされていた。オーウェンが監視したあるチャネルは、参加者が1日で数倍になり、1万人にのぼった。調査対象となった１５０の極右チャネルのうち、3分の2以上は２０

19年に設立されており、22のチャネルは、ブレントン・タラントがクライストチャーチで起こした銃乱射事件の翌月に設立されていた。また82のチャネルは、この事件以後に開設されたもので、そのためかパイプ爆弾や手づくり銃《ホームメイドガン》のつくり方、来たるべき人種戦争のための生存マニュアル、銃乱射事件の実施ガイドを広めるなど、暴力行為の準備を中心に扱っていた。

私が参加していたチャネルには、それぞれ異なるテーマがあるようだった。「Gen ZYKLON」のように「Z世代」（Generation Z は人口統計学者が生み出した言葉で、ポストミレニアル世代を指す）の若者たちへのアピールを目的とするチャネルもあれば、ユダヤ人の背信行為や人種差別的なミームに注目するチャネルもあった。もっとも、実際には、あるチャットルームで生まれたメッセージはほかのチャットルームでも使われることが多い。そのため、重複しつつも異なる視聴者を対象に、同じ反ユダヤ的なミームや人種差別的なミームを繰り返し目にするのは珍しいことではなかった。

黒人や褐色人種に対する凄惨な暴力動画は、何の脈絡もなく流れていたため、チャットルームを開くと、黒人の手が切断される動画が目に飛び込んでくることもあった。そのためユーザーは、白人以外の人々への暴力に次第に鈍感になってしまう。チャット上での口ぶりは、非常に真剣なものもあれば、ひどく子どもっぽいものもあった。極右グループ間での対立が頻繁に発生し、ユーザーは、攻撃し合う際には、少なくとも互いを「ホモ（faggots）」や「カイク（kikes）」と非難し、ゲイや恐ろしいポルノのスパムを送りつけることで「襲撃（raiding）」した。チャット参加者はたいていが男性で、ホモフォビア（同性愛に対する激しい嫌悪）に賛同しながらも、ユーモアを交えて発言する者もいた。とはいえ、たわいない冗談は、理念を語る大真面目な熱弁によってかき消されがちだった。「アメリカの選挙政治は行き詰まった。だから暴力による革命を起こす必要がある」と主張する長文が投稿され、マイノリティとユダヤ人に対する厳しい批判が延々と続くように見えた。チャットルームでは、そうした異なる種類の会話のリズムが区別のつかないほどに重なり合い、際限なく扇動が繰り返され、参加者同士には心地よい仲間意識が生まれていた。

　参加者たちは、さまざまな文書を交換し合っていた。ブレントン・タラントの「白人大虐殺《ホワイトジェノサイド》マニフェスト」、『ターナー日記』のＰＤＦ文書、ジェームズ・メイソンの『シージ』、ホロコースト否定に関するマニフェスト、アドルフ・ヒトラーに関する引用といった具合だ。共和党がイスラエルを積極的に認めていることに不快感と不満の声を上げ、ユダヤ人の「堕落《デカダンス》」、世界支配、性倒錯といった、ヒトラーやヘンリー・フォードが生きていたら誇らしく思うであろう話題に関するミームをやり取りしていた。オルトライトが勝手に使いはじめたアニメのキャラクター「カエルのぺぺ」のミーム、鉤十字のバナー、本来あるべき純粋な白人家族の画像などをやり取りし、また「彼らに奪い取られたものを忘れるな」といったスローガンを送り合っていた。主流メディアのニュースを入念にチェックし、人種的な敵意が刺激される報道には飛びついた。その一つが、２０２０年5月、ジョージア州で25歳の黒人男性アマード・アーベリーが、武器をもっていないのに白人の自警団に追いかけられ、射殺された事件である。この事件の動画はインターネットで拡散され、主流メディアで盛んに取り上げられ、与野党双方の政治家も声を上げた。事件が起きたのは同州のブランズウィック。アーベリーは、生まれ育ったこの街でジョギングをしていたところ、トラヴィス・マクマイケル（34歳）とグレゴリー・マクマイケル（64歳）が運転する軽トラックに追いかけられ、何度も銃撃された。グレゴリーは近頃、警官を退職したばかりだった。だが警察は動こうとせず、マクマイケル親子が殺害の罪で逮捕・起訴されるまでに、事件発生から74日がかかった。マクマイケル親子は容疑を否認し、本書を書いている時点では公判待ちの状態だ〔地元裁判所は2022年1月7日、終身刑を言い渡した〕。極右チャネルはアーベリーの死に沸き立ち、彼のことを「黒人の犯罪者」、「武装した強盗」などと犯罪者呼ばわりした。事件を受けて、黒人の人々が趣味のジョギングを楽しむ際にいかに危険を感じるかを訴える文章や分析を発表すると、極右の〈テレグラム〉ユーザーは、「Nワード」（遠回しに黒人を指す言葉）の代わりに「ジョガー（jogger）」という言葉を使いはじめた。「ジョガーの音楽を聴いて、ジョガーを大統領に選ぶ……アメリカはジョガー好きのジョガーの国なのさ」。これは2020年5月8日に、「ザ・ビューロー・オブ・ミーメティック・ウォーフェア（The Bureau of Memetic Warfare）」というチャネルの匿名管理人が投稿した言葉である。

参加者たちはユダヤ人に対する暴行動画も日常的にやり取りし、またユダヤ人の典型的な存在として「シュロモ（Shlomo）」というユダヤ人男性の名前をたびたび引用した。「Gen ZYKLON」のあるユーザーは、朝寝坊をする癖を「マイノリティみたい」だと嘆き、直すことを誓っていた。「今朝はシュロモにならなかったよ」、「今日は大丈夫。起きたら、来たるべき人種戦争の準備をするんだ」などと書き込んでいた。

多くのチャットが話題にするテーマは、間近に迫る「人種戦争（race war）」のことばかりだった。人種戦争は、「マインクラフト（Minecraft）」、「例のこと（The Hootenanny）」、「万聖節（All Saints' Day）」、「崩壊（the collapse）」、「ロープの日（Day of the Rope）」などと隠語でも呼ばれていた。たとえば、約4000人の加入者を抱えるチャネル「シミネムズ・シージ・シャック（Sminem's Siege Shack)」では、人種差別、反移民、反ユダヤなどのプロパガンダを絶え間なく流す一方で、人種戦争を生き残るためのアドバイスもしていた。加入者には、木ガスの製造法からモールス信号の学び方、ジオキャッシュ〔GPS機能を使った地球規模の宝探しアクティビティ〕や木炭のつくり方まで、さまざまな情報が提供されていた。「例のことが起きれば、あなた方は自宅や活動場所から締め出されてしまう。生き残るために必要な物《アイテム》をどこかに隠して、その在りかを地図にしておいたほうがいいでしょう」とチャネルの責任者は書いていた。「人種戦争」とは黙示録さながらの社会崩壊だ。人種戦争が起これば、白人至上主義者はアメリカのマイノリティに対して極めて暴力的な夢物語《ファンタジー》を実行できる。過激主義者の会話のなかでは、常にそんな「終末の日」が意識され、皮肉と心からの憧れをもって語られていた。人種戦争を意味する隠語として最もよく使われる言葉は「ブーガルー（the Boogaloo）」だろう。「ブーガルー」はもともと、ブレイクダンス映画の続編として1984年に公開され、酷評された『ブレイクダンス2／ブーガルビートでTKO！（*Breakin' 2: Electric Boogaloo*）』に由来し、その後「第二次南北戦争」を意味するようになった。2020年晩春の頃、新型コロナウイルスの流行に伴う州政府による隔離やロックダウンに反対する極右デモが全米に広がり、「ブーガルー」という言葉はにわかに世間の注目を集めるようになった。ブーガルー運動は、完全武装した白人ナショナリスト、反ワクチン活動家、陰謀論者、反政府ミリシア運動のメンバーなどが加わるゆるい連合体だった。監視団体「テクノロジーの透明性に関するプロジェクト（TTP）」の報告によると、ブーガルー運動に熱心に取り組むフェイスブックページが大規模なネットワークとなって、合衆国政府の補給ラインの破壊方法、政府当局者の暗殺方法といった過激なコンテンツを提供していた。フェイスブックのモデレーターの目をくぐり抜けようと、「ブーガルー」を変化させて「big luau（luau とはハワイの祭礼のこと）」、「boog（ブーガルーの短縮形）」、「big igloo（大きなかまくら）」のような名前をつけたページもあった。これらのグループには、ヒトラーを称賛する白人ナショナリストが大勢参加している、とＴＴＰは言う。抗議運動では、極右の活動家はライフルを手に、南部連合国旗と「自由《リバティ》かブーガルーか」のようなスローガンを書いたプラカードを掲げていた。オハイオ州コロンバスでは、ユダヤ系人権団体「名誉毀損防止同盟（ＡＤＬ）」から「国民社会主義（ナチズム）運動」のメンバーとみなされた男性が、ユダヤの星とユダヤ人の風刺画と「真の悪疫《リアルプレイグ》」というプラカードを掲げて、デモに参加している。だが、数週間後の２０２０年6月、黒人に対する警官の暴力に抗議する運動が全米に広がると、「ブーガルー」の賛同者らは、今度はいち早く「ブラック・ライブズ・マター」運動〔「黒人の命は／命も大切だ」などと訳されるが定訳はない〕の激しい抗議活動に参加した。とにかく武器を手に襲撃をおこない、抗議運動を人種戦争へとエスカレートさせたいという意図が見て取れる。

　ブーガルー運動は、オンライン上で生まれた過激派の言葉が、現実世界の結集にまで波及した典型例と言えるだろう。もとは軽い冗談として口にされていた暴力を欲するむき出しの願望がミームを生み出し、皮肉を好む若者たちのあいだで広まった。遠回しな表現や下品なユーモアの影には、「人を殺したい」という願望が潜んでいる。

*

かつて、荒っぽい露骨な反ユダヤ主義は、盛んに暴力を奨励していた。だが、いまやそれは露骨に表明されるほうが珍しく、むしろ「革命を起こそう」と遠回しに語り、武器を手に取り、己の理想のための戦いに備える場合のほうが多い。

たとえば、「エンド・カルチュラル・マルキシズム（End Cultural Marxism）」と呼ばれるチャットルームのあるユーザーは、移民のせいでアメリカは死に直面している、と語っている。移民は文化的・社会的な結合に終止符を打つ「銃弾」だ、共和党は移民に反対する人の頭に銃を突きつけた、と言う。「制度全体が不正に操作されているんだ。勝つためには、事態をひっくり返すほかない」と男は投稿していた。また、風化したピクニックテーブルの上に、銃身の長い銃《ロングガン》がずらりと並んだ写真をアップしているチャネルも多い。「いざというときに完璧な武器を選ぶことはできないけれど、戦うことはきっと選べる」と、「ザ・ウェイ・ダウン（The Way Down）」というチャネルのユーザーは投稿していた。「テラーウェイブ（Terrorwave）」、「ハンズ・ライト・ウィング・テラー・センター（Hans' Right Wing Terror Center）」、「ヴェットウォー（VetWar）」などのチャネルは、極右の加速主義の思想、つまり白人至上主義者による革命は政治や言葉ではなく暴力を通じてのみ達成でき、チャンスはいましかない、という考えに積極的に賛同していた。また、「レイズ・カウボーイ・サロン（Rey's Cowboy Saloon）」というチャネルでは、「火炎放射器は全米50州すべてで合法で、登録は必要ない」という情報を約１２００人の加入者に流していた。「それにナパーム弾をつくるための混合物を合法的に購入することもできる」と匿名のオペレーターが、火炎放射器の販売サイトへのリンクとともに書き込んでいた。

　メディアに登場する解説者の多くは、アメリカで白人至上主義が台頭した原因をもっぱらトランプ元大統領のせいにしたがる。確かに、トランプが白人至上主義を煽り立てる役割を果たしたのは紛れもない事実だ。しかし、チャットルームのやり取りを見れば、共和党が以前にも増して右寄りになりつつある昨今でも、極右の主張が共和党の政策と異なることは明らかだ。保守派の社会政策が大企業に好意的なのに対して、チャットでは、資本主義へのそこはかとない不満が根強く浸透していた。大企業はユダヤ人に支配され、企業はブランド価値を高めようと広告やツイートでいい加減な宣伝をし、社会的良心に反した行動を取っているという考えは、企業の堕落を示す証拠と受け止められていた。外交政策についての議論は、「ドナルド・トランプはイスラエルの操り人形《パペット》だ」という思い込みやアメリカとイスラエルの同盟に対する怒りであふれ、イランとの紛争を含むすべての対外戦争は、血を求めるイスラエルの欲求を満たすためのものだとされていた。

　こうした態度は、トランプに対する大半の極右のスタンスを表したものだった。トランプはイデオロギーの面では極右に同調していたが、さほど急進的ではなく、また取り巻きにはユダヤ人が多く、白人至上主義者が忌み嫌う多元主義の社会通念に曖昧な言い方であっさり譲歩した。過激派からすれば、ナチ・ドイツ時代に街でマイノリティやユダヤ人を銃殺した特別行動部隊《アインザッツグルッペン》のような組織がつくられず、自分たちが参加を求められなかったという事実は、白人至上主義運動の救世主としてのトランプへの期待を捨てる理由としては十分だった。それでも、トランプがあからさまに人種差別的な選挙運動を展開し、選挙に勝ち、大統領に就任したことは、アメリカの白人至上主義運動に新たな活気を吹き込んだ。既存の集団が強化され、拡大し、新しいファシスト集団が急増した。オルトライトに好意的なイデオロギーを公然と信奉するスティーブ・バノンが、トランプの選挙戦の最終段階を取り仕切ったことも追い風になった。にもかかわらず、その後数年をかけて、ファシスト集団のトランプに対する評価は、「勝利」から「幻滅」へと変わっていった。

もちろん、トランピズム（トランプ主義）は白人至上主義運動を喚起し、勢いづかせたし、それにより、白人ナショナリストたちが選挙によって自らの代表を国政に送り込むことができると感じるようになったのは確かだ。しかし、彼らの側の焦りに加えて、トランプ自身がかつて打倒を約束した保守派のエリートの多くと折り合いをつけたことは、その期待を着実にしぼませていった。

２０１６年の大統領選挙は、多くの白人至上主義者にとって絶頂期だった。オバマ政権時代には政治的対話のメインストリームからまったく隔絶されていたイデオロギーがよみがえる、そんな期待が高まった（オバマ政権時代に起きた保守派のティーパーティー運動に関するメディアの議論は、その露骨で根強いレイシズムにはおおむね触れようとしなかった。残念ながら、そうした近視眼的な報道は、トランプの台頭においても、またトランプ支持者の動機の分析においても続いていた）。トランプが勝利したとき、白人至上主義者がどれほど歓喜したかは言い尽くせない。アメリカ中の白人ナショナリストの腕に、熱いアドレナリンが打ち込まれたかのようだった。２０１６年11月、デイリー・ストーマーは、トランプの勝利を熱狂的な言葉で称賛した。サイト創設者であるアンドリュー・アングリンは同年11月9日、次のようにコメントしている。「われわれは勝利した……われわれのすべての取り組みは報われた。我らの輝かしいリーダーが神聖なる皇帝《ゴッドエンペラー》の座についた[1]」。トランプが勝利した10日後、「国家政策研究所（ＮＰＩ）」が会合を開き、クライマックスとなる悪名高いスピーチをおこなった。ＮＰＩは、その一般的な名称とは裏腹に、根っからのレイシストであるリチャード・スペンサーが設立した、熱心な白人ナショナリストによるシンクタンクである。２００人の聴衆を前に、スペンサーは「トランプ万歳《ハイル・トランプ》！　国民万歳《ハイル・アワピープル》！　勝利万歳《ハイル・ヴィクトリー》！」と叫び、聴衆はナチ式敬礼で応えた。その前夜、スペンサーは支持者に向けて「１９３３年のように盛り上がるときだ」と語ったという。言うまでもなく、１９３３年はヒトラーがドイツの首相に指名された年である。スペンサーは喝采に応えて、「２０１６年のいま、再び盛り上がろう！」と呼びかけた(2)。

翌２０１７年、ヴァージニア州シャーロッツヴィルで開かれた「ユナイト・ザ・ライト」で極右派は、アメリカ政治のなかで一目置かれる立場を手に入れたことを、自分たちの代表者として共感できる大統領を擁していることを、力を誇示することで見せつけようとした。集まった人数を誇示するだけではない。トランプの勝利と大統領就任は、アメリカ社会のなかで自分たちの信念が承認されたことだと信じ、それを誇示したいと考えたのだ。トランプは恥ずべきことに、集会の混乱でヘザー・ハイヤーが死亡したあとも、デモに参加したファシストを擁護する発言を繰り返した結果、政界のさまざまな方面から激しい反発を受けた。だが２０１９年になる頃には、「自分たちの願いに耳を傾け、暴力的な夢物語を実現してくれる」「神聖なる皇帝」へのファシストの期待は、ほぼ完全にしぼんでいた。保守派の上層部はトランピズムと折り合いをつけ、一方でトランプは、共和党内のさまざまな声を取り入れ、あるいは懐柔し、両者の影響力は明らかに均衡していった。トランプは、自分に大きな期待をかける白人ナショナリストよりも、共和党選出の議員におもねる姿勢を見せた。議員たちの力なくして目標を達成することはできず、イスラエル問題、税率の引き下げ、裁判官の任命に関して、彼らを抱き込む必要があったからだ。トランプは２０１７年12月、在イスラエル米大使館をテルアビブからエルサレムに移す決断をした。この決断は保守派のキリスト教福音派からは広く歓迎されたものの、極右からは最後の一撃とみなされた。熱狂的な反ユダヤ主義を掲げる新南部連合系組織「南部連盟」の広報責任者であるブラッド・グリフィンは、大使館の移転に反対の意をブログで端的に表明している。

結局のところ、〔右派のユダヤ人で多額の献金者である〕シェルドン・アデルソンとユダヤ人組織は、トランプと共和党から欲しいものを手に入れた。アサド追放のためのシリアでの地上戦は別として、ユダヤ人は今年になって欲しいものをすべて手に入れた。ウォール・ストリートは高笑いしている。大型減税が実現しようとしているからだ。シャーロッツヴィルの事件を受けた〔ユナイト・ザ・ライト、白人至上主義者、クー・クラックス・クランを非難する〕決議は、米連邦議会において全会一致で可決され、トランプはこれに署名した。イラン核合意は取り消された。トランプは明日、「ハヌカ」〔12月におこなわれるユダヤ教の祭り〕を祝うために、ホワイトハウスで高額献金者のユダヤ人と面会するという。

「トランプはユダヤ人の目論見にはまってしまった」という見方は、２０１７年から２０１８年にかけて強まり、白人至上主義者は、トランプの顧問を務めるユダヤ人たちを悪質な、腹黒い勢力とみなすようになった。とりわけ、トランプの義理の息子でユダヤ人のジャレッド・クシュナーは、大統領の娘イヴァンカ・トランプの純粋な白人としての女性らしさ《ホワイト・フェミニティ》を異人種間結婚によって奪い、堕落させた人物とみなされた。２０１７年12月初旬、トランプの勝利を熱狂的に祝してからわずか1年後には、デイリー・ストーマーはホワイトハウスを「ジューハウス（ユダヤ人の家）」と呼び、クシュナーと、当時大統領の経済担当補佐官だったゲイリー・コーンの存在にひどく腹を立てていた。

　トランプは過激な表現を好み、暴力を容認し、公の場で人種差別的な発言をする傾向があり、これらを進んでおこなったからこそ大統領選挙に勝利した。だから白人至上主義者は、白人以外の人種から成る国を浄化し、自分たちが夢見た「白人のエスノステート」を創設できる政府が現れたのかもしれないと、人生でほぼ初めて期待を膨らませた。トランプの政策は、そういう方向性を強く示していた。政権は合法的な移民を厳しく制限し、メキシコ国境では家族を引き離すという残酷な政策を大規模におこなった。これらの政策は２０１７年春に開始され、その翌年には政権の公式見解となった[3]。大統領の上級顧問（移民政策担当）を務めたスティーブン・ミラーは、白人ナショナリストの心情に文書で共感を示し、過激主義者のウェブサイトを閲覧し、合衆国への合法的な移民を完全に停止したいと表明していた。トランプの人種差別的で排外主義的な発言は、大統領就任後もなくならず、有色人種の反対派を組織的に狙い撃ちして公然とやり玉に挙げるなど、大統領職というメガホンの助けを借りて継続されただけだった。トランプは、抗議デモの参加者に対する警官の暴力行為を繰り返し擁護し、自分を批判する黒人の人々を異常な敵意をもって攻撃した。

　こうした政策や発言は、明らかにアメリカの多くの有権者を怖がらせ、一刻を争う切迫感をもって、「プログレッシブ」と呼ばれる急進左派の結束を促した。やがて、プログレッシブ派は、選挙でかなりの得票数を獲得するようになる。彼らは移民や有色人種に対するトランプの露骨な敵意を踏まえて、政権のレイシズムを非難した。だが反対に、白人ナショナリストから見れば、トランプは政権からユダヤ人を排除しなかっただけでなく、レイシストや移民反対論者としても決して十分とは言えなかった。

２０１８年の中間選挙中のトランプの発言も依然として過激で、もっぱら外国人に対する人種差別的な嫌悪（ゼノフォビア）を軸として展開されていた。選挙前の数週間にわたって、中央アメリカからゆっくりと北上してくる移民「キャラヴァン」に対する不安は、トランプの選挙運動の中心的なテーマだった。保守系メディアは一様に興奮気味な報道を流し、ぼろぼろの服をまとった移民集団のなかにどういうわけか過激派組織「ＩＳＩＳ（イラク・シリア・イスラム国）」のメンバーが紛れ込んでいるのではないか、と不安を煽る陰謀論を盛んに報道した。メディアは、人種や外国人への大統領の執着心を煽るとともに、それを報道にも利用したと言えるだろう。それでも、白人ナショナリスト運動の内部では、これを「迎合」と冷ややかにみなし、自分たちが熱望する暴力と虐殺を認める政策により運動が追い風を受ける可能性は低いとする意見が多勢を占めていた。10月31日、トランプは移民反対を訴える、驚くほど人種差別的な動画を公表した。これに触発《インスパイア》され、「南部連盟」のブラッド・グリフィンは中間選挙の５日前に、トランプに対する幻滅を簡潔にまとめている。グリフィンは次のようにブログに投稿した。

> 共和党は２０１２年、２０１４年、２０１６年の選挙で移民を論点として取り上げたのに、この問題について何も動こうとはしなかった。驚くべきことに、トランプ率いる共和党が国外退去させた不法在留外国人は、どういうわけかバラク・オバマ時代よりも少ない。
>
> 　共和党はホワイトハウス、連邦議会、最高裁判所の実権を与えられた。だから、２０１６年大統領選挙で最優先の課題だったメキシコ国境での壁建設を実現するチャンスはあったのだ。問題は、彼らが壁を建設したがらなかったこと。彼らは出生地主義の市民権の廃止も望んではいない。共和党は２０１２年以降、「若年移民に対する国外強制退去の延期措置（ＤＡＣＡ）」に反対し、この措置の廃案に何度も失敗したのちに、若い不法移民「ドリーマー」に猶予を与えようとしている。ケイト法〔繰り返し不法入国する移民の犯罪刑罰を重くする法律〕や電子確認（e-Verify）法案を可決せず、不法移民に寛容な「聖域都市《サンクチュアリ・シティ》」についても手をこまねいていた。
>
> 　……共和党は白人ナショナリズムを利用して選挙運動をしているが、国家統治の基本は保守本流だ。減税や銀行の規制撤廃やエルサレムについては誰も気にかけないため、選挙運動では取り上げない。だから皮肉なことに、共和党は自ら一切動こうとはしない問題を掲げて選挙運動をしているのだ。

過激主義者を満足させるのはとても難しい。トランプは、アメリカの法律制度、自らが属する共和党の議員、そして２０１８年に下院で支配権を獲得した野党によって制約を受けてきた。ヒトラーの独裁を確立したドイツ国会議事堂放火事件のように、見せかけの秩序を終わらせる事件もなく、白昼堂々と移民を射殺する政府公認のファシスト武装団もいないなか、極右派をなだめることができなかったのだろう。

極右主義者はそれでも、２０２０年の選挙でトランプに票を投じる可能性がある。だが、その数は正確に把握できないものの、選挙結果を左右するには不十分なようだ〔本書の原書は同年11月の大統領選の直前、10月に刊行された〕。極右の力は暴力やテロ行為をおこなえる点にあるが、そうした行為に人数はあまり必要なく、極右主義者は数の上ではそれほど多くはない。

白人ナショナリスト運動の内部には、おもに共和党内で影響力と支配権を手に入れることで目的を達成しようと考える選挙至上主義者もいた。その場合、ほとんどは地方政府の役職に計画的に立候補することになる。たとえば、２０１９年にコネチカット州キリングリーで、二十歳《はたち》の白人至上主義者が教育委員会に立候補した。ほかにも、白人至上主義者のユーチューバーであるジェームズ・アルサップは、２０１８年にワシントン州ウィットマン郡で、共和党地方支部の地区委員会の役員に選出された。[4] アルサップは、ワシントン州立大学在籍中にトランプを支持する学生団体の代表を務め、スペンサーのような白人ナショナリストへの支持を表明している人物である。

また、白人至上主義のヘイト団体「アイデンティティ・エアロパ」〔現在は「アメリカン・アイデンティティ・ムーブメント」と改称。Evropaはヨーロッパの意〕のリーダーであるパトリック・ケイシーは、全米各地で共和党の地方支部に入り込むための明確な計画を明らかにしている。「アイデンティティ・エアロパの上層部は、会員のみなさまに地方政治に関わることを強く推奨します。しばらくこの計画を進めてきましたが、あまり成果は見られていません」とケイシーは２０１７年10月、〈ディスコード〉のグループチャットに書いている。「共和党はいまのところ、基本的には白人男性の党です（選挙のたびに白人化が進んでいます）。ですから私たち自身の党をつくるよりも、共和党の体制を変えるほうが有効なのです」

ケイシーは、「共和党はいまでも白人ナショナリストを標榜する者たちが権力を手にするための現実的なルートだ」と期待を抱いていたが、極右のなかで彼のような人物は少数派になりつつあった。また、スペンサーのように、立派な社会的地位と外見によりアメリカの世論で広く受け入れられることを目指す者たちも、組織立ったレイシズムを一掃すべきだとする左派の声がアメリカで強まるなかで、総じて支持を失いつつあった。トランピズムへの幻滅、白人至上主義運動に内在する暴力性、そして投票や委員会という悠長でスリルのないやり方への軽蔑によって、彼らは選挙政治への束の間の信頼も失いつつあった。さらには、加速主義として知られる思想を支持する一派も勢力を拡大していた。加速主義とは、事態の悪化をできるかぎり急ぐべきで、そうすれば最終的には待望の人種戦争が起こり、「ウンターメンシュ（untermenschen）」すなわち下等人種《サブヒューマン》（ユダヤ人や有色人種）は排除《パージ》され、純粋な白人《スノーホワイト》から成る、民族的に浄化された共和国ができるとする思想である。

＊

これらすべてを、私は過激派が発表する文書を読み、極右のフォーラムを見て歩き、とりわけ〈テレグラム〉で極右のチャットルームに没頭する日々を過ごすことによって学んだ。もっとも、「ホワイト・ワールド・ユニオン・フォー・ナショナル・ソーシャリズム（White World Union for

National Socialism)」のようなチャットルームから、人種差別的な中傷や白人至上主義者の発言を四六時中送られて苦しめられないように、通知はミュートにし、気が向いたときにその世界に浸ることにした。

相互に結びついたネットワークのなかでは、ミームや皮肉や人種差別的な中傷が絡み合い、ネットワークが実際にどんなイデオロギーをもつかを正確に突き止めるのは難しい。「聖人」ディラン・ルーフの偶像、「万歳《ハイル》」といったあらゆる言葉やミームに白人至上主義の思想が潜み、「カイク」や「ニガー」〔黒人の蔑称〕のような言葉が果てしなく流れていた。なかでも、最近になって何度も現れるようになった言葉が、「グロボホモ（globohomo）」あるいは「グロボホモイズム（globohomoism）」という言葉である。私が目にしたなかで最も抽象的な言葉で、勢いを生み出す原動力の役割を果たしているように見えた。ネオナチやレイシストが集うあらゆる種類のチャネルで登場し、イデオロギーが書かれた長文や何気ない冗談のなかで、「黒い太陽《ブラックサン》（ドイツ語でSonnenrad）」のようなファシストのシンボルと一緒に使われていた。文脈から考えると「グロボホモ」は、「統一的なイデオロギー」や「普遍的な状態」などの意味に最も近いと思われ、数十チャネルの会員が数千人の閲覧者とともにその状態を嘆き悲しんでいた。

「グロボホモ」とは果たしてどんな意味なのだろうか。白人至上主義運動を深く理解したかったのと同様、この言葉の意味を理解したかった。白人至上主義運動は、人々がその内部ロジックを知りもせずに理不尽で恐ろしい脅威とみなしたために強大になってしまった。だから私は、この異質な集団に抜かりなくすばやく反撃するために、集団が共有するイデオロギーを理解したかった。集団が何を訴えて日々人々を過激化しているのかを理解したかった。

「グロボホモ」に関するたくさんの投稿を見ると、この言葉は、現代の経済生活全般を意味するように見えた。具体的には、「グロボホモな巨大企業」、「グロボホモな物質主義」、あるいは「グロボホモ後に来るであろう、テクノロジーに頼らない復讐と争いの時代」への憧れ、といった表現が使われていた。「ホモ」という言葉は通常、「同性愛《ホモセクシュアル》」の軽蔑的な省略として用いられるが、この場合にはもう一つの意味もあった。それは「均質化《ホモジナイゼーション》」という意味で、世界中のすべての物事が同じようになっていくことを意味する。グロボホモは、同性愛者を嫌悪する偏見に直接訴える場合にも使われた。たとえば２０１９年6月、ドナルド・トランプの公式ショップで、「メイク・アメリカ・グレート・アゲイン（ＭＡＧＡ、アメリカを再び偉大な国に）」のロゴつきで、ゲイ・プライド〔ＬＧＢＴの人々が自己の性的指向や性自認に誇りをもつべきことを表す言葉〕のデザインが施された帽子が発売された。帽子には、「このＭＡＧＡプライドの限定ハットをかぶってＬＧＢＴコミュニティと第45代大統領への支援を」という言葉も書かれている。私が参加していたいくつかのチャットルームでは、多くのユーザーがこの帽子について腹を立てていた。帽子の写真と「２０１９年のうちにグロボホモＭＡＧＡの帽子を必ず手に入れよう」というスローガンを書き込んだ投稿が、「オルトライト・シットロード・インク（Alt-right Shitlords Inc.）」から4つのチャネルを通じて広まっていた。トランプが２０１９年5月31日に投稿したプライド月間を支持するツイートに対しても、同様に辛辣な反応が集まった。「おいおい、トランプは完全にグロボホモになってしまったみたいだぞ。トランプ信者はいい加減目を覚ましたらどうだ」とツイートのスクリーンショットの下に書き込んだユーザーもいた。

しかし、「グロボホモ」は正確にはどんな意味なのだろうか。「グロボホモ」は、文脈に応じて幅広いフレキシブルな意味を表し、レイシズム、反ユダヤ主義、ホモフォビア、資本主義と企業権力への批判を一語に包含した言葉のように見えた。

ニュージーランドのあるウェブサイトが、2018年11月にエッセイを発表し、この言葉を正確に定義しようと試みたことがある。VJMパブリッシングは、ブログを開設したり、書籍を出版したり、「トレードミー」という名称のオンラインハブを通じて商品を販売するなど、幅広いサービスを提供するサイトだ。極右に人気の別のソーシャルメディア〈マインズ〉に掲載されたプロフィールによると、読者に「抑圧された政治哲学」を提供するサイトだという。「抑圧された」視点とは、たとえば「ニュージーランドのナチ党は既存の体制ですべての競争相手に打ち勝つことができるか」、「ニュージーランドは難民を受け入れずにやっていくことができるか」、「ホロコーストへの信仰」、「あなたは知的障害者に疲れていないか」、「ニュージーランドのマオリ族の否定」などの投稿に表れている。このサイトが2018年11月に投稿したのが「グロボホモとは何か？」というエッセイである。

このサイトのヘッダーの下には、奇妙な怪物のイラストが描かれていた。蜘蛛の足をもち、カギ鼻のユダヤ人の顔をした怪物が、不ぞろいな歯をむき出しにして、にたっと笑い、その頭上にはダビデの星が浮かんでいる。この「ユダヤ人蜘蛛《ジュー・スパイダーズ》」は、不気味な濃い明暗をつけて鉛筆書きされた群衆を支配していた。フェミニストは、「私は神だ」と書かれたプラカードと十字架を手に叫ぶ裸の女性として描かれていた。その横には、人種差別的に描かれた黒人の「悪党」が立ち、フェミニストが彼の股間をつかんでいた。そのとなりには、「狂人（LOCO）」というタトゥーをひたいに入れてナイフを振りかざす男が並び、危険な犯罪者の象徴としてのラテン系男性が表象されていた。ほかにも「白人の誇りを奪え」、「白人による迫害を阻止する」、「ブラック・ライブズ・マター」という言葉の下に、共産主義者、同性愛者の権利擁護者、ヒッピーの姿も見えた。群衆のいちばん手前には、目出し帽をかぶり、乳首にテープをした毛深い女性がいて、その垂れ下がった腹には「私を罰して」とメッセージが書かれていた。ハンバーガーをむしゃむしゃ食べる肥満の男性もいる。さらに、「すべての人に国境を開放しろ」と書かれたプラカードの横に、極左団体「アンティファ」の旗がはためいていた。これらすべてを支配するのが蜘蛛のようなユダヤ人であり、ユダヤ人はこうした混乱、堕落、社会不安の光景をつくり出した設計者《アーキテクト》というわけだった。このイラストをグーグルで逆画像検索すると、アート系ウェブサイト「デヴィアントアート」上で「edelhert89」と名乗るアーティストにたどり着く。画像は「アメリカの進歩（American Progress）」というタイトルがつけられ、白人至上主義者のいくつかの出版物のイラストとして用いられていた（そのほかにも、このアーティストの作品のなかには、ユダヤ人が「私のホロコースト」という台詞を叫ぶイラスト「ロロコースト（Lolocaust）」や、ほとんどが黒人である抗議デモの参加者を集めた写真コラージュ「人間のくず（Scum）」といったものもあった）。

「インターネットの住人は、以前にもまして頻繁に『グロボホモ』という言葉に出会うようになるだろう。通常は、オルトライトのメンバーが相手を馬鹿にして使う言葉である」。エッセイの冒頭は、このように始まる。「グロボホモは地球の隅々にまで広がろうとする点で、非常に世界的《ワールドワイド》な現象だ。国、地方、都市、町、村、家族のいずれの文化であろうと、あらゆる地域文化を破壊しようとする。人々がグローバリストのプロパガンダに抵抗できないようにするために、こうした地域文化を破壊する必要があるわけだ」

「グローバリスト」とは反ユダヤ主義者だけが理解できる隠語だ。しかし、その意味がはっきりしない、あるいはイラストの意味がわかりにくいと思ったのか、エッセイの匿名著者は、「グローバリスト的なもの」とはたとえば「国際銀行家」だ、とヘンリー・フォードの言葉から直接取ってきたかのような遠回しな表現でつけ加えている。続けて、グローバル資本主義に対して興味深いが中途半端な批判を展開し、「彼らが望んでいるのは、マクドナルドのハンバーガーを食べ、コカ・コーラを飲み、テレビを見る大衆消費世界に向かう地ならしをするために、あらゆる国民文化を破壊することだ」と書いている。

著者は、「土地にも人にも忠誠心を持たない国際民族《インターナショナルクラス》が自らの利益と支配を最大化するために」グロボホモを社会の病根のように文化的領域にまで広げている、と主張する。その民族こそが、ユダヤ人というわけだ。

「グロボホモ」は、過去の理論家や過激主義者の思想からヒントを得ている。同性愛やトランスジェンダーや乱交といった性的な「堕落」への嫌悪は、明らかにナチのイデオロギーと関連しているし、すべての害悪や不満の根本原因はユダヤ人だとする主張は、ヒトラーやそれ以前のヘンリー・フォードを思い起こさせるだろう。ユダヤ人が進めるグローバル化計画という考えは、『シオン賢者の議定書』までさかのぼる。同書は、ユダヤ人が「超政府《スーパーガバメント》」や「ユダヤ人による超国家《スーパーステート》」

の構築を企てていると主張していた。ひそかに文化を破壊することによってそうした征服を実現する仕組みも『議定書』には書かれている。同書のなかで賢者は、「群衆や個人を弁舌や詭弁によって、またはゴイム〔非ユダヤ人〕にわからないように日常生活やその他すべての出来事を統制することによって支配していく技術は、ほかの能力と並んでわれわれユダヤ人が天才的政治力としてもつ能力だ」とあざ笑うように語っている。さらに、白色人種の血を薄めようとするユダヤ人の陰謀という考えは、ユダヤ人が陰で糸を引く「混交計画」に対する人種分離主義者の非難、あるいはかつてジョージ・リンカーン・ロックウェルが「共産主義と人種混交」への反対意見を示した反ユダヤ的な文章にとてもよく似ている。また、トランスジェンダーとユダヤ人に対して極右の人たちが示す憎悪は、ナチのイデオロギーそのものと言えるだろう。だから、極右派が最初に威嚇のターゲットにしたのは、トランスジェンダーやジェンダー・ノンコンフォーミングの人たち〔旧来のジェンダー規範に異議を唱える人たち〕の権利を認める（初期のワイマール共和国のような）コミュニティをつぶすこと、そして異なる性表現に関する科学研究をやめさせることだった。

　極右の出版物やチャットルームは、その有害な男らしさを前面に出した、子どもっぽい、暴力的な口調が病みつきになることが多く、ユーザーにとっては、ホモフォビアやトランスフォビアに浸る恰好の場所だった。同性愛とトランスジェンダーに対する嫌悪は、アメリカ文化に根強く残る感情である。特にトランスフォビアは、アメリカの社会全般はもちろん、とりわけ右寄りの人々に広く見られる感情で、だからこそ、極右の扇動家にとっても非常に身近で有効なツールだった。ユダヤ人に対する本能的な嫌悪を抱いて育ったアメリカ人はほとんどいないが、一方でトランスジェンダーへの嫌悪は、「当たり前の」「本能的な」現象として日常の話題のなかに表れることが多い。トランスジェンダーを、広く社会一般に認められ、表明できる価値観として受け入れることへの不満もあった。だから、白人ナショナリストや極右の反ユダヤ主義者は、トランスジェンダーの権利を保護すること（およびトランスジェンダーであること自体）が白色人種の血を薄めるためのユダヤ人の陰謀だと断定した。アメリカ人が本能的にもつトランスフォビアを、説得力のある広く浸透したツールとして利用することによって、反ユダヤ主義の感情をエスカレートさせた。トランスジェンダーへの嫌悪をユダヤ人への嫌悪に転換したわけである。

政治家や右派の報道機関からは、トランスジェンダーへの反感がうかがわれる発言が相次ぐ。トランス女性が女性用トイレを利用することに長らく動揺を示し、トランスの子どもたちに性自認を尊重したケアをおこなうことについて根拠のない恐怖を煽っている。そして、そういう発言はしばしば極右の論客に利用され、別の目的に使われてしまう。とはいえ、同じことはこれまでにも起こってきた。たとえば、共和党主流派の推進力となってきた露骨な偏見は、暴力的な過激派を育てる役割を果たしているし、共和党主流派の主張が過激になればなるほど、極右派は暴力や対立や戦争を強く求めるようになる。共和党はトランピズムを実現させ、白人ナショナリストの主張を完全に容認し、あるいはそれに参加してしまったために、かつてないほど極右の侵略を阻止できなくなっている。まるで、飢えた猟犬を放し飼いにして隣人が襲われるのを眺めていたら、今度はその犬が自分に向かってきたと驚く飼い主を見ているようだ。

＊

１３４８年の夏、フランス北部で猛威を振るいはじめた黒死病がノルマンディー公国を襲った。感染はあっという間に広まり、ノルマンディー地方の町は壊滅的な被害を受けた。被害の大きかった村々では、絶望に駆られた住民が、警告と悲しみを表す黒い旗《ブラックフラッグ》を教会に掲げたという。だが冬になる頃には、疫病の伝染はいったん収まり、北東部のピカルディ地域は影響をまぬかれた。当時、フォーカルメント修道院の修道士は、「ノルマンディー地方の死亡率があまりにも高かったため、それを聞いたピカルディの人々は鼻で笑っていた」と記録している。ところが、１３４９年の夏に疫病は再び広まった。当時は「入浴は健康に悪い」と考える人が多く、感染は広まりやすかった。ピカルディの住民は、ノルマンディーの黒い旗であらかじめ警告されたにもかかわらず、自分たちは疫病に免疫があると信じ込み、大きな被害を受けた。当時の同じ記録によると、「遺体を墓地に運ぶ人すら見つからなかった[5]」という。

それからおよそ７００年。２０１９年のアメリカで、このピカルディの住民のような意識が蔓延していた共和党は、自分たちのなかに巣食う疫病にようやく気づくことになった。11月、実業界や共和党上層部の支援を受けたイベントや、特に保守団体「ターニング・ポイントＵＳＡ」による「文化戦争《カルチャーウォー》」ツアーのいくつかの集会に、若い白人ナショナリストらが乱入したのだ。彼らはイベントの質疑応答を、自分たちの政治的な主張を声高にアピールするチャンスとみなしていた。この若い白人ナショナリストたちは、「カエルのペペ」のミームようにも見えるキャラクターから名前を取り、「グロイパー」軍団と名乗っていた。グロイパー軍団は、三つの目標を掲げていた。一つ目は、反ユダヤ主義を支持すること。二つ目は、アメリカの白人は移民(合法的移民を含む)によって「乗っ取られて」いるという主張を広めること。三つ目は、ホモフォビアの必要性を主張することである。(6) また、さらに大きな目標として、共和党主流派の政治的な価値観を計画的にぶち壊し、自分らの目標と共和党の主張をほぼ一体化させるべく、共和党と白人ナショナリズム運動の距離を近づけることを目指していた。

ターニング・ポイントUSAの代表者だった26歳のチャーリー・カークは、全米各地のさまざまな大学をめぐるツアーで、「メイク・アメリカ・グレート・アゲイン(MAGA)」の帽子をかぶった若者たちがニヤニヤしながら浴びせる質問に必死で答えようとした。「この国がもはやヨーロッパ系白人の子孫で構成されなくても、私たちヨーロッパ系白人の理想は維持されるのでしょうか?あなたはそれを証明できますか?」といった質問だ。質疑応答を混乱させ、メディアにも取り上げられたことで、乱入はますます勢いづいた。2019年11月には、新刊発売の記念イベントに参加したドナルド・トランプ・ジュニアもまた、質疑応答を求める声に押されて、イベント開始後わずか20分で退出を余儀なくされる屈辱を味わった。また同じ頃、カークはヒューストン大学で開催されたイベントで、「アメリカファースト!」と繰り返し叫ぶ敵対的な大群衆に押されて、イベントを追い出されている。

この乱入をおこなった集団を戦術面でも精神面でも率いたのは、21歳の若者、ニコラス・フェンテスである。フェンテスのユーチューブ動画や〈テレグラム〉のチャネルは、視聴者数が飛躍的に伸び、自らの大胆な言動が注目を集めることに彼自身が喜びを感じていた。フェンテスは、ヘイト団体「アイデンティティ・エアロパ」からも支援を受けていた。エアロパのリーダーであるパトリック・ケイシーは、フェンテス率いる若者たちの「軍団《アーミー》」と連携していることを認めている。フェンテスは「トランプ支持者」と称されることが多いものの、彼とその信者たちはトランプ政権に対して、「白人以外の人種への対応が手ぬるい。ユダヤ人とも結託している」と非難していた。こうしたイベント乱入を企てる以前は、フェンテスは右派の白人ナショナリストとして、特に大物でもなければ人気者でもなかった（そして明らかに、乱入をめぐる熱狂が冷めたあとは再びそうなるだろう）。２０１７年にシャーロッツヴィルで開催された「ユナイト・ザ・ライト」でも、さほど重要な参加者とは言えず、その後もそこそこの知名度に甘んじていた。フェンテスの戦略は有効ではあったが、優れた手腕が必要なものではなかったからだ。トランプ時代に保守派上層部の偽善を指摘するのはじつに簡単で、低いところにぶら下がった果実を、単に汚れを落としてもぎ取るようなものだった。

　こうした混乱に共和党議員からも批判が噴出し、共和党は躍起になって白人ナショナリズムを否定しようとしたものの、それはツイッター上で繰り広げられた悲喜劇のようだった。ターニング・ポイントＵＳＡの現チーフ・クリエイティブ・オフィサーを務めるベニー・ジョンソンは、偏見の強い人物としてフェンテスの経歴を長いツイートで紹介し、ジム・クロウ法の復活を支持したことから、「臆面もない性差別主義者《セクシスト》」（原文ママ）として発言していたことまで暴露した。もっともジョンソン自身も、かつて記事を盗作したとして非難された過去をもつ人物だった。ジョンソンはツイートの結びで、保守派の仲間たちに「ヘイト、レイシズム、アイデンティティ・ポリティクス（アイデンティティ政治）、あからさまな反ユダヤ主義を否定しよう」と情熱的に訴えていた。ここで興味深いのは、「あからさまな」という言葉である。ひそかな反ユダヤ主義なら問題ないということだろうか。白人ナショナリズムは、奴隷制や南北戦争やテロ攻撃によって何百万人もの犠牲者を出したアメリカの不幸の原因だというのに、単に「アイデンティティ・ポリティクス」の一形態とでも言うのだろうか。その翌日、ジョンソンは、下院でのトランプ大統領の弾劾審議の様子をツイッターで実況中継し、大統領を熱狂的に擁護するコメントをしていた。レイシズムに賛同する姿勢を断言し、度重なる性的暴行で起訴されることが確実な大統領だというのに、フェンテスとどこが違うのだろうか。のちに、ワシントンDCで警官の暴力行為に対する抗議運動が起きた際、ジョンソンは、「ブーガルー運動」の支持者の象徴であるアロハシャツを身につけた武装集団と一緒に、笑みを浮かべてポーズを取っていた。彼らはアンティファから「町を守る」ために集まった武装集団だった。

また、テキサス州選出の共和党議員であるダン・クレンショーは、フェンテスの信者たちから3回にわたって質問攻めにされたのちに、「こんなひどいレイシスト、反ユダヤ主義者、民族ナショナリストの奴らは、まったく保守派とは言えない」とツイッターに投稿した。真面目な口調とは裏腹に皮肉のようにも聞こえたが、明らかに白人ナショナリストである大統領に媚びを売るクレンショーの言動を考えると、それも信じがたかった。クレンショーはトランプとその政策のなかでも、とりわけ移民政策を熱心に支持しているからだ。移民多様化のためのビザ抽選プログラム〔アメリカへの移民が少ない国を対象に抽選で年間5万件の永住権を発行する制度〕や移民の家族呼び寄せ政策の廃止を支持し、排外主義の象徴である国境の壁建設に向けた大統領令署名のために、たびたび尽力してきた。つまりクレンショーは、実は民族ナショナリストで反ユダヤ主義者である自分の正体をさらして評判を落とすことなく、民族ナショナリズムを支持し、反ユダヤ主義のイデオロギーに賛同したいかのように見える。

白人ナショナリストは、「自分たちの闘争はまさしくトランプのビジョンを表している」と主張するが、トランプ自身の発言と政策を見れば、確かにそのとおりだろう。チャーリー・カークのような共和党主流派に近い人物は、「ハイチからの移民よりもノルウェーからの移民を好むトランプの姿勢を擁護するのか」とフェンテス信者と同じような質問を聴衆から投げかけられたら、いったい何と答えるのだろうか。

トランプの一連の行動は、これまでアメリカ政治の非主流派だった白人ナショナリストを欺きながら、同時に焚きつけている。これについては、幸いほかの多くの書籍に書かれているが、クレンショーのような共和党の重要人物が支持する移民政策がどのような人物によってつくられたかは、ここであらためて見ておいたほうがよいだろう。

その人物とは、大統領の上級顧問を務めたスティーブン・ミラーである。南部貧困法律センター（ＳＰＬＣ）のマイケル・Ｅ・ヘイデンは、ミラーが極右のウェブサイトである「ブライトバート」の編集者に送った約９００通の電子メールを手に入れ、彼に関する記事をいくつか書いている。記事では、政権の移民政策を担った第一人者がもつイデオロギーが詳しく明かされていた。それによると、ミラーは南部連合の国旗を敬愛し、「VDARE」や「アメリカン・ルネサンス」のような白人ナショナリズムを掲げるサイトに繰り返しアクセスするなど、白人至上主義の思想とイデオロギーを強く信奉していた。そしてフェンテス信者と同様、あらゆる種類の合法的な移民の受け入れを完全に停止することも提唱していた。

トランプ政権は数年にわたって、移民を苦しめる政策を進めてきた。何万人もの難民申請者をアメリカ国境のメキシコ側にある不潔で劣悪な難民キャンプに足止めさせる待機政策や、合法的な移民の大幅な削減などをおこなってきた。その上で2020年、ミラーは新型コロナウイルスのパンデミックに伴う不安と恐怖を利用し、トランプ政権の反移民政策のなかで最も大胆な施策をひそかに実行に移している。本来、この新たな反移民政策をおこなう理由は経済的なものだったが、ミラーにとっては、白人ナショナリストがかねてから抱いてきた「移民が病気を持ち込む」という考えを政策に反映するためでもあった。2020年4月22日、トランプは、新たな永住権《グリーンカード》の発行を停止する大統領令に署名した。もちろん、ミラーが作成したものである。「いちばん大事なのは、入ってくる移民労働者の蛇口を閉めることとさ。任務は果たしたよ。大統領令は署名されたからね」とミラーが忠実なトランプ支持者に電話で話したことが、ニューヨーク・タイムズ紙にリークされた(7)。

ミラーの電子メールからは、「壮大な乗っ取り《グレート・リプレイスメント》」という陰謀論に精通していること、さらにはそれを信じている様子がうかがわれる。「壮大な乗っ取り」とは、エリート連中がアメリカとヨーロッパの白人人口を白人以外の移民で置き換えようと企んでいるという陰謀論である。ただしミラーは、この陰謀論の極めて重要な部分で、右派の白人ナショナリストの多くが信じる説までは踏み込んでいない。それは、この陰謀の首謀者がユダヤ人だとする説である（これは２０１８年にピッツバーグのシナゴーグで11人のユダヤ人を殺害した犯人の犯行動機となった）。ミラーがユダヤ人であるためと思われるが、ホワイトハウスは事実と異なる説明を繰り返し、ついにはミラーに対して反ユダヤ的な運動をおこなったとして、ＳＰＬＣを告訴した。

だが、ミラーのように反ユダヤ的な思想を深めることなく、容赦なく絶え間なく白人ナショナリズムを推進し、実行することは不可能ではないだろうか。多くの支持者にとって、白人ナショナリズムと反ユダヤ主義は表裏一体であるからだ。だからこそ、トランプ政権は移民排斥の感情に浸り、難民申請者や難民の権利を大幅に削減し、アメリカの歴史上、ユダヤ人への襲撃が最も多い時代に国を治めた。決して単なる偶然ではないのだ。

共和党の人々はフェンテスをあっさりと切り捨てたものの、ミラーに同じことはしなかった。右派には、ミラーを中心に強くて固い団結があった。二人のおもな違いは、ミラーは合法的な移民の廃止をホワイトハウスから主張したのに対し、フェンテスのような反乱者たちは〈テレグラム〉で同じことを主張し、イベントの聴衆のなかで兵士のように整列したことだ。イデオロギーの違いではなく、ただイベントで質問攻めにする方法への反感だったと言わざるをえない。

保守派の人々が、実際は白人ナショナリストから大きな影響を受けているにもかかわらず、白人ナショナリズムを突然、不器用に拒絶したのは、滑稽とさえ言えるかもしれない。だが、それは国家的な疫病を語るストーリーのごく一部にすぎない。共和党は、人種差別的な暴言や移民排斥感情に毒され、またターニング・ポイントＵＳＡのような団体も、こうした暴言や感情を煽り立ててきた。ところが共和党の上層部は、猛威を振るう疫病がついに自分たちに刃を向けたというのに、その病を追い払うことができなくなっている。

長いあいだ、悲しみと警告の黒い旗がアメリカ全土で振られてきた。ミラーの政策によって、何千人もの子どもたちが家族と引き離され、テキサス州エルパソのウォルマートで、ピッツバーグのシナゴーグで、シャーロッツヴィルの通りで、そして移民施設の不十分な医療によって、大勢の人々が命を落としている。何年にもわたって、人種的マイノリティ、ユダヤ人、フェミニスト、トランスジェンダー、同性愛者が苦痛と警告の叫びを上げてきたというのに、油断しきった共和党の連中は笑いとばしていた。共和党は、ただ「リベラルを攻撃する」だけで恩恵にあずかり、白人ナショナリズム台頭の動きに反対する声を「トランプ錯乱症候群（Trump Derangement Syndrome）〔トランプ嫌いが高じてトランプのやることなすことすべてを非難すること〕」と呼んだ。そしてとうとう、疫病は共和党にも襲いかかり、身体に毒が回り、恐ろしい症状が表れ、彼らは大声で叫びはじめている。いまさらながら自らが招いた問題に苦しみ、弱々しく警鐘を鳴らしはじめている。だが、彼らが伝えてくれることを、私たちはすでに知っている。私たちの周りで、疫病は国中のすべての町や通りに広がり、人々の青ざめた顔には死相が浮かんでいるのだから。

第4章

アシュリン作戦

Operation Ashlynn

〈ホワイトデート（WhiteDate.net）〉は、一見、当たり障りのないサイトのように見える。そのホームページは、不倫サイト〈アシュレイ・マディソン（Ashley Madison）〉や農業関係に特化した出会い系サイト〈ファーマーズオンリー（FarmersOnly）〉、あるいは世界中で恋人募集中の寂しい人たちを誘い出すためのニッチな出会い系サイトをコピーしたかのようにそっくりだ。艶やかな唇をした金髪の女性が微笑みながらまつ毛を控えめに伏せて、スーツ姿の恋人の肩にもたれかかる写真が現れ、ブロック体で次のようなスローガンが書かれている。「自分が何者か、どこに属しているのか私たちは知っています。同じ考えをもったパートナーと思いをシェアしましょう」。そして、甘ったるいピンク色のハートのそばに書かれた「ヨーロッパ系独身者《ヨーロピアン・シングルズ》のために」という言葉には、〈ホワイトデート〉の目的が明確に表れていた。ここは、恋愛を通じて、そして生殖のためだけのセックスを通じて、白色人種の未来を守ろうとする白人至上主義の男女を結びつけるサイトだった。

「ヨーロッパ系（ヨーロピアン）」とは、〈ホワイトデート〉が結びつけようとする男女にとって広い意味をもった婉曲的な言葉だ。確かにサイトの常連ユーザーは、さまざまな肌の色をしたパリやセビリアの人たちとはまったく異なり、全員が白人だった。恋人募集中と書かれたユーザーをざっと見わたすと、いろいろな人がいた。濃いあごひげを生やした人、スキンヘッドの人、淡い褐色に日焼けした人、病気としか思われないほど青白い顔をした人――そして、そのほとんどが男性だった。非常に多種多様な人々が集まるため、女性をサイトに呼び込むための戦略の一つとして、〈ホワイトデート〉は「ミニフライヤー（自己紹介カード）」という遠回しなタイトルをつけたページを設けていた。

ページの冒頭は、次のように始まる。「男性はリードするべき立場にいます。それは〈ホワイトデート〉の男女比にも表れています……だから男性諸君、実生活でも恥ずかしがらずに、トラッドな考えをもっていそうな白人女性を誘ってみましょう」。「トラッド」とは、「保守的」を意味する「トラディショナル」の略語で、白人至上主義者が好む古風な性別役割《ジェンダーロール》分担に喜んで従うことを意味する。

サイトのユーザーは、自己紹介カードを印刷するよう勧められる。このカードには次のような説明が書かれていた。

あなたは私たちの仲間です。

〈ホワイトデート〉にようこそ。

私たち白色人種の存続は、シベリアトラの存続と同じくらい大切です。

「このミニフライヤーを、女性に『こんにちは！』と笑顔で渡して読んでもらい、覚えてもらう。私たちはそこから始めました」と本サイトの創設者は書いています。「だめならお別れして、次に出会った女性にカードを渡しましょう。その人があなたにとって理想の女性でなくても、白人の同胞としては理想の人かもしれません」

最初に開いたページでまず目に飛び込んでくるのは、上品な白人のカップル。そして、時代錯誤な、固定化されたジェンダー観への傾倒が、控えめながら示されている。「強い男性がリードし、しとやかな女性が立派に役目を果たす。そんな古典的な役割分担に賛同します。それが賢明なやり方なのです」

私はこの怪しげなゲームに、自分のやり方で飛び込もうとしていた。もちろん、「しとやかさ」などまったくない。ツイッターで人種差別反対を声高に訴えるフェミニストである私には、白人至上主義者から直接、暴力的な言葉が送られてきていた。「おまえはユダヤ人で、デブで、あばずれ女《ビッチ》だ」と、50回も100回も1000回も指摘されるので、「そんなことは自分でもわかってる」と言いたい衝動と戦っている。実際、そんなことは私にとって新たな発見でも何でもなかった。怒りの声やふざけた声や能天気な声を押しとどめようと戦った。コメントや自撮り写真を投稿するたびに、「ブサイクな女」、「デブ」、「おまえはユダヤ人だ」、「デブでブサイクなユダヤ人」といった、ある意味ひどく独創的《クリエイティブ》なコメントが殺到することもわかっていた。ときにはもっと深刻なハラスメントもあった。私の自宅の住所や家族の名前が過激派のソーシャルメディア〈ギャブ〉に投稿された。両親は、人種差別団体「パトリオット・フロント」から私宛てのレターを受け取った。暴力的なコメントもたびたび投稿された(「おまえの自宅やおまえの家族、何もかも俺たちは知っている。やられたらやり返す。おまえに10倍にして返してやる」という電子メールが送られてきた)。

だが、フェミニストへのハラスメントや、性的にふしだらで、出世を第一に考え、自分たち白人を裏切った女性たちへの性的な誹謗中傷は、裏を返せば、純粋で従順な白人の妻や、生粋のアーリア人女性に対する崇拝の念でもある。南北戦争前の1859年と第二次世界大戦後の1950年当時の女性像を組み合わせたような、時代を飛び越えた女性観だ。私はこれまでこうしたハラスメントを直接経験してきたわけだが、デブで、ブサイクで、腹黒いフェミニストのユダヤ人（それも、左寄りのジャーナリストと評判のユダヤ人）である私には、アーリア人のための出会い系サイトの門は閉ざされていた。

だから私は決めた。〈ホワイトデート〉に潜入しよう。

〈ホワイトデート〉の存在は、レイシストの出版社であるカウンター・カレンツのウェブサイトで知った。「白人向けの新たな出会い系サイト」というタイトルのブログ記事だった。2017年8月12日のシャーロッツヴィルの事件以降、オンライン上のヘイトに対する私の恐怖と関心は研ぎ澄まされていた。白人至上主義者の出版物やフォーラムや掲示板を渡り歩き、恐怖と憎しみを意味する隠語《ジャーゴン》を知り、答えを探し求めていた。そんなとき、〈ホワイトデート〉でミニフライヤーを目にした私は、もっと深く踏み込むチャンスがあることに気づいた。ここは白人至上主義者のネットワークだ。白人至上主義に共感する女性であれば、男ばかりのパーティーに乱入しても大いに歓迎される場所だった。これほどロマンス詐欺に打ってつけの場があっただろうか。理想とする控えめな白人女性と出会うチャンスのために、彼らはどんな情報を明かしているのだろうか。〈ホワイトデート〉は2017年2月、パリ在住でドイツ北部出身の女性を名乗る「リブ・ハイデ」という人物が共同創設者となって開設された。ファシストに賛同するユーチューブチャネルのインタビューで、ハイデはサイトについて、「意識が高い白人男性と白人女性が知り合う」ためのツールだと話し、「私たち白人は絶滅しつつあるので」と語っている。〈ホワイトデート〉のユーチューブチャネルは2019年に停止されたものの、それ以前に投稿された「世界に冠たるコミュニティ(Communities Uber Alles)」、「優生学の普遍性(Eugenics is Everywhere)」、「我ら白人男性万歳！(Hail our White Men!)」といった動画にハイデは登場しておらず、ほかのチャネルのインタビューでも姿を見せてはいない。だが、強いドイツ訛りで、女性らしい雰囲気を漂わせた抑揚のない彼女の声は、〈ホワイトデート〉の素朴な白人カップルを写した一連の宣伝写真を背景に、ナレーションの役割を果たしていた。「あなたが異性と付き合うことでジェノサイドが回避されるかもしれません！」とその口調は切迫感を漂わせ、白人女性が足りない現状にも触れていた。

私の最初の目標は、最終的にできるだけ多くの白人至上主義者の個人情報を暴露するために、〈ホワイトデート〉上でできるだけ多くの男性に近づくことだった。一部のアンチファシスト団体は、白人至上主義者の近所の人や職場の同僚に、自分たちのなかで知らないうちに反動的で暴力的な政治思想がはびこっている事実を知ってもらう取り組みを進めていた。集めた個人情報はそうした団体に渡すつもりだった。ウェブサイトをざっと眺めただけでも、軍隊や警察に所属していると称する男性が大勢いた。白人至上主義者を公然と名乗る者が国の武装部隊で働いている――驚くべきことだった。国際的な極右運動とつながりをもち、白人至上主義とアイデンティタリアニズム(アイデンティティ主義)を明確に掲げる団体「アイデンティティ・エアロパ」に所属しているとして、十数人ほどの軍人がジャーナリストに暴露され、取り調べを受けていた。私はこうした男性たちの注意を引く機会を手に入れたかった。そして、彼らの警戒をゆるめて素性を明かさせたかった。
だから、アシュリン（Ashlyn）が生まれた。

アシュリンは想像の産物だった。あらゆる白人至上主義者が望むものをすべて兼ね備え、私が考えつくかぎりで最も白人らしい名前をつけた。「アシュリー（Ashley）」や「アシュレイ（Ashleigh）」などの候補もあったが、子音が重なる「リン（lyn）」には明るい未来が感じられると思った。私は目をつぶり、フォックス・ニュースの男性視聴者にとっての理想的な相手を思い浮かべ、その人物をさらに少し右寄りにして、アメリカ中西部に落とし込んだ。大統領選挙以降、表面的な報道に終始する「パラシュート・ジャーナリズム」〔ふだん取材対象としていない地域を訪れ短期間だけ滞在し、表面的な報道をすること〕がトランプ支持者の特徴を軽々しく報道してきたが、私が大ざっぱに描いた人物像は、それらをすべて盛り込んだものだった。アイオワ州アンバーの郊外にある農場と沼地から成る敷地で、銃を手にもって立つ金髪の女性。まったく架空の人物であるアシュリンは、ニューヨーカーがイメージするアイオワ人そのもので、私自身の都会生活から生まれた偏った見方が染みついていた。

名前に合った人物像をつくるために、私は狩猟マニアのヨーロッパ人のソーシャルメディアアカウントを見つけた。その女性は、赤味がかった金髪とアーモンド形の青い目をしていて、厭世的な雰囲気をかすかに漂わせた薄い口元のせいで、モデルのような美人には見えなかった。迷彩服を着込み、少女らしい笑みを浮かべ、肩には長い銃《ロングガン》を担いでいた。チロリアンハットをかぶり、シカの血で装飾をした自らの写真を何枚か掲載していたが、小麦畑や森を背景にした魅力的な姿の写真もたくさん投稿していた。国もわからない、ありふれた場所の写真ではあったものの、私がアメリカの田舎娘をつくり出す上では役立った。私はグーグルで逆画像検索されないように、注意深く写真を取り込んだ。彼女が誰かに見つかって、私の作戦のせいで悩まされないようにしなければならない。そして、私は孤独で偏屈な男たちを誘惑しはじめた。ついに、白人至上主義との戦いが始まった。イスラエル人のヤエルが眠っているシセラの頭蓋骨に天幕の釘を打ち込んだように〔旧約聖書の士師記に登場する物語で、将軍シセラはヤエルという女性の天幕に逃げ込んで殺された〕、少なくとも聖書の時代にさかのぼっても、誘惑は戦いの手段だった。〈ホワイトデート〉にはターゲットになる男性が何千人もいて、大勢の男性が私のアカウントである「ashlyn1488」にメッセージを送ってきた。ハンドルネームは有名なネオナチのシンボルをもとにつくった。数字の14は、有罪判決を受けたテロリスト、デヴィッド・レーンがつくり出した「14ワーズ」と呼ばれる白人至上主義の行動指針《クレド》、すなわち「私たちは自らの種族の存続と白人子孫の未来を守らねばならない」という一文を表す数字である。88はアルファベットでHが8番目であることから、「ヒトラー万歳《ハイル・ヒトラー》（Heil Hitler）」を意味する。つまり、アシュリンは根っからのファシストだった。

予備の電子メールアカウントも用意した。ハンドルネームと同様に、半ば皮肉交じりに白人のプライドを表した「白人であってもいいのです（It's OK to Be White.）」というスローガンをもじって、itsoktobeashlynn@gmail.com とした。父親が白人至上主義にのめり込んでいて、熱心な娘であるアシュリンは、父の考えに賛同し、軽食レストランでウェイトレスとして働き、週末は鹿狩りを楽しんでいる。そんな生い立ちもでっち上げた（設定を考えるにあたっては、自治体に属さない小さな町で近隣の軽食レストランを調査した）。とにかく、具体的な話をあらかじめつくっておく必要があった。

アシュリンを白人男性との結婚を熱望する生身の女性のように見せるために、ちょっとした雑談のためにも答えを用意しておきたかったからだ。

驚くことに、アシュリンにメッセージを送ってきたのは、マイノリティに関する口汚い暴言で想いを情熱的に示そうとする以外は、本当にどこにでもいるような男性たちだった。だが、彼らが入会していたこの〈ホワイトデート〉は、「われわれは目覚めた！」というスローガンがサイトの下部に白黒の文字で書かれた、白人至上主義者のための出会い系サイトだ。〈ノーホワイトギルト（NoWhiteGuilt）〉や〈アメリカ（Amerika.org）〉のような白人至上主義サイトで好意的に紹介された記事の切り抜きも掲載されている。男たちはまさしく「極右」だった。

男性たちからメッセージが殺到した。私は〈ティンダー（Tinder）〉や〈オーケーキューピッド（OkCupid）〉〔どちらも出会い系サービスを提供するマッチングアプリ〕に参加した経験があり、オンラインの出会い系サービスの不快な世界については熟知していたが、〈ホワイトデート〉もそれと別物ではなかった。実際、あまりにも代わり映えのしないことに、私は戸惑っていた。ただ愛情がオンラインで取引され、テクノロジーが介在して優しさをぎこちなく結びつけるマーケットのような場所だった。しばらくすると、アシュリンに膨大な数の交際申し込みが集まり、圧倒された私は、志を同じくするオンライン上の友人たちにメッセージの返信を手伝ってもらうようになった。私たちはそれぞれ別々の男性とやり取りをする分担を決めていたため、アシュリンはしばらくのあいだ多重人格だった。だが、そうしたスペースでは参加者は疑心暗鬼になり、本当の名前や正確な居住地を知るのは難しく、どんなに遠回しにでも情報を探ろうとすると、たいてい会話は終わってしまう。一人また一人と友人たちは手を引き、私だけが残された。私は実際には存在しない女性、ファシストを追い詰めるために誘惑しようとする危険な女になりきっていた。

やがて一年近くが経ち、私はこれを人間観察の練習と思うようになった。白人至上主義運動には、運動を世に詳しく説明するためにメディア対応についてしっかり訓練を積んだリーダーが何人かいる。私のようなユダヤ人記者にも快く話をしてくれる者もいた。たとえば、「洗練された白人至上主義者」と呼ばれ、2016年にメディアに突然現れたリチャード・スペンサーや、かつて白人ナショナリスト団体「伝統主義青年ネットワーク（TYN）」を率いていたマシュー・ハイムバッハのような男たちだ。彼らは、騙されやすい記者を巧みに操り、「平和《ピースフル》なエスノステート」や「人種間の分離」を望む自分たちの主張を、さして反発を受けないように記事にしてもらう方法を心得ていた。

白人至上主義運動の広報担当者は、慎重に言葉を選ぶと言われている。トランプ時代における極右の台頭に関する全国ニュースの記事に繰り返し登場する人物たちだ。そういう団体からコメントをもらうのは、訴訟をまぬかれるためにも、公正な立場を維持するためにも、ジャーナリストとしての基本であったし、広報担当者への連絡はとても簡単だった。しかし私は、広報担当者のなめらかな口ぶりの背後に白人至上主義団体の核心となる暴力が隠れていると感じざるをえなかった。もっと深く掘り下げるチャンスが欲しかった。寛容になりたいとは決して思っていなかった。

だから、白人専用の出会い系サイトにたまたま集まった、普通の男性たちと話をしたかった。慎重に積み重ねられた欺瞞《ぎまん》の存在しない状態で、私のような者とはこれまでもこれからも出会うことのない男たちと話をしたかった。ポルノグラフィの「性倒錯」を正しいものと考え、同性愛を悪とみなし、時代錯誤のジェンダーロールを信奉する白人至上主義者は、崇拝の対象となる白人女性を求めてアシュリンに近づいたように見えた。あからさまに性的なアプローチはめったになく、彼らはむしろ畏敬の念に満ちた態度で、白人を繁殖させるために白人の配偶者を探していた。

「白人の夫を見つけて、子どもをつくることができるといいね。幸運を祈るよ。ところで、君はどんな種類の銃が好きなの？」と「ジェネティック・メシア」と名乗る男がメッセージを送ってきた。プロフィールによると、「少し太り過ぎだけど何とかしようとしている」男性らしい。

「僕たちみたいな人間はめったにいないよ。そう遠くない所で君みたいな人を見つけられたのは驚きだよ」とサウス・ダゴタ州スーフォールズに住む「ヴァルカン」は言った。

「将来の子どもや孫たちの未来を築いて、そのために尽くす。こんなに尊い仕事ってないよね」と「モルテン・ルーンズ」のメッセージには書かれていた。「こっちに遊びに来て、北欧の自然を冒険してほしいよ。釣りはもちろんだけど、興味があるなら、ムース（ヘラジカ）の季節は狩猟許可証が取れるかもしれない」

「モルテン・ルーンズ」のように、ヨーロッパからメッセージを送ってくる男性は大勢いた。スイスの助教授である「ラファエル」は、かなり礼儀を欠いた言葉遣いで、クラスの黒人学生について不満を語っていた。イギリスで警備員として働く男性は、ハンブルク出身のドイツ人で、観光マネジメントを勉強していた（だが、「異人種が混じった西欧のやり方の大部分」に従いたくないという）。別のドイツ人からは、親しみのこもった挨拶のメッセージが届き、私の容姿がアーリア人らしいことを何度も褒められた。「君は狩りをして獲物を食べるの？　もしそうなら、僕の村に来て結婚しよう。僕の子どもを産んでほしい。それに、雄鶏を襲うキツネを捕まえてほしいんだ」とは、クロアチア人の「ウィザード」からのメッセージ。

とはいえ、メッセージを送ってきた男性の多くはアメリカ人だった。ユタ州、オレゴン州、テキサス州、ニュージャージー州、ニューヨーク州、ルイジアナ州、オハイオ州、カリフォルニア州、マサチューセッツ州に住む男たちだ。オハイオ州アクロンとアイオワ州シーダーラピッズ、アリゾナ州ツーソン、コロラド州ボールダーの男性もいた。ヒッピーの雰囲気が漂う小さな大学の町であるニューヨーク州ニューパルツからもメッセージが届いた。このニューパルツで、私は数週間前にフェアトレードのコーヒーと社会主義関係の本を買ったばかりだった。国中から求婚者が集まったのだ。地理的に非常に広い範囲に散らばっているのを見れば、「白人至上主義者はアメリカ南部や共和党支持者の多い州だけにいる」という考えが間違っていることは明らかだった。それどころか、自分たちを勇気ある反体制文化《カウンターカルチャー》の戦士だと信じるニューヨーク州やカリフォルニア州の人たちのほうが、声高に憎しみを叫んでいた。

〈ホワイトデート〉の男性たちが使うアヴァターは、白人至上主義のアイコンを利用したものが多く、最も人気があるのが異教のルーン文字だった。だが、大部分は白人男性の単なる写真だった。あごひげを生やしている人、生やしていない人、痩せている人、たくましい人、太っている人、眼鏡をかけている人、緑色の目の人、茶色の目の人、青い目の人もいた。肌の色は白い壁の見本を選んでいるかのようだった。ベージュ、アイボリー、黄灰色、淡黄色、象牙色、陶白色とさまざまだった（〈ホワイトデート〉では、「系統」というプルダウンメニューを使って、好みのタイプの「白」を選ぶことができる。あるいは同様の正確さで、パートナーとして希望するタイプを、南アフリカ系、ベルギー人、クロアチア人、イギリス人、ドイツ人、イタリア人、マン島人〔アイリッシュ海にあるマン島を起源とするケルト民族〕、ルーマニア人、スウェーデン人などから選ぶことができた）。

彼らはありふれた風景のなかに潜んでいた。白人を好むこういう男性は、倉庫や農場や陸軍基地や建設現場で働いていた。ソフトウェア開発者も多かった。彼らが示す職業はじつにさまざまで、「過激主義者は無職で無能、あるいは母親の地下室に隠れている」というイメージは間違っているようだった。仕事と家と車をもち、満ち足りた人生を送っている。それなのに白人至上主義に惹かれ、駆り立てられている。そんな男性たちだった。

彼らの多くは、白人至上主義運動に参加するきっかけとして、ステファン・モリノーやジャン・フランソワ・ガリエフィのようなユーチューブの配信者を挙げていた。離婚や２０１６年の大統領選挙をきっかけとする者もいた。離婚歴のある男性は非常に多かった。「すべてについて嘘をつかれていたのさ。僕たち白人の起源から僕たちのためにいま戦ってくれる人たちまで、すべてが嘘だった」とカリフォルニア州北部に住む長髪の「ジョン」はメッセージを送ってきた。彼は鍛冶への情熱を公言し、「もちろん、僕のつくるパイプラインは滑り落ちるスピードがすばらしく速いんだ」と語った。

プロフィールを次々に見ていくと、男たちが「レッドピル（赤い錠剤）」に引き寄せられたさまざまなきっかけが明らかになった。レッドピルとは、映画『マトリックス（*The Matrix*）』に由来する言葉である。映画のなかで、主人公のネオがブルーピル（青い錠剤）とレッドピルのどちらかを選ばなくてはならないシーンがある。ブルーピルを飲めば、心地よい嘘の世界で生きつづけることができ、レッドピルを飲むと、つらい真実にさらされてしまう。白人至上主義者にとって、レッドピルはレイシズム、つまり社会がメディアを通じて白人男性を抑圧する陰謀を企てているという「つらい現実」だ。さらには、「文化的マルクス主義」やその他ユダヤ人がらみの怪しい作戦もレッドピルと言えるだろう。ある男性は、元妻がギリシャの極右政党「黄金の夜明け」を支持していた影響で急進的になったと語っていた。ほかには、周りにとにかく「ユダヤ人とニガー「原文ママ」が蔓延」しているせいにしている者もいた。しかし、繰り返し書かれていたのは、インターネットが急進化の鍵となったことだ。自分のことを遠回しな言い方で「レッドピルを飲んだ」、「人種現実主義者《レイスリアリスト》」と呼ぶ者が多かったが、こんなメッセージを送ってくる男性もいた。「僕はレイシストと呼ばれても気にしないよ。だって、そんなの偽指導者のマーティン・ルーサー・キング・ジュニアが勝手につくった言葉だからね。僕から見れば、ただ黒人がうっとうしくて、黒人のそばにいたくないだけさ。それで『レイシスト』と呼ばれるのなら好きにすればいい」

彼のプロフィールは典型的だった。「僕はレッドピルを飲みました。初めからお話ししましょう。退役軍人の僕は、世の中で実際に何が起こっているか、気がつきもせずに人生を過ごしてきました。退役してから2年、答えを見つけようといろいろ調べた結果、ついに不思議な経験をしました……すると、人生が変わったのです。おわかりでしょう？　以前のような生き方に戻ることはできません。なぜなら、どこを眺めても、世の中の現実が理解できてしまうからです。僕は白人とヨーロッパ人の擁護者です」

私は男性たちとやり取りをするなかで、ほかの何よりもユダヤ人に対する嫌悪を強調した。私にとっては、そのほうが心理的に楽だった。彼らの信頼を得るために、とにかく十分に憎悪を示していたものの、ほかの人種よりも私自身の人種を非難するほうが見苦しさが薄れるような気がしたからだ。だから私は、痛む足や退屈な客の話をしつつ、自分がどれほどユダヤ人を嫌っているかを書いた。男たちがアシュリンに送ってきた質問に困惑し、アイオワ州の七面鳥の季節、野生のイノシシの数、とりわけ銃について、さまざまなことをグーグルで調べなければならなかった。それまでまったく知らなかった知識を調査し、分析し、学習した。男たちは「自分だけの女性」を探していたため、私はできるだけそういう女性のように振る舞おうとした（「給料を欲しがって車で何時間も過ごすよりも、僕と一緒にいたいと思ってくれる。そんな女性が理想です」とプロフィールに書いている男性もいた）。アシュリンはあまり仕事熱心ではなく、白人の子どもを産むために夫を手に入れ、従順で女性らしい母である自分を夫に支えてほしいと思っていた。

＊

男たちの話題はさまざまだった。飼い猫のこと、インゲンマメと豚肉の夕食のこと、Ｘボックスのゲームが大好きなこと、ガス料金のこと、自分のオートバイのこと、銃のこと……。銃の話題はとても多かった。そして、銃と同じくらいよく話題にのぼるのが、白人の純血を守りたい、白人の子どもをもうけて私や誰か喜んで協力してくれるほかの女性に育ててほしい、という願望だった。そのほかにも、世界を支配する邪悪なユダヤ人、政府を運営する「寝取られ男《カック》」〔cuck は cuckold の短縮形〕、子どもたちを洗脳する「マルクス主義者《マルキスト》」、「白人大虐殺《ホワイトジェノサイド》」、お気に入りのファシストのユーチューブチャネルについて書いていた。

「昔はよく運動していたし、いまもまた始めているよ。家で映画を見るのが大好きなんだ。だいたいは80年代の映画だね。パブで仲間と飲むのも好きだけど、まあそれは家族がいないから」と「マーティ」という名の男性はメッセージを送ってきた。「ところでさ、君は『カイク』って口にするとき、世界でいちばん美しい女性になるね」

カイクを激しく非難する、世界でいちばん美しい女性。それが私だった。

たくさんの嘘をつき、アシュリンになりすまし、言い寄ってきた男性たちを誘惑した結果、私は真実を目にすることになった。最低の人間でもやはり人間なのだ。彼らの人間性を無視することはできないけれど、だからと言って、彼らが許されるわけではない。それどころか、だからこそ彼らの選択は許しがたかった。彼らはほかの人々と区別がつかないほど平凡な生活を送っていた。ナチを自称する人々も夕食をとり、そのメニューは豚肉とインゲンマメかもしれなかった。そして、「レシピを知りたいかい?」と尋ねてくるのだ（私のほうは、牛肉と玉子と大量の缶詰のパイナップルばかり食べていた。でも、誰かと一緒に食事を取るときは「変人」と思われないようにほかの物も食べつつ、「ロシア人みたいでしょ」と正直に話していた）。

〈ホワイトデート〉のユーザーのなかには、親密になろうとしない者もいた。〈テレグラム〉のような暗号化されたチャットアプリでさえも、電子メールやテキストメッセージを送ってくれない男性もいた。マルクス主義者の潜入が怖いと彼らは言った。また、スポーツとして狩りをする女性には我慢できないと言うレイシストの異教徒《ペイガン》など、思いがけない理由でアシュリンを拒絶する者もいた。ただ、どの男性も「自分好みのナチ・ガールフレンドができそうだ」と喜んでいた。

やがて、私は男たちにラブレターを書いてほしいとお願いするようになった。男性たちは高潔なヨーロッパの伝統を受け継ぐ者らしく、自分をロマンチストとみなしていたため、この方法は彼らの願望を探り出すための完璧な方法のように思えたからだ。レイシズムとミソジニーと欲望がどんなふうに混じり合っているかを突き止める近道に思えた。私はじらすように、ただこう言って頼んだ。「未来の白人の妻にラブレターを書くとしたら、どんなふうに書く？　あなたの手紙が見てみたいわ……」

こうして手に入ったいくつかのラブレターは、ベストセラー作家のニコラス・スパークスの小説とアドルフ・ヒトラーの『我が闘争（*Mein Kampf*）』がぶつかり合ったような内容だった。典型的なものを以下に紹介しよう。

親愛なるアシュリン

君からメッセージの返事と写真を送ってもらえてとても嬉しかったよ。君はとてもチャーミングだね。すごくスタイルもいいし、僕の好みにぴったりだ。僕もアイオワ州に住んでいたから、写真を見るとその頃を思い出すよ。野原や森や丘や、辺り一面が緑色の景色を見るのは気持ちがいい。こちらはほとんど砂漠ばかりで、あちこちに大きな山が見えるんだ。
君の質問に答えるには、少し考えなければならない。いつか自分が結婚するなんてちょっと想像しにくいし、そのうち結婚するって言われても信じられない気持ちなんだ。君のほうは、結婚しようとしているのかい？　僕はこれまでの人生で女性とデートをしたのはほんの数回だから、そう感じるんだと思う。すばらしい女性と一緒に暮らして、毎日彼女を目にするのは本当にすてきだと思うよ。特に、人種現実主義者の女性であればね。というのは、僕は自分の子どもたちにはダーキー（黒人の蔑称）に近寄ってほしくないし、大人になったら白人と結婚してほしいから、妻には子どもたちにそう教えてほしいんだ。僕たちが白人の生き方を続けるためにはそうする必要がある。それに、僕たち白人がいつの日かつくり上げるエスノステートについても、子どもたちに教えてほしい。
君が送ってくれた写真を見て思ったよ。君のところに歩いて行って、君をぎゅっと抱き締めて、身体を持ち上げてぐるぐる回したい、ってね。君の顔を見上げて、君の目に浮かぶ表情を見たいんだ。そして、野原で君にキスをする。そんなことを想像するよ。僕たちは散歩に出かけて、人生やさまざまなことを話し合って、お互いをよく知るようになる。すごくすてきなことだと思う。

彼自身と彼の将来の子どもたちをオオカミの群れに例えた文章もあった。

世界はこのことで僕らを許してくれないだろう。忘れてはくれないだろう。世界はこの美しさ、僕たちの美しさを破壊しようとしている。世界は僕たち白人が消えてなくなること、白人の子孫が途絶えることを願っている。白人を憎み、嫌っている。これは僕たちが負わなければならない重荷だ。そして、僕たち白人はこの世界に対して武装しなければならない。僕たちの反乱は大広間にこだまする歓喜の笑い声となり、僕たちの復讐は子どもたちの笑顔になる。僕らは勝利する。それは間違いない。このすばらしい旅を、ただ君と共有したいんだ。僕らは無数の冒険に乗り出し、大きな困難を乗り越えなければならない。僕たちの群れは強いので、僕たちを仕留めて、餌付けして、利用するには時間がかかるだろう。僕たちの手で、世界に対して意志の力を働かせて、世界をイメージどおりに創り直そう。これを君に約束するよ。

最もシンプルで、最も直接的なラブレターはこれだった。

愛する妻へ

君には僕が望むすべてを兼ね備えてほしいと思う。敬虔なキリスト教徒で、多様性《ダイバーシティ》や多文化主義《マルチカルチュラリズム》を嫌う保守的《コンサバ》な女性であってほしいんだ。民族を理解する者こそが、自らの国土をもつのにふさわしい。君には良いときも悪いときも僕の側にいてほしい。僕も君の側にいるから。一緒に大家族を築いて、そこに正しい価値と人生の教訓を植えつけよう。マルクス主義を洗脳する人物に、家族を近づけてはいけない。君には僕みたいに人生を楽しんでもらいたい。君と一緒に年を重ねていきたいと思う。

言うまでもなく、世界中の子を産む白人女性に対して、男たちからはもっとたくさんのラブレターが寄せられているだろう。男たちは私がそんな女性であることを期待していた。もしも私の茶色い巻き毛と大きな鼻を見たら、そして世界を苦しめる「ユダヤ人の蔓延」に私が加担していると知ったら、かんかんに腹を立てただろう。

すべてはここに明らかにされていた。子どもをつくること、出生率、そして人種の継続性に関する彼らの妄想が、白人女性の子宮のなかで具体化されていた。恋愛を賛美する男たちの言葉は、彼らの先祖がそうであったように、人種分離と暴力的な民族浄化を望む気持ちと切り離すことはできなかった。彼らは、男性より劣ったパートナーを欲しがっている。従順な、愛すべき女性を望み、子どもたちをマルクス主義者や「ダーキー」から守ってくれる女性を望んでいる。結局、彼らの恋愛観は、現代女性への憎しみと切り離すことはできなかった。そういう女性は〈ホワイトデート〉にはいないだろうと彼らは期待していた。

白人至上主義においては、そもそも女性は「子を産む器」とみなされるため、白人至上主義に洗脳されればミソジニーになるのは当然の結果だった。しかし反対に、ミソジニーはレイシズムの入り口にもなるのではないか、と私は長いあいだ考えてきた。何年もオンライン上で女性として活動し、セクシュアル・ハラスメントに悩まされてきた私は、オンライン上のアンチフェミニズムがいかに過激かを目の当たりにしてきた。世間一般の通念としては、フェミニズムの理念はしぶしぶながら受け入れられてきたが、孤独に不満を抱えてオンライン上に集まった男性たちの多くは、そういう社会通念を脱却し、女性へのあからさまな憎しみに身を任せようと心に決めていた。

　レイシストが使う「レッドピル」という言葉は、もともと男性の権利を主張する運動に由来するものだった。ピックアップアーティスト〔見知らぬ女性と知り合い、誘うために心理的テクニックを駆使するナンパ師〕の連中を中心に展開された、激しいミソジニー運動から生まれた言葉である。そうした運動の参加者は、『ビーバーちゃん（*Leave It To Beaver*）』〔１９５０年代のアメリカ中流家庭を舞台にしたコメディドラマ〕の時代のジェンダー規範を理想とし、フェミニストに組織的な攻撃を仕掛けていた。この「マノスフィア（manosphere）」と言われる世界〔男が女に虐げられていると考え、フェミニズムに異を唱える男性たちによるオンライン上のコミュニティ〕では、「レッドピル」を飲むことは、社会に関する「真実《トゥルース》」を学ぶことを意味していた。それは、「フェミニズムは男性を生きにくくする一方で、女性を生きやすくする。女性の人生は、金銭的な理由であっさり別れた不運な配偶者が手入れをする庭園の小道のように快適だ」という真実である。アンチフェミニストの「レッドピル」からレイシストの「レッドピル」までの距離はさほど遠くはなかった。どちらも、悪意ある者たちが男性や白人から当然の権利を奪い、その分、女性やマイノリティに権利を与えようとしている――そんな陰謀論的な世界観だった。

　アシュリンにメッセージを送ってきた男性の一人が、この二つの重なりをじつにはっきりと示してくれた。彼はアシュリンを断固として拒絶したのだ。

「僕は一度に一人の女性とだけ話すんだ。時間は貴重だからね。ここにいるほかの奴らとは違う。自分の価値を知っているし、僕の働きを見ればそれがわかるよ」と「ブレンダン」と名乗る自称

27歳の男性は言った（彼のプロフィールには、「軍人ですが、ほかの軍人の奴らと一緒にされるのはごめんです」と書かれていた。この言葉は、〈ホワイトデート〉に軍隊所属の会員がいかに多いかを物語っていた）。

アシュリンは一度に複数の男性にメッセージは送っていても、もちろん真剣にお付き合いしたいと思っているのよ、と私は説明したが、ブレンダンは「もう一切やり取りはしたくない」と言った。「僕は一度に一人の女性とだけ話すし、ハイパーガミーは男女の関係を壊れやすくすると思う」「ハイパーガミー（hypergamy）」とは、ミソジニーをテーマにした掲示板でだけ目にしたことのある言葉だった。「ブレンダン」の説明によると、ハイパーガミーは次のような意味をもつという。「地位が高い男性を手に入れる機会があれば、現在の男性に与えた投資や献身にかかわらず現在の男性を捨てて乗り換えてしまうという、女性がもつ本能的な欲望。（すでに出産したかこれから出産する）自分の子孫を養うために優れた才能をもった男性を見つけようとする後脳の働きによる」

疑似科学に加えて、女性は進化的に浅はかにつくられているという非難のなかに、オンライン上のアンチフェミニズムの考え方が感じられた。インターネットのいたるところにいる孤独な男たちの多くがこれに賛同していた。

のちに、私はもっと広範囲にわたって白人至上主義者のチャットに潜入するようになった。男性のふりをすることもあれば、女性のふりをすることもあった。男性のふりをするときは、チャットに蔓延する荒っぽくてたわいないユーモア、不信感、不安げな仲間意識によって迎えられた。女性のふりをして、三つ編みをした平凡なフランス人女性の写真と女性らしい名前でプロフィールをつくった際には、さまざまな反応があった。あからさまな敵意をもって私のアヴァターにセクシュアル・ハラスメントをする人もいれば、心から心配してくれる人もいた。全体の印象としては、こうしたスペースに女性がいるのは珍しかった。その理由は、私に向けられる敵意を見れば明らかだ。ここに蔓延する文化は、粘り気のあるタールのようにインターネット上で凝縮されたミソジニーから生まれていた。そうした女性への憎悪が、白人至上主義者が抱くすべての憎悪へと広がっているように思えた。

この説を確かめるために、私はミソジニストが集まるオンライン上のコミュニティをもっとよく観察したいと思うようになった。白人至上主義のイデオロギーがアンチフェミニズムを必要とするのと同様に、アンチフェミニズムが急進化すると白人至上主義のイデオロギーにつながる。その過程を掘り下げて調べる上で役立つかもしれないからだ。

*

白人至上主義とミソジニーの関係を解きほぐすのは難しい。両者が関係するという見方は、そもそも直感に反しているように見えるかもしれない。昔ながらの白人至上主義者には、白人女性を保護し、大事にするイメージがあるからだ。１９１５年の無声映画『國民の創生（*The Birth of a Nation*）』は、新南部連合系の白人至上主義者の考え方《マインドセット》をつくる拠りどころのような役割を果たしており、黒人男性の性的暴行から白人女性の貞節を守る、立派なクランズマン（クー・クラックス・

クランの団員たち）を大きく取り上げている。映画原作となった１９０５年の歴史ロマン小説『クランズマン――クー・クラックス・クランの歴史ロマンス（*The Clansman: A Historical Romance of the Ku Klux Klan*）』（トーマス・ディクスン著）は、「無法と混乱」の影響で「白人女性の喉元に黒人の手がかかっている」と警鐘を鳴らしていた。エメット・ティルが殺された忌まわしい事件〔１９５５年、14歳のアフリカ系アメリカ人の少年ティルが、白人女性に口笛を吹いたことを理由に残忍なリンチで殺された〕のように、白人女性に対する性的な脅しとされる行為によって、これまで数えきれないほどのリンチ殺人が起こっている。

白人至上主義者の想像のなかでは、処女の白人女性はあらゆる美徳をもった守護者《ガーディアン》だ。その貞操は常に、黒人男性の性的な誘惑に脅かされている。彼女の保護者は白人の父親から白人の夫へと移っていき、その間、彼女を幼い子どものように守ってあげなければならないと彼らは考えている。

アメリカでは、異人種間結婚を禁じる法律は１６６１年までさかのぼる。だが、ケネッツ・ジェイムズ・レイが「性的な人種差別主義（Sexual Racism）」という論文で指摘するように、それらの法律は事実上、黒人男性と白人女性の性交は禁じているものの、「白人男性の黒人女性に対する性的暴行は容認し、奨励すらしていた」。奴隷の女性に対する白人の雇い主や監督者によるレイプは、アメリカ建国のずっと以前から、数世紀にわたる奴隷制度のなかで頻繁に起きていた出来事だった(1)。社会学者のルース・トンプソン・ミラーとレズリー・H・ピッカは、ジム・クロウ法が施行された南部で幼少期と青年期を過ごした92人のアフリカ系アメリカ人を調査した結果、白人男性による黒人女性への理不尽なレイプは、奴隷制廃止後も長く続いたと結論づけている。レイプは、懲罰の意味合いをもつ経済的・社会的な支配の手段であるだけでなく、「白人男性の性的な悦びを満たすため、特に白人女性とのあいだでは不適切と思われた性行為にふけるため」のものだった。ジム・クロウ法の時代を通して、黒人女性は、罰せられることのない白人男性によって性的暴行の対象とされ、同時に性的に都合のいい、ふしだらな女と位置づけられていた。それに対して、白人女性はいつも純粋で、信心深く、従順で、当時の理想的な女性を象徴する家庭的な性質をもつことを期待されていた。

20世紀初頭の書籍は、白人女性のそうした称賛すべき資質を美化し、その称賛を人種カースト制の必要性を強調するために利用していた。イギリスの歴史家であるウィリアム・ヘプワース・ディクソンは、１８７６年の著書『白人の征服（*White Conquest*）』で、サウスカロライナ州チャールストンの白人女性について次のように書いている。「それに、女性たちがこんなにもゆったりと歩き、格子窓から顔をのぞかせ、欄干の美しさを引き立てている！　この女性たちの母親は、ピーター・レリーやヴァン・ダイクが描いた淑女だったに違いない！　それにしても男性にも女性にもなんと情熱的なエネルギーが感じられることだろう！　チャールストンには、『ニグロもムラート〔黒人と白人の混血〕も紳士の顔をあえて直視する者はいない』ということわざがある。黒人女性にもムラートの女性にも、こうした白人の乙女たちと向かい合える者が果たしているだろうか？」

１８９０年に南部歴史協会が刊行した『サザン・ヒストリカル・ソサイエティ・ペーパー』でも、南部の白人女性は称賛され、そこにはプランテーションの女主人として、南部の女性たちが南北戦争後も変わらず家庭を大事にしていることへのロマンチックな空想が盛り込まれていた。「幸せな家庭生活がもたらす成果は、選挙で投票するよりも強力で重要な政治的要素だと女性たちは教えられてきた」とジョージア州リッチモンド郡出身のジャーナリスト、ジョーエル・チャンドラー・ハリスは書いた。「女性は献身と自己犠牲によって自らの人生を未来に捧げてきたのである」

優生学が盛んになった20世紀の最初の数十年で、こうした称賛は無邪気さを失い、疑似科学に覆われるようになった。「だが、白い肌をした女性たちは、黒、黄色、褐色の肌の色をした女性たちから常に激しい嫉妬の対象とされてきた」とマディソン・グラントは、骨相学に関する1936年の著書『偉大な人種の消滅、あるいは欧州の人種史（*The Passing of the Great Race; Or, the Racial Basis of European History*）』で書いている。

また、ハーバード大学で博士号を取得した、白人至上主義の理論家《イデオローグ》であるT・ロスロップ・ストッダードは、1920年の著書『白人優位の世界に対する有色人種の台頭（*The Rising Tide of Color Against White World-Supremacy*）』で、人種の純粋性を維持する上で純粋な子孫の繁殖が重要な役割を果たすことを掘り下げ、繰り返し記している。異人種間の交配による「貨幣の劣化」を非難し、ストッダードは言う。「人種の存続のために必要なことが二つある。人種そのものを維持すること、そして繁殖にベストを尽くすことだ」

人種の純粋性に関する「貨幣の劣化」説から見れば、異人種間の混交は耐えがたい脅威だった。混交は司法の上でも道徳の上でも犯罪にあたると考えられた。だから、おのずと人種間の境界を厳しく監視するようになったのだろう。19世紀とその後のジム・クロウ法の時代を通じて、法律による境界や社会的境界が設けられ、それらは異人種間の結婚によって生まれた子孫を罰するために利用された。そうした規制は、南部にかぎられていたわけではない。1897年、人種間の分離を徹底するために、ネブラスカ州は異人種間結婚を禁じる法律を制定し、白人と「黒人の血を4分の1以上有する者」との結婚を禁止した。この法律は1913年に改定され、白人と「黒人、日本人または中国人の血を8分の1以上有する者」との結婚が禁止されるようになった。[2] さらに、アーカンソー州の法案のように、混血によって白人の血が薄められないようにするため、「……黒人の血を少しでも有する者[3]」を黒人とみなす、いわゆる「ワンドロップ・ルール」を設ける州もあった。アーカンソー州の法律では、異人種同士の同棲を重大な犯罪と定めていた。

白人女性は純血の守護者だと考えると、女性が自分の身体について主体的に判断するのは性的な逸脱となり、純血が失われる脅威ということになる。白人至上主義の現実離れした《ロマンチック》イデオロギーのなかでは、女性は白人を繁殖する器としての役目を果たすほかは、とにかく貞淑であることを求められている。もちろん、今も昔も、白人至上主義を守るためにそれをはるかに超えた働きをしている白人女性はいるし、守護者の役目を果たしながら、イデオロギーを忠実に実行している女性もいる。

*

映画『國民の創生』の公開から一世紀のあいだに、白人女性の立場は向上し、もがきながらも大きく前進した。出産の自由をある程度勝ち取り、職場への進出も進んだ。フェミニズム運動が大きな議論を引き起こし、女性は対等なパートナーであるべきで、家庭を守る古風な役割を捨て去る権利、ニーズ、能力をもつという考えが主流になった。インターネット時代を生きる女性たちは、フェミニズムがもはや引き返せないほど広まり、女性は自立した行為者として自律性、価値、社会的つながりをもつという考えが根差した世界で生きている。こうした考えは、女性をアーリア人の血を守る従順な存在とみなす白人至上主義者の考えと根本的に対立する。そこに、インターネットの男性優位の世界に息づく、激しい、尽きることのないミソジニーが加わると、現在のような醜い文化戦争が起こってくるのだ。

　白人至上主義者がフェミニストに対して示す敵意、さらには、フェミニズム思想が蔓延する文化によって形成された女性像に対して示す敵意は、いまも続く。そうした敵意は、拡大する白人至上主義運動のなかで、非常に不快な主張の中心を成していることが多い。避妊、キャリアを追求する女性、女性に性行為の自由を認める風潮などを生み出したフェミニズムは、白人至上主義に固執する者にとって、白色人種の将来を脅かす思想と言えるだろう。白人至上主義者のブレントン・タラントは、ニュージーランドのクライストチャーチで礼拝中のイスラム教徒50人以上を銃撃し、射殺する前に、声明文《マニフェスト》にこう記していた。「問題は出生率だ」

　ネオナチのウィリアム・ルーサー・ピアースが１９７８年に出版した『ターナー日記』は、ティモシー・マクヴェイ〔１９９５年のオクラホマシティ爆破事件の犯人〕をはじめとする白人至上主義者のテロリストに直接影響を与えたが、この本にもフェミニズムへの敵意が端的に表れている。「『女性解放運動《ウーマンリブ》』は、大衆の精神病のようなものだった……運動に感化された女性たちは、女らしさを否定し、自分は『女性』ではなく『人間』だと主張した。こうした錯乱は、私たち白色人種を分断する手段として、『システム』によって助長された」

こうした敵意は、女性たち、とりわけオンライン上で積極的に発言する女性たちへの暴力的な言葉となって現れている。まずターゲットとなったのが、黒人《ブラック》のフェミニストだ。彼女たちは、オンライン上でのレイシストによる組織的なハラスメントについて警鐘を鳴らした。シャフィカ・ハドソン、イナシュ・クロケット、マイキー・ケンドール、ジャミラ・ルミューらは、ハッシュタグ「#Your-SlipIsShowing」を中心に団結し、ブラックフェミニストの信用をおとしめるために〈4チャン〉で黒人の男性や女性になりすますレイシストの行動を文書にまとめ、公表した。ハドソンは、ニュースサイト「スレート」のジャーナリストであるレイチェル・ハンプトンに次のように語った。「私たちがみな実際にどれほど危険にさらされているか、誰も直視したくないのでしょう。たとえそういう危険が差し迫っていてもね」

そのほかにも、デイリー・ストーマーや、西洋優越主義者（ウエスタン・ショーヴィニスト）による「プラウド・ボーイズ」のような暴力的人種差別団体は、女性の入会をまったく認めないことを明確にしている。

白人至上主義者が女性に対して抱く反感や、そうした反感がたびたび組織的なハラスメントに発展した例は、これまで数多く報告されている。なかでも特筆すべき出来事はテイラー・ダンプソンの事件だ。アメリカン大学で初の黒人の生徒会長になったダンプソンは、任期の初日から、人種差別的なハラスメントのターゲットになった。正体不明の人物が首吊り縄にバナナをぶら下げたり、大学のキャンパスの周りにバナナをまいて、そこに人種差別的なメッセージを書いたりした。デイリー・ストーマーがダンプソンの写真とともにこのニュースを取り上げたところ、今度はオンライン上でレイシストやミソジニストによるハラスメントに相次いで見舞われた。とんでもない数だった。ついに、ダンプソンは、オレゴン州出身で熱心に荒らし行為《トローリング》をしていたエヴァン・マッカーティという人物を告訴し、マッカーティは裁判所からダンプソンへの謝罪、白人至上主義の否定、オンラインでの荒らし行為の中止を命令された。

　オンライン上での白人至上主義者のミソジニーとして、私がこれまで目にした最も過激な例は、２０１９年11月に起こった事件である。それは偶然にも、私がオンラインで定期的にやり取りをしていた二人の友人に関係していた。白人至上主義者で、かつてドナルド・トランプの支援を受けて下院議員に立候補したポール・ネーレンが、非常に過激でおぞましいハラスメントをおこなったのだ。ネーレンは、〈テレグラム〉で数千人の登録者を抱えるレイシストチャネルを立ち上げており、また水の濾過《ろか》事業も経営していた。彼のやり口はあまりにもひどく、それはいまでも私を動揺させるが、法的に有罪判決を受けた者はいなかった[4]。

　シカの狩猟シーズン真っ盛りのことだった。携帯電話を手に森に出かけたネーレンは、２匹の雌ジカを「イェンタ」と呼びながら動画を撮りはじめた。「イェンタ」とは、極右がユダヤ人女性に対してよく使う俗語だ。ネーレンは数千人のフォロワーに向けて、「シカにもっと近づいてみよう」というメッセージとともに、ライフルで狙いを定めた雌ジカの写真を投稿した。そして、２匹の雌ジカを私の友人たちの名前で呼んだ。友人の一人はアンチファシスト、もう一人は極右に関する研究者だが、二人ともユダヤ人ではない。ネーレンは、「汚いイェンタ」の臭いがすると言いながら、雌ジカを仕留めた。そしてその後二日にわたって、部分的に皮を剥いで、リンチのように間に合わせの首吊り縄から吊り下げたシカの写真を撮影した。「さあ、うまくいった」。その間ずっと、ネーレンは皮を剥いだシカの死骸の写真と交互に、女性たちの写真を投稿しつづけた。シカの自家製ソーセージをつくりながら、「角《つの》のあるユダヤ人だ」などと口走った。その上、シカのソーセージに友人の名前を刻み、その写真を自分のチャネルに投稿した。私は〈テレグラム〉に通報し、それは危険な脅しとしてＦＢＩ（連邦捜査局）にも報告された。だが、そのグロテスクな内容と明らかに殺人のリハーサルのような印象にもかかわらず、ネーレンは法的措置を受けることなく、いまも日々、暴力的な言葉を〈テレグラム〉に投稿しつづけている。

　これは特別に過激な事例ではあるものの、ミソジニストによる些細なハラスメントは、オンライン上で毎日のように展開されている。有色人種の女性は常軌を逸したハラスメントを受けているが、白人女性も、男性と比べればオンライン上で不当な被害を受けている。これは特に、フェミニズムについて積極的に発言している女性や、ミソジニストが「男性的《マスキュリン》」な仕事とみなす分野（ビデオゲームの設計や科学など）に進出している女性に当てはまるだろう。２０１９年4月、科学者たちの慎重な研究の末にブラックホールの画像が初めて撮影され、新聞やブログがこのニュースを一斉に報じた。「サウロンの目」〔映画『ロード・オブ・ザ・リング』に登場する冥王の炎の目〕のようでもあり、不吉なドーナツのようでもある画像である。マサチューセッツ工科大学（ＭＩＴ）に所属する29歳の博士研究員、ケイティ・バウマンは、画期的な画像を作成したチームに所属する優秀なメンバーの一人だった。彼女がノート型パソコンで初めてブラックホールの画像を目にして喜ぶ写真をＭＩＴがツイートしたのを受けて、ソーシャルメディアのユーザーやメディアは早速、研究成果にバウマンが果たした役割を褒め称え、彼女をNASAのプログラマーであるマーガレット・ハミルトンのような女性科学者のパイオニアと重ね合わせるようになった。(5) だが、その反動《バックラッシュ》で下品なミソジニーがあふれるようになる。バウマンは研究チームの成果を自分の手柄にした、という陰謀論が噴出したのだ。バウマンの名をかたったインスタグラムのアカウントが現れ、ユーチューブには大量の動画が投稿され、本当は同僚の一人であるアンドルー・シェイルが研究の大部分をおこなったのに、フェミニズムに酔いしれたメディアがバウマンを大きく報道したせいで、シェイルの影が薄くなってしまったとする説が喧伝された。結局、シェイル自身がバウマンへの攻撃を強く非難し、ソフトウェアは「バウマンの貢献がなければ決して動かなかっただろう」と語り、彼女に対する「すさまじい性差別的な攻撃」を批判した。〈4チャン〉では、彼女の名前は三重括弧で囲んで記され、バウマンはユダヤ人だと噂された。白人至上主義の世界では、三重括弧はユダヤ人を示す符号として使われていた。白人至上主義者によれば、バウマンの名声は「ジューメディア（ユダヤ人メディア）」によるものだった。「この類のものでプロジェクトマネージャーになる女は、ほとんどがまったくの役立たずなのに、女だからってチームから追い出せないのさ」とあるユーザーは書いていた。「白人男性だって大きなチームでもっと難しい仕事をたくさんしている。でも、男の仕事は忘れられてしまうんだ」と別のユーザーが言った。

果たしてミソジニーは白人至上主義にどうつながっているのか。それを知るために、私はますます過激な方法を取らざるをえなかった。本当の私は、「世界産業労働組合（ＩＷＷ）」の組合員証をもったユダヤ人女性ジャーナリスト、タリア・ラヴィン。だが、アシュリンという存在をつくり出した以上に、本当の私と完全に決別しなければならなかった。女性を何よりも憎む男性になりすます必要があった。

第５章

インセルとの冒険

Adventures with incels

トミー・オハラは1998年に生まれた。その年に最高の興行収入をあげた映画『タイタニック』のサウンドトラックから、主題歌「マイ・ハート・ウィル・ゴー・オン」がポップチャートで1位になった年である。悲しみに暮れて、ささやくように歌うセリーヌ・ディオンの声を聴きながら、トミーは女性への思慕をつのらせていた。

トミーはキスをしたことがなかった。女性の乳房を一度も触ったことがなかった。熱烈なセックスをしたあとに優しく抱きしめられたこともなかった。実はそもそも、女性とセックスをしたことがなかった。

母親との関係は気まずく、トミーは母をあからさまに軽蔑していた。母親は、企業の中間管理職だった父親に冷たかった。気弱で内向的なトミーは、感情の起伏に乏しい話し方をするため、周囲の社交的な若者たちをよく不安にさせた。大学の寮の活気あふれる雰囲気のなかでも、トミーは自分の殻に引きこもり、インターネットの世界に逃げ込んだ。ホールで見かける女性たちの肉付きのよい太もも、ポルノ女優の毛を剃った張りのある陰唇や漫画のように丸い乳房、日本のアニメに登場する少女たちの大きくて透明感のある目、女子生徒の制服の下で弾ける曲線について、執拗に考えをめぐらしていた。

トミーの周りに、生身の女性がいないわけではなかった。いたことはいたのだが、どうやって話しかければよいのかまったくわからなかった。だからトミーは、自分の気晴らし（ビデオゲーム）や趣味（ビデオゲーム）や豊かで満ち足りた内面生活（ビデオゲームとユーチューブ）に没頭した。大学では歴史を専攻して3年生を修了しており、授業で女性を見かけることはあったが、話しかけることはできそうになかった。彼女たちは宇宙人みたいで、ヒップとバストだけの存在で、気持ちを理解することはできない、とトミーは考えるようになっていた。トミーと彼女たちのあいだには、空っぽで真空のスペースが広がっていて、彼にとっては埋められない裂け目のように感じられた。トミーから見るとこの裂け目は、周りの女性たちの何を考えているのかわからない、説明のつかない、理不尽とも思われる態度によって生まれたものだった。高校時代は、大学受験のために数学と歴史を中心にかなり勉強し、快適な中流階級《ミドルクラス》の生活を夢見て順調に歩んできたはずだった。だが、彼の唇は、まだほかの人間の唇に触れたことはなく、寂しさで乾ききっていた。ある日、ビデオゲーム『オーバーウォッチ（*Overwatch*）』の遊び仲間から、冗談めかして「インセル」と呼ばれたのをきっかけに、トミーはその言葉の意味を詳しく調べはじめた。インセルとは、「不本意な禁欲主義者《インボランタリー・セリベイト》」の2語を組み合わせた混成語で、冷酷な女性たちによってセックスの機会を奪われている者を意味する言葉だった。トミーへの侮辱ではあったが、まさに彼の人生を言い当てていた。

それ以来、トミーは、〈レディット（reddit）〉〔米国の掲示板型ウェブサイト〕やユーチューブにのめり込むようになった。「Dr Shaym」や「alfsvoid」のようなクリエイターの動画を繰り返し眺め、「r/TheIncelPill」や「r/Foreveralone」のような掲示板でのやり取りに夢中になった。まもなく、彼の女性に対する困惑は軽蔑へと変わっていく。いまやトミーは怒りを感じていた。これまで、人生は女性と多少なりとも親密な関係をもつことを約束してくれているように見えた。だが彼には、ジョン・グリーンの小説〔ティーンのロマンチック・コメディ〕のように心地よい、穏やかな恋愛は訪れず、彼が好む冒険とファンタジーの物語に出てくる、非現実的でロマンチックな展開すら起こらなかった。

思いは次第に強くなった。軽蔑は怒りを生み、強い嫌悪として凝り固まった。トミーは、アダルトアニメやポルノに描かれた魅力的な女性の虚像として周囲の女性たちに欲望を抱いたが、同じくらい、あるいはそれ以上に彼女たちを嫌悪した。そして、自分の顔立ち（貧弱なあご、低い鼻、真ん中に寄った目）や身長（よくて１７０センチほど）や膿んだニキビにひどくこだわるようになり、恋愛の機会に恵まれないのを見た目のせいにした。女性は浅はかで、つまらない存在であり、魅力的な外見の男性や金持ちの男性にいつも乗り換えようとしている。自分はそんな男性には決してなれないとトミーはわかっていた。だから21歳にして、彼はセックスレスの石棺に閉じ込められ、自分の手や性器に女性の手が重ねられる感触や熱い抱擁を知ることのない運命を決定づけられたように感じていた。ただひたすら、周りの女性たちに欲望を抱いた。学生寮や授業で会う女性たち、寒さが和らぐと早速ミニスカートを穿《は》き出す女性たち……。ポルノに出てくる女性と同じように、彼女たちはハンサムな同級生の性器をしゃぶり、発情したチンパンジーのような姿を見せているに違いない。だが、トミーに対してはそんなことはしないだろう。絶対にありえない。

トミーはインセルだった。

ただし、「トミー・オハラ」は実在の人物ではなかった。

トミー・オハラは私だった。

＊

インターネットにはミソジニーが蔓延している。ミソジニーで成り立っていると言ってもいい。オンライン上で活動している女性の大半はハラスメントを受けたことがあり、特にソーシャルメディア上でのハラスメントはひどい。「アムネスティ・インターナショナル」の２０１８年の報告によると、前年の調査では、女性のじつに62パーセントがツイッター上でハラスメントを受けたことがあり、その内容は性別や人種に基づく中傷からレイプや暴力の脅しまでさまざまだった。その結果、女性たちは終始、自分の発言を多少なりともチェックし、慎重に言葉を選ぶようになり、あるいは時事問題や政治に対する意見、対人関係が形づくられるようなプラットフォーム上では、一切発言をしなくなる。すでに書いたとおり、私自身も日々、そんな経験をしてきた。一時間おきにハラスメントを受けたことさえあった。ミソジニーに基づく中傷、反ユダヤ主義的な中傷、私の容姿への批判が入り混じって、背景音のような憎悪のうなり声となり、私の言葉に反撃するように、耳障りな一本調子の音を奏でていた。

ミソジニーはいくつかの点で、アメリカ文化の背景音《バックグラウンドノイズ》とも言える。現代のアメリカは、あちこちで厳しい中絶禁止法が可決される国だ。そうした制限を可決した州の議員によれば、女性の妊娠を「神に委ねさせる」ために、妊娠中絶手術は「苦痛を伴うべき」だという。さらにアメリカは、最高裁判所判事の任命予定者が性的暴行を犯した容疑で公聴会にかけられたことを強く非難し、それに保守系メディアが勝利の雄叫びをあげる国でもある。「女性のアソコをつかめ」という破廉恥なキャッチフレーズで性的暴行を露骨に表現した大統領が選挙で正当に選ばれ、就任してしまう国でもある。トランプの集会に集まった人々は、「ヒラリーを投獄せよ」と繰り返し唱えていた。ヒラリー・クリントンは敵視すべき女性のプロトタイプとして普遍化され、高慢で厚かましく、おそらく自立を望む女性を象徴する存在と化してしまったのかもしれない。

2014年、トランプが大統領選の選挙運動を始める前年に、インターネット上でミソジニーが噴き出し、「ゲーマーゲート」と呼ばれる騒動が人々の関心を集めたことがあった。同年には、インセルを自称する男性、エリオット・ロジャーがカリフォルニア州アイラヴィスタで車から銃を乱射し、数人を殺害した事件も起こっている。ロジャーは、性的欲求不満を書き記した声明文《マニフェスト》を残していた。ロジャーに刺激を受けて多くの女性殺害事件が起こり、また、疎外され、ミソジニストの憎悪にとらわれた大勢の若い男性がロジャーを聖人とみなした。そうした動きと並行して、ゲーマーゲート論争は反動的な政治思想を抱く多くの若者を動員するきっかけとなり、ハラスメントの実験場のような機会をつくることになる。このときに使われた手法は、いまもなおインターネット上のやり取りに悪影響を与えている。

スタンフォード大学で極右を専門に研究するベッカ・ルイスは、現代の極右について、「そのほとんどはゲーマーゲートの参加者と重なります」と語った。

この「運動《ムーブメント》」は、インターネット上のいわゆる「荒らし《トロール》」がゆるくまとまった集団によるものだった。匿名の参加者もいれば、素性を明かしてイデオロギーを熱く語る者もいた。発端は、当時24歳のイーロン・ジョニという男性が、27歳の元ガールフレンド、ゾーイ・クィンの不貞について、一万ワードもの長文の非難を投稿したことにある。それを機に、クィンに制裁を加える動きが起きたのだ。クィンはインディービデオゲームの開発者だった。ジョニの言い分によれば、クィンは好意的に報道してもらう見返りに、ゲームサイト「コタク」の記者であるネイサン・グレイソンと性的関係をもったという。この投稿は、ゲーマーを自認する人たちのあいだで瞬く間に広まった。すぐにクィンに対して悪質なハラスメントが起き、クィンは次々と殺害の脅迫を受け、アカウントをハックされ、住所を含む個人情報をオンラインにさらされ、身の危険を感じて自宅を離れることになった[1]。やがて、このクィンの性的関係に関する根拠のない主張から始まった運動は、「ゲームジャーナリズムの倫理」という業界全体の危機に発展していくことになる。

ゲーマーゲートは男性をターゲットとする場合もあったものの、一貫して女性に対する憎しみを見失わなかった。フェミニストのブログ運営者であるアニータ・サーキージアンなど、ビデオゲームやその批評の世界で著名な女性たちに対する殺害の脅迫が雪だるま式に増えていった。荒らし行為をする連中は、ハラスメントの手口にゲーム要素を持ち込み、標的とする者に中傷を浴びせて打ちのめしたり、厚かましくも自分たちを批判した報道機関の広告スポンサーに一斉に電話攻撃をしたりした。このゲーマーゲートがオンライン上の偽情報《ディスインフォメーション》に与えた甚大な影響について、ベッカ・ルイスは２０１７年、共同執筆者のアリス・マーウィックとともに報告書を執筆している。この運動は「時代に逆行したポピュリズム」だと指摘したのだ。「ゲーマーゲートの参加者は、フェミニズムのような進歩思想が言論の自由を抑圧しようとしていると主張しました。言論の自由は、彼らが最も大切にしている価値観です。グローバルな多文化主義やフェミニズムの広がりによる世界支配とも言える状況に、彼らは反発しているのです。白人男性の特権という言葉に強く反発する、時代に逆行したポピュリストのイデオロギーです[2]」

一人の女性ゲーム開発者に対する組織的なハラスメントとして始まった運動は、やがて「ゲーマー」のアイデンティティや価値観を脅かす者に対する全面的なデジタル戦争になった。ゲーマーの価値観とは、「ビデオゲームはもっぱら若い白人男性や社会から疎外された者のためにあるべきだ」という考えである。女性や人種的マイノリティ、あるいは人気のゲーム作品に含まれる暴力的・性的描写を批判して規制を求める者さえも、十分に攻撃の対象になった。デジタルネイティブであるゲーマーゲートの参加者は、さまざまなツールを駆使し、新たなツールを開発し、反動的な政治思想に固執しつづけた。ゲーム関連の掲示板サイト〈エスカピストフォーラム（Escapist Forums）〉のある投稿者が言うように、ゲーマーゲート運動は、「ゲームに何を含めるべきかに口を出し、『多様性《ダイバーシティ》』の基準を満たしていないと騒ぐフェミニストやSJW（ソーシャル・ジャスティス・ウォリアーの略。左派を意味する軽蔑的な言葉）に対する怒り」を表現したものだった。運動の最終目標は、「最高に狂った革命」を起こすことだった。

だとすれば、ゲーマーゲートの攻撃が批判者の人種に対する侮辱へと発展したのも、白人男性を中心とした運動の性質をごまかすためにわざと事実と異なる情報が流されたのも、不思議ではない。黒人の女性活動家であるシャイリーン・ミッチェルは、女性へのハラスメントに反対する立場をオンライン上で積極的に発信したために、人種差別的な中傷を受けたことをいまでも覚えている。「とても露骨に、人種差別的で性差別的な中傷がありました」とミッチェルは話す。サウス・バイ・サウスウエスト〔毎年3月にテキサス州オースティンで開催される音楽や映画などに関する大規模イベント〕でオンライン・ハラスメントに関するパネルディスカッションに参加しようとしたところ、中傷や脅迫を受けたために、同じテーマの別のイベントで講演をする際にも警備員を連れていくことになったという。

「根底にあるのは、ゲームが得意なのは白人男性のゲーマーだけという理屈です」とミッチェルはゲーマーゲートについて語った。「だから、ほかの者に対しては、一定の『倫理』が課されるわけです。女性は誰とでも性的関係をもつし、マイノリティが仕事を得られるのは能力があるからではなく肌の色のおかげだと彼らは考えています。だから策を練るわけです。いろいろな説明が隠れ蓑《みの》に使われています」

ゲームマーゲート論争では、オンライン上で一躍名を知られるようになった人物が何人かいる。たとえば、当時極右のニュースサイト「ブライトバート」の技術編集者だったマイロ・ヤノプルスや、経験豊かな弁護士でありながら三流の「恋愛コーチ《デーティング》」を名乗り、ゲーマーゲート運動の代弁者として登場したマイク・セルノヴィッチが有名だ。二人とも、2015年に注目されるようになった極右運動に参加し、2016年の大統領選挙では、レイシズムの波に乗ってオンライン上で名をはせた。

ゲーマーゲート論争は多くの点で、ソーシャルメディア時代への転換点だった。盛んにハラスメントをおこなった連中は、反動的で反フェミニズム的な政治思想を求めて、ターゲットに集団で罵声を浴びせるために、新旧さまざまな手法を用いることができた。トランプの時代に人種差別的なイデオロギーが主流になるにつれて、ゲーマーゲートに関わった男性たちの多くは選挙運動に加わり、同じ手法を利用して、レイシズム、反移民感情、白人ナショナリストとしての主張を押し進めていった。浮気をしたとされる恋人への復讐《リヴェンジ》から始まった運動は、人種的マイノリティ、女性、進歩的イデオロギーを広く取り込んだ復古的な波へと変わっていったのだ。反動的な政治思想に鼓舞された若者たちは、組織的なハラスメントに参加することで急進化し、プロパガンダ活動に本格的に加わる準備を整え、その能力を十分に手にしていった。こうして彼らは満を持して、アメリカの組織的な人種差別運動に加わっていったのだ。

フェミニストのジャーナリストであり、ゲーマーゲート論争の展開を取材してきたロビン・ペンナッキアによると、論争の原因の一つは、衝撃的な出来事をエンターテインメントとみなし、さらに強い刺激を求めつづけるインターネット文化が若い男性のあいだに存在することだ。強い刺激を求めて、人種差別的な主張、ミソジニー、残虐な行為や小児性倒錯《ペドフィリア》に関するグロテスクな冗談《ジョーク》を強調する環境にどっぷりと浸った彼らは、社会からの疎外感を深め、若い白人男性として享受できると思っていた仕事や恋人を手に入れることができなくなってしまった。

「ゲーマーゲートはもちろん始まりでしたが、最後のあがきでもありました。白人男性は、女性がすべてを横取りしていくと感じていました。女性がビデオゲームまで取り上げようとするのなら、男性は戦うしかなくなります」とペンナッキアは言う。「やがて、レイシズムを深刻に懸念する人たちがやって来て、男性にも同様の対応を求めはじめるわけです。すると男たちは、自分の人生が輝けない理由を新たに考え出して、それを信じ込むようになります。初めはあくまで『刺激のためのレイシズム』であり、本気ではないと言えたのに、もはやそうではなくなりました。そして、組織的なレイシズムという次の段階へと進んでいくのです」

ゲーマーゲートは、ゲームの世界からフェミニストを追い出し、ビデオゲームのファンたちを反動的な政治思想に取り込もうとした。一方で、エリオット・ロジャーが犯した銃乱射事件に影響されて急進化したインターネットユーザーも、数は少ないながらも一定数存在した。ゲーマーゲートとロジャーの事件は、奇しくも同じ２０１４年に起きている。ロジャーの事件と彼が残したマニフェストは、性的欲求不満を嘆いて集まった一部のユーザーを、激しい怒りとミソジニー、そして暴力をはらんだコミュニティへと変えてしまった。

「不本意な禁欲主義者《インボランタリー・セリベイト》」を意味するインセルのコミュニティは、女性への憎悪が熱く、激しく燃え盛る場所だ。そこでは、性的欲求不満による純粋な怒りから女性を殺害したロジャーが、守護聖人とあがめられていた。

＊

２０１４年５月23日、22歳のロジャーは６人を殺害し、自らも命を絶った。犯行の直前、彼はユーチューブに長い動画を投稿し、１３７ページに及ぶマニフェストを34人に電子メールで送っていた。マニフェストでは自分が童貞であることを卑下し、当然与えられるべき権利を自分に与えなかった世界を非難していた。「僕の歪んだ世界（My Twisted World）」というタイトルのこの文書は、彼の短い人生の自伝と、女性に対する激しい憎悪を記した長文が同じくらいの量を占めていた。動画のほうは「エリオット・ロジャーの報復（Eriot Rodger's Retribution）」というタイトルで、ハンサムな若者であるロジャーが不気味なほどに感情を殺して、世の中全般、とりわけ女性たちに対する憎しみを月並みな言葉で表現していた。

「おまえたち女どもは俺に惹かれることはなかった。どうして俺に惹かれないのかわからない。でも俺はおまえたち全員を罰する」とロジャーはカメラをまっすぐ見つめて語っている。「俺は完璧な男だ。それなのに、おまえたちは最高の紳士である俺ではなく、あんな不快な男たちに身を捧げる。だから、おまえたち全員を罰する」

ロジャーは、B級映画からそのまま取ってきたような不気味なつくり笑いで締めくくった。そしてその日の夜、6人を殺害したあとに、頭に銃弾を撃ち込んで自ら命を絶った。

この殺人は、ロジャーが不本意ながら童貞だと認めたこと、女性に対する怒りを繰り返し表明したことと相まって、インターネットの世界で少数派でありながら着実に増加していた一定の人々に衝撃を与えた。〈love-shy.com〉という月並みな名前のフォーラムで、あるいは〈4チャン〉で、あるいは「r/ForeverAlone」のような〈レディット〉のコミュニティで、若い男性たちは、ロジャーの犯行を自分たちの怒りの延長線上にあるものとみなした。それから数年のうちに、そうした怒りは激しさを増し、男女関係、社会理論、疑似科学、そしてもちろん、大量の激しい怒りを包含した、内に籠ったイデオロギーとなった。彼らは自分たちを「不本意な禁欲主義者《インボランタリー・セリベイト》」、すなわち「インセル」と呼んだ。

インセルは、ほぼ全員が男性の集団だ。彼らは自分たちが性的に恵まれないことを認め、女性と性的関係をもてない自分を嘆いてインターネット上で語り合う。また、自分たちをそんなセックスレスの状態に不当に閉じ込めた女性たちを非難することも多い。インセルのあいだでは、女性関係が盛んで社会にうまく順応している男性を「チャド（Chad）」、チャドばかりを選ぶ性的魅力がある女性を「ステイシー（Stacy）」と隠語で呼び、インセルはそういう男女に抑圧され、侮辱されていると考える。

インセルのコミュニティでは、性的機会を不当に奪う世界に対して暴力で報復することを「エリオット・ロジャーをする（going ER）」と言い、そうした報復は常に妄想の対象になっている。ロジャーはインセル特有の動機で大量殺人を犯した人物として最も有名ではあるものの、女性への欲求不満を暴力に変えたのは決して彼だけではない。２０１８年4月23日、25歳のカナダ人男性、アレク・ミナシアンは、トロントの路上で白いトラックに乗って通行人に突っ込み、女性8人と男性2人を殺害した。犯行の前に、ミナシアンはフェイスブックにログインし、次のように投稿していた。「二等兵（新兵）ミナシアン歩兵００１０、軍曹と話したい。〈4チャン〉を頼む。Ｃ２３２４９１６１……インセルの反乱はすでに始まった！　われわれはチャドやステイシーを全滅させる！　最高紳士エリオット・ロジャー万歳！」

その前年には、コロラド州の27歳の男性、クリストファー・クリアリーが、自分が童貞でインセルであること、「できるだけ大勢の女の子」を殺す計画があることについて、フェイスブックに長文を投稿した。クリアリーは家庭内暴力とストーカー行為で有罪判決を受け、執行猶予中だった。彼はユタ州プロヴォに移動したところを警察に逮捕された。2017年1月21日におこなわれた全国規模のイベント「反トランプ女性デモ（ウィメンズ・マーチ）」を狙う計画ではないかと警察が危惧したからだ。2018年5月24日、クリアリーは最長5年の懲役判決を受けた。ほかにも2018年には、フロリダ州タラハシーのヨガスタジオで、スコット・ポール・バイアリーが2人の女性を銃撃、殺害し、5人を負傷させた。襲撃の前に投稿した動画で、彼は仲間のインセルに反撃を呼びかけ、エリオット・ロジャーへの共感と称賛を示していた。

ユーチューブをざっと検索しても、ロジャーへの賛辞は多数見られる。感傷的なサウンドトラックを背景にロジャーの画像を示し、「あなたにとって世界は過酷だった。あなたは痛みを抱えた不当な人生を送った」などの言葉が添えられた投稿もあった。ブロガーのデヴィッド・フットレルは、「マンモスを狩った（We Hunted the Mammoth）」というブログのなかでオンライン上のミソジニーの世界を詳しく調べ、ニューヨーク・マガジン誌に寄稿している。それによると、オンライン上のミソジニストのあいだで見られるロジャーへの称賛は、「聖エリオットを崇拝するカルト宗教」のようなもので、彼の顔写真をフォトショップで聖人の肖像《イコン》のように加工し、そのニヤッと笑った生気のない顔の回りに後光《ハロ》を描いた画像が広まっているという。

ミナシアンによる襲撃事件のあと、私は事件について記事を書こうと、オンライン上のインセルの世界を調べはじめた。そう考えたジャーナリストは私だけではない。ニュース解説メディアのヴォックスはインセルに関する独特な「解説記事」を発表し、BBCは「インセルとは何か？」

というタイトルの記事を掲載した。あちこち調べていた私は、〈レディット〉の掲示板「r/badeconomics」で、「計画経済におけるインセルダム〔インセルの状況にあること〕の性的な市場価値《セクシュアル・マーケットバリュー》」というタイトルの投稿を見つけた。そこにはミナシアンによる単独のテロ行為だけでなく、インセル全般について詳しく書かれたスクリーンショットが掲載されていた。一部を紹介しよう。

インセルは、問題《プロブレム》というよりはむしろ、われわれの社会で何かがおかしくなっているという兆候《シンプトム》を指している。彼らの正当な不満が満たされないかぎり、まもなく制御不能なスパイラルに陥ってしまうだろう……

だから、私はいくつか提案をしたい。

（1）女性は化粧をしてはならない。化粧とは「女性の」美しさを偽って宣伝すること。だから、女性に化粧をやめさせて、格上の男性との性交渉をやめさせなければならない。

（2）女性は、性的市場価値が自分と同等の男性とだけデートすることを許される。国がテストを義務づけ、全員が身分証明書（ＩＤカード）のような「性的市場価値カード」を取得するべきだ。

性的市場価値は、10点中１点から満点まで幅がある。

（3）女性は新しい男性と性的関係をもつたびに、性的市場価値カードのランクが１点下がる。最終的には、最低ランク（10点中１点）になる〔原文ママ〕。

（4）訓練以外には、ランクを上げる方法はない。

（5）10人以上の男性と性的関係をもった女性や未婚の母親は、上記（1）から（3）の変革によっても女性を獲得できないインセルとデートをし、セックスしなければならない。これは国によって強制される。

これらを実行すれば、兆候にとどまらず、問題そのものに対処できるだろう。著作権侵害対策やテロ対策のようなあらゆる問題と同じように対処するのだ。インセルの脅威は現実だ。ほかの問題と同様に対応しなければならない。

性的な奴隷になることを国が命令し、女性の性的欲望を国が処罰し、科学的に測定可能な実数として「性的市場価値」なるものを導入するというビジョンだ。刺激的で、恐ろしくもあり、あまりにグロテスクなため興味をそそられた私は、2018年のある日、これをツイッターに投稿し、「同じ人間ではあるけれど、違う惑星に住む人たちみたい」とコメントした。このツイートは多くの人に閲覧され、1万件の「いいね」がついた。インセルが私を見つけたのは、このときだった。彼らの世界に私が潜入し、あるいは潜入を計画するよりもかなり前のことだった。

それから数日間、私のタイムラインには、ローストビーフサンドイッチの画像が殺到した。ほとんどは、肉汁たっぷりのピンク色のひだのようなビーフがあふれんばかりにのったオープンサンドの画像である。アニメの画像をアヴァターにした見知らぬツイッターユーザーからは、「黙れローステイ」とメッセージが来た。「ローステイを見つけたぞ」、「おまえを虐殺してやる、ローステイ。アッラーの思し召しならば」

「ローステイって？」と読者のみなさんは思うだろう。これはインセルが使う用語で、掲示板

〈Incels.co〉で提供されている正式な「インセルウィキ」（ミームや用語や中傷に関する辞書）にも掲載されている。ウィキの説明によると、「ロースティ（Roastie）とは、鼻持ちならない女性を意味し、侵襲性の高い手術をせずには変えることのできない女性器をからかう言葉である。膨れ上がった陰唇がローストビーフのように見えることをほのめかしている」。つまり、この喩えは、「女性が大勢の男性とセックスをすればするほど、女性の陰唇は伸びてローストビーフのようになる」という、非常に怪しげで非科学的な考えに支えられている（ちなみに、夫やボーイフレンドなど、一人のパートナーと頻繁にセックスをする女性については説明されていない）。インセルウィキの「ロースティ」の項目には、説明とともに「陰唇の伸縮性は性交渉の相手の人数とどう関係するか」を示すグラフが掲載されている。性交渉の人数が35人以上になると、ピンク色の点《ドット》の散らばりがY軸（陰唇の伸縮性）の上限まで達するグラフである。グラフの作者は、S・ミンツ、J・ラッセルズ、P・ニランの3名の科学者だ。論文名は書かれておらず、著作権表示も「ケンブリッジ大学、第14巻、第2号、2009年」と曖昧だった。

そこで、私はグーグル、グーグル・スカラー、ジェイストア、パブメド、アカデミア・エデュなど、学術データの巨大なデータベースで記事を検索したが、何も見つからなかった。グラフ自体をグーグルで画像検索してみても、ツイッターでインセルを馬鹿にする批判がヒットしただけだった。

P・ニランとS・ミンツはグーグル・スカラーでヒットし、それぞれパム・ニランとスティーブン・ミンツだとわかった。ニランは現代インドネシアの若者に関して広く論文を書いており、ミンツはテキサス大学オースティン校で米国史の教授を務め、特に幼年期に関する社会史的研究を専門としていた。J・ラッセルズについてはどこにも情報がなかった。検索で明らかになったのは、「陰唇の伸縮性指数」なるものはまったく存在しないこと。陰唇の伸縮性という言葉は、肺の拡張能力も意味するようで、鳥のさえずりに関する記事のなかで大きく取り上げられていたが、私は念のために、有名な産婦人科医で『膣《ヴァギナ》のバイブル（*The Vagina Bible*）』という書籍の著者であるジェニファー・ガンター博士に質問を送った。「陰唇の伸縮性指数というものは存在しません」とガンター博士の返信には書かれていた。「この男性たちは陰唇を見たことがないし、ペニスを膣《ちつ》に挿入したことすらないのかもしれません」

このように、ローストビーフと女性器に関する主張に誤りがあるにもかかわらず、私がヴィレッジ・ヴォイス紙でインセルについてのコラムを発表した際には、読者からアービーズ〔ローストビーフサンドイッチが有名なアメリカのファストフードレストラン〕のギフトカードが送られてきた。「ギフトカードは、誰でも最初に出会ったホームレスの方に差し上げてください」と私は編集者に頼んだ。あまりローストビーフサンドイッチを食べたい気分ではなかった。

もちろん、ロジャーやミナシアンが起こした銃撃事件と、女性ライターにツイッターでローストビーフの画像を大量に送りつける行為とのあいだには、隔たりがあることは確かだ。とはいえ、インターネット上の一部のミームはあまりにもおぞましかった。シューティングゲームのスクリーンショットのように修正が施され、紙コップを手にした若い女性がたくさんいる部屋に主人公のエリオット・ロジャーが入っていく画像があり、これを投稿したユーザーはポエムも一緒に添えていた。「大麻を吸え／精液を飲め／おまえの番だ／ロースティのゲス女」

私はミソジニーを中心に組織されたオンライン上のコミュニティに近づきたかった。女性の社会的役割から身体の構造まで、女性というものを自分勝手に誤解している世界を覗き込みたかった。その場合、私にとっていちばん手近なのはインセルのコミュニティだった。インセルダムのイデオロギーは、広い意味で「男性優位主義（メイルスプレマシー）」の範疇に入るものの、もう少し狭い意味では、「女性は生まれながらにして劣っている」という見方によるヘイトに分類される。ミソジニーは白人至上主義の思想につながる「憎しみの入口」に違いない――この仮説を詳しく調べるために、孤独で怒りを抱えたインセルのあいだに人種差別的な憎しみが浸透していないか、私は確かめたかった。

＊

〈レディット〉には、インセルが集まるおもなコミュニティとして「r/incels」という掲示板があった。２０１７年11月、女性に対する暴力を誘発したとして運営側からアクセス停止処分（バン）となったが、そのときの登録メンバーはおよそ4万人だったという。代わりに誕生した「r/braincels」は、私が本書のために調査を始めた頃は「検疫対象（quarantined）」だったが、その後２０２０年5月に、運営側からバンされた。〈レディット〉で検疫対象の掲示板にアクセスすると、ユーザーには、この掲示板は「衝撃的なコンテンツや非常に攻撃的なコンテンツが多用されています」という警告メッセージが表示される。検疫対象なので特定の言葉や用語を検索することはできなかったが、コンテンツをざっと眺めただけでも、「衝撃的で非常に攻撃的」という警告は正しかった（私自身は簡単にはショックを受けないが……）。

インセルのコミュニティやその主張には、どういうわけかとても不安を覚える。少なくとも、私にとってはそうだった。おそらくそれは、彼らが語る世界観に共感できる部分があるからだろう。自分の容姿やスタイルばかりを気にして自分は愛される価値がないと感じる、あるいは無理そうに見える異性と親しくなって交際したいと憧れる。私たちのなかにも、そんなふうに感じる人は大勢いるのではないだろうか。私も10代の頃は長いあいだ、そうした感情から大きな不安を感じていた。20代に入ってからも、それはなかなか消えなかった。インセルを生み出す要因は、社会的な孤立（アイソレーション）と性的欲求不満から生まれる孤独感（ロンリネス）だが、それは万国共通の感情と言ってもいい。特に、インターネットによって社会からの疎外が進む時代には、当たり前の感情でもある。だが、インセルの世界では人間として自然なこの欲求が歪められ、ミソジニーと自己嫌悪という二本柱の上に成り立つ、大きな醜い世界観に変わってしまった。女性に対する彼らの強い嫌悪は、欲望と憧れと切り離すことができない本能的なものである。彼らの自己嫌悪と絶望も同様だ。そのため、インセルの主張には他者に対する共感がまったく欠けており、人々がインセルの世界の住人に対して感じる共感は、インセルが言葉を発するたびに、何かを投稿するたびに、失われていく。

インセルは独特な言葉を使う。インセルウィキに非常に詳しく説明されているが、中傷、疑似科学の用語、インセルならではの奇妙な癖やこだわりといったものが漠然と混ざり合っている。「ロープ（rope）」は自殺することだし、「コープ（cope）」は妄想じみた信念に頼って絶望に陥らないようにすること。「ＪＢ」は「jailbait（性的魅力があるけれど手を出したら刑務所行きの未成年の女の子）」だし、「モギング（mogging）」は自分のほうが優れていると考えて人をおとしめることだ（だから、「身長モグ（heightmogged）」された、「ルックスモグ（looksmogged）」されたと言う場合、自分より背の高い人や外見がよい人に負けたという意味になる）。本章ですでに挙げたとおり、よく知られている言葉としては、「ロースティ」、「ステイシー」、「チャド」、あるいは女性をモノ扱いする「フィーモイド（femoid）」や「フォイド（foid）」（どちらも「サイボーグのような」という意味）などがある。また、「ミューイング（mewing）」への執着も見られる。これはイギリスの歯科矯正医であるマイク・ミュー博士が開発し、ユーチューブで広まった方法で、舌を口の上側に押しつけると下あごの輪郭が整って魅力的になるというものだ（インセルのコミュニティでは、下あごの輪郭、顔の輪郭、頭蓋骨の形へのこだわりが強い。インセルが投稿する自撮り《セルフィー》写真や有名人の「チャド」の写真や動画をチェックする際にもそれらが話題になり、彼らはベテランの骨相学者のように正確に分析する）。ジャーナリストのアリス・ハインズはニューヨーク・マガジン誌に、インセルの世界でちょっとした有名人になった形成外科医に関する記事を書いている。もっと男らしい顔立ちになりたいと願う若い男性のために、患者に合わせてつくった移植片で骨ばった頬骨や、シャベルのようなあごの輪郭や、ワシ鼻をつくってくれる形成外科医である。かっこいい男になるためには自分の骨を削ってもかまわない、と男たちは思っていた。まさに、ミソジニーによって歪められた理想的な男らしさに向かって邁進し、現実からは隔絶されていた。彼らにとっては一ミリの骨こそが、動物的で宇宙人のような女性の心に特別なスイッチを入れ、その性的な抵抗を抑えるための手段だった。自分の行動パターンについては考えず、女性とどんな話をするかではなく、とにかくあごの形を変えることが重要だった。インセルから性的に活発な生活に「浮上する」ために外見を磨こうとすること。このお金のかかる、ときに危険なやり方を、インセルは「ルックスの最大化（looksmaxxing）」と呼ぶ。

たいていの専門用語がそうであるように、インセルが使う耳慣れない言葉の洪水は、閉鎖的な印象を生み出している。彼らはお互いだけが理解できる言語を話していた。そうした言語の根底にあるのは、「人生は性的な選別という厳しい戦いである」という考え方だ。部外者にはほとんど理解できないだろう。

だが、インセル特有の言葉を十分に理解してから掲示板の投稿を読み通した私は、インセル同士のやり取りの根底に、絶望と怒りが混ざり合った強い感情が流れていることに愕然とした。

ユーザーたちは繰り返し自殺について語っていた。「うっかり〈ティンダー〉に参加してしまった……畜生、俺にロープをくれ」とあるユーザーが掲示板「r/Braincels」に投稿していた。別のユーザーは、「この掲示板が俺の人生のたった一つの慰めだ。ここがなくなったら、俺は自殺する」と書いていた。セックスの相手や交際相手のいる魅力的な男性と容姿の醜い女性に関する投稿が多く、掲示板全体が「Suifuel」（自殺《スーサイド》を煽る燃料《ヒューエル》）と呼ばれていた。あるユーザーが「銃を買った。明日は仕事に行かない。自殺する準備ができた……死ぬ用意はできた。何が起きても心の準備はできている」と投稿したところ、ほかのユーザーは盛んに彼を励ましていた。「成功を祈る。日の出を見て、好きなバンドの音楽を聴くといい」、「同胞よ、インセルハラで会おう」〔Incelhalla はインセルのヴァルハラ（Incel Valhalla）を意味する造語。ヴァルハラとは北欧神話のオーディンの宮殿で、勇敢に戦って死んだ戦士たちが迎え入れられる場所〕、「あの世の友達と楽しくやってくれ」

絶望に打ちひしがれた投稿のあいだには、ミソジニーも見え隠れしていた。強烈なミソジニーが脈打ち、そのあまりの激しさに、パソコンの画面を通しても目がひりひりした。女性に対する極度の憎しみを殺害によって表現し、その後に自ら命を絶ったエリオット・ロジャーを称賛するミームが数えきれないほど投稿されていた。ロジャーの写真をフォトショップで加工し、テレビドラマ『ゲーム・オブ・スローンズ（*Game of Thrones*）』のタイトルにも含まれる「鉄の玉座」〔最終章シーズン8の第6話〕に座らせ、これが番組の「もう一つの結末」だとほのめかすユーザーもいた。ロジャーが女性に生まれていたらもっと気楽な人生を生きただろうと言わんばかりに、スナップチャットのフィルターで彼の顔を女性に変えたユーザーもいた。容姿の醜い女性やふしだらな女性を非難する投稿も多かった（「大勢の男とセックスした女が俺の子を産むなんてごめんだ」、「俺の母親はとんでもないあばずれ女さ」、「よく覚えておけ。おまえが惚れてるあの女は、チャドのペニスを喜んでしゃぶってるんだぞ」といった具合だ）。太った女性への攻撃も激しかった。女性が犯罪や殺人を起こすと、女性は悪魔という説が証明されたかのように、掲示板で報告されていた。レイシストのブログや掲示板はマイノリティによる犯罪を伝える投稿であふれているため、それと同じと言えるだろう。「女ってのはみんな、だらしなくて薄情な売春婦だ」と誰かが書けば、「化けの皮を剝がせ。女は汚らわしいハグレイブンだ。たまたま性器がついているからって、すべてを思い通りにしている」と別のユーザーが返信していた（Hagravens とはビデオゲーム『スカイリム（*Skyrim*）』に登場するモンスターで、老姿と鳥が融合したような姿をしている。魔力と爪で旅人を襲う)。

アンチフェミニズムの「レッドピル」を超えて、インセルは非常に虚無的《ニヒリスティック》な思想を信奉し、それは「黒い錠剤《ブラックピル》」と呼ばれている。慎重に選ばれた科学理論、ミソジニーがもたらす社会的帰結、そして多くの場合、現実主義者が気絶するような運命論が絡み合った思想である。「ブラックピル」の世界では、外見は主観的なものではない。女性は性的な魅力の高い裕福な男性を求めて次々と男を乗り換えがちな「ハイパーガミー」で、魅力的な外見は男性のあいだで公平に分配されているわけではない。インセルウィキの説明によれば、「ブラックピルとは、特定の身体的・社会的状況にあるインセルは『人生終わり』という意味を示唆していることが多い。つまり、『這い上がる』チャンスも、性的その他あらゆる充足感を得るチャンスもほとんどないという意味である」と締めくくられている。「人生終わり(It's over)」という言葉は、合言葉ともミームとも言えないが、繰り返し口にすれば、怒りと絶望に襲われるのは確かだろう。

「ロースティ」である私、あるいはもう少し優しく言っても「フォイド」である私は、インセルの世界に潜入できず、近づくこともできないとわかっていた。それでも私は、インセルだけが集まる掲示板〈Incels.co〉に参加したかった。そこは大規模なソーシャルメディアサイトの規則に縛られない、独立した掲示板だった。運営者は、通称「インセル軍曹(サージェントインセル)」と呼ばれる正体不明の人物だ。ヴォックスのジャーナリストであるザック・ボーシャンによるインタビューで、「軍曹」は〈Incels.co〉を悩ます反ユダヤ主義、レイシズム、ミソジニーを面白がり、それらの多くは本当の憎しみではなく荒らし《トローリング》行為だと断言した。

だが、〈Incels.co〉の規則には、女性の「閲覧は例外なく禁止される」と書いてある。

だから、トミー・オハラが生まれた。

＊

アメリカ人の生活のあらゆる部分に広まるレイシズムは、インセルの世界にも浸透している。人種意識はインセルの文化に組み込まれ、インセルは、オンライン上のレイシストコミュニティと同じく疑似科学に影響を受けていることが多い。たとえば、多くの人が同意する疑似科学的な考えとして、「白人男性は性的な選別というゲームのなかで生まれつき最も有利だ」というものがある。同様に、インセルの世界でも、「性的な魅力の点で白色人種であることは生まれながらの強みだ」とする人種的価値観がある。いい加減で疑わしいとも言われる進化心理学のような疑似科学を信じるなら、白人は人種ピラミッドのトップにいるというわけだ。

インセルのコミュニティは、白人以外の参加者も多い点で、白人至上主義者の世界とは異なる。〈Incels.co〉が自らのコミュニティに関しておこなった調査によると、コミュニティの参加者の60パーセントが白人、40パーセントが白人以外だった。とはいえ、私が見たところでは、インセルの掲示板では白人至上主義者による活動が盛んにおこなわれていた。たとえ参加者全員が白人ではなくても、怒りに燃え、急進的で、憎しみに駆られた大勢の若い男性たちは白人至上主義者にとって魅力的なのだろう。レイシストの心のうちには、性的な魅力は人種ヒエラルキーをもとに決まるという疑似科学的な考えがあり、それは一部のミソジニーと極めて近い発想だった。だから両者は一体化し、「性的な絶望と怒りを抱える人間を人種ごとに分類してレッテルを貼る」ような不快な世界観となって混ざり合った。異なる人種のインセルには別々の名前がつけられ、東アジアのインセルは「ricecel」（ライス＋インセルの意）、南アジアのインセルは「currycel」（カレー＋インセルの意）と呼ばれている。性的関係を謳歌する白人男性を意味する「チャド」には、ほかの人種や文化にもそれと似た呼び名が存在するようだ。憎悪に歪められたほかのイデオロギーと同様に、インセルのイデオロギーも現実に即しているとは言いがたい。理屈は乱暴で、非合理的なミソジニーに蝕まれていると言ってもいい。憎しみに駆られて、性的な社会関係について荒っぽい理屈を打ち立てようとした結果、欧米社会に広まる白人至上主義の思想をそのまま取り入れてしまった。

〈Incels.co〉のやり取りには、飲み屋での自慢話のような雰囲気があった。浮ついた感じではあるけれど、そこには競争心が見え隠れする。ユーザーは、好きなだけ暴力的に偏見を語ることができる自由に酔いしれていた。人より上手を行ってやろうという意識が充満し、誰もが発言や画像や人種差別的な主張をできるだけ過激なものにしようとしていた。また、そこは絶望を煽る場所でもあった。インセルが集まるどんなコミュニティでも絶望と怒りがせめぎあっていたが、ここでは特にそれが際立っていた。たとえば、フロリダ州タラハシーのヨガスタジオで2人の女性を銃で殺害し、自殺したスコット・バイアリーの顔をアヴァターにしたユーザーがこんな投稿をしている。タイトルは「われわれ全員を待ち受ける運命」（職場での閲覧注意）。内容は、腐敗して一部がミイラ化した死体の写真だった。脇にあるテーブルには埃《ほこり》が厚く積もっている。一部しか残っていない死体の顔は、見開いた目が上を見上げて、口はぽっかりと空いていた。「孤独死。何年も発見されず」という一文が添えられている。これにはさまざまなコメントが寄せられていた。「俺は家賃の取り立てが来るから大丈夫。たぶん、毎月初日の午後6時には発見される」と陰気ながらもコミカルなコメントもあれば、「公衆の面前で自殺しないかぎり、誰も俺たちを見つけてくれないだろう」と冗談のような皮肉のような返信もあった。「俺はERをするかもしれない」（ERとは、エリオット・ロジャーのように大量殺人を実行することを指すインセル用語）とほのめかすユーザーもいた。ほかにも、ぞっとするような死体の写真が繰り返し投稿されていた。膨れ上がって皮膚がくすんだ水死体もあれば、首を絞められて舌が垂れ下がり、眼球が飛び出た顔の写真を、明暗を強調して投稿したものもあった。

これらはほんの一例だ。そうした投稿が何千とあった。2018年5月25日、有名なチャネルである「インセルダム・ディスカッション」を眺めていた私は、そこでも同様の投稿を目にした。自殺願望をにおわせる投稿から自慰に適したアニメ映画のアドバイス、果ては世紀末的な妄想まで、さまざまな投稿があった（「人工知能はふしだらな人間を皆殺しにするためにつくられたのか？」云々……）。人種差別意識に毒された、過激なやり取りが公然と飛び交っていた。「イタリア人は本当に白人とみなすことができるのか」について、延々と熱い議論が交わされ、なかでも「優生学者」を名乗るユーザーは、「イタリアのマフィアはユダヤ人の悪行の隠れ蓑にすぎなかった」とほのめかすコメントをしていた。このように、インセルのイデオロギーには人種ヒエラルキーの考え方が組み込まれていたが、こうした憎しみを広める議論に対して、白人以外のインセルが抵抗を示すことはめったになかった。2020年3月に〈Incels.co〉でおこなわれた調査で、ユーザーに「自分が白人だったらよかったのにと思いますか」と尋ねたところ、白人以外の回答者の圧倒的多数が「はい」と答えている（「はい」が31人、「いいえ」が7人）。とはいえ、一部のユーザーは、白人至上主義への勧誘《リクルート》が多いことに不満を漏らしていた。白人至上主義は単なる現実逃避の慰めであって、「ブラックピル」の厳しい真実を見ないようにするための妄想にすぎない、と言うインセルもいた。

これがインセルの公開の場でのやり取りだった。十分に憎悪と悲惨に満ちている。それでは、非公開の場ではどうなのか。メディア関係者や研究者、好奇の目を向ける大衆の監視の目が届かない場所で、彼らはいったい何を語っているのだろうか。

〈Incels.co〉には裏の部屋があり、常に盛んにやり取りがおこなわれていたが、そこに投稿し、返信し、参加するためには、登録が必要だった。登録に際しては、自分がインセルである理由を説明しなければならなかった。

私はトミーとして登録を試み、最初はいくらか形式的な回答にした。自分は21歳なのに性的経験がなく「トゥルーセル（正真正銘のインセル）」だからコミュニティに加わりたい、と書いた。だが、申請は却下され、「もっと詳しく事情を述べてください」と言われた。

そこで、私はまず、ハンドルネームを「ブラックピル・ベイビー」から「トミー・ザ・マンレット」に変えた。「マンレット（manlet）」とは身長が低く、そのために女性と性的関係をもつことができない男性を意味するインセル用語である。そして、次のように理由を書いて送った。

僕の名前はトムです。このコミュニティにどうしても参加したいので、今回、掲示板に2回目の登録申請をさせていただきます。

僕は21歳ですが、まだキスをしたこともありません。道で女性を見かけて、触れ合いたいと思っても、顔がブサイクなので女性から愛されることはないと思ってしまいます。絶望と怒りを感じます。女性たちが自分を大切にしてくれない男性とデートしているのを見ると腹立たしくなります。僕なら彼女を大事にして、特別な存在だと思わせてあげられるのに、女性たちは僕を見ようともしません。僕にはひどいニキビがあるし、身長はたったの１７０センチ。どんなに頑張っても、女性とうまく会話をすることができません。

フェミニストの連中にも怒りを感じます。僕たち男性を消耗品のように扱うからです。自分でも消耗品のように感じていますが、僕や僕のような男性が女性からこんなふうに扱われるのは不当です。ただ女性を愛して、女性から愛されたいだけなのです。死ぬまでに一度でいいから、この手で女性の乳房を握りたい。自殺しようとよく考えますが、女性に復讐するためには、友人やコミュニティを見つけるのがいちばんいいのではないかと思い立ちました。それが掲示板に参加したい理由です。

僕はトゥルーセルで、同じような男性と話をしたいと思っています。大きな孤独と怒りを感じているので、とにかく誰かと話したいのです。チャドの連中は「気楽にいけよ。そうすれば自然と女とヤレるさ」と言いますが、そんな奴らにはうんざりします。僕は背が低いし、ニキビだらけのブサイクな顔で、それは僕にはどうしようもありません。

短パンとボディラインが出るTシャツを着て街を歩く女性を見ると、抑えられないほどの怒りと欲望を感じます。夏が来ると、ますますひどくなるでしょう。コミュニティへの参加を希望しますので、どうぞよろしくお願いします。

トム

今度はうまくいき、私は掲示板への参加を認められた。

まずは、メインのフォーラムをクリックしてみた。あるスレッドでは、ユーザーたちが、異人種間結婚した夫婦（夫が黒人で妻がアジア系）の卒業写真を〈レディット〉から選び出し、「二人の子どもはひどくみっともないだろう」と人種差別的な中傷をしていた。ブサイクな女性は化学的に去勢をしたほうがいいと提案する者もいた。

それから私は覚悟を決めて、チャットルームをクリックした。

そこでは「アドルフ・ヒトラー」を名乗るユーザーが、強制収容所を再び構築すべきだと提案していた。極右政党を立ち上げ、漠然としすぎて失敗に終わった極右の文化運動をもう一度盛り上げる計画を立てていた。ナチスの特別行動部隊《アインザッツグルッペン》のリーダーだったヘルムート・オーベルランダーを、あごの輪郭がいいと褒め称え、ヨーゼフ・ゲッベルスについては、ひたいの形がよくないけれど第三帝国への貢献は評価できると称賛していた。

ほかのユーザーは誰一人として反論せず、ただ煽るだけだった。

その後、私はさらに何回か審査を受けて、インセルの非公開型チャットルームに〈ディスコード〉を利用して参加するようになった（またもトミーの物語を語り、〈Incels.co〉のプロフィールにリンクを張って参加申請をした）。チャットルームでは、無秩序なやり取りが展開されていた。登録者は３００人ほどで、２０１９年5月のある土曜日の午後には、約60人が接続していた。

〈ディスコード〉のチャットと一般の掲示板のおもな違いは、ミームがいかに激しく、繰り返し投稿されるかという点だった。たとえば、ある太った〈レディット〉ユーザーが男性の身だしなみに関するフォーラムに自撮り写真《セルフィー》を投稿したところ、〈ディスコード〉のチャットでその画像が勝手に利用され、「ハムラウサス（Hamlossus）」と名づけられて、知らないうちにインセルのマスコットのような存在になっていたことがある。また、ニュース記事を恣意的に選んで、女性を尻軽女や犯罪者と決めつけた投稿もあった。もちろん、大量のポルノもやり取りされていた。

ハッシュタグ「#nsfw」（職場での閲覧注意）のついたチャネルでは、ポルノ写真が投稿されていたが、大部分はよくある過激な性行為やヌードの写真だった。また、アニメに登場する、従順で、抵抗しない、目の大きな童顔の少女の裸の画像も大量に流れていた。あるユーザーは、そんなアニメキャラクターの抱き枕に人口膣を縫いつけて性行為をする画像を投稿し、「俺にはこれが必要なんだ」とコメントしていた。

メインサイトの〈Incels.co〉でも、「生身の３Ｄ女性よりも、アニメに登場する２Ｄ女性のほうが魅力的」と語るユーザーが多い。いわゆる「二次元の恋人」である。サイトのユーザーに、「現実世界にいる20代のブサイクな女性とセックスする」か、それとも「二次元の10代前半の可愛い女の子（つまり幼女キャラ）を相手に自慰をする」か、どちらがいいかを調査した投稿では、現実の女性とのセックスを選んだのは27人だった。禁欲生活を終えたいというのがおもな理由だった。

一方、二次元の少女を選んだユーザーが19人（全体の41パーセント）もいた。個人の選択とはいえ、あまりにもわびしい選択ではないだろうか。また、サイトでは、女性と付き合えない原因を「ユダヤ人の陰謀」のせいにするユーザーも目についた（いつもいつもユダヤ人のせいにすると都合がいいのだ）。

トミー・オハラはしっかり役目を果たした。私はインセルのやり取りの奥深くをじっと覗き込むことができた。その結果、見えてきたのが次のような関係性だ。つまり、ミソジニーが激しさを増すことで、人々は白人至上主義と反ユダヤ主義に染まり、白人の存続をもっともらしく懸念するようになり、今度はその懸念を暴力で表現し、疑似科学と人種差別の世界に喜んで足を踏み入れてしまうのである。〈Incels.co〉のユーザーは、女性に対する憎しみを表現しようとするなかで、ほかの憎しみに引き寄せられてしまった。彼らは、女性にも人格があるという社会通念を認めようとせず、自分たちこそが社会の隅に追いやられ、虐げられた集団だと考え、他者の人格はおとしめても構わないと考えるようになった。そして、憎しみは暴力に変わった。大量殺人や自殺に関するざっくばらんな投稿が大量に飛び交っていた。白人至上主義がミソジニーにつながるのと同様、ミソジニーは白人至上主義につながる可能性があった。どんな憎しみも孤立したものではなく、互いに関係し合っている。インターネットの世界では、怒りを抱いた若者たちが「真実《トゥルース》」について語り合っていた。彼らが正しいと考える真実、すなわち女性の腹黒さに関する真実、ユダヤ人に関する真実、そして白人こそが至高の人種だという真実だ。誰も止めようとはしなかった。次の殺人が起きるまで、怒りは次第に増していくのだろう。チャットを読みながら、私は思った——銃撃事件を起こしたインセルに心酔する人たちのなかから、次の銃撃犯が生まれるかもしれない。いったい何人の女性が命を落とすのだろう。今後、銃犯罪が多発する時代になれば、ますますそんな事件が増えていくかもしれない。

第6章

古き良き時代の宗教

That good old-time religion

本書の調査のために、私は毎日のように、〈テレグラム〉でファシストやネオナチのチャットに潜入し、やり取りを監視していた。すべてのチャネルをミュート設定にしていたので、自分の都合のよいときに見ることができたが、ときおり、新しいチャットグループに入った直後はうっかり設定を誤ったこともある。「ホロコーストⅡ」や「エクスポーズ・ザ・ノーズ」のようなチャネルのメッセージがいきなり携帯電話の画面に現れたときには、慌ててしまった。そんなある日、突然、たくさんのレイシストチャネルから一斉にイベント開催の通知が流れてきた。2020年11月に、ケンタッキー州のどこかで開催されるという。

イベントは、非公式には「キリスト教徒vs異教徒《ペイガン》(Christgang vs Pagang)」と呼ばれ、アウグストゥス・ソル・インヴィクタスという人物(「壮大な征服されざる太陽」を意味するラテン語。本名はオースティン・ギレスピー)のための資金集め《ファンドレイジング》が目的だった。インヴィクタスは白人至上主義者の弁護士で、イギリスのオカルト信奉者、アレイスター・クロウリーの教えに基づく黒魔術「セレマ」の実践者である。2017年にシャーロッツヴィルで開催され死者も出た集会「ユナイト・ザ・ライト」では、おもな演説者の一人に名を連ねていた。公然とホロコーストを否定し、「第二次南北戦争」の実現に向けた運動を展開している。そんな胡散臭い人物でありながら、インヴィクタスは、「赤に染まるなら死んだほうがマシ」、「銀行家を倒せ」、「白人大虐殺《ホワイトジェノサイド》を終わらせろ」などと訴えて、

２０２０年のアメリカ大統領選挙に立候補していた（「移民の流入を止め、いわゆる多様性《ダイバーシティ》プログラムを中止し、白人が自国で歓迎されないマイノリティになりつつある流れを止めなければならない」と、彼は選挙運動の公式サイトで述べている）。

　インヴィクタスが初めて選挙に出馬したのは２０１５年。上院議員マルコ・ルビオの座を奪おうと、フロリダ州で自由党から立候補する無謀な賭けに出たものの、失敗に終わった。一つには、ヤギを生贄として殺して、その血を飲んだからだと言われている（「宗教上の儀式のなかで動物を生贄にしたことはあります」と、彼はポリティコに語っている）[1]。だとしたら、ヤギの血を飲む悪魔崇拝者《サタニスト》でありネオナチの人物が大統領選挙に出馬するからといって、熱狂する者など果たしているのだろうか。だが、キリスト教徒であるか異教徒であるかにかかわらず、大勢の白人至上主義者が一カ所に集まろうとしていた。宗教間の意見の違いを殴り合いで解消して、同時に金を集めようというイベントだった。

「キリスト教徒vs異教徒」は、白人ナショナリスト運動に参加するキリスト教徒と異教徒のあいだで殴り合いをする総合格闘技（ＭＭＡ）としておこなわれる予定で、インヴィクタスの選挙運動のファンドレイジングを目的としていた。キリスト教徒と異教徒が、悪魔崇拝者の資金を集めるために顔を殴り合うという。だが、それは確かに必要そうに見えた。２０２０年の大統領選挙で、インヴィクタスはもちろん共和党から立候補していたが、連邦選挙管理委員会のデータによると、集まった献金はわずか４０００ドル強[2]、61名の献金者のうち、アイオワ州リスボン在住の栄養士であるエミリー・フィリップスとインヴィクタス本人以外は全員が匿名だった。

私はイベントの日付と開催場所を知りたかった。そこで、長らく使っていなかった別のアカウントを使って、白人至上主義者のコルトン・ウィリアムズにメッセージを送った。ウィリアムズは、キリスト教過激派組織「聖アンブロジウス軍団」のリーダーを務める人物である。聖アンブロジウス軍団は、同性愛に反対する立場を取り、暴力に訴えるミソジニストやレイシストが集う組織だった。ウィリアムズは、２０１５年に結成された、ネオナチとレイシストから成る団体「伝統主義労働者党（ＴＷＰ）」の元メンバーで、同党と深く関係した人物でもある。ＴＷＰは２０１８年、リーダーが妻と広報責任者の浮気現場を目撃するという派手な内紛の末に解散した。アンチファシストはこの内紛を、ナチ内部の悪名高い粛清として有名な「長いナイフの夜事件（Night of the Long Knives）」になぞらえて、「悪い妻《ワイフ》の夜事件（Night of the Wrong Wives）」と揶揄した。こうしてウィリアムズは、「アンチクリスチャン（反キリスト教）による堕落」に公然と反対する宗教的立場を取るなど、ＴＷＰの方針の一部を引き継ぎ、新たな団体を結成したのだ。

私が仕事用の電子メールを使って、本名で聖アンブロジウス軍団に連絡を取ったところ、軍団は返信で「会員数は約90名」と明らかにした。そして、「当団体は急速に拡大しているので、現時点での正確な総会員数をお答えするのは難しい」と言った。メールによれば、真のキリスト教徒として聖書をもとに真剣な努力を重ねている団体だという。

「私たちの考えでは、南北アメリカ大陸はヨーロッパのキリスト教徒（ヨーロピアン・クリスチャン）によって築かれました。北方のカナダは、フランス系のカトリック教徒やロシア正教徒によって、南方の南アメリカ大陸は、スペインやポルトガルのカトリック教徒によってつくられました」

と広報担当者からのメールには書かれている。「あらゆる文化《カルチャー》や遺産《ヘリテージ》を尊重し、保存すべきだと思います。ヨーロッパのキリスト教の文化と遺産もその一つです。キリストの名の下にこの大陸を大きく変えたのですから」。そのとき、私は二つの役割を担っていた。まともなジャーナリストとしての役割、もう一つは潜入者としての役割である。当時、私はすでに白人至上主義者のコミュニティで悪名を買っていたため、広報担当者からそういう当たり障りのない発言を引き出すためでさえ、押したり、なだめたり、脅したりしなければならなかった。しまいには、「あなたの協力があってもなくても、貴団体については記事にするつもりです」と広報担当者に言い放った。私が別人になりすまして彼らのチャットルームに潜入していることに、彼らはまったく気づいていなかった。

彼らの主張《レトリック》は、一見あまり害がないように見えた。だが、よく調べてみると、「軍団」が尊い伝統を重視する宗教団体とは言えないことがわかってくる。軍団のウェブサイトには「伝統的価値」と題する項目があり、「同性愛、トランスジェンダー、小児性倒錯《ペドフィリア》」を拒絶し、「伝統的」なセクシュアリティ、つまり従順な女性と支配的な白人キリスト教徒男性による理想の回復を目指すと書かれていた（私から見れば、息苦しい理想だ）。その理念に目を通すと、「家父長制社会への回帰」への強い期待から、コーシャやハラール〔イスラム法で許された行動や食べることが許される食材や料理〕の禁止、キリスト教に反する言論の非合法化まで、内容は多岐にわたっていた。また、アメリカ福音派の主流派《メインストリーム》が信じるクリスチャン・シオニズムとはかけ離れたイスラエルと、合衆国は手を切るべきと訴えていた。

ウィリアムズはチャットルームで、「@ColtonWilliams1483」というハンドルネームを使っている。白人至上主義者の隠語である「1488」は、彼らのスローガンである「14ワーズ」と、「ヒトラー万歳《ハイル・ヒトラー》(Heil Hitler)」を意味する「88」(アルファベットでHが8番目であるため)を組み合わせたものだが、「1483」はこれにひねりを加えたものだった。「83」は「キリスト万歳《ハイル・キリスト》(Heil Christ)」を表し、それはウィリアムズにとって、公の場でのアイデンティティそのものだった。これを見れば、白人至上主義者がコード化されたシンボルの利用を好むことがよくわかるが、熱心なキリスト教過激派が宗教的な価値観と人種差別的な価値観を結びつけようとしていることも明らかだろう。ウィリアムズのモットーである「In Hoc Signo Vinces」は、コンスタンティヌス大帝の時代までさかのぼるラテン語の預言で、「この印のもと、汝《なんじ》は勝利する」を意味している。

さらに、「軍団」のチャネルを〈テレグラム〉でざっと眺めると、この宗教団体が白人至上主義を称賛していることがよくわかる。レイシズムと反ユダヤ主義を表すミームが盛んに飛び交っていた。ウィリアムズは黒いトレンチコートを羽織り、木々をめがけて拳銃を発砲する自身の姿を収めた動画を投稿し、人種差別思想をもつ女性たちの気を引くため、「世界中のユダヤ民族を根絶するために戦う兵士たちを尊敬する」という言葉を添えていた。チャットでは聖人の画像がやり取りされるなか、「ユダヤ人はキリスト教徒の子どもを殺してその血を飲む」という説や、反ユダヤ的な落書き《グラフィティ》への称賛が投稿されていた。

ユダヤ人ジャーナリストである本当の私は、仕事用の電子メールでは、それ以上の情報を得ることはできなかった。送られてきたのは、シンプルで誤解を招くような説明だけだった。だから、違う人間として、違う条件で入り込むほかなかった。今回も選んだ名前は「トミー」。白人至上主義者の男性のふりをする場合に、私がいつも使う名前である。「トミー」という名前が偽名として適当かはわからないものの、この名前には、どことなく穏やかで、威圧感のない、アメリカ中部の響きがあった。今回のトミーはインセルではないが、彼には彼の物語があった。いつものように、私が必死につくり出した物語だった。

２０１9年9月27日、私はウィリアムズに〈テレグラム〉でメッセージを送った。「ウィリアムズさん、僕はキリスト教徒と異教徒の対決に参加したいと思っています!! 堕落した連中を踏みつけてやりましょう」

私の分身「トミー」は、これまで〈テレグラム〉でチャットをしたことはなかったが、何も問題はなかった。「キリスト教徒vs異教徒」のイベント情報はすぐに手に入った。その上、すぐさま二つのチャットに招待された。一つは「キリスト教徒vs異教徒　21世紀の再戦」というイベントの企画と他愛ない会話を楽しむチャット、もう一つは「キリスト教徒」側の非公開チャネルで「アウグストゥスのための戦いの夜　神聖同盟の協調」というチャットだった。

小型トラックを所持し、「誰でも乗せるよ」と言えるウェストヴァージニア州の男性――そんなトミーとして投稿することで、私はイベントの日付と、いまのところケンタッキー州のどこかで開催されるという情報を得ることができた。詳しい開催場所は未定だったが、場所が決まるまで待とうと思った。「異教徒の頭を踏みつけてやる」と発言したせいで、私はチャットで「キリストの聖戦士」という愛称でも呼ばれるようになった。また、キリスト教徒と異教徒とは言っても、白人ナショナリズムのなかではたいした違いがないことも垣間見ることができた。

チャットでは「有害な男らしさ」が蔓延していた〔toxic masculinityとは「男はこうあるべき」という偏った男らしさを設定し、男らしくない行動や思想を排斥することを指す〕。ホモフォビア、レイシズム、男らしさを誇示するポーズが悪臭のように漂い、私は腐った魚で平手打ちされたような気がした。わずかばかりの女性の参加者は、「キリスト教徒vs異教徒」で戦うのは禁止だとあっさり言われていたが（「戦う女性はゲイだ」と彼らは言う）、勝者への報奨として性的サービスを提供する「戦争花嫁《ウォーブライド》」になることは許されていた。女性たちは軽蔑をこめて「皿洗い《ディッシュウォッシャー》」と呼ばれ、「皿洗いの言うことを聞きたい奴なんていると思うか？」などと言われていた。

異教徒は「ペギンズ（peggins）」と呼ばれていた。もともとは、人工ペニスで男性とアナルセックスすることを意味する「ペギング（pegging）」から生まれた言葉で、この場合は、ホモフォビックな発言の典型として使われていた。一方、キリスト教徒は、白人以外の人種やユダヤ人の地位向上を生んだ「人類平等の原則《ドクトリン》」をつくった責任を非難されていた。

チャット参加者は誰もがトレーニング方法を語り、自分がどれだけ良く戦えるかを自慢していた。ほかのユーザーに対しては「Nワード」を使って攻撃した。戦いに先立ち、双方がそれぞれ勝手に神への祈りを捧げていた。異教徒は、勝利の美酒を味わうのは自分たちだと断言し、キリスト教徒は、神のために敵を叩きのめすと誓っていた。そして、それらはすべて、白人以外の人種を国から追放したいと願う候補者のための資金集めゲームだった。

ケンタッキー州のどこかに、私は降り立つ予定だった。おそらく、そこは血と汗とビールが混ざったような臭いがするだろう。いまはただ、場所を教えてもらうのを待っていればよかった。場所を聞きさえすれば、ツイッターで人々に広く知らせることもできるし、アンチファシストの仲間にこっそり連絡を取ることもできるだろう。私（実際にはトミーだが）は「異教徒の頭を踏みつけてやる」と公言したにもかかわらず、自分が本当はどちらの側に立っているのかわかっていた。こういう連中はレイシストの負け犬だが無視するには危険すぎると考える人、オーディン〔北欧神話の戦争と死の神〕とキリスト、どちらの名の下であれ一滴の血も流したくないと考える人の側に立っていた。

*

繰り返し盛り上がりを見せる現代の白人至上主義には、キリスト教過激派の影響が色濃く感じられる。一方で、異教徒のコミュニティも勢いを増している。だが、白人至上主義においては、キリスト教徒であれ異教徒であれ大差はない。むしろ白人ナショナリズムが右派の過激主義者のもとでどのように宗教と結びついていったのか、それをつぶさに眺めるほうが興味深く、また恐ろしくもある。本章ではそれを詳しく見ていきたい。

まず、私は宗教用語を調べつつ、アウグストゥス・ソル・インヴィクタスについて調べはじめた。だが、これがなかなか難しかった。悪魔のためにヤギの血を飲んだ人物、十字軍戦士《クルセイダー》の円錐形の兜《かぶと》をかっこいいファッションアイテムと思う人物、白色人種が目を覚ますことを願ってオーディンへの生贄を捧げるために山に登る人物……そんなことしかわからなかった。それに、彼らの話を注意深く追い、その際限なく続く子どもだましのような内容を観察すると、この憎しみを解き明かすことにいったい何の意味があるのかと思えてくる。ただの憎悪《ヘイト》ではないのか。単に負け犬がインターネット上で偉そうに言い合いをしているだけではないのか。

だが重要なのは、憎しみは増殖していくことだ。朝から晩まで暴力をほのめかす言葉があふれ、男性ホルモンで満たされたメガホンが血を求めて叫んでいるようなチャネルでは、遅かれ早かれ、そうした言葉に応じる者が現れる。レイシストのネットワークでは、暴力的なプロパガンダが大量にばらまかれると流血事件が次々と起こることが、何度となく証明されてきた。ロバート・バウアーズ、アンネシュ・ブレイヴィク、ブレントン・タラントなど、そういう例は多い。そして、事件が起きるとその背後にあるイデオロギーが突き止められる。レイシストたちは怪しい隠語や仲間うちの言葉の陰に隠れていることができなくなる。私たちは、彼らが何に感化されたのか、その観念的・神学的な動機を突き止めることで、暗がりで活動するチャンスを彼らから奪うことができる。彼らがいくら正体不明の恐ろしい存在《ナイトメア》になりたいと思っても、もはやそれは難しい。もちろん、チャットルームは私が潜入してもしなくても、相も変わらず活動を続けるだろう。だが、私が覗いて監視をすれば、そのやり取りを人々に知らせることができる。人々がそれを知れば、協力して暗がりをなくし、硬い殻で覆われた憎しみの巣窟を陽のもとにさらし、殺菌できるようになるだろう。

白人至上主義を解き明かし、理解するためには、過激主義者たちが語る白人の優越性や白人であることの起源についての「神話」を理解する必要がある。過激主義者は、千年も昔、中世の時代にまでさかのぼって、歴史や神話やまったくの嘘を寄せ集めた物語をつくってきたのだ。

どんな理念にも、神話のような創設の物語《ファウンディングストーリー》がなくてはならない。それは支持者に目的意識を吹き込み、自らがより大きい存在の一部であり、偉大で必要な存在の一部であるかのような気にさせる物語だ。アメリカのナショナリズムは、「我が国は外国よりも信念をもった強大な国であり、不正に対する反乱のなかで建国された」という考えの上に成り立っている。同様に、各国のナショナリズムにもそれぞれの神話がある。ポーランドやウクライナにとっては、ロシア帝国から離脱するために、自国の言語と歴史を強化することが重要だった。言い伝えやそれまで知られていなかった文学作品から国民的英雄がつくられ、古代からの継続性という意識が独立に向けた政治闘争につながった。過去にさかのぼってつくられる物語は、古ければ古いほど政治的な勢いが大きくなると言っていいだろう。また、19世紀末から20世紀初めにかけて、シオニズムの指導者たちは、聖書の言葉と迫害されたユダヤ人の不安とを結びつけ、すでに人が住み、マラリア感染の危険のある灼熱の地パレスチナに、数千もの人々を移住させた。聖書の時代への憧れによって継続性の意識を醸成したいと決意した指導者たちは、その手段としてヘブライ語を選んだ。はるか昔に使われなくなり、古代バビロンよりあとの現代で使われるには語彙が不足した言語を、新たな生きた言葉として復活させた。

その意味では白人至上主義も同じだ。それは、世界中のすべての白人が共通の理念を共有しているとする国境を越えた思想ではあるものの、物語が必要なことに変わりはない。だから、「人種」概念が発明された18世紀から19世紀より前にさかのぼり、当時の宗教的な運動、戦争、功績を「白人」によるものとしてとらえ直す必要があった。異質なものを含む文化的な遺物《アーティファクト》から人々が共有できる遺産をつくり出し、十字軍の失敗と蛮行や、ヴァイキングの古い文化を、比較的新しい白人《ホワイトネス》という概念に組み込む必要があった。結局、白人の神話を構築するためには、古い願望と現代の願望の糸から新しいマントを織り、「最初からすべて白人のための戦いだった」と時代をさかのぼって主張する必要があるわけだ。キリスト教徒の白人至上主義者は、これを黒人に対する白人の戦いとみなし、血のように赤いテンプル騎士団の十字架をその象徴としている。異教徒にとっては、戦いの象徴は血であり、蜂蜜酒であり、オーディンのカラス〔北欧神話の神オーディンに付き添うとされるカラス〕であり、浅黒い肌の敵を追って倒れた白人の戦士を待ち受けるヴァルハラだった。

*

とりわけ十字軍は、白人至上主義者の言葉や行動に繰り返し登場する。その印象的な例が、中年白人男性であるカーティス・アレン、ギャヴィン・ライト、パトリック・スティンの三人が、２０１６年に起こした事件だ。三人は長いあいだ「カンザス防衛隊」と呼ばれる民兵組織でミリシア運動に参加していたが、その後さらに急進的な団体を結成した。団体名は「十字軍戦士《クルセイダーズ》」。そして、カンザス州ガーデンシティにあるムスリムのソマリア人コミュニティに対するテロ攻撃を企てたとして、２０１６年10月に逮捕された。彼らは多くのソマリア人移民が住む集合住宅を11月９日、つまりアメリカ大統領選挙の翌日に爆破する計画を立てていた。爆発物を積んだ車が４台使われる予定だった。集合住宅には小さな仮設のモスクがあり、約２５０人のムスリム難民が住居や礼拝に利用していた。

アレンとステインの裁判では、カンザス防衛隊の元メンバーであるブロディ・ベンソンが証言した。ベンソンによると、二人はイスラム教徒を「ゴキブリ（コックローチ）」と呼び、カンザス州に「飛行機1機分」のムスリムを受け入れたことを政府の陰謀とし、不満を口にしていた。さらに、ステインが「大きな自然災害が起きるか、法の支配に介入することで、カンザス州のムスリムの男女、子どもを皆殺しにすべきだ」とイスラム教徒の「絶滅」について話しているのを耳にしたと証言した。(3)ＦＢＩへの情報提供者の会話記録では、被告人の一人であるアレンが「鎖国のような状態」にしたいとも話していた。(4)

彼らの動機は、単なる憎しみではない。大量殺人を犯す寸前まで三人を追い込んだのは、イスラム教徒に対する圧倒的な恐怖である。そうした恐怖は、白人至上主義の思想を通じて彼らに浸透していた。連邦政府の事件申請書で指摘されているとおり、被告らは「ムスリムに関する現在のアメリカの政策は、国にとって差し迫った存亡の脅威だ」と語っている。ＦＢＩの情報提供者であるダン・デイが記録した会話で、ステインは「だから俺たちはこの計画を立てた。この国を救うため、俺の子どもや孫、おまえたちの子どもや孫の未来を救うためだ。それがすべてなんだ」と語った。アレンも「国全体が失われつつある」と言う。(5)「祖国を失う」本能的な恐怖、違う人種との交配によって数の上で劣勢に立たされ、マイノリティになる恐怖。そういう恐怖に駆られて、「クルセイダーズ」はテロを企て、それを神聖な行為とみなしていた。祖国が侵略され、有色人種の波が白人を押し流そうとしていると考え、女性や子どもの殺害によって、それを食い止めようとしていた。

これらはすべて、デヴィッド・レーンの悪名高い「白人大虐殺《ホワイトジェノサイド》のマニフェスト」の内容と同じだった。このマニフェストは大きな反響を呼んだ。記録に残されたステインのコメントは、白人至上主義者のスローガンとも言える14ワーズ、「私たちは自らの種族の存続と白人子孫の未来を守らねばならない」を言い換えたもののようだった。白人至上主義は、出産とは人種間の競争であり、誰かが勝てばその分誰かが負けるゼロサムゲームであるという揺るぎない信念である。そして、殺人はゲームを振り出しに戻す同点打のようなもので、移民はそれと同じぐらいの不幸をもたらす一打だった。難民の受け入れを人道的な政策とみなす人もいるが、ステインとライトとアレンには、それは侵略、喪失、テロ行為を生み出すヘイトにしか見えなかった。

三人はかつて、移民受け入れに賛成するイデオロギーをあからさまに馬鹿にする会話をしていた。ＦＢＩが録音したやり取りが残っている。

ステイン：うわ、こいつらは戦争で荒れた国からの難民か。
ライト：ああ。ひどいな。
ステイン：……何も残っちゃいないのさ。家族だってバラバラだ。もう国自体がないんだから。
アレン：くだらないたわ言《ブルシット》だな。
ステイン：俺たちはそんな奴らを受け入れたんだ！
アレン：もう国自体がないだって？　奴らはただ国を出て、祖国を捨てただけじゃないか！

「クルセイダーズ」は、メモ帳に手書きで書きなぐっただけではあるが、マニフェストを用意していた。そこには、連邦政府や国連に対する怒り、製造業の雇用の減少や憲法に定められた自由が侵害されることへの怒りが羅列されていた。「われわれは声を上げなければならない……手遅れになる前に声を上げなければならない。すでに手遅れかもしれないが(6)」

彼らにとって、「声を上げる（take a stand)」とは、銃器や銃弾を備蓄し、爆弾をつくり、メリーストリートの集合住宅を爆破する日を決めることだった。建物を監視し、できるだけ苦痛を与えるために、爆弾に金属片を詰める策を練った。事件の主任検察官だったトニー・マッティヴィによると、彼らは「建物を爆破し、倒壊させ、なかにいる男性も女性も子どもも一人残らず殺す」計画を立てていた(7)。

ＦＢＩは、三人が爆破後にマニフェストをばらまく予定だったことを示す録音を入手していた。「行動を呼びかけよう。俺たちみたいに民兵に属する連中はあちこちにいるし、『さあ、始まりだ』と立ち上がるだろう」とアレンは言った。

「すげえ《ファッキン》・十字軍戦士《クルセイダーズ》だ」とステインが答えた(8)。

幸いなことに、十字軍戦士たちの企ては阻止された。三人は２０１８年に有罪となり、懲役数十年の判決を受けた(9)。だが、そのわずか2カ月後、白人至上主義者のテロ行為のうち、ここ数十年で最も多くの死者を出した事件が起きた。やはりムスリムを直接狙ったものだった。

＊

カンザス州から遠く離れたニュージーランドのクライストチャーチ。２０１９年3月15日、地球半周分の距離を超えて、白人至上主義のイデオロギーは、この町にも同じような恐ろしい事件を引き起こした。白人至上主義者による暴力事件としては、近代史で最も過激な例の一つだ。オーストラリア人の極右過激派であるブレントン・タラントは、そのイデオロギーがいかに危険かを、血染めの文字で描いた見せた。

グロテスクで残虐なこの事件は、インターネット時代ならではの方法で実行された。タラントは、犯行の一部始終をフェイスブックでライブ配信し、動画へのリンクとマニフェストを〈8チャン〉に投稿した。犯行現場のモスクへは、ミームの影響を受けた「リムーブ・ケバブ」を聴きながら車で向かったという。２００６年のセビリア語の曲「リムーブ・ケバブ」は、反イスラム的なメッセージを訴え、インターネットで広まっていた。事件を受けて、フェイスブックには動画のコピーが１５０万回アップされ、フェイスブックはそのたびに、アップロードされたコピーを削除する作業に追われたという。「壮大な乗っ取り《グレート・リプレイスメント》」というタイトルのタラントのマニフェストは、十字軍と中世キリスト教徒の戦いを終始引き合いに出している。タラントが使った銃の銃身には、「トゥール７３２（Tours732）」という文字が書かれ、その上には「難民は地獄を見ろ」と書かれていた。「トゥール７３２」とは、７３２年、スペインを侵略したムスリムをフランク王国が制圧した「トゥール・ポワティエ間の戦い」を意味している。

タラントのマニフェストは、じつに奇妙な文書だ。白人至上主義者のミームを誇らしげに取り上げつつも、観念的な神話のような物語を大真面目に説明している。タイトルである「壮大な乗っ取り」とは、「文明の衝突」という非宗教的な見方を表していた。つまり、欧米の白人キリスト教徒が有色人種との交配によって数の上で劣勢に置かれ、飲み込まれてしまうという人口動態に関わる危機である。タラントと彼の信者たちは、こうした見方と、崇高な戦士たちが千年ものあいだ肌の浅黒い人々を撃退してきたとする、白人の架空の歴史とを結びつけようとした。

　このマニフェストで、タラントは、礼拝中の罪のない人を何十人も射殺する自らの行動を「壮大な十字軍《グランド・クルセイダー》」になぞらえた。また、「キリスト教徒へ」という章では、ローマ教皇ウルバヌス2世の十字軍派遣を呼びかけた文書を盛り込んだ。それは、犠牲者の血に染まった聖戦への呼びかけだった。

　また、「トルコ人へ」という章では、現代の白人至上主義者が思い描くおもな文明の衝突として、中世のキリスト教徒とトルコ人との対立を引用している。「ボスポラス海峡より西のヨーロッパの地に住むつもりなら、おまえたちゴキブリを殺して、俺たちの土地から駆除してやる」とタラントは書いている。「コンスタンティノープルに乗り込んで、あらゆるモスクやミナレット〔イスラム教の宗教施設に付随する塔〕を破壊してやる」とも。

　タラントのマニフェストは十字軍に関する記述にとどまらず、何世紀にもわたるさまざまな文書や著作物を引用しながら白人に暴力を呼びかけたものとして注目に値する。タラントは、イギリスの小説家ラドヤード・キップリング、同じくイギリスの詩人ディラン・トマス、そして20世紀半ばのイギリスで反ユダヤ的ファシストとして知られたオズワルド・モズレーを引き合いに出し、数世紀にわたって形づくられてきた白人的な歴史観をもとに団結を呼びかけたのだ。また、マニフェストはキリスト教色を前面に打ち出し、中世の夢──失われた土地を取り返す聖戦──に読者をいざなうものでもあった。彼は宗教上の務めという枠組みを利用して、「人種の責任（racial responsibility）」という概念を示している。つまり、ドイツの首相アンゲラ・メルケルから「近所にいる麻薬の売人」まで、白人の利益に反した振る舞いが見られる者を殺害するのは白人の責任である、という考えだ。マニフェストはそんな宗教色の強い文書だった。だから、タラントとその信者にとって、人種的な務めと宗教的な務めは切り離すことができないものだった。タラントの文章を読んだとき、私は当時、毎日のように読んでいた〈テレグラム〉のチャットに現れる無茶苦茶なキリスト教徒を思い出さずにはいられなかった。当時の私は、キリストの名の下に人種間の暴力を呼びかける行為にいささか慣れてしまっていた。しかし、タラントの呼びかけは現実となり、死者を出す事態を招くことになった。

6週間後、タラントのマニフェストに影響を受けた別の襲撃事件が発生し、そこでも殺人を正当化するためにキリスト教の信仰が利用された。

2019年4月27日、場所は再びアメリカ。今回も礼拝所で銃声が鳴り響いた。容疑者のジョン・アーネストは19歳の看護学生で、熱心に教会に通う人物だった。アーネストは、サンディエゴ郊外の小さなシナゴーグでおこなわれていた、安息日の朝の礼拝に押し入り、半自動《セミオートマティック》ライフルで乱射した。女性1人が死亡し、3人が負傷した。

アーネストが襲撃前に〈8チャン〉に投稿したオープンレターには、敵意に満ちた反ユダヤ主義の思想が、キリスト教の信仰を織り混ぜながらもはっきりと述べられていた。そこでは、マタイやヨハネ〔どちらもキリストの十二使徒〕、テサロニケ人〔マケドニアに栄えた古代都市の人々。新約聖書に「テサロニケ人への手紙」が収められている〕、神の啓示が引用されている。「国際ユダヤ人」が「白色人種の滅亡」を企てているという彼の世界観を裏づけるために。アーネストは、「カリフォルニア州エスコンディードのモスクを燃やした」として、数週間前に起きた放火事件の犯行も自白した。だが、古代と現代の不満を羅列したオープンレターを読むかぎり、彼の怒りの矛先はあくまでユダヤ人だった。

自分はアイルランド人とスカンジナビア人の血を受け継ぐヨーロッパ系の男性だ、とアーネストは誇らしげに明かしている。彼が表明した反ユダヤ主義には、ポピュラーな白人至上主義者やネオナチが頑なに信じる考え方が響いており、大量の移民、性的な堕落、フェミニズム、人種混交が進んだのはユダヤ人のせいだとされていた。だが、彼自身は、襲撃を起こした理由としてキリスト教信仰を挙げている。ユダヤ人は今も昔もキリスト教徒を迫害しているのだと語り、新約聖書の内容や熱狂的なキリスト教過激派が陰謀論を紹介するウェブサイトに触れながら、ユダヤ人を非難した。

アーネストは、イエス・キリストを殺害したのはユダヤ人だと言う。それは何世紀ものあいだ、キリスト教に共通する主張だった。もっとも現代のカトリックは、正式な教義のなかではこの主張を捨て去っている。また、アーネストは、多くのポグロム（ユダヤ人虐殺）を引き起こす原動力となった中世の伝承、「血の中傷」を信じると誓っていた。血の中傷（blood libel）とは、長年語られてきた偽りの物語であり、ユダヤ人はキリスト教徒の子どもを拉致・誘拐し、その生き血を抜き取るために拷問し、その血を使ってペサハ（過ぎ越しの祭り）のマッツァー（酵母の入っていない伝統的なパン）を焼くとする告発である。だが言うまでもなく、ユダヤ教の戒律において、そもそも血を飲むことは聖書に書かれた禁忌《タブー》であるし、マッツァーは小麦粉と水を混ぜてつくられる味のないカリッとしたパンで、不気味で野蛮なブラックソーセージのようなものではない。

アーネストは、血の中傷にまつわる古い伝承として「トレントのシモン」の物語にも触れている。それは、アーネストのイデオロギーが現代のインターネット上の憎悪と中世の反ユダヤ主義の両方を含んでいたことをよく表している。

シモンの物語を簡単に紹介しよう。1475年のイースターの日曜日、イタリア北部の町トレントで、2歳のキリスト教徒シモン・ウンフェルドルベンが、ユダヤ人の家の地下室で遺体として発見された。当時、町を支配していた神聖ローマ帝国の当局はただちに、町で暮らしていたユダヤ人全員を逮捕した。判決前にもかかわらず、亡くなった幼児は聖なる殉教者だ、ユダヤ人の儀式殺人の被害者だ、ユダヤ人は幼児の血を利用してパンを焼いたのだ、と根拠のない噂話が広まった。

長い拷問の末に、8人のユダヤ人が幼児の死に関与した罪で斬首刑や火あぶりに処せられた。中世後期のキリスト教徒は、悪いユダヤ人の手にかかってシモンが亡くなった物語を、多くの言語で、多くの国で言いふらした。そしてキリスト教世界の各地から、シモンの墓に巡礼者がやって来た。トレントの司教は殉教した幼児を称え、ユダヤ人の裏切りを糾弾する詩や伝記の執筆に資金を出したという。ユダヤ人をスケープゴートにするやり方は、キリスト教世界では古くからおこなわれており、現代の過激派では、その方法が変わったにすぎない。人種の敵が犯した悪事の嘘を広めるために、いまや伝記を書かせる必要はなくなったからだ。

トレントのシモンの死から544年が経った2019年、アーネストは、ユダヤ人の裏切りに関する自らの考えを広めるために、〈8チャン〉を利用した。当時と違い情報は瞬時に広まったが、彼の考えは根本的に、教会の初期からシモンの事件が起きた中世を経て、現在まで生きつづける白人キリスト教徒の思想に縛られていた。彼は、そうしたキリスト教的な思想を実現するために、〈8チャン〉の仲間にこう呼びかけた。「モスク、シナゴーグ、移民センター、裏切り者の政治家、門のある居住地《ゲーテッドコミュニティ》に暮らす金持ちのユダヤ人、ユダヤ人所有企業のビルなどを襲撃しろ。それでも罰せられることはない」。そして、タラントに影響されたことに何度も触れながら、こう語った。「罪を憎まずして、正義を愛することはできない。あなた自身の人種を根絶やしにしようとする人を憎まずして、あなた自身の人種を愛することはできない」。アーネストは、「キリストの兄弟」に強くなれと呼びかけ、「悪魔に感化されたユダヤ人が罪と背徳をまき散らしてあなたの魂を破壊しようとしても、忘れてはならない。キリストに守られているということを」と書き記している。これこそが、彼を動かし、引き金を引かせた信念だった。

タラントとアーネストのマニフェストは、どちらも古い事実を取り上げつつ、インターネット上の俗語《スラング》やミームを多用していた。聖典や詩や教皇勅書と、匿名掲示板で日々飛び交う軽い調子の人種差別的な中傷や短文とが入り混じっていた。どちらのマニフェストも、〈4チャン〉らしい言葉遣いと高尚な目的を語った文章とを統合したいという気持ちを反映してか、乱暴に辻褄を合わせていた。

いずれのケースにおいても、暴力を好む若者たちに「純粋な白人のキリスト教徒と肌の色が黒い大勢の不信人者との戦い」という特定の歴史観を植えつけ、殺人に駆り立てたのは、インターネットだった。チャットや掲示板、暗号化されたアプリケーションでは、毎日こうした言葉が繰り返され、宗教的な見方と世俗的な見方、皮肉と真っすぐな情熱とが強引に混じり合っていた。二人のマニフェストは、大いなる目的をもって偏見を強化するためにつくられた歴史観を反映している。白人至上主義の起源となる物語を反映しているとも言えるだろう。その点で、この二人の殺人者は決して珍しいケースではなかった。白人至上主義者の世界では、テンプル騎士団の十字架や十字軍戦士のシンボルをよく見かけるし、シャーロッツヴィルで開かれた「ユナイト・ザ・ライト」でも、テンプル騎士団のシンボルのついた盾をもった参加者がいた。あの週末、白人至上主義者は「ユダヤ人を俺たちの代わりにはさせない」と連呼し、十字軍戦士の鬨《とき》の声である「神の御心のままに(ラテン語で deus vult)」という叫び声を響かせていた。(10)

＊

中世のキリスト教への執着は、決して現代の白人至上主義者が初めてというわけではない。クー・クラックス・クランは、白人の騎士道の伝統を守る姿勢を繰り返し示しており、それは同団体から派生した団体でも同様だ。1975年、デヴィッド・デュークは、白人キリスト教徒から成る政府の構築を目指して、「クー・クラックス・クランの騎士《ナイツ》」を設立した。(11) 中世のキリスト教戦士を引き継ぐというテーマは、今日の過激派グループにも大きな影響を与えている。現在のクランの集会には、「クー・クラックス・クランの白い騎士」、「クー・クラックス・クランの愛国騎士教会」（インディアナ州サウスベンド）、アラバマ州全域に広がる「世界十字軍戦士」、「クー・クラックス・クランの騎士団」、「クー・クラックス・クランのアメリカ・クリスチャン騎士団」（ミシシッピ州）などが集まる。

クランを象徴するシンボルの一つで、威嚇と攻撃の手段でもある「燃える十字架」も、啓蒙時代より前のヨーロッパの歴史から取り入れられている。1547年のイングランドによるスコットランド侵攻を受けて、スコットランドの摂政だったアラン伯爵は、兵士を招集するために燃える十字架を国中に送ったと言われている。古城や修道院に関する1850年の伝説集には、燃える十字架について、「ハシバミの木の細長い棒を2本、十字架の形に組み合わせて、その先端を火のなかで焼き、ヤギの血で赤々と燃え上がったら火を消す」と書かれていた。[12] 19世紀の別の歴史書にも、同様の記述が見られる。また、高い人気を誇る人種差別的な映画『國民の創生』の原作でもある1905年の小説『クランズマン』では、原本の挿絵で、クランの二人の団員が十字架を描いた白装束を身につけ、燃える十字架を高々と掲げる中世風のシーンが描かれている。そして一人が、「古いスコットランドの丘の燃える十字架だ！」と叫ぶ。クランのシンボルの多くは、空想上の物語など当時人気のあったイメージに大きな影響を受けた中世趣味が感じられる。結局のところ、クー・クラックス・クランは、リーダーが「グランド・ドラゴン」と呼ばれる組織なのだ。[13]

中世のキリスト教、キリスト教のシンボル、とりわけ中世という時代への執着は、危険な暴力に寛容で、現在よりも好戦的な社会に退化したいという願望を表しているだけではない。白人の起源を表す物語をつくり出したいという願望、寄せ集めで一貫性はないものの、人を夢中にさせる古き良き時代のイデオロギーを植えつけたいという願望でもある。

白人至上主義の中心を占めるのは、「白人」という概念そのものだ。当たり前で、意味のないようにも聞こえるが、重要な点でもある。白人という概念自体が、人種によって社会を階層化することで白人以外の人々を締め出し、虐げるためにつくられたものだから。それは、生きる価値があるのは誰か、死ぬべきなのは誰かといったイデオロギーを支えるために、肌のメラニン色素の量、目の形、髪の毛の形状など、ささいな違いを利用している。誰が汚染や病気の原因になっているか、誰が純粋か、誰が生殖すべきで誰が避妊すべきか。そういったことに関するイデオロギーのために、人種の違いを利用している。この「人種」という概念は、19世紀から20世紀にかけて起こった優生学運動のもとで確かに実を結んだ。だが、高い理想を追い求める人たちのように、白人至上主義者は、「白人」という神聖な概念が、ほんの2世紀足らず前、堅苦しい名称をしたでたらめな骨相学によって生まれたという考えには満足できない。だからこそ、すでに述べたように、白人至上主義者は寄せ集め《パッチワーク》のイデオロギーをつくり出すために、歴史を通してさまざまな概念をかき集めている。そして、それらの概念や言葉のなかに、19世紀より前にさかのぼるものがあっても不思議ではない。結果として、多くの白人至上主義者は宗教的な表現を取り入れ、それを人種差別的な世界観のなかに織り交ぜているのだ。中世のキリスト教への執着は、十字軍に関して特に強い。結局のところ、何千年も続く聖なる戦いという伝統に組み込まれると、偏見は尊いものに見えてくるのだろう。白人至上主義運動のなかの宗教性という点では、十字軍ほど大きな存在感をもつものはなく、現代の白人至上主義者は十字軍こそ「白人の騎士と黒人の敵との究極の聖戦」とみなしている。

ジャーナリストで中世史の元大学教授であるデヴィッド・M・ペリーによると、白人至上主義者が十字軍に執着するのは、南部連合のイメージが十字軍と重なるからだ。「十字軍は、失われた大義（Lost Cause）を象徴しています。輝かしい英雄が卑劣な悪人《ヴィラン》と戦ったけれど、不運や裏切りや内紛などのせいで敗北に終わった。それが失われた大義です」とペリーは言った。「それに、過激主義者にとって、十字軍は『文明の衝突』という主張も表しています」。要するに、キリスト教徒の十字軍戦士を称えることで、イスラム教とキリスト教、非白人と白人という二重の聖戦から成る世界観を構築し、聖戦という名の下に人々に暴力を振るう勇気を求めることができるわけだ。

スタイルのいい年頃の農婦、真っ白な肌をした貴族階級、色黒の敵に対して武器を手に取る白人の戦士――そんな理想郷《ユートピア》としての中世のイメージは、急進的な極右がつくり出したものではなかった。漠然とした古風な時代らしきものを描き、喜んでイメージをつくり出したのはマスメディアだった。J・R・R・トールキンの『指輪物語（*The Lord of the Rings*）』やジョージ・R・R・マーティンの『氷と炎の歌（*A Song of Ice and Fire*）』、その他多くのファンタジー小説に影響されて、白人至上主義者は、こうした中世の時代に白人が生まれたと想像するようになった。

多くのエンターテインメントは空想にあふれている。鎧をまとう青白い顔をした戦士が、走り回る色黒の敵を苦しめる。力強い騎士が女性たちを虜にし、貴族の家には純粋な娘たちがいて、妻は後継ぎを育てている……。ヌーメノールの国〔『指輪物語』に登場する架空の国〕の純粋な血を引く英雄たちは、近代化する以前のヨーロッパの姿について、アメリカ人のあいだに広く浸透する文化的な理解を形づくったと言えるだろう。

中世ヨーロッパは白人のユートピアではなかった。だが、ブランダイス大学で中世文学を教えるドロシー・キム教授がデイリー・ビーストに語ったとおり、歴史家や中世史家があくまで「多民族、多宗教、多文化」だった当時の世界を示しても、人々が中世について抱く文化的なイメージは理想郷なのだ。実際には、中世ヨーロッパには、黒人や（中世都市のユダヤ人街にいた私の先祖のような）ユダヤ人、北アフリカの人々、その他さまざまな人種的マイノリティが暮らしていた。しかし、しきりに当時を称賛する人々は、「白人だけしかいない中世」のイメージを抱いている。

白人至上主義者のあいだで中世のシンボルが広く使われていることを、中世を研究する学者たちが見逃すわけはなかった。多くの研究者は、中世が想像上の白人の起源とされていることについて非難の声を上げている。「中世は人種が多様化する前の時代で、白人はそこに民族的《エスニック》な遺産《ヘリテージ》を見つけることができる、という誤った見方を、私たちは許してしまっています」と、マカレスター大学で中世を研究するシエラ・ロムート博士は公開ブログに投稿した。そして、ほかの中世史家に向けて、自分たちの研究成果を利用する白人至上主義者がいることに注意を促している。

*

「イエスもユダヤ人だった。だから殺されても仕方がない」。〈テレグラム〉の「ラディカル・アジェンダ」というチャネルで、「パルチヴァール・エゼルウルフ」というハンドルネームのユーザーが言った。「すべての聖書を焼き払うべきだ」

２０１８年7月のことだった。

私は２００人ほどのメンバーが集まるチャネルに潜入していた。暴力的なレイシストが集まる場で、活発なやり取りがおこなわれていた。運営者は、大量殺人を犯したディラン・ルーフの髪型に敬意を表し「ボウルパトロール」を自称するポッドキャスト配信者だ。チャットの内容は、「国民社会主義運動」のようなヘイト団体のゴシップから、人種差別的な漫画の話題まで幅広く、同性愛に関する幼稚な冗談も際限なく流れていた。「パルチヴァール」を名乗るユーザーは、キリスト教に対する露骨な敵意を示していたが、彼は例外ではなかった。

「イエスはろくでもないユダヤ人にすぎなかった」と、「ミスター・ドクター・アンクルダッド」というハンドルネームのユーザーが返信した。「イエスがアウシュヴィッツにいたら、俺がタトゥーを入れてやるのに」

ここで注意してほしいのは、白人至上主義者がどう名乗っているかという点だ。彼らは自分をどう表現するかをじっくり、緻密に考え、選択している。特に歴史にのめり込み、そこからモデルやヒントを見つけるために、くまなく調べている。たとえば、「パルチヴァール・エゼルウルフ」というハンドルネームは、近代以前のヨーロッパを思い出させる言葉から成り立っている。『パルチヴァール（*Parzival*）』は、ドイツの詩人で騎士だったヴォルフラム・フォン・エッシェンバッハによって、中高ドイツ語〔11世紀半ばから14世紀半ばのドイツ語〕で書かれた13世紀の騎士道物語であり、アーサー王の円卓の騎士パルチヴァールが主人公だ。一方、エゼルウルフ（Æthelwulf）は、８３９年から８５６年までイングランドを統治したアングロサクソン人の王。キリスト教徒だったエゼルウルフは、ローマ巡礼から戻った直後に王の座を追われた。それなのに、〈テレグラム〉で「パルチヴァール」を名乗るユーザーがキリスト教を軽蔑しているのはどういうことだろうか。彼は現代のほかの白人至上主義者と同様、「キリスト教はユダヤ人の祖先との結びつきが強すぎる」と考えていた。何世紀ものあいだ、ユダヤ人がイエスの名の下に殺されてきたとしても、イエスはしょせんユダヤ人だった。ユダヤ人が始めた宗教がユダヤ人の痕跡を消すことなどできるだろうか。おそらく、反ユダヤ主義を脱却するのがいかに難しいかを示す例として、これ以上の問いはない。あなた自身がまさに救世主イエスかもしれない——それでは満足できない人がいるのだろう。

　現代のヘイト団体やその信者たちの多くは、いずれの宗教も信仰しないと公言している。ただ、自分たちの偏った思想を魅力的に見せるために、さまざまな古い信仰に目を向ける者もいる。大衆文化《ポピュラーカルチャー》に登場する、近代以前のヨーロッパの典型的な戦士を思い浮かべてほしい。角のついた兜をかぶった男らしいヴァイキングが異教の神を崇拝し、村を勝手気ままに襲撃する伝説は、キリスト教徒の伝説と同じくらい多くの小説や映画やテレビ番組に登場する。だから、それを見た一部の白人至上主義者が、古代スカンジナヴィアの神々を、ユダヤ人の裏切りの痕跡のない、白人だけの宗教として信仰するようになったとしてもさほど不思議ではない。暴力を賛美する好戦的なミソジニストにとって、ハンマーを手に持ったトール〔北欧神話の戦神、雷神〕や、険しい顔をして杖をもち、秘密の知恵を得るために9日間も木から吊り下げられて過ごしたと言われる博識なオーディン以上に適した神はいなかった。だがそういう神々を崇めた信者たちは、かつて盾を並べた大型船で見る者すべてを怖がらせ、敵を破滅させたのだ。オーディンやトールやロキや北欧神話のほかの神々は、生賛の血を求め、戦いに喜びを感じていた。

にわかに異教を崇拝しはじめた白人至上主義者は、キリスト教に残るユダヤ人の汚点から逃れることによって、自分たちはこのアメリカで真にヨーロッパの血を引く「汚れのない末裔」だと主張する。白人がもつ特有の文化という考えは、極右の大きな原動力だ。クー・クラックス・クランや「アイデンティティ・エアロパ」などのレイシスト団体は、移民による「白人文化の抹殺」をしきりに口にする。[14] 一部の白人至上主義者にとって、古代スカンジナヴィアの神々の崇拝は、白人文化という考えを具体化し、犠牲と祈りによって白人を賛美する手段なのだ。

レイシストの集会では、キリスト教と異教、どちらのシンボルもよく見かける。十字軍のテンプル騎士団の赤い十字架と、古代北欧風の黒い太陽《ブラックサン》が並んで競い合う。ケルト人のタトゥーと十字軍戦士の兜を身につけた男たちが列をつくり、一斉に歓声を上げてアンチファシストに殴りかかる。キリスト教徒も異教徒も、違いはあるかもしれないが、同じ白人至上主義者として、何かビッグで、古風で、男らしい存在の一部だと主張することで、有色人種やユダヤ人に対する迫害を正当化しようとしている。こうした男らしさを表しているのが、十字軍の剣や松明《トーチ》による熱狂であり、ヴァイキングの蜂蜜酒と血に浸った狂信なのだ。

古代スカンジナヴィアの神々には少なくとも千年の歴史があるが、こうした神々の崇拝は、比較的最近の現象だ。この信仰はアサトゥル（Ásatrú）として知られている。合衆国では、スカンジナヴィアの神々への崇拝は1960年代末の反体制文化《カウンターカルチャー》にさかのぼる。明らかに人種差別的な異教団体である「オディニスト・フェローシップ」が、デンマークの織工だったエルス・クリステンセンによって設立されたのもその頃だった。[15] やがて、1970年代になると、テキサス人のステファン・マクナレンが「ヴァイキング同胞団」を結成する。マクナレンとクリステンセンは、人種の観点からアサトゥルをとらえ、古代スカンジナヴィアの信仰を、ヨーロッパ系白人アメリカ人の文化遺産を取り戻す方法として考えていた。研究者のデイモン・T・ベリーは、これを「スピリチュアリティの生物化（biologization of spirituality）」と呼んでいる。

1970年代と80年代の白人至上主義者の多くは、オーディン崇拝を最も重要な宗教として取り入れていた。この崇拝《カルト》は「ウォタニズム（Wotanism）」として知られている。そうした白人至上主義者の一人であるデヴィッド・レーンは、銀行強盗や殺人を犯したことで悪評高い人種差別的なテロ組織「オーダー」の一員だった。[16] 1990年代には、ノルウェーのブラックメタルのミュージシャンでネオナチでもあり、かつオーディン崇拝の熱心な推進者だったヴァルグ・ヴィーケネスが、殺人と教会の連続放火で有罪となり、ノルウェー各地の刑務所で懲役15年の刑に服した。ユダヤ系人権団体「名誉毀損防止同盟（ADL）」の報告によると、オーディン崇拝は投獄された白人至上主義者のあいだで人気が高いという。広い意味で古代スカンジナヴィアの神々の信仰を意味するアサトゥルと白人至上主義との関係はわかりやすい。歴史家のマティアス・ガーデルの著書によると、異教を信じるレイシストにとって、アサトゥルやオーディン崇拝は、「存在に関わる精神的なルーツとして、アーリア人男性と永遠に結びついた血の宗教」だという。[17] それらは、はるかキリスト教以前のヨーロッパまで何世紀もさかのぼる、白人の起源をめぐる物語を表現する手段なのだ。

＊

キリスト教はその長い歴史のなかで基本的な神話をつくり、ポグロムをおこなうなど、反ユダヤ主義を推し進めてきた。一方で、〈テレグラム〉の異教崇拝のレイシストチャネルで見られる反ユダヤ主義は、白人の歴史を二元論的に単純化して眺めている。つまり、自然を崇める異教的な見方によれば、白人が農業に従事し、狩猟採集民として暮らしていた過去から遠ざかってしまったのはユダヤ人のせい、というわけだ。だから、社会《ソサイエティ》、経済《エコノミー》、産業《インダストリー》といった言葉は、腹黒いユダヤ人の影響を表す遠回しな言葉として、三重括弧（「エコー」という）で示されることが多い。特に、〈テレグラム〉のあるチャネルは、産業革命と現代の世界全体についてユダヤ人に責任があると強く暗示しているように見えた。明らかに馬鹿げた主張ではあるが、それは異教を信じるレイシストがユダヤ人に対して抱く憎悪をよく言い表している。レイシストから見て、異教はマスキュリンな男性を高く評価する。そのため、フェミニズム、ゲイライツ（同性愛者の権利）、伝統的なジェンダーロールに反するその他の事象もユダヤ人のせいだとされてきた。この考え方は人種差別運動のさまざまな面に影響を与えているが、反ユダヤ主義の歴史をもつキリスト教とは違い、異教を信じるレイシストは、ユダヤ人を嫌悪するための正当な理由をつくり出さなければならなかった。彼らは、自分たちこそが古来より続く白人の真の継承者であると自負し、現在では、異教こそが白人だけに認められた最も純粋な形の崇拝なのだと考えている。それに対して、あらゆる人種を対象とする宗教として、キリスト教は非難される。

レイシストの世界では、アサトゥル、人種、信仰、文化という言葉は、同じような意味をもつ。「フォーク・ライト」のような、異教を崇拝する現代のレイシスト団体は、民族《エスノ》ナショナリズムの立場を取り、自分たちの宗教は「ヨーロッパに起源をもつ人々にとって……独自性と多様性のある民族的アイデンティティ」を再生する役割を果たすと主張する。(18) 1996年にステファン・マクナレンによって結成された「アサトゥル・フォーク・アセンブリ（AFA）」も同様に、キリスト教以前のヨーロッパの宗教が、「世界中でヨーロッパ系の血を引く人々を目覚めさせる」役割をもつとしている。(19) 歴史家のガーデルによると、マクナレンは、古代スカンジナヴィアの神々を崇拝する黒人が増えはじめたことにうんざりして、AFAを結成したという。

2016年にマクナレンがAFAを離れて以降、この団体はますます反動的な発言を繰り返すようになり、現在はホモフォビアを正式に掲げ、「美しい白人の子どもたち」を賛美し、抑圧的なジェンダーロールへの回帰を促している（マクナレン自身は現在、新たに設立した「ウォータン・ネットワーク」を通じて、ヨーロッパの伝統のためにほかの異教徒に対し、山に登って生贄を捧げることを勧めている）。その他の団体は、宗教よりもヘイトに焦点を合わせているものの、異教的なヴァイキングの趣きは残している。たとえば、スキンヘッドの白人至上主義団体「ヴィンランダーズ・ソーシャル・クラブ」は、レイフ・エリクソンなど、アメリカにたどり着いたノルウェー初期の探検家が使った地名「ヴィンランド」にちなんで名づけられている。この団体は2003年に設立され、異人種間結婚をした白人女性の射殺から家庭内暴力といった暴行容疑まで、数十人のメンバーが逮捕されたのを受けて、2010年に解散した。

さらに最近では、フィンランドで結成され、2016年に合衆国にも支部を置いた反移民と反ムスリムを掲げる団体「オーディンの戦士たち」が、「ストリートパトロール（路上での自警活動）」で知られるようになり、人種差別に反対するデモ参加者と武力衝突を起こしている。そのほかにも、白人至上主義の男性から成る暴走族「ヴィンランドの狼」は、ヴァージニア州の森で、動物の生贄を使った手の込んだ儀式をおこなう写真を撮られていた。[20] ヴィンランドの狼のメンバーの一人は、黒人教会への放火の疑いで2012年に逮捕されている。また2015年には、アサトゥルの信奉者2名が、人種戦争を始めるためにヴァージニア州の黒人教会の爆破を計画した疑いで、FBIに逮捕された。白人の優越性が脅かされることを恐れて暴力を振るう人々にとっては、「血を流して守る価値のある白人の伝統が危険にさらされている」という考えを強化するために、ヨーロッパ固有とされる信仰が必要だった。また、「ヴァイキングの美学を取り入れることで、白人至上主義者の暴力に古風な男らしさの趣を添えることができる」と頭の悪い連中は考えていた。特に興味深いのが、ヴァイキングの戦士たちの天国である「ヴァルハラ」という概念だ。北欧神話では、ヴァルハラは天空にある黄金色の広間で、戦場で倒れた戦士が迎えられ、そこで戦いの乙女ワルキューレとともに、昼夜を問わず武芸や宴会をして過ごす。白人至上主義者のあいだでは、この「ヴァルハラ」という言葉は、白人のための戦いで命を落とした者が行きたいと願う場所として使われていた。2019年8月、21歳のフィリップ・マンスハウスは、17歳の中国人の義妹を殺害したのちに、複数の武器を手に取り、オスロ近郊バールムのモスクを襲撃、発砲し、モスクにいた65歳の男性に取り押さえられた。この暴挙に出る前、マンスハウスは画像掲示板〈エンドチャン（Endchan）〉に、

「人種戦争」をオフラインで起こそう、現実のものにしようと呼びかける投稿をしていた。そして最後に、オーディンの挨拶である「ヴァルハラが待っている」と記していた(21)。

こうして過激主義者のあいだでは、オーディン崇拝を人種の視点でとらえる見方が主流になった。そのため、白人至上主義者の多くは、正式に宗教団体に加入することなく、異教信仰を進んで公言するようになった。私は〈テレグラム〉で北欧の異教を信仰するレイシストチャネルにいくつか参加していたが、そうしたチャネルが多数存在することから判断すると、オーディンやトールを心から真剣に信仰するというよりも、暴走族気取りで強い男性《タフガイ》のように振る舞うことが目的なのだろう。同じ白人至上主義者であっても、キリスト教徒はキリストを崇拝し、アサトゥルはオーディンを崇めながら(そして、双方ともオンライン投稿という半ば真面目で半ば皮肉めいた枠組みのなかで信仰を守りながら)、どちらも互いを嫌うよりもはるかに強く、白人以外の人種やムスリムやユダヤ人を憎んでいる。ヨーロッパの歴史をさかのぼり、実際には存在しなかった白人の神話に耳を傾けながら、なお悪魔崇拝者《サタニスト》のための「キリスト教徒vs異教徒」計画を覗いてみると、それは明らかだった。

アメリカの白人至上主義者がヨーロッパに執着していることは、過激主義者のニュースサイトや言葉《レトリック》に、ヨーロッパ大陸に対する分離不安のようなものが見られることからも明らかだ。啓蒙時代以前のヨーロッパは、純粋な白人から成る十字軍戦士や貴族がいる神聖な世界、つまり「西洋」の発祥の地とみなされ、それを守るべきなのだと多くの白人至上主義者が断言する。

彼らが「西洋」を無意識に崇拝していることは、過激派団体「プラウド・ボーイズ」を見てもわかる。プラウド・ボーイズは、アンチファシストとの街中での武力衝突でよく知られているが、入会者が朝食のシリアルを5種類言えるまでほかのメンバーから殴られるという入会の儀式や、マスターベーション（自慰行為）の禁止などでも有名な団体だ。プラウド・ボーイズは、自分たちは白人至上主義者ではないと明言し、「西洋の熱狂的愛国主義者《ショーヴィニスト》」を自称している。

近代以前のヨーロッパを神聖視する見方はさまざまな形で現れ、多くの白人至上主義者団体ではほぼ全員が賛同する基本的な前提となっている。だが同時に、現代のヨーロッパは彼らにとって、あざけりと軽蔑、懸念の対象とされている。

アメリカの政治的右派のあいだでは、「ヨーロッパは崩壊の危機に瀕している」という見方が広まっている。ブライトバート、デイリー・ワイヤー、デイリー・コーラーといった右派の報道機関は、ヨーロッパで移民が稀に犯罪を起こすと、その事件を強調して報じる。フォックス・ニュースに釘づけのトランプ大統領は、こうした報道に影響を受けたつくり話を何度も口にし、2017年には演説のなかで、スウェーデンは移民を「大勢受け入れた」ために「考えもしなかったような問題」に直面していると同国を侮辱した。

フォックス・ニュースやブライトバートなどの右派メディアでは、ヨーロッパの都市の特定の地域が移民のせいで「立入禁止区域」になったという真偽不明の話が、検証されることなく何度も報じられている。ウォール・ストリート・ジャーナル紙の論説記事でも、極右のプロパガンダを喧伝するジャーナリスト、アンディ・ヌゴが、真偽は疑わしいがぞっとするような話として「イギリスのイスラム化」を取り上げた。ヌゴは、ニカブ〔ムスリムの女性が着用する目以外の顔を覆うスカーフ〕を着用している女性を見ると、脅えて「身動きできなくなってしまう」と語っている。ヌゴは悲しげな論調で、モスクやパンジャブ語を話す人々を目にする日常を恐怖と社会衰退の象徴と書いたために、イギリスのルートンやロンドンの住民からたちまち反発が起きた。ヌゴは記事のなかで、ロンドン東部のホワイトチャペル・ロードの一部に飲酒禁止の看板があるのは、ムスリムによるものだとほのめかしている。だが、イギリスのライターであるリビー・ワトソンの指摘によれば、この飲酒禁止はイギリスの法制度をイスラム法（シャリーア）が乗っ取った産物などではなく、ただ「若者やならず者がぬるいビールを飲みに集まる場所」を規制するためのものだった[22]。

過激派メディアは、右派メディアと主流メディアを明確なイデオロギーでフィルターにかけ、歪めて映す鏡のようなものだ。ブライトバート、デイリー・コーラー、ニューヨーク・ポスト紙などは、右派と排外主義の観点から記事のテーマを選択して報じている。一方、インフォストーマー、ホワイト・インフォメーション・ネットワーク、VDARE、デイリー・ストーマーのように露骨な白人至上主義を掲げるメディアは、ほかのメディアの寄生虫《パラサイト》のようにひたすら扇動的なニュースを追いかけ、ニュースの背後にあるとされる事実やストーリーを暴いている。レイシストや白人至上主義者の観点からとらえ直され、しばしば下品な言葉で強調して報じられるニュースは、彼ら自身の世界観を反映しているものの、大部分はおもな右派メディアや主流メディアから集められたものだ。特に、トランプ時代にはほとんどの場合、過激派メディアは単にアメリカ社会に根づく偏見をもとに、目の前にある社会の関心事を取り上げ、それをただ自らの結論に利用していただけだった。

右寄りの報道機関の関心事は、過激主義者が集まる極右メディアでは特に大げさに報じられる。たとえば、ヨーロッパで移民による犯罪が起きると、おもな右派メディアはこれを扇動的に報道する。すると、過激派のニュースサイトはそれに飛びつき、執拗に報じ、その結果、「ヨーロッパでは白人以外の移民の暴力が頻発している」という認識が出来上がるのだ。

さまざまな国で単発的に起きた移民による犯罪がまとめて報道されることで、ヨーロッパでは移民の犯罪が多発しているという見方が生まれている。2019年8月3日、人種差別的なニュースサイトであるインフォストーマーは、ドイツ政府とメディアのあまりにもリベラルな姿勢に反撃するために、ドイツのシリア難民による暴力行為を見出し《ヘッドライン》で取り上げた。同サイトはまた、ドイツの都市ケールで起きた騒ぎに乗じて「有色人種の移民による侵略」を非難した。デイリー・ストーマーも、オーストリアで起きたギャングによるレイプ疑惑を興奮気味に取り上げ、その出来事に乗じて移民に対する左派と中道派の姿勢を面白おかしく報じた。記事のタイトルは「オーストリア13歳の少女への集団暴行で5人の有色人種が有罪に」である。[23]

加えて、これらのメディアは、EUやヨーロッパの中道派と極左のリーダーたちを軽蔑する点でも共通していた。犯罪行為は「多文化主義」によって引き起こされた、とこれらの記事は主張する。「ヨーロッパは神聖なる精神的祖国《スピリチュアル・ホームグラウンド》でありながら敵に包囲されている」とする現代の白人至上主義者の見解を踏まえて、「多文化主義、ゲイライツ、グローバルサウスから積極的に移民を受け入れるという明らかに無秩序な政策によって、現在の混乱が生まれた」と論じている。

実際には、ヨーロッパの指導者たちは政治的信念の違いにかかわらず、近年、移民を制限しようとしてきた。だが、ヨーロッパの白人以外の住民を全員殺害するか追放すべきと主張する人々にとっては、移民の制限では十分ではないのかもしれない。

白人の過去にまつわる神話とヨーロッパの堕落した現状とを対比させることで、戦わなければならないという意識が生まれ、メディアの報道やチャットの言説によってそれは大きく膨らんでいく。歴史上重要な存在である白人が、有色人種の悪行によって絶滅の瀬戸際にいる、そんな希望のないヨーロッパのイメージが絶えず伝えられるからだ。こうして、自分たち白人をヨーロッパ千年の歴史を受け継ぐ気高い存在とみなす「神話」をもとに、暴力が正当化されていく。

＊

再び話を〈テレグラム〉に戻すとしよう。私の仮の姿である「トミー」は、キリスト教過激派の人々に近づくきっかけをつかみ、異教を信じる過激派がキリスト教過激派に辛辣な言葉をぶつけたり、親しげに冗談を言い合ったりするさまをじっと眺めていた。チャットでは、参加者を煽るためにくだらない会話が続けられ、キリスト教徒も異教徒も、対決の前にそれぞれがキリストとオーディンに祈りを捧げるといった段取りやウェイトトレーニングの計画を説明し、必ず勝って見せると熱っぽく語っていた。幼稚な会話ではあったが、そこには憎悪よりも一種の仲間意識があった。黒人、ユダヤ人、移民、ムスリムについて話すとき、彼らはまさしく仲間だった。

11月よりかなり前に、「キリスト教徒vs異教徒」の計画は失敗に終わった（「開催できなくなりました」とウィリアムズから「トミー」に〈テレグラム〉でメッセージが来た）。内輪もめが頻繁に起こるなど、問題はいろいろあったが、イベントの恩恵を受けるはずだった悪魔崇拝者《サタニスト》であり大統領候補者であるアウグストゥス・ソル・インヴィクタス自身が、政治家になれる見込みが薄い上に、さらに大きな問題を抱えていたからだ。というのも、彼は妻を銃で脅して誘拐し、無理やり州境を越えた容疑で逮捕され、拘置されていた。やはり、ミソジニー、暴力、白人至上主義は固く結びついていた。キリスト教徒であれ、異教徒であれ、悪魔崇拝者であれ、白人至上主義者にとって宗教は、その教えがどこに由来するかにかかわらず、偏見を強め、それに高尚な理屈をつけるための手段であることは明らかだった。レイシストの敵意に満ちた恐ろしい暴力行為を高みへと引き上げるための手段、それが宗教だった。

結局のところ、キリスト教徒であれ異教徒であれ、白人至上主義者は自らの憎悪に、古い歴史のある確固たる根拠《ルーツ》を与える方法を模索している。神から与えられる根拠だ。しかし、それは根絶するべき憎悪をある一つの側面から言い表したものでしかなく、毒をもった憎悪の太い根っこ《ルーツ》の一つにすぎなかった。

第7章

カジノからの脱出、10代のレイシスト、テック企業の責任

Tween racists, bad beanies, and the great casino chase

私はカジノから「追い出された」のだろうか。2019年8月のある暑い日、私はそのことについてオンライン上で言い合いをしていた。

私はその日、右派のユーチューバーとそのファン向けのイベント「マインズIRL（the Minds IRL）」カンファレンスに参加した。IRLとは「現実世界（in real life）」、すなわちオフラインを意味するネットスラングで、だからこのイベントには、インターネット上で非常に長い時間を過ごす人々が集まっていた。カンファレンスの主催者は、お飾りのリベラル派の参加者を数人招待し、「マインズIRL　レイシズム・暴力・権威主義に終止符を打つ」をスローガンに掲げていた。だが参加者によると、集客の目玉は、極右派と主流派の中間の立場を取るか、あるいは完全にプロパガンダの域に達しているユーチューバーだった。絶大な人気を誇る右派のユーチューバー、カール・ベンジャミン（別名「アッカド王サルゴン」）、アンチフェミニストのトランスジェンダーで100万人近くのチャネル登録者を抱えるブレア・ホワイト、右派の口うるさい批評家であるティム・プール、親ファシズムのジャーナリストであるアンディ・ヌゴのような人物が名を連ねていた。右寄りのネット有名人である彼らは注目を集めるスターのため、全米からファンが詰めかけていた。イベントは当初、ニュージャージー州の劇場で開催されるはずだったが、「ノーヘイトN.J.」として知られるアンチファシスト運動によって、要求や抗議、わずかではあるが脅迫が殺到したため、急遽、フィラデルフィアのカジノに会場が移された。

あいにく金髪のかつらを持ち合わせていなかったので、私は変装をせずに、タリア・ラヴィンとして出席することにした。ツイッター写真を見たことがある人に気づかれるかもしれないとは思ったし、私は過去にティム・プールのような人物が作成した動画に少なからず取り上げられていた。それでも私は、オンラインではなく直接調べてみたかった。敵陣に一日中潜んでいたらどうなるかを経験してみたかった。クリエイターが投稿する、一般受けするように加工された動画コンテンツを見るだけでなく、自らを右派ユーチューバーの信者とみなす人々に直接出会う絶好の機会だと思った。おもな講演者は口の悪い右派論者ばかりではあったものの、カンファレンスのスローガンは「寛容《トレランス》」を謳っている。嫌がらせを受ける可能性はないだろうと無邪気にも期待したが、それは間違いだったとすぐにわかった。

会場のシュガーハウスカジノのくすんだグレーの絨毯の上を、暑い、長い一日がゆっくりと進んでいた。メイン会場の裏にある報道室《プレスルーム》で、私はティム・プールとアンディ・ヌゴに簡単にインタビューをした。二人とも私のことを知っていた。プールは以前、私に関する動画を2本作成し、それを70万人のチャネル登録者に向けて投稿していた。そのうちの一つは、私がニューヨーク大学で極右をテーマに開講予定だった講座が、申込者が少なく中止になったことをあざ笑うものだった。動画は約20万回視聴されている。一方、ヌゴは、アンチファシスト運動を激しく非難し、カナダの人種差別的なオンラインマガジンであるクイレット（Quillette）での執筆で注目されるようになった人物で、私に関する投稿やツイートを数十万人の視聴者に向けて何度もアップしていた。そんな二人に面と向かって、それもある程度の礼儀が求められる公の場で対面するのは奇妙な体験だった。デジタルの武器で何度も攻撃してきた彼らに、私は少し離れた所に立って質問をした。その場の空気は、カジノの奥の部屋《バックルーム》にある毛足の長いラグマットのように重く、張り詰めていた。彼らはぬけぬけと、だが礼儀正しく嘘をついた。「あなたが編集した記事に、アンティファに共感するジャーナリストのリストが載っていましたが、それが『アトムヴァッフェン師団』の『殺害《キル》リスト』動画に使われたことを知っていましたか」とヌゴに尋ねた。「ノーコメントだ」と彼は穏やかに答えた。プールに対しては、オルトライトの何人かの有名人と一緒に写って話題となった写真について、何かコメントがあるかと尋ねた。すると彼は、「ソ連の将軍と一緒に写真を撮ったこともある」と言う。ソビエト連邦は1991年に解体したと私が言うと、返事をしなかった。

報道室から討論会がおこなわれている広い部屋に移ると、檀上の女性が、スローガンが書かれたTシャツについて話しているのが聞こえた。スローガンは、「中国人《チンク》と東南アジア人《グック》とイタリア人《ウォップ》とスペイン系《スピック》は大嫌いだけど、黒人《ニガー》ならまあいいか」〔いずれも侮蔑的な表現〕。白人ばかりの聴衆はどっと笑った。「愉快なTシャツでしたね」と講演者は言った。

私はその日の大半をカジノにつながるドアのそばに佇んで過ごし、タバコを吸うカンファレンス参加者と政治について話し合った。彼らにタバコを差し出して、「政治についてどうお考えですか」、「なぜここに参加したんですか」といった一見当たり障りのない質問をするのだ。そして、同意を得て一緒に写真を撮った。大部分の人は私を知らなかった。私はそうしたやり取りをツイッターで実況中継した。たくさんの人に話しかけた。そのうちの一人であるアンナは、ふんわりと広がる茶色の縮れ毛の下から「ナチスは本物の左派なんです」と主張した。濃いひげを生やして、ボサボサの巻き毛にバンダナを巻いたジェフという名の男性とも話をした。自分は根っからのリバタリアンだ、と彼は言ったが、彼の写真をオンラインに投稿すると、私のツイッターのフォロワーから情報が寄せられた。この人物は極右の有名人、ジェフ・トーマス。フィラデルフィアの極右団体「フィラデルフィア・オルトナイツ」の副司令官で、ホロコースト否定論者と親交があることで知られた人物だという。彼は私に笑顔を見せ、今年は投票に行くつもりだと言った。

「テイラー」という人物にも会った。茶色のあごひげを短く刈り込み、片方の目に大きな眼帯をした白人だ。自分はキリスト教徒で、ナショナリストで、「言論の自由」絶対主義者だと話す。「ニグロのホモって口に出しても逮捕されない国は、アメリカ以外にないと思う」と彼は言った。親指を立てる仕草をした彼の写真を撮り、私はそれをツイッターにアップした。

一時間後、私はカジノのなかに戻った。参加者のあいだでは、私のツイッターの投稿が噂になっていた。テイラーが駆け寄ってきて、「嘘つき」、「宣伝機関の一員め《プロパガンディスト》」と叫びながら、カンファレンスルームのなかで私を追いかけはじめた。いまにして思えば、私がツイートで彼のことを「キリスト教徒のナショナリスト」と呼んだために、怒っていたのかもしれない。実際には、彼は「キリスト教徒」と「ナショナリスト」という二つの言葉を分けて使っていた（これは急いで書いたために起こった、不注意によるミスだった。二つの言葉をつなげて書いてしまったのだ）。私は、部屋の奥にいる警備員《セキュリティ》のベストを身につけた愛想のよい男性に声をかけ、「あの男が私につきまとうの」と告げた。

「つきまとっているんじゃない」とテイラーが言った。「ただ、この人は嘘つきだ、話をしてはいけないとみんなに知らせているんだ」

私に取材許可証《プレスパス》をくれた広報担当者は困った顔をして、帰る用意ができたら裏口から出るように、と促した。

だが、もう手遅れだった。「政治的暴力を止める」という満席のパネルディスカッションを聞こうと私が腰を下ろすと、一人の女性が男性を連れてやって来た。カンファレンスをツイッターで実況中継するという行為は、2019年の時点ではジャーナリストとして珍しいことではなかったが、ジーンスカという名のその女性は怒っていた。私は先ほど彼女に自己紹介をして、ジャーナリストだと名乗り、彼女の写真を撮ってツイッターに投稿していた。ちなみに、「ここでは人種問題のようにいくらか議論のある問題が話し合われていますね。あなたはどう思われますか」と無難に尋ねたところ、さらに促すまでもなく、彼女は自分の考えを話してくれた。「誰でも好きな人と寝ればいいんです。ただ、私はリバタリアンですが、違う人種の人とは決して結婚しません」。そして、人種分離について尋ねると、「もちろん賛成です」と答えた。当然ながら、私はこのやり取りを、彼女の姓は伏せつつも、10万人ほどの人々に向けて投稿した。そしていま、彼女は怒っていて、私の携帯電話はつながらない。彼女は私のそばにひざまずき、ツイートを削除するようにとささやくように言った。私は、何も間違ったことは書いていないと説明した。一緒に来た男性は、通路を挟んだ席に座って私を睨みつけ、「とにかく削除しろ」と言った。「私は母親なんです」と彼女は懇願するように言った。「でも、私がジャーナリストだということはお話ししましたよね」と私は応じた。

「ツイートを連発したあとに、ジュースがかかって携帯電話が壊れてしまったんです」と話し、彼らに言われたことを考えながら、ノートパソコンを取り出して充電器を差し込んだ。少し汗をかいていた。二人はしぶしぶ引き下がった。そこで私は、車で連れてきてくれた友人のほうを振り返った。私がトミー・ロビンソン〔イギリスの有名な極右活動家〕の選挙応援ウェアを着た白人ナショナリストやリバタリアンと話しているあいだ、友人はほぼ終日、ブラックジャックやポーカーをして時間を潰していてくれた。

「ここから出よう」と私は友人に小声で言った。

ところが、ジーンスカの連れの男性がエスカレーターの下で私たちを待っていた。私が急に右に曲がると、彼は数十メートル追いかけてきて、うるさい音を立てるスロットマシンが並ぶ一角に私を追い詰めた。マシンやルーレットの電子音が鳴り響くなか、男は私を睨みつけた。

そして、頭を反らせて仁王立ちになって言った。「ツイートを削除しないつもりだろ?」

「私がジャーナリストだってことは彼女に話しました」と私は繰り返し、「不正確なことは何も言ってません」と応じた。

そして、友人のほうを見て、出口のほうを親指で指すと一気に走り出した。

男の脇をすり抜け、目のくらむような太陽の下、カジノの駐車場に駆け込み、脱出のために停めてあった色鮮やかな小型車を目指して走った。ジーンスカが背後で叫び、友人の腕をつかんだようだった。彼らの周りには野次馬が集まり、後ろから何か怒鳴っている。友人は何とか逃げ切って私に追いつき、車に滑り込んでアクセルを踏んだ。心臓の音が耳の奥で響いていた。自分が体形に合わない服を着て、ゼイゼイ喘ぐ、太り過ぎのジェームズ・ボンドになったような気がした。

「正直なところ、カジノのなかでレイシストに追い回されるなんて予想もしていなかった。でも、豊かな人生経験の一つになると思う」と私はツイートした。

私たちは、アナーキストが集まる小さな本屋でほかの友人たちと落ち合ってから、チーズステーキを食べた。私がフィラデルフィアに最後に来たのは12歳のときで、当時はユダヤ教の戒律（コーシャ）を守っていたため、チーズステーキは食べたことがなかった。ステーキレストラン「パッツ」のステーキは、脂が気にならないくらい胡椒が効いていて、口のなかに苦みが残るほどだった。

ニューヨークに戻った頃には、マインズＩＲＬカンファレンスで議論が起こりつつあった。カンファレンスの主催者や極右に味方するいくつかのメディア、たとえばカナダの怪しげなデジタルニュースマガジンであるポストミレニアルなどが私の投稿に返信し、怒鳴られながら逃げ出すのは「追い出された」とは言えないと反論していた。

私はなにも『美女と野獣』のように、熊手を持った暴徒に追いかけられたなどと主張したわけではない。とはいえ、逃走用の車まで、半ば全速力でぶざまに走ったことだけは確かだった。

ポストミレニアルは、眼帯をした「キリスト教徒」の「ナショナリスト」であるテイラーの言葉を引用して記事を書いていた。テイラーは私をからかってか、「ハトのような体形をした女性が参加者にインタビューをして、ツイッターに嘘の話を投稿したんです」と語っていた。私は話をでっち上げたと非難されていた。追いかけられ、しつこく悩まされ、怒鳴られた末に慌てて会場をあとにしたのは「追い出された」のではない、と。

挙句の果てに、ポストミレニアルは匿名のカンファレンス参加者の目撃証言として、私がおそらく自分の意志で、単に「どたどたと歩いて」会場から出て行ったと伝えた。その記事のヘッドラインは「活動家のジャーナリスト、言論の自由に関するマインズＩＲＬカンファレンスから追い出されたと嘘をつく」。そして、部屋の奥で誰かがこっそり撮影した私の写真とともに、カジノの警備責任者の簡単なコメントを掲載した。窮地に陥ったであろう警備責任者は、「シュガーハウスから追い出された人は誰もいなかった」と証言していた。監視カメラの映像を公開できるとも書いてあったが、公開されなかった。一方、イベントを監視していたアンチファシストたちが私の逃亡を目撃しており、確かに「追い出されて」いたと証言してくれた。カラフルなセーターを着て会場の外でタバコを吸っていた彼らと、私は一瞬顔を合わせていたのだ。

さて、ここまで長々と私の経験を語ってきたのは、この8月の奇妙な一日の出来事をほじくり返すためではない。もちろん、私がそのことでもう怒っていないと言ったら嘘になる（私はハトのような体形ではなく、むしろ堂々としたサギか、出産を間近に控えたコウノトリのような体形だ）。だが、ある意味、私は自分の体形や信頼性や目的に、公然と批判が向けられたことには驚いていなかった。極右に関する報道に携わると必ずそういうことが起きるし、だからこそ、それまで直接取材をするのには大きなためらいがあった。自分が始めたこととその代償を、私は理解していた。自分がいかに無防備だったかをあとになってから気づき、無事に逃げ出せてよかったとほっとした。私が身をもって経験したとおり、マインズＩＲＬのカンファレンス主催者とパネリストには、自分たちを批判する者に対してデジタル・ハラスメントをする力があった。彼らの反撃は、中傷、ミソジニー、誤情報《ミスインフォメーション》の寄せ集めで、極右のイデオロギーをじっくり覗き込んだ者を脅すためのものだった。マインズＩＲＬの目的は、人種差別的な思想と団体を強化し、左派を悪者扱いすることに熱心に取り組む人々から成る完全なエコシステムを構築することだ。彼らは、特定の主義主張への支持を煽ることにより暴力が起きる危険性が高まった環境で、文化戦争を進めることに熱心に取り組む連中だった。

＊

ソーシャルメディアで活躍する右派の著名人は、大部分が白人ではあるものの、その顔ぶれはじつに多彩だ。彼らは、右寄りの人たちがますます過激化しやすい環境を協力してつくり出している。動画を巧妙につくり、調子のいい議論をし、それを見聞きした視聴者のイデオロギーがどんどん同質化するよう促している。ソーシャルメディアはビッグビジネスだ。ユーチューバーが多くのチャネル登録者を獲得すればするほど、その収益も非常に大きくなる。同時にソーシャルメディアは、最新のニュースを把握しようとしていただけの視聴者に、数週間、数カ月間、数年間をかけて「共産主義者のユダヤ人たちが世界を乗っ取ろうと熱心に活動している」と信じ込ませることができる。アルゴリズムの力を借りた底なし沼《ラビットホール》への入口のようなものだ。ラジオ司会者のラッシュ・リンボーや、フォックス・ニュースの司会者たちのような、右派の偏った偽情報《ディスインフォメーション》を広めるメディア関係者を、オンライン上で補完する役割を果たしている。年配の視聴者はケーブルテレビで情報を吸収するかもしれないが、若者に対して白人であることは救いで、フェミニストは腹黒いでしゃばり女で、「白人以外」は全員、蔑み、虐げるべきだとする世界観を植えつけられるのはインターネットしかない。

私は恐怖の種をまこうとしているのではない。これは、チョコレート菓子にカミソリの刃が入っていた、子どもが洗剤を食べてしまった、幽霊騒ぎで郊外に暮らす母親たちが混乱している、といったローカルニュースではない。極右の急進化は、まさに現実に広まっていることなのだ。そして、そうした動きが露骨なナチズムから始まることはめったにない。そもそも一般のアメリカ人は、歴史的なイメージだけが理由だとしても、鉤十字を嫌う風潮がある。それなのに、人々は極右思想にさらされ、そうした思想を理解し、やがてますます多くの思想を受け入れるうちに、本来抱いていたレイシズムやミソジニーや反ユダヤ主義に対する反感をなくしてしまう。そうした急進化の過程で大きな役割を果たしているのが、マインズＩＲＬに登壇したような人たちだ。イデオロギーを語る一方で、身なりのよい、まともな人物のように見える人、極右の思想を「勝利万歳《ジーク・ハイル》」という露骨な表現よりもさりげなく持ち込める人、あなたが家族や友人に警戒されずに自宅の居間で見ることができる人だ。こうした人物がしているのは、マネーロンダリングと同じだ。彼らは〈テレグラム〉やネオナチのニュースサイトで飛び交う思想を、大衆がクリックしやすいように見栄えよくつくり直している。厄介で、真っ暗で、抜け出しにくい、憎悪の臭いが立ち込める沼地のような場所への旅路に視聴者をいざなうことで、金儲けをしている。

こうした人物がいなければ、殺人について語る、幼稚で過激で乱暴な極右の主張《レトリック》は、もっとずっと受け入れがたいものになっていただろう。新たに運動に加わる者はおらず、露骨なレイシズム、反ユダヤ主義、ミソジニーにもともと魅力を感じていたわずかな人だけが参加する運動になっていただろう。ところが、こうした人物は、現代を救いようのない恐怖という視点でとらえ、左派が生み出す陰謀に満ちた場所とみなす世界観を支持者に植えつけた。人間の弱点とも言える根源的な恐怖、自尊心《エゴ》、仲間意識《トライバリズム》につけ込み、視聴者を否応なく右傾化させているのだ。

ユーチューブの過激化について広く調査をおこなってきたジャーナリストのケヴィン・ルースは、ニューヨーク・タイムズ紙に画期的な記事を執筆し、一人の男性が動画サイトを通じて極右化していった過程を明らかにしている。(1) その男性は、26歳のカレブ・ケイン。大学を中退後に、オルトライトの活動に5年間参加したのちに、関係を断ったことを世間に公表した。殺害の脅迫を受けたために銃を購入したという。ケインはルースに連絡を取り、ユーチューブに関わる自分の過去を洗いざらい語った。ケインのユーチューブには、1万2000本を超える動画が投稿されている。ケインは、「あちこちに散らばったカルト宗教」のような極右のユーチューブクリエイターのせいで自分は急進化したと主張した。ルースの記事によると、ケインはこうしたユーチューブクリエイターの影響を受けて、「西洋文明はムスリムの移民や文化的マルクス主義者の脅威にさらされ、人種間の格差は生まれつきの知能指数（IQ）の違いから生まれ、フェミニズムは危険なイデオロギーだと固く信じるようになった」

なぜ人はユーチューブによって急進化するのか。確かにユーチューブのアルゴリズムには、ユーザーのエンゲージメントや視聴時間を増やすために過激なコンテンツを勧める傾向があることが報告されている。しかし、根底にあるのはアルゴリズムだけではない。ユーチューバー同士がプロモーションし合い、互いにコラボし、制作価値の高いコンテンツを提供するという一貫したパターンが存在する。すべては極右コンテンツの視聴者を増やし、底なし沼に深く引きずり込むためだ。

　ルースの記事は、48時間連続でユーチューブを見つづけるケインの様子を詳しく描いている。まずは、おもにアンチフェミニストのコンテンツを提供する右派コメンテーターの動画を視聴し、やがて露骨な陰謀論動画に移り、最後は黒人を「クーン」〔coonは黒人に対する蔑称。「アライグマ」や「みっともない田舎者」という意味をもつ〕と呼ぶ動画など、人種差別的なプロパガンダで締めくくる。最初は疎外感を覚えただけだったケインは、次第に「自分は秘密を知ることができる選ばれた人間だ」という特権意識を植えつけられていった。２０１６年まで、ケインは「白人大虐殺《ホワイトジェノサイド》」にまつわる陰謀論を取り上げたコンテンツを視聴し、自分でもそういうコンテンツを広めていた。極右に傾倒したせいで、友人たちとは疎遠になっていった。ユーチューブはルースに対して、自社のアルゴリズムが過激なコンテンツの普及を後押ししていることを否定したが、ジャーナリスティックなオンライン調査集団「ベリングキャット」の調査によると、人々を急進化する方法として極右のチャットで最も頻繁に話題に挙がるのは、ユーチューブの動画だった。[2] Ｊ・Ｊ・エイブラムス監督の『スター・ウォーズ（*Star Wars*）』のリブート版に描かれた、反体制的なフェミニズムを言葉巧みに非難した動画から、反ユダヤ主義を露骨に支持する動画まで、まことしやかなコンテンツが何十万もの視聴者を獲得し、急進化への道を舗装している。

2018年、シンクタンク「データ・アンド・ソサイエティ」の調査員であるベッカ・ルイスは、こうしたユーチューブの動画による洗脳の仕組みを驚くほど明確に示した。報告書のタイトルは、「新しい影響力――ユーチューブにおける反動主義者の権利拡大（Altenative Influence: Broadcasting the Reactionary Right on YouTube)」。極右の動画によって視聴者が誘い込まれる右派の底なし沼について、そのさまざまな側面を描き出している。

ルイスは反動的なユーチューブを運営する者たちを「洗練された、じつに感じのよいマイクロセレブリティ」と呼び、報告書で詳しく説明している。ルイスは多くのチャネルを監視し、反動的なイデオロギーをもつユーチューバーたちを「オルタナティブ・インフルエンス・ネットワーク（新しい影響力もつ人々）」と名づけた。調査から明らかになったのは、彼らがあえて信憑性を高めようとし、いわゆる「反体制文化《カウンターカルチャー》」を訴えることによって視聴者を増やしたことだ。こうした「政治系《ポリティカル》インフルエンサー」は、右派のイデオロギーは新しい音楽やファッションのようなものだと言い、保守本流から過激な白人ナショナリズムまで、視聴者に幅広いイデオロギーを売り込むために、ソーシャルメディアで戦略的なマーケティングをおこなっている。

私はマインズIRLで、こうした反動的なユーチューバーに何人も出会い、あるいは彼らを遠くから見かけた。その一人が「アッカド王サルゴン」だ。その名は古代アッカド帝国の王に由来し、彼は「フェミニストの暴政」、「ポリティカル・コレクトネスがコメディをつぶす」」、「南アフリカの農園殺人」のような動画でよく知られている。「南アフリカの農園殺人」は、南アフリカの白人が黒人による暴力で絶滅の脅威に瀕しているとする、白人至上主義者に人気の陰謀論に賛同した動画である。「サルゴン」（本名カール・ベンジャミン）は、１００万人弱のチャネル登録者を抱えるユーチューバーで、動画の再生回数は常に数十万回にのぼる。２０１８年、ベンジャミンは極右のイギリス独立党の傘下で、母国イギリスで欧州議会選挙に立候補したが落選している。選挙運動中、ベンジャミンは支持者に向けて、労働党の下院議員、ジェス・フィリップスがもっと魅力的なら彼女をレイプするだろうが、実際には「ビールを大量に飲まないかぎりは無理だ」とほのめかした。だが、極右のオンラインの世界では、ベンジャミンは比較的穏健なほうで、彼の動画はさらに過激な考えをもつユーザーにとっては入口のような役割を果たしている。ベンジャミンの動画で最もよく視聴されているのが、白人ナショナリストのリチャード・スペンサーとの4時間にわたる討論のライブ配信だ。スペンサーは討論のなかで、ベンジャミンのプラットフォームを最大限に活用して、自らの憎しみに満ちたイデオロギーをじっくりと語っている。

「多くのメディアが示してきたとおり、急進化の原因はユーチューブのおすすめ《リコメンデーション》アルゴリズムだけではありません。メディアを利用した、社会的なプロセスが背景にあります。影響力をもった配信者が視聴者と信頼関係を築き、ゆっくり時間をかけて、さらに過激なコンテンツを紹介するのです」とベッカ・ルイスはインタビューで私に言った。

　こうした影響力を振るうユーチューバーは、さまざまな手法を利用して、視聴者を過激な右派思想に引き込んでいる。その一つが「討論《ディベート》」という名目で右派の過激主義者をゲストとして招き、視聴者に極右の著名な活動家を紹介する方法だ。討論への参加によって異なる立場にも正当性が認められ、リチャード・スペンサーの民族《エスノ》ナショナリズムは視聴者に紹介する価値があるものになるわけだ。討論にかこつけた悪質な影響力と言えるだろう。

極右のユーチューバーを講演者として十数人も集めたマインズIRLは、極右コンテンツの熱烈な信者が集まる注目すべき場であった。カンファレンスはあえて、刺激的で「率直な対話（オープンダイアローグ）」の重要性を掲げ、申し訳程度に左派の講演者を何人か招待していたものの、私が話した大勢の信者のなかに、プログレッシブを自称する人はいなかった。

私は、イベントを慌てて退出する羽目になる数時間前に、ある参加者と話をしていた。アランという名の年配の紳士で、カウボーイハットをかぶり、「真実《トゥルース》は新たなヘイトスピーチだ」と書かれたTシャツを着ていた。アランは、「カンファレンスでいろいろな意見を聞いて感銘を受けましたよ」と語った。プログレッシブとわかる人を見かけたかと私が尋ねると、「それはいませんでしたね」と言い、根本的に意見が合わない人に出会ったかと尋ねると、こう言った。

「会いましたよ。民族《エスノ》ナショナリストがいましたね。でも私は市民《シヴィック》ナショナリストなんです」

そう語る彼の大きな黒い目に、皮肉の色はまったく浮かんでいなかったことをつけ加えておこう。

*

極右のユーチューブインフルエンサーのなかで、最近まで大きな影響力を誇っていた人物に、高校1年生の少女がいた。公開された動画やプロフィールによると、ボーイッシュな容姿をした、体重40キロほどの、不機嫌そうな少女である。まだ若い少女のため、ここではユーチューブのハンドルネームである「ソフ（Soph）」と呼ぶことにしよう。

カリフォルニア州でも裕福なマリン郡に暮らすソフは、華奢な体つきと社会正義《ソーシャルジャスティス》を口汚く罵るような暴言とのギャップが話題を呼び、ユーチューブチャネルの登録者数が１００万近くにのぼる評判を集めていた。

インターネット上の現象を記録するサイト、ノウ・ユア・ミームによると、ソフは11歳のとき、おもに口の悪いビデオゲームのストリーミング配信者として初めてインターネットで有名になった。小さな船乗りのように悪態をつきながら『カウンターストライク（*Counter-Strike*）』や『コール オブ デューティ（*Call of Duty*）』〔どちらもテロとの戦いや戦争をテーマにした対戦型シューティングゲーム〕などで遊ぶ自分の姿をストリーミング配信し、「コービス中尉（Lt. Corbis）」というハンドルネームで、あっという間に数万人のファンを獲得した。まもなく〈レディット〉で、ソフの熱狂的なファンクラブが結成される。ソフのファンは、ファンクラブの会員数の増加を喜び、まだ中学生のソフを描いたミームや絵を作成したが、それらの一部は11歳の少女を性の対象として見るような不快なものだった（服役中の男がソフの写真を眺めているミームがその一例だ。「ソフのＩＤは18歳ではないと言うが、彼女のミームはそう見える」というキャプションがつけられ、ソフの胸の上に線を引くように「ミーム」という文字が上書きされていた）。

ゲームの世界には、男性優位の非常に保守的な文化がある。個別にはフェミニズムを、全体としてはプログレッシブな政治思想を目の敵《かたき》にする文化だ。ビデオゲームには極右のイデオロギーよりはるかに幅広い文化的な魅力があるが、それでもゲーマーを自認する人たちは、右派イデオロギーの信奉者にとっては人材の宝庫だ。ゲーム文化は特に男性の視聴者をターゲットとし、女性の登場人物は性的な魅力だけを示す存在としてつくられている。それに、そもそも「ゲーマー」という概念はおもに白人男性によってつくられ、用心深く守られてきたからだ。そんなゲーム文化にストリーミング配信者として中学生の頃からどっぷりつかってきたソフは、当初から保守的な考え方を受け入れ、それを広める役割を担い、またそうした役割を担いたいと自ら自然と思うようになっていった。

2015年2月15日、ソフは「コービス中尉」のハンドルネームで、「バズフィードvs男たち《メン》」というタイトルの動画を作成した。バズフィード・カナダの編集者であるスカーチ・コールを攻撃した動画である。コールは、長文の記事を執筆するエッセイストやジャーナリストを募集するメッセージをツイートし、そこに「特に白人男性以外の方々は大歓迎です」と加えていた。保守系メディアはこのツイートを取り上げて記事を書き、バズフィードの会社全体に白人男性に対する差別が蔓延していると主張した（たとえば、右寄りのウェブサイトであるメディエイトは、「バズフィード・カナダがライターを募集。だが白人男性はお呼びでない」という見出しで記事を掲載した）。これはまさしく保守系メディアがつくり出したスキャンダルだった。意見の多様性を求めた編集者による他愛ないツイートが、白人に対する差別の象徴のように取り上げられてしまった。気まぐれなたわ言でも、馬鹿げたツイートでも、でっち上げられた陰謀論でも、あらゆるものが白人の不満を集め、際限のない怒りの供給源《リソース》になることがある。そうした不満は底なしの井戸のようなもので、コンテンツクリエイターはそういう不満を利用して、さらに暴力的な感情を引き出すことができる。

コールの場合は、ウェブに精通したゲームの世界の保守主義者らが記事に注目したことで、〈レディット〉で大きく取り上げられた。ユーチューブでは、「バズフィード・カナダvs白人男性《ホワイトメン》」というタイトルで、コールを呼び止めて声をかける動画が何十万回も視聴された。有色人種の若い女性ジャーナリストであるコールは、右派によるインターネット上のいじめに遭いやすい典型的なターゲットだ。彼女はこれらのひどいハラスメントをじっと我慢した。

これまで、こうした出来事は日常的に頻繁に起こっている。オンライン上の保守主義者が一瞬の出来事をとらえて、「白人男性が長きにわたって、不当で耐えがたい差別を受けている」という世界観に当てはめようとして大騒ぎをするという構図だ。だが、ソフの動画は、コメントをしているのが少女である点がほかと異なっていた。長いブラウンヘアの、いかにもはかない華奢な少女が、濃紺のセーターを着て、中流家庭《ミドルクラス》と見られる寝室で、ゲームのコントローラーを手にしている。巨大な武器でビデオゲームの敵を撃ち殺しながら、ソフはバズフィードを「馬鹿ばかりの会社」、「白人を敵視するレイシスト」と呼び、コールを「フェミナチの過激主義者」と呼んだ。フェミニズム全体が過激主義に乗っ取られていると非難し、コールを「不快」な「知恵遅れ」の教師のようだと評した。

ソフのチャネルには明らかに政治的偏向の初期段階のようなものが見られたが、それでも彼女は、ユーチューバーのコミュニティで好意的な注目を集めた。メディアも盛んに彼女を持ち上げた。テクノロジーを専門に扱うデジタルメディアであるデイリー・ドットは、ソフを手放しで称賛する記事を掲載した。「コービス中尉はユーチューブに新たに登場した、最も賢く、最も面白いビデオゲーム配信者だ。『コール オブ デューティ』や『カウンターストライク』をプレイする映像を背景に、ストリーミングチャネルの文化やインターネットについて、鋭い、機知《ウィット》に富んだコメントを言い放つ」とジャーナリストのジェイ・ハザウェイは書いている。記事では、ソフのさまざまな動画へのリンクが紹介され、「悪態ばかりつく、この賢い11歳のゲーマー少女はユーチューブの未来だ」という見出しが躍っていた。

ソフが初めて投稿した動画は、比較的おとなしいものだった。前年の5年生の頃に嫌いだった教師と言い合いしたことを、『カウンターストライク・グローバル・オフェンシブ』をプレイする自身の動画を背景に、連載ものの物語《ナラティブ》のように語っていた。ソフのロングヘアはきちんと整えられ、小さな顔は繊細そうだった。

だが、2019年になる頃には、デイリー・ドットやインターネット上の極右勢力を注視する識者らが、ソフに関して注意を促すようになった。ソフを「ユーチューブの未来」ともてはやした同じサイトで、ジャーナリストのサミラ・サデクは、「14歳の『怒りっぽい』ユーチューバーの言葉は極右の受け売りだ」というタイトルの記事を書き、ソフの政治思想が急速に警戒すべきものになりつつあると語った。これは当時のソフと彼女のチャネルについて、最大限控えめに述べた言葉と言っていいだろう。その驚くべき変貌は、それ自体がインターネットによる急進化の見本と言える。

その間に、ソフは身長が数センチ伸び、髪にブラシを当てることもなくなり、人種差別やミソジニーについてますます過激で辛辣な言葉を吐くようになった。もはやビデオゲームのストリーミング配信もしなくなっていた。代わりに、ひたすら人種的マイノリティや性的マイノリティをターゲットにして、10代の少女にありがちな虚無的《ニヒリズム》な思考を詰め込んだ動画をつくるようになった。ソフの動画のクレジットにはしばしば、「ヴェポラッブボーイ（VepoRub Boy）」という制作者の名前が記されていたが、私がソフについて報じはじめた頃には、この制作者のオンライン上での存在は消去されていた。ソフの兄ではないか、ソフよりわずかに年上ではないか、とオンライン上ではしきりに憶測が飛び交っていたが、彼女が以前にも増して巧妙で憎悪に満ちたコンテンツをつくる手助けを誰がしているのか、突き止めることはできなかった。彼女の動画は、「同性愛者《ファゴット》は自殺しろ」、「医者は金を奪おうとするろくでもないユダヤ人だ」といった言葉を売りにしていた。やがて、彼女は数十万人のフォロワーを獲得し、ほぼ１００万人に到達した頃に、ユーチューブから利用停止措置（バン）を受けた。

　ソフの動画のなかで最も挑発的で、最も視聴回数が多いのは、「恐れるな」というタイトルで２０１８年の後半に公開されたものだった。動画のなかの彼女は、チャドル〔イスラム教徒の女性が着用するマント〕を身にまとい、特に言論の自由について、怒りをこめてまくしたてていた。自分は敬虔なムスリムになった、40歳の夫にレイプされている、「ゲイに思いっきり石を投げつける」のが大好きだと語った。この動画は、一つには、ソフがチャットアプリの〈ディスコード〉上で、「ホモ中尉（lutenant faggot）」というハンドルネームで「ムスリムを殺せ」と投稿したことから生じた議論に端を発していた。「ムスリムを殺してくれるヒトラーがいればいいのに。全員ガスで殺してほしい」と彼女は書いている。動画では、「アッラーの神の温和な信者」に皮肉めいた謝罪を述べ、ソーシャルメディア企業から「自由に発言できないように」頭に「銃口《マズル》」を突きつけられていると非難した。

　この時点ですでに、ソフの悪名は、オンライン上の極右コンテンツを監視する人々のあいだで広まりはじめていた。彼女は年齢が極端に若いこととその悪質さの両方で知られ、そのためジャーナリストのあいだでは、この事象をどう扱うべきか、そもそも扱うべきかについて少しも迷いはなかった。ソフのことをもっと知りたい。そう思った私は、公表されているソフの電子メール宛に、いくつか質問を送った。会話の糸口にできたらと思い、一般的で抽象的な表現を心がけ、「ブイログ（ビデオブログ）を始めたのはなぜですか？」といった当たり障りのない質問を送った。だが、彼女の返信を読んだ私は、純度の高い硫酸を噴射されたような気がした。

これまでも、あんたみたいに人を食い物にするハゲタカから何度も連絡が来た。少なくともほかの人は「pozlvl」［HIV陽性を示す極右用語］であることを隠そうとしたのに、あんたの図々しさが信じられない。あんたは全然気にしないと思うけど。あんたは秘密結社《クリプト》の人間だから仕事が下手くそなんだ（あんたが「私はユダヤ人」と言ったり「私は白人」と言ったりしてること、気づかれていないと思ってるのかもしれないけど、みんな気づいてるよ。なんでそんなことをするのかわからないけど、弁解するならご自由に）。あんたはまるで裸の王様。素っ裸になって、ニキビだらけの湿疹がむき出しになった姿が目に浮かぶ。あんたは頭が悪すぎて隠す方法がわかんないんだろ。気取ったニューヨーカー誌をクビになったのも当然だ。繊細な人を雇いたいのに、あんたは露骨すぎたから。そのあと、あんたはバイアグラのインターネット注文の配達スタッフみたいな仕事についた。誰にも知られない、気づかれないと思ってるんだろうけど、あたしは気づいてたよ。正体を隠してナチ!!!と話したこと、あんたはもう誰にも話す機会はない。あんたはただのバカで、そのうち運がつきる。最後には喉の渇きを癒すために道端で水を飲んで、ジカ熱にかかるだろう。あんたには自分の唯一の存在理由を知ってほしいと思ってる。金持ちのクズの悪人が世界に呪いをかけるために、文化的な分析をするっていうあんたの口実に大金を出してくれたのさ。

あたしに連絡をありがとう、虫けらのようなゲス女。でも、あたしはいま、プロのバスケットボールの仕事に集中しようとしているからお断りするよ。本がたくさん売れるといいね（売れないだろうけど）。あと、いつか大学進学の借金が返せるといいね（返せないだろうけど）。永遠に苦しむといい。トラックのタイヤと敗北の味を楽しむがいい。

私は返信しなかった。ソフはメールのスクリーンショットを自分のツイッターにも投稿したため、彼女のフォロワーは私に群がり、私をユダヤ人の小児性倒錯者《ペドフィリア》呼ばわりした。

　このメールには、極右主義者が使う用語が織り交ぜられていた。たとえば「pozlvl」は、彼らがよく使うミームで、左派の人間は性的に堕落し、乱交しているため、全員「ＨＩＶ陽性者」だということを暗に示している。また、私が「秘密結社（crypto）」のようなユダヤ人の一員で、こっそり白人で通そうとしているという考えにソフは固執していた。彼女の文面は、ネオナチサイトであるストームフロントの投稿からそのまま切り取ってきたかのようだった。インターネット通の極右主義者のイデオロギーに完全に飲み込まれ、そうしたイデオロギーを何十万もの熱心な視聴者に夢中で広めている――そんな10代の少女の心のなかを私は思いがけなく垣間見てしまった。

　できればソフの両親と話したいと私は思った。若い少女がなぜこんなにも露骨な憎しみに燃え、広く注目を集めているのか、どんな家族環境で育ったらこれほど若い人がそんなふうになるのか。私は知りたかった。人物検索データベースの助けを借りて、私はソフの父親を見つけた。ベイエリアのバイオテック企業の役員だ。早速、電子メールとテキストメッセージで、「娘さんの動画について話をしたい」と連絡を取った。また、彼女が動画をつくる際に手伝うなど、彼が何かの役割を果たしているのか、彼女が投稿している白人至上主義者の動画についてどう考えるかについても質問を送った。

「あなたはソフの動画を本当に視聴したんですか？　よくわかりませんね」と父親から返信が来た。そこで私は、同性愛者やユダヤ人を中傷するソフの動画をいくつか選び、タイムスタンプとともに彼に送った。

「すみませんが、もう飛行機が飛び立つので」と彼は答えた。「失礼します」

ソフの母親にも質問を送ったが、一切返事はなかった。

ところが２０１９年5月、ソフの父親とやり取りをした数週間後、ソフのコンテンツはメディアに大きく取り上げられることになった。バズフィードが「最近人気を集めるユーチューバー、口の悪いレッドピリング・スターは14歳」というタイトルの記事を掲載し、ソフの動画を詳しく報じたのだ〔redpillingはレッドピルを飲むことで陰謀論的な「真実」に目覚めることを意味する〕。記事は、彼女のチャネルにつながるリンクを掲載し、このような憎悪に満ちたコンテンツを拡散していることについてユーチューブを直接非難していた。執筆者のジョセフ・バーンスタインは、ソフの異常性を示す点として、自らのコンテンツに制限が課せられたことに対して暴力と脅しで対処しようとする傾向にも注目している。ソフのコンテンツに小児性倒錯的《ペドフィリック》なコメントが集まることへの懸念に対応するため、ユーチューブは彼女の動画のコメント欄を閉鎖していた。

この措置に対して、ソフは激しい非難を繰り返す12分間の動画をアップし、ユーチューブのCEOであるスーザン・ウォシッキーを殺害すると脅迫した。

「スーザン、あんたの住所は去年の夏から知ってるんだ」とソフはカメラを睨みながら言った。「あたしは拳銃《ルーガー》をもってるよ。ミトコンドリア病を患っているから、自分の命に興味はない。どうしてあんたやあんたの子どもの命を心配する必要がある？　ちょうどウーバータクシーを呼んだところ。遺言書を書くのに7分ほどあげるよ……いまからあんたの家に行く。そんなに時間はかからない」

バーンスタインの記事が掲載されると、ソフは右派の人々のあいだでちょっとした有名人になった。多くのチャネルに登場し、引用リツイートでも取り上げられた。そこでは、ソフはリベラルの行き過ぎた行動が生み出した、罪のない犠牲者のような存在だった。「バズフィードと怒り狂ったギャングが口の悪い14歳の少女をユーチューブから追い出した」というタイトルが躍り、ソフのコンテンツを批判する「ツイッター上のリベラル派」を激しく非難した記事もあった。

いずれにしても、このタイトルは正確ではなかった。結局、ソフがユーチューブから利用停止措置を受けるまでに3カ月がかかり、最終的にバンされたのは2019年8月のことだった。ソフのコンテンツの過激な性質がメディアで大きな注目を集め、CEOを殺すと脅されてもなお、ユーチューブは会社としては彼女の約100万人の登録者から大きな利益を得ており、それ以上迅速に動くことはできなかったようだ。

だがその時点で、ソフはもはや離れることができないくらい極右コミュニティに深く入り込んでいた。本書を書いている現時点でも、彼女はコンテンツをつくりつづけている。彼女はさらに饒舌になり、動画の制作・編集スキルは向上していた。マイロ・ヤノプルスのような、インターネット通の極右のクズのような連中とともに、ソフの動画は現在、〈センサードTV（Censored.tv）〉で提供されている。この極右サイトは49歳のギャヴィン・マッキンズが創設し、責任者を務めている。

マッキンズ自身、長々と大げさな熱弁を振るう人物だが、彼のことはヴァイス・メディアを創業し、時代の先端を行くサービスを提供した草創期を率いた人物と言えば十分だろう。彼はそうした成功をもとに、その後は長いあいだ、レイシズムと暴力を奨励するサイトの運営を手がけている。極右の武闘派団体「プラウド・ボーイズ」の創設者でもあり、全米各地で政敵に対する数々の乱闘や暴行事件に関与してきた。ソフのコンテンツは現在、「このサイトはアダルトコンテンツ、下品な言葉、攻撃的とも取れる風刺を含んでいます。ヌード画像はないと思われますが保証はできません」というタグつきで表示されている。動画はますます過激になり、同性愛と小児性倒錯《ペドフィリア》は明らかに関係があると主張し、反ユダヤ主義にも好意的な姿勢を取っている。

ソフはコンテンツのために投獄されているわけではないが、彼女の動画は現在、1カ月に10ドルを要する有料コンテンツとして固定されている。彼女の動画を視聴するためには、不快な極右動画が多数アップされたサイトを覗きたいという気持ちと、ある程度の知識が必要だ。この少女が11歳の頃からいる底なし沼から這い出すことがあるのなら、どんな方法によるのか。そして、彼女はこれまで何人の人々を過激化してきたのか。それは誰にもわからない。

＊

ユーチューブやツイッターやフェイスブックのような場所から憎悪《ヘイト》を排除するためには、ジャーナリストの抗議だけでは不十分であることが多い。またジャーナリストは、単にヘイトスピーチを指摘しただけで、ハラスメントや殺害の脅し、脅迫を受けてしまう。私個人の経験がそれを物語っている。一つ例を挙げよう。私は２０１８年9月に、ユーチューブの「レッドアイスＴＶ」という極右チャネルが何十万もの会員を抱える影響力を誇っていること、このチャネルが一貫して白人ナショナリストのメッセージを拡散していることをツイッターで指摘した。さらに、このチャネルに関してユーチューブに何度も通報した。私が公に発したこうしたコメントに対しては、多くの「いいね」とリツイートが集まったものの、チャネル制作者の一人であるラナ・ロクテフは、私の昔のビキニ姿の写真を見つけてきて、それをフォロワー向けに投稿した。そして私をあざけるようなコメントをつけて、フォロワーにも同様の行動を促した。レッドアイスＴＶのコメンテーターは、チャネルの動画で私を「クジラ」と呼び、私がユダヤ人らしく聞こえないようにするため「レヴィン（Levin）」から「ラヴィン（Lavin）」に名前を変えたのだろうと語った。私は自分がユダヤ人であることを常に公表してきたのだから、そんなことをしてもあまり効果はないというのに……。いずれにしても、レッドアイスＴＶは、私が最初に世間に訴えかけてから一年以上のあいだ、２０１９年10月まで配信を続けていた。

プラットフォーム上で噴出する白人至上主義者による暴力の問題は、未然に防ぎやすいにもかかわらず、ソーシャルメディア企業はほとんどこれに対処できていない。白人至上主義者のオンライン活動は、フェイスブックやツイッター、さらにはグーグルよりも古い。実は、白人至上主義者がインターネットを利用しはじめたのは40年ほど前、インターネットの草創期にさかのぼり、インターネットが商取引や人と人とのつながりの主役になるよりもはるか以前のことだった。テキサス州のクー・クラックス・クランは、すでに1984年にはウェブサイトをもっていたし、白人至上主義団体の「アーリアン・ネーションズ」は、1985年にはダイヤルアップ・モデムとApple IIeコンピュータを使って、敵とみなすユダヤ人の住所リストをオンライン上に投稿していた。彼らはインターネットによるコミュニケーションがもつ潜在的な力を素早く見抜いていた。インターネットは、眠っていた人々を急進化し、世界中の白人至上主義者を結びつけ、暴力を煽って武力攻撃を計画しつつ、ある程度の匿名性を確保することができた(3)。

白人至上主義者はいったん急進化すると、インターネットを利用しつづけ、インターネットを使って結びつく。アメリカ全土だけでなく、世界中の白人至上主義者が結びつくのだ。何よりも白人至上主義は、インターネットのおかげで、国際的なつながりのあるムーブメントとなった。ここ数年のあいだに白人至上主義運動から生じたいくつかの残酷な事件からも、そのことはよくわかる。たとえば、ニュージーランドで銃撃事件を起こしたブレントン・タラントは、声明文《マニフェスト》のなかで、合衆国で内戦を起こすという目論見にいくらか刺激を受けたと率直に記している。タラントはまた、ヨーロッパの白人至上主義運動「ジェネレーション・アイデンティティ」のリーダーであるマルティン・セルナーに多額の寄付をしていた。セルナーの妻ブリタニー・セルナー（旧姓ペティボーン）はアメリカ人で、ユーチューブで白人至上主義者向けのコンテンツを発信し、多くのファンを獲得している。急進化した保守系白人層が少しでも存在するすべての国にピンが立っている——インターネットは、そんな世界地図をつくり出したと言えるだろう。

これらすべてを直接に、あるいはオンライン上で経験するにつれて、私はテック企業に対して絶望感と怒りを抱くようになった。テック企業はこうした状況に気づいていながら、利益と顧客を求めて、ヘイトが蔓延する事態を許してきた。私自身、これまで恐れを知らずヘイトへの反対を公言したために、そういうチャネルのユーザーから何度も怒りの矛先を向けられてきた。クソ女《アマ》と呼ばれ、不潔で吐き気がすると言われ、体つきについて細かく批評されてきた。〈4チャン〉では、見知らぬ人が繰り返し私の名をかたり、私はオンライン・ハラスメントに取りつかれたネオナチのターゲットにされてきた。ネオナチはいつしか存在感を強め、身近なものとなっていた。人々にイデオロギーを植えつけ、警戒心を解いて手なずけ、もはや見過ごすことができないほど活発に活動していた。

〈テレグラム〉では毎日、東欧や西欧やオーストラリアやアメリカ合衆国の白人至上主義者が入り混じり、互いに共感し合い、プロパガンダを広めていた。プロパガンダだけではない。白人至上主義者の国際ネットワークは、国境を越えて資金を移し、戦略的に協力し、人的交流さえおこなっていた。アメリカの白人至上主義者のなかには、ウクライナ国防軍の一部で極右との親和性も高い「アゾフ連隊」で訓練を経験した者が多い。

ウクライナ東部では紛争が続いており、ロシア軍の側にもウクライナ軍の側にも、世界中から外国人兵士が集まっていた。アメリカの白人至上主義者は、ウクライナ軍の側に加わることが多く、ウクライナ軍国主義の明らかにネオナチ的な傾向に共通の理念を見出している。アゾフ連隊はしばしば、ウクライナの「国家のなかの国家」と呼ばれ、一般市民や政治家に対する影響力を誇っている。2018年のFBIの刑事告訴状によると、アゾフ連隊は「合衆国に拠点を置く白人至上主義団体に対する訓練に参加し、団体の急進化に貢献したと考えられる」[4]。白人至上主義団体「ライズ・アバブ・ムーブメント（RAM）」の4人のメンバーがアゾフで訓練をしたことが判明しており、またRAMのリーダーは、2018年にキーウ（キエフ）でおこなわれ、大々的に宣伝されたアゾフのメンバーとのプロボクシングの試合にも参加していた。2019年9月には、米陸軍の元兵士だったアレックス・ズウィーフェルホーファーとクレイグ・ラングが、フロリダ州在住の夫婦に対する殺害・強盗に関与し、ベネズエラの内戦に加わるための渡航費用を調達しようとした疑いで逮捕された。二人は、ウクライナの極右民兵組織である「右派セクター」で訓練を受けたことがあった。同じく兵士のジャレット・ウィリアム・スミスは、米国のニュースネットワークに対するテロ攻撃と反ナチのポッドキャスト配信者に対する殺人予告をしたあとに、「爆発物、破壊装置、大量破壊兵器に関する情報を広めた」罪で、9月初旬にFBIに逮捕されていた。スミスは「アゾフ連隊で訓練を受けるためにウクライナに渡るつもりだった」と供述している。アゾフ連隊は、西欧諸国の同様の軍隊に接触し、世界中の白人至上主義者の想像《イマジネーション》のなかで大きな存在感を示している。彼らはアゾフ連隊を、白人、軍国主義、男らしさという自分たちの最高の価値を完全に体現した存在とみなしているのだ。

＊

東欧で訓練を受けるための高額な航空券は、いまだ多くの白人至上主義者の手の届かないものだが、プロパガンダを広めるのに費用はかからない。だから〈テレグラム〉や極右の掲示板では、さまざまな自作のミーム、動画、ファシスト的表現のコレクションが絶え間なく流れている。

ネオナチの情報空間に広まるさまざまな種類の極右プロパガンダを調べて驚いたことの一つが、オーディオブックの人気だ。〈ビットシュート（Bitchute）〉〔ユーチューブなどの規定を回避したい投稿者のために作成された動画共有サービス〕や〈テレグラム〉のようなヘイトスピーチと親和性の高いプラットフォームのユーザーが朗読するオーディオブックが、いくつもあった。たとえば、ナチ時代の人種科学、黒魔術やオカルトの秘儀に関する本、生存主義者《サバイバリスト》〔核戦争などに備えてシェルターなどをつくり生き残ろうとする人々〕の本、ネオナチに関する学術書、「ゲリラ戦の歴史に学ぶ教訓」といった生存主義者の論文、二つの世界大戦のあいだの時代に生きたルーマニアのファシスト、コルネリウ・コドレアヌの著書などがあった。コドレアヌの著書は、彼の民兵軍団の支持者にとっての空想的モデル小説だった。

海賊版の電子書籍やオーディオブックは、チャネルからチャネルへと伝えられ、一度に数百人が閲覧した。それはちょうど、かつてファシストの資料がコピーされ、白人ナショナリストのカンファレンスや銃の見本市で地下出版物《サミズダート》〔samizdat はソ連時代の地下出版のことで、発禁となった書物を個人で複製し、流通させる反体制活動を指す〕のように人づてに渡っていったのと似ている。ただ、いまはタイムラグがなく、居心地のよい自宅から離れる必要もなく、一度に数百人の人々に配布されている。リンクをクリックすればよいのだから、１９３０年代にファシストのイデオロギーが書かれた無名の書籍を購入するよりも、意欲も特別な知識もほとんど必要ない。要するに、インターネットは極右イデオロギーにつながるパイプラインの役割を果たしている。そしてユーザーが急進化すれば、インターネットはコミュニティと慰め、暴力的なイデオロギーへの傾倒を強める機会を提供する。

極右のインターネットユーザーは、互いに交流し、互いをさらに急進化し合うための閉鎖的なコミュニティを維持する一方で、オンライン行動の決定的な要素として、外部の人間と関わりたいとも願っている。極右主義者たちは、主流ウェブサイトのわずかな制限すら課されない、クラウドファンディングによる独自プラットフォームやソーシャルメディアサイトやフォーラムを意味する「オルトテック」を構築しようとしてきたものの、その試みはおおむね失敗に終わった。ユーザーの無関心に加えて、アンチファシストやジャーナリストが「ヘイトを広める連中を取り締まってほしい」とプロバイダや広告主、あるいはプラットフォームに訴えかけたおかげと言えるだろう。そんなオルトテックの一つが、人気のクラウドファンディングサイト〈パトレオン（Patreon）〉に代わる存在を目指した〈ヘイトレオン（Hatreon）〉だ。現在はサービスが停止され、ユーザーには「本サイトは２０１７年11月にＶＩＳＡによって停止されました」と通知された。そのほかにも、ピッツバーグの銃乱射事件の犯人、ロバート・バウアーズが利用していた〈ギャブ〉のようなサイトは、極右専用のソーシャルメディア環境を構築しようとしたが、ユーザーの関心を集めることができず、そのほとんどが無名のまま消えてしまった。ファシストがフェミニスト、有色人種、ユダヤ人など、自分たちとは異なる攻撃相手を設定しないかぎり、極右のソーシャルネットワークは衰退することが多い。

だが、極右主義者はオルタナティブなプラットフォームを構築する必要はない。なぜなら、大手ソーシャルメディア企業の手ぬるい対応のせいで、彼らは私たちが利用する既存のソーシャルメディアに居座りつづけているからだ。既存のプラットフォームにおける極右の存在は、ますます大きく、悪質になり、抑えが効かなくなっている。ツイッターをはじめとする主流のソーシャルメディアで、ファシストは自らのイデオロギーに反対する敵に対して、意図的で、継続的で、攻撃的なハラスメントをおこなっている。こうした行為は、他人を攻撃したいという人間の本能を満たし、同時に彼らのイデオロギーを自由に宣伝する役割を果たしているのだろう。自分の苦しみを他人に押しつけたくて争い事に引き寄せられてしまう人は、主流のソーシャルメディアでクリックするだけで、ネオナチや白人至上主義団体にアクセスできてしまうわけだ。

それでも、〈4チャン〉のような匿名掲示板は流行している。それはおもに、完全に匿名を認めていることと、ユーザー同士が協力して大規模にハラスメントをおこなうことができるからだ。

一方で、インフォストーマー、レネゲード・トリビューン、ウェスタン・ボイシズ・ワールドニュース、デイリー・ストーマーやその他多くの極右サイトも成長を遂げてきた。価値観が分裂するこの時代、ニュースの視聴者は、自分たちが抱く憎悪という特別なプリズムを通して屈折した世界を示してくれる、偏った思想のメディアに引き寄せられてしまう。そういうメディアは、ヨーロッパやアメリカで黒人や移民やユダヤ人による犯罪が起こったとき、とりわけその被害者が白人だった場合に、事件を執拗に大きく取り上げている。

そうしたメディアはまた、政治問題に関する極右のさまざまなコメントを際限なく掲載し、主流メディアが流すトップニュースを、ときにはパラグラフ全体を引用し、所々に白人至上主義者の隠語を差し挟みながらそのまま報じている。まるで不満の保管庫、怒りの製造者のようだ。非難すべき特定の人物（黒人、ユダヤ人、移民、ジャーナリスト、研究者など）のソーシャルメディアのハンドルネームや連絡先を掲載し、読者が集団でハラスメントを仕掛けられる下地をつくることも多い。私たちが利用しているインターネット、すなわち極右主義者も戦略的な目的をもって利用しているインターネットの世界では、そんな事態が起きている。

こうして、白人至上主義は白人インターナショナリスト〔世界中の白人が協力すべきと考える人々〕の運動に変わり、国中かつ世界中でファシストが協力するようになった。そうした動きに至った責任は、一部のテック企業にある。グーグル、フェイスブック、ツイッター、テレグラムのような、選挙で選ばれたわけでもない企業が大きな利益を上げ、イデオロギーの悪影響を受けるコミュニティに対して何の説明責任も問われていない。

近年、一般市民からの圧力《パブリックプレッシャー》とジャーナリストの着実な取り組みによって、ソーシャルネットワーク上での白人ナショナリストの投稿に大きな問題があることが明らかになり、テック企業は、悪質なコンテンツの提供者には圧力をかけるべきとする世論にようやく従うようになった。とはいえ、余裕を失い人手不足に悩まされるアメリカの報道機関は、現代のインターネット世界の果てしない深みを十分に監視できているとは言えないのが現状だ。

２０１９年11月、コメディアンのサシャ・バロン・コーエンは、ユダヤ系人権団体「名誉毀損防止同盟（ＡＤＬ）」に対しておこなった講演で、いわゆる「シリコン・シックス」、つまり「フェイスブックのザッカーバーグ、グーグルのサンダー・ピチャイ、グーグルの親会社であるアルファベット社のラリー・ペイジとセルゲイ・ブリン、ユーチューブのスーザン・ウォシッキー（ブリンの元義理の姉）、ツイッターのジャック・ドーシー」に内在するリスクを指摘した。彼らには、公開の場でのホロコースト否定や黒人に対するヘイトスピーチを認めるか否かという重大な判断を下す全責任があるのに、何の制約も課されていないと述べたのだ。シリコンヴァレーでは長いあいだ、向こう見ずなリバタリアンが「素早く行動し破壊せよ」の精神に基づき行動してきた。ヘイトスピーチの取り締まりについては及び腰で、ヘイトスピーチが人々の意識に大きな影響を与えても、チェックもせずにそのまま放置している。先に挙げた人気ユーチューバーのアッカド王サルゴンやソフから得られる大きな利益を考えてしまうのだろう。その結果、チェックされずに放置された憎悪が生み出す人的犠牲は計り知れない。

シリコンヴァレーのこうした自由放任《レッセフェール》的な姿勢から、どんな結果が生じたか。それは、激しい憎悪となるまで強大になった保守的な勢いに煽られて、世界中で白人ナショナリスト運動が飛躍的に拡大したことを見れば明らかだ。現在、そうした腐食性のある危険な言論を制限する規則はない。そういうコンテンツの消費を、社会で有効にチェックできてはいない。また、憎悪に駆られた兵士のような極右主義者から一般市民を守る術もない。だとすれば、白人ナショナリスト運動は今後も拡大しつづけると考えて間違いないだろう。彼らは、多文化的な民主主義体制について「ただちょっと疑問があるだけ」のふりをして、プロパガンダを巧みに広めることで運動を煽っている。筋が通った疑問をまことしやかに積み重ねていくうちに、憎悪は端末の明るい画面を通して、巧妙にこっそりと、人々のなかに持ち込まれてしまうのだ。

あなたが食品を注文したり、友人の猫の写真を見たり、恋人候補の異性とおしゃべりをしたりするのと同じインターネットを通じて、ネオナチやネオナチの卵のような連中は、互いを発見し、互いに影響を与え合いながら、過激化している。そして、そうした不気味で激しい動きが向かう先は、おおむね決まっている。ますます悪質なヘイトスピーチへ、特定のターゲットに対する残酷なハラスメントへ、そして最終的には、不安定で、自暴自棄に陥り、孤独を感じ、憎悪から抜け出せなくなった者が現実の世界で暴力を起こす事態へと向かっていく。愚かさによって、衝撃的な力によって、コミュニティを引き裂いてしまう暴力だ。だから、シナゴーグにはかつてないほどに武装した警備員が配置されている。アジア系アメリカ人は、世界を席巻している新型コロナウイルスに関する誤情報《ミスインフォメーション》による憎悪犯罪《ヘイトクライム》によって、ますます危険にさらされている。「チャイナウイルス」や「中国風邪」のような言葉は、ホワイトハウスの大統領執務室から生まれ、ユーチューブチャネルの果てしない海を通じて広まった。こうした出来事は、私たちの周りのいたるところで起きている。ヘイトと戦うために企業の善意に頼るのは考えが甘すぎるのかもしれない。なぜならヘイトは、利益を生み出すのだから。幅広い確かな対策を求め、ヘイトに反撃すべきなのは、私たち自身だ。

第8章

高まる動き——加速主義と暴力

Getting to the boom: on accelerationism and violence

2019年のヨム・キプルの日（ユダヤ教で最大の祭日）、あるドイツ人の若い男性が、「できるかぎりたくさんのユダヤ人を殺害しよう」と心に決めた。ヨム・キプルは、断食と祈りをおこなう聖なる日で、礼拝者がもう一年生きたいと神に嘆願する日だ。この祭日に神が嘆願者の命を自由に奪うことができること、その旨を朗読する礼拝がおこなわれることについて、ステファン・バリエットが知っていたのかどうかはわかっていないが、彼の目的は、なるべく大勢を殺害し、恐怖を与えることだった。

事件が起こったのはドイツのハレ、ザーレ川の土手の上に広がる古代都市だ。ライプツィヒの近郊に位置し、ザクセン=アンハルト州の文化的中心地で、ベルリンからは数百キロの距離にある。ニューヨーカー誌によると、ハレで暮らしていた敬虔なユダヤ人の約93パーセントが第二次世界大戦中に亡くなり、ソビエト連邦の崩壊後、元ソ連からの移民が押し寄せ、コミュニティは再生された(1)。

ヨーロッパの大部分のシナゴーグと同様、そのシナゴーグは、控えめではあるが警備されていた。木製のドアは施錠され、警備員《セキュリティ》のジャケットを着たコミュニティメンバーが立っていた。ヨム・キプルの礼拝に出席していた50人ほどの信者は、外で銃声が響いた瞬間、いったい何が起きたのかと防犯カメラの周りに集まった。

バリエットはドイツ生まれの27歳。彼はヘルメットに装着したスマートフォンで、襲撃の動画をビデオゲームのストリーミングサイト〈ツイッチ（Twitch）〉に生配信していた。そこには彼が、反ユダヤ主義的な聞き覚えのある内容を怒鳴り散らしながら、襲撃を始める様子が映っていた。バリエットは、頬骨の高い顔や大きな緑色の目をカメラのほうに向けて言った。「ホロコーストはなかったと思う。フェミニズムは西洋の没落を招いた原因だ。西洋は大量の移民の犠牲になっている。そして、これらすべての問題の根っこはユダヤ人だ」

バリエットはドイツ軍で訓練をした経験があったものの、ドイツは銃規制法が厳しく、すぐには銃を入手できなかった。そこで、オンライン上で見つけたオープンソースの手引書《ガイド》を参考に自分で銃をつくり、同じ方法で手製の爆弾を製造した。だが、銃はつくりが雑だったため、シナゴーグの木製のドアを貫通することができず、なかにいた信者に被害はなかった。バリエットがシナゴーグに押し入ろうとして失敗したあとで、偶然、巻き毛の女性がそばを通りかかった様子が動画に映っている。女性がドイツ語で何かをしゃべりかけると、彼は女性を射殺した。さらに、ムスリムのターゲットを見つけようと近くのケバブ店にすばやく移動し、男性一人を殺害した。その後、バリエットは警察に出頭し、事件は終わった。彼の供述は漠然としていたが、注目を浴びたい殺人犯にありがちなように、声明文《マニフェスト》のようなものを残していた。「できるだけ大勢のビデオゲームのような反白人主義者、できればユダヤ人」を殺したいと書いてある。段階を経て目標を達成するビデオゲームのような「偉業《アチーブメント》」というページもあり、各レベルには「両方やるしかない」（つまり「ムスリムとユダヤ人の両方を殺す」という意味）といった仰々しいタイトルがつけられていた。「死ぬ運命にある」とは「ユダヤ人を殺す」こと、「男女同権(ジェンダーイクオリティ)」とは「ユダヤ人女性を殺す」ことと、「子どもたちのことを考えろ」とは「ユダヤ人の子ども（kikelett）を殺す」ことだった。だが、マニフェストの中心には、銃への賛美があった。

また、金属パイプや木片や金属片をはんだ付けした、手づくりの武器の写真もあった。バリエットは、塩素酸カリウムと砂糖を適当に混ぜて銃弾もつくっていた。銃を5丁と手榴弾をつくり、ゴシック風の大刀を携帯していた。「すべては即席でつくった銃の力を見せつけることだ」と彼は書いている。

結局、バリエットは目標を達成することができなかった。シナゴーグのドアは開かず、手榴弾は使われず、信者たちは無事だった。ユダヤ人の代わりに無関係の通行人が亡くなったものの、恐ろしい「偉業」そのものは実現しなかった。だが、この失敗に終わった事件は、インターネット上の極右主義者のスペースに蔓延する、武器に対する強い関心を表していた。そうしたスペースでは、爆弾のつくり方、オープンソースの武器の手引書《ウエポンガイド》、サバイバルマニュアルなどが日常的に飛び交っている。

白人至上主義の世界では、レイシズムと反ユダヤ主義への傾倒《カルト》と銃への賛美《カルト》が融合し、「文明崩壊は避けられない。それに向けて備えよう」と考える人々が多く集まる環境がつくり出されている。そして、極右のなかでもあまり過激ではない、昔ながらの政治団体の力が次第に弱まり、崩壊していくにつれて、加速主義者を中心とする危険な団体が残っていく。これが2016年以降、極右の世界で起きてきた現象だ。社会的地位を確立し、社会の本流《メインストリーム》に受け入れられようと考える多くの団体が排除され、残った極右主義者が暴走しようとしていた。

＊

ウクライナ時間の午前3時頃。深夜だというのに、私のチャット相手はまだ寝ていなかった。彼の名前はデヴィッド。キーウ（キエフ）に住むその男性は、金属パイプから銃をつくる方法について私に動画を送ってきた。ウクライナ人だが、アメリカ人の妻が欲しいと言い、私の気を引こうとしている。「白人だけのアメリカ合衆国」をつくることを目指しているので、そのために私を利用できるかもしれないと考えているようだ。私は再びアシュリンになりすましていた。今回は、アメリカ人とヨーロッパ人が参加し、恐怖を煽る画像を広め、人種戦争の必要性の議論に固執するチャットグループ「フォーアヘルシャフト師団」（ドイツ語で「優越師団」の意）に潜入していた。私は「アーリアクイーン」というハンドルネームを名乗り、非常に暴力的なレイシストにオンラインで話しかけた。フォーアヘルシャフト師団は、広く恐れられる白人至上主義者のテロ組織「アトムヴァッフェン師団」に似たグループの一つで、ここ数カ月のあいだに生まれたものだった。「アトムヴァッフェン（Atomwaffen）」とは、ドイツ語で「核兵器」を意味する。同じようなさまざまな団体がドイツ風の名称をもち、おもに〈テレグラム〉上で集まり、恐怖の言葉をやり取りしていた（ほかにも「ラペクリージ師団」などがある）。

私は参加者から多くの情報を引き出すことを期待して、白人女性になりすますことにした。デヴィッドは私の期待に応えてくれそうだった。ナチ党が好んだタブロイド紙にちなんで「シュテュルマー（Der Stürmer）」というハンドルネームを使い、人目をはばかることなくヒトラーを崇拝している。だが、彼が本当に崇拝する英雄は、クライストチャーチのモスクを襲撃したブレントン・タラントだった。タラントと同様、デヴィッドはアメリカのすべてに心を奪われていた。「アイオワ州に君を訪ねて僕の誠意を証明したい」と言い、以前「チャーニー・コーパス」（黒の組織《ブラックコープス》）と呼ばれる団体に所属していたと語った。チャーニー・コーパスとは、現在はアゾフ連隊として知られる、ウクライナの極右民兵組織の前身である。彼は国民社会主義思想をウクライナに広めるために脱退し、情報を集めるために事務職に就いたと語った。伝統的な価値観をもった白人女性を妻にしたいと言い、過酷なウクライナ・ロシア戦争の際にドンバス地方の前線で使っていた軍服と銃の写真を何枚か見せてくれた。私は一年弱のあいだ、あるウクライナ語のチャネルを監視していたが、彼がその管理者の一人であることはすぐにわかった。そのチャネルは恐怖を煽るという明確な意図をもち、「ブレントン・タラントの若者たち」と呼ばれていた。

デヴィッドは、タラントのマニフェストである「壮大な乗っ取り《グレート・リプレイスメント》」をウクライナ語に翻訳した写真を私に示し、数百部をプリントして配布したと語った。東欧の極右主義を注意深く監視しているオープンソースの国際調査集団「ベリングキャット」は、数カ月前に、その翻訳冊子に関する調査報告書を公表していた。そこには、ウクライナ人とロシア人の男性らが冊子のコピーを手に持った自撮り《セルフィー》写真が添えられている。海辺で冊子を読んでいる男もいれば、ナチ式敬礼をしながら冊子を高く掲げる集団もいた。また、2019年にキーウ（キエフ）でおこなわれた「プライドパレード」の参加者を攻撃した反同性愛を掲げる過激派団体は、メンバーに冊子のコピーを購入するよう勧めていた。つまり、何も知らずに私の網に引っかかった魚は、驚くほど大きかったわけだ。デヴィッドは何千人もの人に過激な思想を植えつけるためにひたすら力を尽くし、冊子を配布し、その結果、すでにテロ攻撃の模倣犯《コピーキャット》が現れていた。そして、彼はそのことを誇らしく感じていた。「ブレントン・タラントの若者たち」のチャネルが毎日、ユダヤ人や黒人やムスリムに対するテロ攻撃を賛美している一方で、そのチャネルの管理者は、私を誘惑しようとしていた。デヴィッドは、名前はユダヤ風だけど自分は「カイク」ではないと私に請け合い、「次にアメリカに行くときには君に会いたい」と言った。アシュリン、つまり私は、ウクライナに戦いに行く白人至上主義のアメリカ人男性に会うためにドンバスに行きたい、だからロシア語を習っていると話した。こうした男性たちは、まさに筋金入りだ。私とデヴィッドは、ときどきウクライナ語を混ぜながらロシア語で話すようになった（彼は信じられないほどこれに夢中になった）。私は強いアメリカ訛りの色っぽい声で、ロシア語のボイスメッセージを録音した。彼は私を「俺のアシュ」と呼び、「愛している」と言った。

それは突然の激しい火遊びだった。それに、恐怖もあった。私が偽の写真と偽の電話番号と偽の名前を使っていると彼が知ったらどうなるだろう。だが、白人至上主義が世界中に影響力を広げてきた方法について、もっと詳しく知るためのチャンスでもあった。私はウェイトレスをしていると話した。すると、仕事で「ニガー」に給仕をするのかと尋ねるので、アイオワ州はほとんどが白人だと私は答えた（これは嘘ではない）。彼に「私」の顔写真を送ったが、それはアシュリンの人物設定をつくり上げるために利用したのと同じ女性の写真だった（再度、グーグルやヤンデックス〔ロシアの検索エンジン、ポータルサイト〕による画像検索でたどることができないように、画像を注意して取り込み、スクリーンショットを撮った）。私は別の写真も送り、彼はお返しに、ドンバスの前線で撮影した写真を送ってくれた。土嚢の列のあいだで自動《オートマティック》ライフルを撃っている男は、「俺の仲間の一人」だという。男の頭上には、鉤十字の旗が誇らしげに揺れている。デヴィッドが私を感心させたがっているのがわかった。

デヴィッドはわずか22歳だという。

彼の両親の職業や彼の住んでいる場所など、さらに詳しい情報を聞き出すにつれて、私は血の凍る思いがした。すでに、アシュリンの人物設定はかなり具体化されていたため、私は自分自身の物語のように話しつづけることができた。アイオワ州の狩猟シーズンの日程は暗記していたし、アシュリンの亡くなった母親について話すと悲しみを感じ、白人至上主義団体「アーリアン・ネーションズ」に所属する父親に対しては尊敬の念を抱くことができた。「誰も信じちゃだめ。私を信じて。私はテロリストよ」と私はデヴィッドに言った。彼の計画の邪魔をしたかったし、良心の呵責はなかった。それに向けていくつか計画もあった。

結局、作戦には5カ月がかかった。急に喜劇のようなやり取りになってしまったこともある。彼の顔を知りたかった私は、「あなたがユダヤ人ではないことを証明して」と頼んだ。すると彼は、包皮（陰茎の皮膚）の写真を送るよ、と言う〔ユダヤ教では生後8日目に男児の性器の包皮を切除する慣習がある〕。私はそれを断り、代わりに鼻を見たいとお願いした。

すると彼は、携帯電話で口元を隠した写真を送ってきて顔を明かしてくれた。その直後に私たちのあいだでおこなわれたやり取りを以下に紹介しよう。アンチファシストやジャーナリストに送るために、私は彼の完全な顔写真が欲しかったのだ。

アシュリン
あなたはとても魅力的ね :)

シュテュルマー
ありがとう。
僕のことが好きになった？

19:36 - **アシュリン**
tak!!! ale de tviy scar［ウクライナ語で「大好きよ！　でも、顔の傷はどこにあるの？」の意］

19:36 - **シュテュルマー**
いまでもとても気になるんだ

19:37
傷は口のところにある

19:37

近いうちに見せるよ

アシュリン
あなたの口は想像するしかないってことね……

19:37 - **シュテュルマー**
だから、この写真を選んだんだ
19:38
口元が映ってないからね
19:38
でも、すごく小さな傷だよ

19:38 - **アシュリン**
あなたのすてきな傷にキスをする夢をみるわ

19:38 - **シュテュルマー**
ナイフの傷だよ
19:38

高校の頃に同級生と喧嘩をしてね

19:39

同級生に口の横を切られたんだ

19:39 - **アシュリン**

chomu?〔ウクライナ語で「なぜ?」の意〕

19:40 - **シュテュルマー**

ルハンスクは国じゃないって彼に言ったんだ

19:40

ウクライナに属する都市だって

19:40

その同級生はルハンスクから来た難民だったから

19:40 - **アシュリン**

魅力的ではないって私が思うんじゃないかと心配しているの?

19:41

傷のせいで

19:41 - **シュテュルマー**

そんなことはない

19:41

小さな傷だよ

19:41

傷を見ると同級生のことを思い出すだけだよ

19:41 - **アシュリン**

だって、私にとって大事なのは気持ちだから♥　白人を愛してユダヤ人を憎む気持ちよ。

19:42 - **シュテュルマー**

ルハンスクやドネックから来た不潔な奴ら、ユダヤ人、中東の奴ら

19:42

殺す必要のある連中が多すぎる

19:42 - **アシュリン**

一緒にやりましょう

19:43 - **シュテュルマー**

愛してるよ

まったく馬鹿げたお芝居だった。だが効果はあった。彼は自ら進んで、自分の車とナンバープレートがはっきり写った写真を送ってくれた。誰かのナンバープレートをグーグルで検索すると、恐ろしいほど多くの情報が手に入ることがわかる。彼は本名が「デヴィッド・コロミエッツ」であることも明かしてくれた。私は「アシュレイ・グラント」と名乗った。「M１ガーランドみたいな名前だね」と、彼は第二次世界大戦中の年代物《ヴィンテージ》の半自動《セミオートマティック》ライフルを引き合いに出して言った。

私はアシュリンのために偽のツイッターアカウントをつくり、彼にフォローするようお願いし、彼のツイッターのハンドルネームを把握することができた。気乗りはしなかったが、信用を得るために「カイク（ユダヤ人）」や痩せ衰えた人などを貶めるツイートをした。また、送ってもらったスクリーンショットから、彼が確かに「ブレントン・タラントの若者たち」のチャネル管理者の一人であることがわかった。このチャネルは、おそらくウクライナ語の過激主義者チャネルでは最大のもので、恐怖を広める役割を果たしていた。彼はお気に入りの動画も送ってくれた。警察への緊急通報動画で、電話をかけた人の声は通話が終わる前に途絶えていた。「取り乱した奴らの声がたまらない」と彼が言うので、「興奮するわ」と答えておいた。

地球の裏側に遠く離れて暮らすデヴィッドについて、私が最も気になったのは、銃に関する動画や画像を繰り返し送ってくることだった。M4カービン〔軍用小銃〕をもっていると言い、対戦型ゲーム『カウンターストライク』のスクリーンショットも送ってきた。ゲームのなかで、彼は自分のAK－47〔ソ連軍が採用していた自動小銃〕に「死ね《ダイ》ムスリム!!!」と名づけていた。ブレントン・タラントの影響を受けて白人ナショナリスト運動に加わるようになった、いつか君にキスをしたい、アメリカに行ったらAR－15〔アーマライト社の自動小銃〕を買いたい、と彼は語った。私は目がハートになった絵文字を送り、チャンスが訪れるのを待った。

　そして、ついにチャンスがめぐってきた。この情報を売り込もうと何人かのジャーナリストに連絡を取った末に、私はマイケル・コルボーンとやり取りを始めた。コルボーンは、デヴィッドが主導で進めてきたプロジェクトであるタラント・マニフェストのウクライナ語翻訳版に関して、「ベリングキャット」で調査報告書を執筆したジャーナリストだ。タラントのチャネルの共同運営者について、その一人の氏名、顔、ナンバープレート、電子メール、居住都市などすべての情報を入手した、と私は告げた。「なんてこった、本気かい？　いったいどうやって……？」とコルボーンはメッセンジャーソフト〈シグナル（Signal）〉でメッセージをくれた。

「込み入った話があるんですが、簡単に言ってしまえば、アンチファシストのなりすましです」と私は返信した。

　東欧を扱う二人のジャーナリストにはこの情報は見向きもされなかったため、私はコルボーンの熱意あふれる返信に驚いた。話によると、デヴィッドはちょうどその頃、コルボーンと彼の同僚を殺すと脅迫する暴力的な動画を作成し、広めていたという。

コルボーンが送ってくれた動画は、じつにおぞましいものだった。冒頭は森のなかの景色が広がり、「ブレントン・タラントの若者たち」のチャネルへのリンクが表示されている。軽快な音楽が流れ、ミームのようなフォーマットでつくられていた。森の風景から「このポケモンだーれだ？」の画面に切り替わる。アニメシリーズ『ポケモン』のなかで、可愛らしいモンスターを新たに紹介する際によく使われる一コマだ。姿はまだぼんやりとしか見えない。ただし、今回の動画では、ポケモンではなくコルボーンの顔が表示され、「マイケル・コルボーンだ。ベリングキャットの負け犬のホモだ」とコンピュータの音声が言う。その後、また森の風景に切り替わると、そこではコルボーンの顔写真が貼りつけられた瓶が射撃の的にされている。どこからか銃が発射され、瓶が破裂し、コルボーンの顔は粉々に砕け散る。この一連の動作は、ほかにもおもに「ベリングキャット」でコルボーンと一緒に働くジャーナリストをターゲットに繰り返された。デヴィッドは、この動画を複数の過激主義者のチャネルに、次のメッセージとともに投稿していた。「われわれの敵にどう対処するべきか。それを知るためにこの動画は大いに役立つだろう」。明らかな殺人の呼びかけだった。

私がコルボーンと初めて連絡を取り合ってから2、3週間後、コルボーンから「まもなく記事を発表する」と言われた。そろそろデヴィッドとのやり取りを打ち切ったほうがよさそうだ。デヴィッドとは、以前よりやり取りの頻度が減っていた。まだ定期的に「愛している」と連絡が来たものの、私のほうは計画が終わりに近づき、熱意が薄れていた。私はメッセージを送った。

「デヴィッド、元気？」２０２０年3月18日の夜中の12時を少し回ったところだ。「話したいことがあるの」

「何だい？」と返信が来た。

「私はアンチファシストよ。あなたの正体はもうすぐ暴露される」と書いた。憎悪と恐怖と喜びの入り混じったような感情が湧き上がってきた。

「わけがわからない。じゃあ、いったい何のために11月から俺たちはやり取りしてきたんだ？」

「あなたについて、できるだけたくさんの情報を手に入れるためよ。馬鹿な奴！」と私は答えた。

「なんだって？　恐ろしい……」と返信があった。

「それじゃあ」と私は言い、彼をブロックした。

翌朝、記事が公開された。コルボーンが掲載した記事のタイトルは、「テレグラムでネオナチチャネルを運営するウクライナ人男性　正体を暴露」

記事にはこう書かれていた。『FBI捜査官』や『ジャーナリストやスパイ』から、ありとあらゆる方法で匿名性を守り、安全性《セキュリティ》を確保する必要性について、〈テレグラム〉のネオナチチャネルでは盛んに議論がされているというのに、［デヴィッド・コロミエッツは］慎重さを忘れていたようだ。簡単に言うと、彼は女性を抱きたいと思っていたようだ」

「ベリングキャット」は、私が提供した情報に加えて、デヴィッドのフェイスブックページも掲載していた。ロシア最大のソーシャルメディアサイト〈フコンタクテ（Vkontakte）〉上にあるページだ。記事が発表されると、デヴィッドは尻込みしてしまったようで、公開の場からは完全に姿を消した。だがその前に、まず自分の母親になりすまし、ツイッターと電子メールで「ベリングキャット」に記事の取り下げを求めた。ジャーナリストに賄賂を差し出し、デヴィッドの名前を記事から削除するよう要求したのだ。また、デヴィッドはソーシャルメディアの自分のページもすべて削除した。心から怖がり動揺しているようで、彼の仲間たちは、彼に対して軽蔑のまなざしを向けていた。「ブレントン・タラントの若者たち」のチャネルは、デヴィッドをチャットルームから追放したと発表し、情報セキュリティの強化と、「インターネット上のおとりの女」に注意して愚かな行動を取らないよう周知する注意喚起を慌てたように何度も呼びかけた。

私は一人の暴力的なナチ信奉者を追放し、過激主義者の集団に混乱と恐怖の種をまいた。デヴィッドはおそらく、大量殺人犯になる可能性のある人物だった。どんな女性も罠《トラップ》の可能性があると思えば、彼らが白色人種を立て直し、望みどおりに白人の子どもたちの未来を守ることはできなくなるだろう。彼らが互いに不信感を抱き合えば、運動の結束は弱まるだろう。結束が弱まれば、彼らがもたらす被害は小さくなるだろう。さらに、彼らはまだ知らなかったが、私は彼らにとって最悪の悪夢を現実のものとした。彼らが性的欲望を抱いた美しいアシュリンの背後には、太った、抜け目ないユダヤ人がチャンスをうかがっていたのだから。「カイクを殺す必要がある」と私に対して自信満々に話していた男は、おじけづき、自らの母親のふりをし、仲間たちから完全に縁を切られた。じつに愉快で、少しよこしまな気持ちになった。やった甲斐があったと感じた。数カ月後、ウクライナの保安局が「タラントの若者たち」のチャネル管理者を務めたネオナチのロシア国民を逮捕したという噂を耳にしたときには、さらに愉快な気持ちになった。逮捕されたのはデヴィッドではなく、アレクサンダー・スカチコフという名の男性で、腕にナチ親衛隊（ＳＳ）のタトゥーを入れていた。デヴィッドは広く世のなかに知られるようになったため、その男性の逮捕に彼が何らかの役割を果たしたのではないか、と私は思った。

「アーリアクイーン」のアカウントは閉鎖したが、閉鎖の間際まで、私には殺害予告が殺到した。「おまえの名前を教えろ」とある男性からロシア語でメッセージが来た。「おまえの自宅と住所を教えろ。俺が行ってやる。俺は銃をもっている」

＊

ここで、アメリカ・ナチ党を創設したジョージ・リンカーン・ロックウェルが１９６７年に刊行した著書『白人の力（*White Power*）』の第11章を紹介しよう。章のタイトルは「悪夢《ナイトメア》」。国が人種戦争のような状態に陥り、地域当局も連邦当局も抑えることができなくなっている――冒頭では、そんな空想物語《ファンタジー》が二人称で長々と語られる。主人公の白人男性は、地獄のような目に遭った。自宅は電気も水道も電話も止まり、トランジスタラジオをつければ、番組の司会者が生放送中に殺されてしまう。黒人の暴徒《モッブ》が街の中心で暴動を起こし、主人公が暮らす地域も火の手が上がる。暴徒と戦おうにも主人公の手には2、3丁の銃しかなく、暴徒は勝手気ままに略奪、レイプ、放火を始めている。近所の人たちが亡くなり、白人女性はレイプの末に殺され、彼は騒ぎを起こす「黒人テロリスト」を数人殺害したものの、人数も武器もどうしようもなく足りない。生存者を地下室に集めると、かつてはリベラル派だった近所の女性が、死にかけた黒人男性にナイフを突き立てているのが目に入った。「ムーディ夫人はもはや『リベラル』ではない。彼女はいまや偉大なる白人の一員だ。戦士なのだ！　だがすでに手遅れだ！」

ついに軍隊が到着し、「やっと救われた」と思った主人公の目に入ってきたのは、黒人たちが乗る戦車が歩兵のほうに向かい、全員まとめてひき殺す光景だった。「国軍や国家警備隊に属する黒人の大半は、黒人の反乱《ブラックリベリオン》に加わった」からだ。宣伝カーは生存者に対して、「われわれはアメリカ合衆国の新たな社会主義民主人民軍政府だ……抵抗は無駄だ」と大声で呼びかけていた。国連大使の「アルフレッド・ゴールドバーグ」は、新しい秩序《ニューオーダー》を承認し、新たにできた社会主義国家を守るために、今度は中国軍が侵攻した。「狂ってしまった世界を相手に、君たちは取り残された」とロックウェルは書いている。

黒人の社会主義者《ブラックソーシャリスト》による反乱の脅威が迫るなか、これを未然に防ぐため、ロックウェルは読者に「われわれの先人たちの戦闘と蛮行」を思い出すよう力説する。

「一般の白人アメリカ人は暴力の伝統を忘れてしまった」と彼は言う。「私もそうだった。アメリカ・ナチ党を創設するまでは」

ロックウェルは１９６７年、『白人の力』が出版されたのと同じ年に、狂った黒人の暴徒によってではなく、29歳の元ナチ党員でネオナチの白人、ジョン・パトラーによって殺害された。だが、ロックウェルが著書のなかで説いた「暴力の伝統（heritage of violence）」は、彼の遺産《レガシー》としてその後も生きつづけている。ロックウェルがかき立てたレイシストの被害妄想《パラノイア》と、その結果として起こる黙示録さながらの人種戦争は、世代を超えて何千万もの白人至上主義者に影響を与えた。彼らは「人種戦争」を夢想し、それに備えるようになった。白人至上主義者の多くは、ロックウェルと同様、人種戦争が起こればリベラル派の白人がやっと目を覚まし、人種の裏切り者でなくなるだろう、だから早くそれを起こすべきなのだ、と考えている。だが、ロックウェルの空想は、現実とは懸け離れた純粋な被害妄想から生まれたものだ。黒人の社会主義者による反乱が現実に起こる可能性は低く、そのため、自らの行動によって熱心に恐怖をまき散らしては、アメリカ社会を混乱に陥れる白人至上主義者が増えている。

*

暴力の伝統をうまく利用し、終末論的な戦争に常に備えるロックウェルの思想は、多くの白人至上主義者団体の中心的な行動指針となっている。たとえば、現代のネオナチがプロパガンダを広める最も一般的なツールは、覆面をかぶった男たちが銃を撃つ訓練ビデオだ。訓練はたいてい森のなかでおこなわれる。また、〈テレグラム〉のネオナチのチャットでは、暴力に周到に備えるために身体を鍛えるアドバイスが話題になることが多い。そして、このロックウェルの運動に参加していたある人物の作品が、アメリカで5件の殺人に関与した暴力的なネオナチ団体「アトムヴァッフェン師団」を通じて影響力を拡大している。

その人物こそ、アメリカ・ナチ党の元メンバーで67歳のネオナチ、ジェームズ・メイソンだ。メイソンの著書『シージ』は、加速主義者のネオナチのあいだで、信仰とも言えるほど大きな影響力を確立している。メイソン自身、ネオナチの運動やとりわけ「アトムヴァッフェン師団」における自らの強い影響力を自覚しているようだ。２０１９年には「師団」の記章をつけ、同団体の特徴であるスカルマスクをつけた若い男性に囲まれながら、団体のプロパガンダビデオに登場した。「シージを読む（Read Siege)」や「シージピルを飲む（Take the Siege Pill)」という表現は、極右のなかで最も暴力的なグループのあいだでよく使われている。「シージピルを飲む（Siegepilled)」とは、「アメリカを白人だけの国にするために暴力的革命が必要だ」という考えのもと、行動することを意味する。現在のアメリカ政府や社会の仕組みを「システム」と呼び、それに断固として抵抗しなければならない。白人同士の結束を強制的に固めよう。ネオナチは新たな白人の秩序《ホワイトオーダー》を構築するために、既存の秩序を壊すという大きな目標に向かって行動する革命家を自負しなければならない――これがメイソンの核心となる考えだ。

『シージ』は、断片的な文章を寄せ集めたような本である。メイソンが１９８０年から１９８６年にかけて「国民社会主義解放戦線」の会報として発行したものを、ネオナチでブラックメタルのミュージシャンであるマイケル・ジェンキンス・モイニハンが１９９２年に書籍として編集し、刊行した。乱暴な言葉をだらだらと雑に書き連ね、唐突に途切れたり、ところどころ大文字になったり、ページ上の染みのようにあちこちが省略されている。メイソンは１９８０年の代表的なエッセイのなかで、読者に対し、ユダヤ人が操る「システム」は白人を虐げているのだからそれに無抵抗に従ってはならない、と熱心に説いている。エッセイの一部を紹介しよう。

今日、社会はビッグブラザー的なシステム〔ジョージ・オーウェルが『一九八四年』で描いた監視システム〕に支配されている。このシステムの不愉快な性質こそ、人々が蹴られたり攻撃されたりしてもひたすら卑屈にへつらう「消費者《コンシューマー》」になってしまった大きな原因なのかもしれない。しかし、だからと言って、私たちが革命を起こさない理由にはならないし、言い訳にもならない。立ち上がることはできるのだ！

……目的は黒人を殺害することではない……目的は人々の感情をかき立てることだ！　白人が自らの運命の支配権を取り戻すために立ち上がらないのなら、せめて惨めな生活を脱するために戦わざるをえない状況に追いやるしかない！　警察や軍隊を巻き込んだ全面戦争になったとしても、うまく立ち回りさえすれば、私たちは混乱のなかで指導的な立場に立つことができるし、戦争をあるべき方向に動かすことができるだろう。システムを叩き潰すための革命を起こすのだ！

また、1981年に発表されたエッセイには、次のように書かれている。

要するに、私が思うに、賢い人なら同志を意のままに導くことができるだろう。自分が笑えば撃つのを止め、自分が叫べば敵を撃て、と知らせることができるだろう！

　革命を起こすための環境を構築するために、激しく、深く、攻撃しよう。白人のなかでも最も臆病な連中でさえ、革命に参加するか死を選ぶか、いずれかを選択せざるをえない状況をつくろうではないか！

メイソンは若い頃にアメリカ・ナチ党の活動に参加し、重要な立場に上り詰めた。だが、『シージ』を発表した頃から、その後インターネットに詳しい若いネオナチから精神的支柱とみなされるようになるまでは、比較的目立たず、金銭的にも困窮していた。その間に、メイソンは著書『私は自宅のローンを完済した――負債ゼロで生きるための6つの方法（*How I Paid Off My House: Six Steps to Living Debt-Free*）』を執筆し、1990年代には、児童ポルノと未成年者への脅迫の罪で一定期間、服役している。コロラド州デンヴァーのナインニュースの地元記者、ジェレミー・ジョジョラが報じたところによると、2019年、メイソンの思想は若いインターネット世代のネオナチのあいだで再び受け入れられ、新たな可能性を見い出した。だが一方で、メイソン自身は、デンヴァーで連邦政府の支援による住宅保護プログラムの対象住居に暮らし、チャリティに頼りながら何とか暮らしているという[2]。

メイソンは当初、ジョジョラからのインタビューの申し入れを「戦略的な理由」で断ったが、恐れを知らないジョジョラは、スーパーマーケットの駐車場で待ち伏せした。「あなたの主張は暴力を引き起こしていますよね」と詰め寄ると、メイソンは「暴力はいけないと私は言っていますよ」と最初は否定した。

だが、さらに追及するとこう言った。「暴力の必要に迫られるのであれば、しっかりとやり切りたいと思うのは当たり前ではないでしょうか？　私にはそう思えます。だって、警察の特殊部隊（ＳＷＡＴ）に道で殺されるかもしれないし、一生を刑務所で過ごすことになるかもしれないんですよ。絶対に悔いが残らないようにするべきですよ」[3]

このメッセージを深く心に刻み、武器を備蓄し、計画を立て、「しっかりとやり切る」ためにおぞましい暴力行為に走ってきた人々が大勢いる。じつに残念なことだが、白人至上主義者はおそらく、2020年の新型コロナウイルスがもたらした経済崩壊と恐怖による社会的混乱をうまく利用すれば、懐かしき「ブーガルー運動」を再び起こす先駆けとなるかもしれない、と仲間うちで喜んでいるのだろう。

2020年3月24日、ミズーリ州のカンザスシティで、36歳のティモシー・ウィルソンがFBIとの衝突のなかで撃たれて死亡した。ウィルソンは、数カ月にわたって国内テロリストとして捜査対象になっており、白人至上主義者として注目を集めるためにカンザスシティのビルを爆破する計画を立てていた。新型コロナウイルスをめぐる恐怖が広がるなか、「医療業界に対するメディアの注目を踏まえて大きな反響を呼ぶ」ことを狙って病院で車を爆破させる計画を立てていた、とFBIは話す。

また、加速主義の高まりを表す事件は、2019年8月にも起きている。21歳のパトリック・クルシアスが、テキサス州エルパソのウォルマートで22人を冷酷に射殺した事件である。ヒスパニック系住民の多い、メキシコ国境の町であるエルパソが意図的に狙われた。クルシアスは1000キロ以上離れたダラス郊外の自宅から車を走らせ、犯行に及んだ。襲撃の直前に〈8チャン〉に投稿されたマニフェストでは、テキサス州への「ヒスパニック系住民による侵略」とされる状況を非難した。パウウェイのハバッド派のシナゴーグで事件を起こした犯人や、私のチャット相手だったウクライナ人のデヴィッドと同様、クルシアスは、クライストチャーチで銃乱射事件を起こしたブレントン・タラントから最も大きな影響を受けたと語ったが、彼が信奉する思想は、何十年にもわたる国民社会主義者の主張そのものだった。

この8月3日の銃乱射事件のあと、恐怖と怒りを抱いた一般市民からの圧力が高まり、またFBI長官のクリストファー・レイの指示を受けて、連邦当局は、すでに監視下にあった白人ナショナリストを厳しく弾圧するようになった。レイが事件の少し前に、「白人ナショナリズムをテロの脅威とみなす」と議会で発言していたことも影響した。

その結果、2019年10月末、シアトル警察は、24歳のカレブ・コールが軍隊仕様の武器を所持しているのを発見し、押収した。コールは「いまこそ人種戦争を」と呼びかける「アトムヴァッフェン師団」のプロパガンダ動画も所持しており、また彼の携帯電話には、アウシュヴィッツの門の前でスカルマスクをつけて、「師団」のほかのメンバーとポーズをとる写真が見つかったという。コールはすでに2018年2月には、調査報道機関「プロパブリカ」がヘイト団体を暴いた記事のなかで、「師団」のメンバーと特定されていた。粘り強いジャーナリズムによって、コールについては暴行計画の実行前に阻止できたものの、白人至上主義者のなかには捜査をすり抜けた者もいた。

ガーディアン紙の記事によると、2019年8月3日から8月22日までのあいだに、連邦当局の介入によって、白人ナショナリストによる銃乱射事件が7件も未然に阻止された。(4) 当局は、ネバダ州、コネチカット州、フロリダ州、オハイオ州、テネシー州、カリフォルニア州と各地で若者を逮捕した。逮捕者はそれぞれ、マイノリティやユダヤ人や女性を狙った計画があったことを語っている。ラスベガスで逮捕された23歳のコナー・クリモは、「アトムヴァッフェン師団」に所属し、シナゴーグと「名誉毀損防止同盟（ADL）」の事務所に発火物を投げ込む計画を立てていた。彼の自宅からは、銃と爆弾の製造材料が発見された。[5]

2019年に連邦当局が、白人ナショナリズムに対する取り組みを強化したのは、控えめに言っても珍しいことだった。ここ数十年のあいだ、テロとの戦いに熱狂するなか、FBIもほかの捜査機関も、国内のムスリムのコミュニティを監視し、潜入捜査し、そこで犯罪の種を見つけることに注力し、その分、白人至上主義者の暴力に対する警戒を怠ってきたと識者は言う。その結果、2015年にディラン・ルーフがチャールストンの教会で9人の教会員を射殺した事件のように、悲惨な大量殺人事件が次々と起こり、当局は不意を突かれてしまった。2017年にも、シャーロッツヴィルで激しい衝突が起きた「ユナイト・ザ・ライト」集会に、事前に介入することができなかった。ADLの過激主義センターによると、2008年から2017年にかけてアメリカで起きた過激主義に関わる殺人の71パーセントが、極右や白人至上主義運動のメンバーによるものだったにもかかわらず、連邦当局は、白人によるテロ行為の可能性を予見できなかった。ニューヨーク・タイムズ紙の記事が指摘したとおり、当局は白人至上主義に対して「わざと無関心」を装い、そうした無関心によって数百人の命が犠牲になったのだ。[6]

さらに、警察には白人ナショナリスト団体に共感を示す傾向があると報告されており、警官や軍人がヘイト団体のメンバーであると発覚することも多い。連邦当局は、暴力に走る白人至上主義団体を解体する用意がないだけでなく、そもそもこの仕事にまったく適していない。明らかに利害の対立が存在するからだ。

それでは、警察が対応できないのであれば、誰がこの脅威から私たちを守ってくれるのか。ロックウェルが書いたように、私たちは「狂ってしまった世界を相手に取り残されて」しまうのだろうか。それとも、まったく別の方法を探し求め、ともに戦うことができるのだろうか。

第9章

アンティファが内戦を起こすというデマ

Antifa civil war

アメリカで激しい血みどろの内戦が起きるかもしれない——2017年末、ネット右翼の一部では、戦いに備える機運が高まっていた。アメリカを揺るがし、想像を絶する暴力と恐怖をもたらそうとしている犯人は、「アンティファ」として知られる、黒い服を身にまとった集団だった。彼らは悪者《ヴィラン》として描かれることが多いものの、その実体はよくわかっていない。

アンティファ（Antifa）は「反《アンチ》ファシスト」または「反《アンチ》ファシズム」の略称で、極右やファシスト団体を妨害し、打倒し、解体することをおもな目的とする、リーダー不在のゆるやかに組織された運動だ。アンティファの活動は、さまざまな形でおこなわれる。極右活動家の実名を暴いて公表したり、極右団体に潜入し、内部から妨害工作を試みたり、ファシストの集会で抗議デモをおこなったりと幅広いものの、なかでも最も注目を集めているのが、デモ活動である。特に、「ブラック・ブロック（black bloc）」と呼ばれる戦術をとり、個人が特定されないように黒い服を着用し、フェイスマスクをかぶったデモ参加者は、しばしばメディアにセンセーショナルに取り上げられている。ブラック・ブロックの参加者は、武力衝突を好む。そのため、全米各地の極右のさまざまな集会で、極右団体と黒服の活動家のあいだで激しい衝突が勃発し、そこに武装した大勢の機動隊が配置される事態となってきた。

アンティファの抗議活動は、建前としては、事前に計画された極右のイベントに対応した受け身のものだ。だが、アンティファのなかでもブラック・ブロックの参加者は、おもに二つの原則に従って活動している。一つは、「偏見に凝り固まったナチは社会的な代償を支払うべきで、目に青あざができるくらい殴ってもいい」という考えだ（「ナチを殴れ」という言葉は有名なスローガンだ）。もう一つは、「自分たちがファシズムとの戦いの最前線に立つことで被害を減らし、ファシスト団体が街中で目に入るマイノリティやクィア（性的マイノリティ）に危害を加えるのを阻止している」という考えだ。当然のことながら、こうしたアンティファの活動はときに混乱を生み、流血の事態にまで発展し、飢えたサメのように群がるメディアの注目を集めている。

あらゆる物事は均衡に向かっていくものだが、主流メディアの場合は特にそうだ。アメリカのアンティファは殺人を犯したことはない。ただ、そうは言っても、黒い服をまとい、路上で激しい乱闘を繰り広げる左翼のイメージは、右派と左派のバランスを取って報道しようとする中道派のメディアにとって恰好のネタになる。また、専門家を名乗る人々のあいだでも、こうした乱暴な左翼に対する懸念が広がっていた。2017年8月のシャーロッツヴィルの集会「ユナイト・ザ・ライト」を受けてメディアに掲載された多くの論説では、「ナチを殴れ《パンチ・ア・ナチ》」という考え自体が非難された。それではジャコバン派〔フランス革命の頃の急進左派〕が盛んにおこなった斬首刑のようになってしまう、市民の言論が排除されてしまう、アメリカの社会構造に亀裂が入ってしまう、と中道派のメディアは主張した。

一方、右派のメディアや政治家は、はるかに芝居がかった口調でこのアンティファを目の敵にし、極右の過激主義者による暴力を報道する場合の便利な引き立て役にした。これは、ドナルド・トランプが「ユナイト・ザ・ライト」について、白人至上主義者のジェームズ・アレックス・フィールズが抗議デモの参加者だったヘザー・ハイヤーを殺害したのは「双方に責任がある」と投稿した点によく表れている。白人至上主義者の側にも「非常に立派な人々」が参加していたというトランプの発言を受けて、全米で議論が起きた。トランプはその後の記者会見で、「オルトライトに突撃」した「オルトレフト」を批判し、「トラブルメーカーもいた。黒い服を着て、ヘルメットをかぶり、野球バットをもって向かっていった。悪い連中がたくさんいた」と語った。2020年6月、警官による暴行に対して全米で抗議が湧き起こるなか、トランプは、社会不安の責任はアンティファにあると繰り返し、ニューヨーク州バッファローで警官に突き飛ばされて負傷した75歳のデモ参加者が「アンティファの工作員」の可能性さえあると言った。トランプ自身が右寄りのメディアの影響下にあり、フォックス・ニュースなどのコンテンツをいつも視聴し、奨励していることはよく知られている。さらに、右寄りのメディアは、アンティファの脅威を増幅することに精力的に取り組み、視聴者に「自分たちは包囲されている」という考えを植えつける役割を果たしている。右寄りのメディアがアンティファにヒステリックな反応を示した例を挙げるときりがないが、なかでも最も興味深く、根拠を欠いていた報道は、2017年11月にアンティファが内戦を起こすという噂だった。もちろん、内戦など起こりはしなかったのだが。

＊

事の発端は、２０１７年11月４日に計画されていた抗議デモだった。このデモは、１９７０年代に創設された「アメリカ革命共産党（Revolutionary Communist Party、略してレブコム）」として知られる小規模な団体が計画したものだった。レブコムの創設者は、70代の暴君のような代表《チェアマン》であるボブ・アヴァキアン。１９６０年代の著名な活動家団体「民主的社会を求める学生（ＳＤＳ）」などから分離した運動として、１９７５年に設立された。(1) 同党のパンフレットで、アヴァキアンは何度も「アヴァキアン首席」と呼ばれ、慈愛に満ちた、えらの張った、毛沢東《マオ・ツォートン》の白人版であるかのように紹介されている。その後、半世紀のあいだ、レブコムはさまざまな抗議デモに参加し、１９８４年には、アメリカ国旗を燃やした同党のメンバーの行為が、合衆国憲法修正第１条に基づく言論の自由として保障されるという判決を、連邦最高裁判所から引き出した。(2) だが２０１４年には、ある社会学者が同党について、移り気なマオイスト（毛沢東主義者）が「寄生虫《パラサイト》」のようにゆるく寄せ集まった団体にすぎず、理想を強く押し進めるのではなく、既存の抗議運動に固執しているだけだと非難している。(3) その点では、11月４日の抗議デモもその延長のように見えた。新たに登場したトランプ政権に対して人々のあいだですでに湧き上がっていた怒りを、勢いを失いつつある団体がうまく利用しようとしたというわけだ。

この抗議運動は、リフューズファシズムというウェブサイト上で発表された。彼らはトランプの大統領就任後の１月におこなわれた、大規模なウィメンズ・マーチに匹敵するか、それを上回るデモ行進にしたいと考えていた。計画されたのは非暴力的な抗議デモだったが、彼らの目標は大きかった。抗議行動を「ますます拡大し」、「何千人もの人たちが通りを埋め尽くし、闘いの火蓋を切り、それを日夜継続することによって、最終的には何百万人もの人たちを参加させる」ことを目指していた。支持者に対して「抗議デモに参加せよ（take to the streets）」という呼びかけが初めて発表されたのは、2017年8月6日のこと。レブコムは、それに先立つ2017年3月に韓国の大統領だった朴槿恵《パク・クネ》を弾劾、罷免に追いやった非暴力の退陣要求デモを目指したいと公言していた。韓国のこの大規模な運動は、「ろうそく革命」と呼ばれている（リフューズファシズムのフェイスブックのフォロワーは、最大時でも約7万5000人だった。数十万人の市民が何度もソウルの街に繰り出した韓国のデモに匹敵するとはとても言えなかった）。

本気で共産主義者を名乗る集団が抗議デモを計画しているという事実に、陰謀論を好む右派は夢中で飛びついた。計画されていたのは暴力に頼らない抗議デモだったが、それは恐怖という都合のいい感情によって、あっさりと覆い隠されてしまった。恐怖は、右派の陰謀論を盛り立てる推進力《ドライバー》だ。恐怖という根本的な力がなければ、陰謀論は下火になり、やがて消えてしまうだろう。だから陰謀論には、脳がぶっ飛ぶ錠剤《ブレインブースターピル》や防空壕《ボムシェルター》といった、だまされやすい視聴者を果てしない恐怖に陥れるための話題が欠かせない。この場合も、「アンティファの内戦」などなかったにもかかわらず、右派の被害妄想《パラノイア》は、あっという間に馬鹿げた騒ぎへと発展した。

リフューズファシズムに関して人々を不安にさせる投稿を誰が最初におこなったのか、突き止めるのは難しい。だが8月中旬には、右派のサイトでは、悪夢のような混沌《カオス》が訪れるという恐怖を煽るため、黒服を着たアナーキストたちの画像を使った記事が広まっていた。私が最初に見つけたのは、ユアニュースワイヤーと呼ばれるサイト（スローガンは「ニュース。真実。規制なし」）が

２０１７年８月18日に配信した記事だった。記事では、どちらかと言うと無名の小規模団体であるレブコムを、規模は大きいが実体のわからない、恐ろしい運動である「アンティファ」として取り上げていた（リフューズファシズムは、その名称に反してアンチファシストではなく、またアンチファシズムを掲げてもいない）。シャーロッツヴィルの事件から５日しか経っていなかった。この事件のせいで、アンチファシズムは国中の注目を浴び、にわかに批判を浴びるようになったため、極右主義者は人々の感情につけ込むチャンスと見たのだろう。ユアニュースワイヤーの見出しには、「アンティファは11月４日、トランプを退陣に追い込むために全米で暴動を起こす」と刺激的な言葉が躍っていた(4)。記事の冒頭は、読者を煽り立てようと簡潔な文章で始まっている。

アンティファの中心的な二つのウェブサイトによると、全米で暴力とテロが発生する予定だ。「トランプ大統領とペンス副大統領の体制《レジーム》」を終わらせるための計画が進んでいる。呆然としている暇はない。下院議員や上院議員、保安官や市長に電話をして、尋ねるのだ。「こんな国内テロリストたちが大勢のアメリカ人を殺すなんて許してはならない。どうするつもりですか？」と。

記事は、リフューズファシズムとレブコムのサイトから直接引用して書かれていたが、これらのサイトでは暴力的な言葉はほとんど見当たらず、せいぜい「要求《デマンド》」と明言しているくらいだった。レブコムのプレスリリースには、「われわれの要求はただ一つであり、それが実現するまで終わりはない：この悪夢を終わらせなければならない：トランプ／ペンス体制を終わらせなければならない！」と書かれている。確かに、元の英文では一文のなかで2回もコロンを使うなど奇妙な文章ではあるが、英語の用法として間違っているわけではない。

ユアニュースワイヤーの記事は、ロサンゼルス在住のイギリス系イラン人の起業家、シーン・アドル＝タバタバイが執筆したものだった。タバタバイは以前、イギリスの陰謀論者であり思想家でもある、デイヴィッド・アイクのもとで働いていた。アイクは、地球を陰で操る爬虫類人〔レプティリアンと呼ばれる〕の陰謀について詳しく語ったことでよく知られている。タバタバイは、オンライン上で偽情報《ディスインフォメーション》を広める人物として有名だ。パートナーであるシンクレア・トレッドウェイとともに、まったくのつくり話、雑多な情報、陰謀などがごちゃ混ぜになったようなユアニュースワイヤーを運営し、多くの視聴者を集めている。メディア監視団体のポインター社は、同サイトについて「インターネット上で最も悪名高いミスインフォーマー（偽情報発信サイト）の一つ」と断じている。ロンドン・タイムズ紙は暴露記事のなかで、同サイトの多くの欠陥の一つとして、タバタバイがいくつかの記事を、自分の母親に書かせていたことを明らかにしている。[5] オンラインメディアのバズフィードも、２０１７年にフェイスブック上で最も共有された上位50個のつくり話のうち、9個を流したのがユアニュースワイヤーだったと報じた。[6] ２０１９年、同サイトは、ニュースパンチとサイト名を変更した。フェイスブックが第三者サイトと連携しておこなうファクトチェックプログラムで、ユアニュースワイヤーのリンクを「虚偽《フォルス》」と判定し、ソーシャルネットワークへのアクセスを制限するようになったあとのことだった。そんな信頼性の低い扇動的なサイトから、「内戦」が起こるというニュースが流れ出し、それをほかの多くの右派メディアが興奮して取り上げていた。

その代表格がアレックス・ジョーンズのインフォウォーズだ。２０１７年の時点で、ジョーンズは、依然としてラジオ番組や映像放送やニュース記事から成るメディア帝国を取り仕切っていた。ウェブのトラフィックランキングを把握するためのツール「アレクサ」によると、インフォウォーズには２０１７年の夏、一日平均数百万回のアクセスがあったという。２０１７年８月22日、インフォウォーズの特派員であるポール・ジョセフ・ワトソンが執筆した記事は、この話題を大きく取り上げた。「内戦が始まる　オルトレフトが11月４日に主要都市で反トランプ暴動を計画」という見出しだった。

ワトソンは、ユアニュースワイヤーと同じプレスリリースを引用しながら、レブコムの広報担当者であるアンディ・ジーが投稿した長文を詳しく掘り下げた。８月６日の投稿で、ジーは11月４日の抗議デモを大々的に宣伝し、トランプのミソジニー、移民反対の姿勢、民主主義的な規範の軽視について４０００ワードもの長文を書き連ねていた。ペンス副大統領の「神権政治的なキリスト教根本主義」に関するパラグラフでは、ジーは、レブコムの代表アヴァキアンが２００５年に書いた72ページの小冊子《パンフレット》を紹介し、読者に推薦している。この「来たるべき内戦（*The Coming Civil War*）」というタイトルの小冊子では、中絶権や北朝鮮《ノースコリア》、ビル・コスビーのリスペクタビリティ・ポリティクス〔差別されないように模範的な行動を取ることと、特に黒人の側の道徳的成長を説く政治〕といったさまざまなテーマに加えて、共産主義者の古い教科書に載っているような多くの論点についてアヴァキアンが語っていた（たとえば、「大衆革命の可能性と指導者の責任」という章など）。このように、12年前に発表された小冊子に触れながらワトソンは、怪しい根拠をもとに「内戦」という言葉を見出しに入れて、アメリカ史上最も悲惨な内乱が繰り返されようとしていると喧伝していた。とはいえ、そんなワトソンでさえも、大都市の通りを抗議デモの参加者で埋めつくすというレブコムの計画の実現性を当初は疑っていた。「デモが暴動に発展するのか、あるいはハンマーや鎌や旗を振り回す連中がただスローガンを唱えるだけの計画倒れに終わるのか、いまのところはまだわからない」

当時、陰謀論を好む右派の世界にインフォウォーズが与える影響力は絶大だった。「2017年頃、プラットフォームから追放される前のインフォウォーズは、拡声器《アンプリファー》のような役割を果たすことで有名でした」とアメリカの陰謀論者を注視し、2019年に『嘘が横行する共和国』を刊行したアンナ・マーランは私に語った。

こうして、ワトソンの保守主義者ならではの激しい被害妄想と一体化して、「アンティファが内戦を起こす」という噂は、本格的に広まりはじめた。ユーチューブでは、「アンティファが声を上げた。11月4日にアメリカで内戦が始まる」、「アンティファが11月4日にトランプに対する内戦を計画!!!」といった動画が現れ、視聴回数はそれぞれ数千回にのぼった。「アンティファの内戦の日程と計画。11月4日に全米が混乱に陥る」という動画は、「ヴェーダ占星術」でアンティファの暴動を予測すると主張し、2万8000回も視聴された。そして、ほかの陰謀論と同様、今回の内戦の噂もすぐに反ユダヤ主義と結びつき、動画では「リベラル派のユダヤ人富豪ジョージ・ソロスやロスチャイルド家が、黒服の集団がアメリカの都市を乗っ取る作戦に資金援助している」と興奮気味に断定されていた。

インフォウォーズは、喜んで耳を傾ける視聴者を意識し、視聴者が怖がりながらも欲していると思われる暴力的アナーキストに関する記事や番組やラジオコンテンツを次々と提供し、憶測を流しつづけた。アレックス・ジョーンズは、過激な左翼団体「ウェザーアンダーグラウンド」のメンバーの孫娘と話し、極左の暴力性を示す恰好の事例を若い世代から聞き出そうとしたことまであった。２０１７年10月頃まで、ジョーンズは数百万にのぼる視聴者に対し、放送で次のように主張していた。「アンティファのメンバーは、クルド人の民兵から軍事訓練を受けるためにシリアの国境を違法に越えた。この訓練は、アンティファとアナルコ・コミュニスト〔不当な支配や格差のない社会を目指し、個々人が能力に応じて働き、必要に応じて受け取る原理を唱えるアナーキズムの潮流の一つ〕のクルド人とイスラム国（ＩＳＩＳ）とのあいだにある闇深い三角関係《ダークトライアド》の一環だった」（言うまでもなく、この主張を裏づける証拠は見つかっていない）

陰謀の噂が勢いよく広まるときはいつもそういうものだが、この場合も、事態はさらに異様さを増していった。「クランゲ・Ｔ・ネルソン」というハンドルネームを使う人気の匿名ツイッターユーザーが、ネット右翼のよどんだ泥沼で陰謀論が急拡大していることに気がついたのだ。このハンドルネームは、アニメシリーズ『ティーンエイジ・ミュータント・ニンジャ・タートルズ（*Teenage Mutant Ninja Turtles*）』に登場する悪役「クランゲ」に由来する言葉遊びだろう。10月27日、「ネルソン」は、最大限のユーモアを交えて次のようにツイートした。

数百万人のアンティファ戦士《ソルジャーズ》たちが街に押し寄せて白人の親や小さな企業経営者など全員の首をはねるらしい11月4日が待ち遠しい

文末に句点もないような文ではあったが、この短いツイートは、保守主義者の被害妄想に火をつけるのに十分だった。それまでは過激なユーチューバーの戯言やインフォウォーズの暴言と片づけられていたものが、あっという間に保守本流に流れ込んだ。過激派と主流派の境界線は、トランプ時代に曖昧になりつつあったというのも一因かもしれない。突飛な主張を好む人たちのあいだで人気の右派サイト「ゲートウェイパンディット」は、ネルソンのツイートを真剣に取り上げて、10月30日、この皮肉めいたツイートを見出しに使った記事を掲載した。「アンティファの指導者たち11月4日に……数百万人のアンティファソルジャーズが白人の親たちの首をはねる(7)」記事を執筆したルシアン・ウィントリッヒは、ツイートに表れた「反白人レイシズム《アンチホワイト》」を非難し、続けて、アンティファは「青白い肌をして棒のように細い白人男性と吹き出物だらけの肥満の女性」とアメリカに脅威をもたらす共産主義者の寄せ集めだと述べている。

私は「クランゲ・T・ネルソン」なる匿名ユーザーに連絡を取ってみた。彼からの返信によると、例の皮肉めいたツイートには異様な反応がいくつか寄せられたという。「アーカンソー州の男性だと思いますが、自分の銃にテープをくまなく貼って、そこに『アンティファソルジャー狩り《ハンター》』とか『KTネルソンを消せ』などと書いてありました」とツイッターのDM(ダイレクトメッセージ)で語った。「太鼓腹の老人でした。どこかの9ミリ拳銃とダブルドラム弾倉を尻の割れ目の真ん中に押し込むようにしていて、小さな尻尾が生えているみたいでしたよ」

大勢の市民が首を切られるかもしれないという恐怖から、保守系メディアは、自衛のための武装を訴えるようになった。「状況が変わらないかぎり、いずれにしろ暴徒が通りにあふれ、黒服にマスク姿のならず者が暴行を働き、商店が破壊され、車が横転させられ、火の手が上がる。そんな事態が予想されます」と保守系のオンラインマガジン、アメリカン・シンカーの解説者はその週に書いている。「神を恐れ、破滅を恐れよ。万一に備えましょう」

米国情報公開法に基づきデイリー・ビーストが入手した資料によって、メディアの騒ぎを聞きつけた連邦当局も捜査に乗り出したことが明らかになった。「アンティファによる内戦」に関する報道に影響されて、国土安全保障省（ＤＨＳ）は、リフューズファシズムによる抗議デモの情報を集め、同時期にデモを計画していたほかの左派団体の情報も管理しはじめたようだ。ＤＨＳの少なくとも一部の役人は、極右のユーチューバーの戯言を真剣に受け止めていたが、それは極右勢力と法執行機関との親密な関係を明確に表しているように見えた。

「未確認ではありますが、アンティファが２０１７年11月４日に全米で混乱を起こす計画を立てていると伝えるユーチューブの動画が、現在数多く存在します」。デイリー・ビーストが入手したＤＨＳ上級特別捜査官の電子メールにはそう書かれている。そのメールは、メリーランド州とヴァージニア州にある同省の情報センターに送られていた。「一部の動画は、政権を転覆する計画や警官に危害を加える計画についても語っています」

内戦の前夜、右派向けのニュース記事を作成・報道する巨大メディア帝国フォックス・ニュースがついに参戦し、大きな賭けに出た。２０１７年11月３日、フォックス・ニュースのサイトでは、「アンティファが世界を滅ぼす？　アナーキストらがトランプ政権の転覆を計画。戦いは土曜日に始まる」という見出しが躍っていた。

記事では、「暴力を振るうマスク姿のアナーキスト」について疑いもなく警告し、トランプ像をロープで引き倒すといった「暴力的画像」がリフューズファシズムの資料に掲載されていることを取り上げた。その年の9月、FBIは、アンティファが「国内テロリストによる暴動」を準備している可能性があると警告し、例として、カリフォルニア州サクラメントで起こった白人至上主義団体「ゴールデンステート・スキンヘッド」との武力衝突を挙げていた。フォックス・ニュースはこうした情報を鵜呑みにし、大げさに受け売りし、人類の終焉について不安を煽り立てた。

ついに11月4日がやって来たが、もちろん、合衆国がアナーキストの暴動で崩壊することはなかった。ニューズウィーク誌によると、リフューズファシズムの抗議デモのためにニューヨークのタイムズスクエアには300人ほどが集まり、それに対抗するため、トランプ支持者が5人ほど現れたという。フォトジャーナリストのフォード・フィッシャーは、ワシントンの抗議運動の様子をカメラに収めたが、参加者はわずか3人だった。一人として武器をもたず、マスクをしている者もなく、特に危険は感じられず、参加者は全員50歳以上に見えた。小さな企業経営者や白人の親が首をはねられることもなかった。太陽は昇り、やがて沈み、地平線の向こうを問題なく動きつづけていた。

しかし、それでも、アンティファに対する保守派の怒りは収まらなかった。アメリカの保守派のあいだでは、暴力を振るう野蛮な極左が水面下で陰謀を企てているという思いがいまでもくすぶっている。「内戦」が起こらなかったために、そうした怒りはしばらくのあいだは落ち着いていたようだが、神《ゴッド》、銃《ガン》、自由《リバティ》といった合衆国の根底に流れる精神に与える共産主義者の脅威は、保守派の主張を訴える上では明らかに有効だった。保守派の結束を促し、脅威にさらされているという危機感が高まるわけだ。恐怖の感情は、サバイバルキットや（肌が青っぽくなる）抗菌剤コロイダルシルバーの販売を押し上げ（アレックス・ジョーンズのビジネスモデルには不可欠だ）、ベビーブーム世代をテレビに釘づけにする（まさにフォックス・ニュースの手口だ）。また、アンティファは保守派の心理的なニーズも満たしている。極右の暴力が増えるにつれて、右派のメディアには敵が必要になる。暴力と排外主義による政治に極右が果たす責任を小さく見せ、その見栄えをよくするための敵が要るのだ。その点で、黒いマスクと、田舎町で暮らす祖母が動揺するような言葉が書かれたプラカードとともに描写されることの多いアンティファは、スケープゴートとして最適だった。やがて、アンティファに対するこうした見方は、右派のメディアからＣＮＮやＭＳＮＢＣといった中道派のメディアへと広がっていった。左派のやり方は果たして正しいのか。これは、多くのニュース番組に登場し、声を張り上げて議論に興じる論客にはぴったりのテーマだった。「あまりにもリベラル寄り」と長年批判されてきた主流メディアにとって、左派と距離を置き、客観性を装うことができるからだ。一方、メディア嫌いのアンティファがこれに反論するとは思えず、マスクと黒服で身を固めた彼らは、見るからに「大いに非難されるべき過激主義者」の顔をしていた（実際には顔は見えないのだが……）。アメリカ史上、アンチファシスト運動で死者が出たことはないとは言っても、この際、それはあまり関係ない。アンティファは怖そうに見える、それが事実だった。

加えて、マスク姿のアンティファの活動家は、内戦の噂が繰り返されるなか、見ようによってはどことなく突撃隊を連想させた。アメリカの右派に根づく銃文化《ガンカルチャー》は、「抑圧」に対して抵抗する権利があるという考えに基づいている。だが、抑圧とはいったい何なのかは曖昧なことが多い。一方で、保守文化の中心には、兵士と警官に対する本能的な敬意が存在する。

2013年、10代の黒人、トレイボン・マーティンが無防備のまま殺害された事件に端を発した抗議から、「ブラック・ライブズ・マター」運動が起こった。やがてこの抗議運動は、ミズーリ州ファーガソンで、警官ダレン・ウィルソンが同じく無防備な10代のマイケル・ブラウンを射殺した事件を受けて、範囲も勢いも拡大していった。これに保守派は反発し、対抗して「ブルー・ライブズ・マター」を訴え、警官《ブルー》を支持する運動を展開した。好戦的な愛国心に基づいて米軍に敬意を払い、兵士は神聖な職業で批判を免れるべき存在と考える――こうした価値観こそ、まさに保守派のプロパガンダを支える柱と言っていいだろう。だが、それと同時に、右派の主流の多くは、「政府」が明らかに国民を抑圧しはじめた場合は自ら武器を手に取る権利がある、と強く主張する。彼らはこうした矛盾した信念を固く守りつづけている。辻褄を合わせるための一つの方法は、何とかして敵をつくり出すこと。そして、その敵は、漠然としてはいるが極悪非道な「闇の国家《ディープステート》」〔国家の奥深くで実権を握るもう一つの国家を意味する陰謀論用語〕とつながり、右派の人々が一般に英雄のイメージを抱く警官や兵士とは対極にあるのが望ましい。その点で、ブラック・ブロックに参加するマスク姿のアンティファは、被害妄想にとらわれた保守派にとっては、得体の知れない、共産主義の、銃を手にした自動人形《オートマトン》に見えたのだろう。そうしたイメージが保守的な大衆文化のなかで強い影響力をもっていることは、テレビドラマ『ヘラクレス（*Hercules*）』で有名な俳優、ケヴィン・ソルボが主演を務めるB級映画を見れば明らかだ。『ザ・リライアント（*The Reliant*）』という映画には、黒い服を着たマスク姿の集団が、銃を手にする信心深い主人公たちを追いかけるシーンがあり、まさにインフォウォーズが思い描いたファンタジーそのものと言える。燃え上がるアメリカ国旗とバットを振り回す左翼。そんな光景からは、失われつつあるアメリカの男らしさ《マスキュリニティ》に対する夢もはっきりと感じられる。あるシーンでは、怒り狂ったソルボが銃を空に向け、叫びながら発砲する。映画の予告編では、黒服のアンティファが火炎瓶を投げつけるシーンの合間に、大文字で書かれた字幕が現れる。「合衆国憲法修正第2条が攻撃を受けている……銃が禁止《アウトロード》されるなら、犯罪者《アウトロー》だけが銃をもつことになるだろう」

*

本章では、アンティファの台頭とそれに対するメディアの反応を見てきた。だが、記事の見出しや人目を引く動画、絶え間なく続く内戦の噂よりも重要なのは、アンチファシストがどういう人たちか、彼らが何を目指しているか、という点だ。というのも、私は自分自身をアンチファシストと考えているからだ。そう告げても、ここまで読み進めてきてくれた読者のみなさんは、怒って本書を投げ出すことはきっとないだろう。これまでアンチファシストとファシストのどちらにも会ったことがあるが、どちらに共感を覚えるかを考えれば、私がアンチファシストなのは明らかだ。

アンチファシズムについてまず理解すべきなのは、中央集権的な運動ではないということだ。黒い服を着ているかどうかは別として、アンティファの会議やワークショップやシンポジウムのために集まるグループなど存在しない。かつて話題になった左派の内輪もめのように、100人のアンチファシストを一堂に集めようとするのなら、150個の論争を巻き起こす必要があるだろう。その運動はむしろ、全米に散らばりながらも同じ目的をゆるく追求する個人の集合体だ。その目的は、さまざまな方法で組織化される極右やファシストを食い止めることにある。アンチファシストのイデオロギーを一つの説明だけで言い表すことはできないし、彼らが取る手段についても同様だ。

また、アンチファシストは「攻撃は最大の防御」という言葉に沿って行動することはあっても、その根本的な目的はコミュニティを守ることにある。結局のところ、アンチファシズムは、ファシスト運動の高まりに対抗する受け身のイデオロギーである。メディアが描く姿から想像されるよりも、複雑で深みある精神《エートス》であり、一貫した戦術《タクティクス》と言えるだろう。過激主義者、その敵対勢力、リベラルな世界観とは必ずしも相容れない国家とのあいだにある複雑な関係をじっと見据えること、それこそがアンチファシズムと言える。だが何よりも大切なのは、憎悪《ヘイト》が私たち全員を飲み込もうとしているこの世界で、アンチファシズムは、私たち自身、そして私たちの友人や隣人たちの安全を守るための手段となるということだ。

私たちの安全を守るのは私たちだ

We keep us safe.

第10章

2019年8月、私はヴァージニア州シャーロッツヴィルに向かっていた。静かな長距離列車の旅だった。2017年8月12日に全米を震撼させたファシスト集会が開催されてから、2年が過ぎようとしていた。この緑に囲まれた小さな大学町《カレッジタウン》では、「ユナイト・ザ・ライト」とその後に起きた武力衝突は「A12」と呼ばれている。憎悪の宴を言い表すために町の名前を使うことには総じて抵抗感があり、遠回しにこのように呼んでいるのだろう。だが、アメリカのほかの場所では、あの日の出来事は通常、ただ「シャーロッツヴィル」と呼ばれている。私は衝突の場面に居合わせた人たちに話を聞きたかった。アメリカのファシズム運動が全米の大きな注目を集めた瞬間を目撃した人、自宅を守るために危険に身をさらした人たちと話をしたかった。

シャーロッツヴィルはとても美しい町だ。ニューヨークから乗った列車は、郊外の景色のなかをうねうねと進み、窓の外にはヴァージニア州の鮮やかな緑色の草原地帯が見渡すかぎり広がっていた。南部の太陽がじりじりと照りつけ、窓ガラスに当てた私の手のひらは焼けつくようだった。私は少し歩きたいと思い、早めの列車で到着した。町には、1940年代から変わっていないようなアイスクリーム店や、私のような北部の人間にはあまり馴染みのない南部連合のモニュメントがあり、暑さでかげろうが揺れていた。権威と歴史を受け継ぐヴァージニア大学がある町に恥じず、半マイルごとに個人経営の本屋があり、美術修士の学生たちは読書をし、町の住民たちも詩集をめくっていた。ヴィーガンのための美味しそうなベトナム料理のレストランもある。高級レストラン、すてきな劇場、真昼のひどい熱気を吹き飛ばす快適なスプリンクラーのある公園。そんな町だからこそ、レイシスト団体のゆるやかな連合は、この地を戦場として選んだのだろう。かつてジョージ・リンカーン・ロックウェルが反対派の多いボストンとニューヨークで演説をおこなった事実を思い出させるかのように、彼らはあえてこの町に集まった。多様性に富んだ、リベラル派の多い住民を背景に、極右の力を誇示し、反対勢力やメディアの注目を集めるチャンスだった。とはいえ、憎しみだけで結ばれた数百人の反社会的人間を呼び集めるのは、いつだって危険な試みだ。現場となる町も、そこに押し寄せるレイシストたちの運動も、無傷ではいられなかった。

シャーロッツヴィルのフォース・ストリートの一画は、２０１７年8月12日に殺害された32歳の女性にちなんで「オナラリー・ヘザー・ハイヤー通り（Honorary Heather Heyer Way）」と呼ばれている。私が訪れたその日、夕方近くのうだるような暑さのなかで、その一角は異様に静まり返っていた。数台のトラックで道路が閉鎖され、重苦しい表情をした数人が何かをささやきながら歩いていた。街灯には紫色の花束がいくつか立てかけられ、通行人が追悼メッセージを残せるようにチョークの箱が置いてあった。赤レンガの壁一面に、さまざまな言語でヘザーへの感謝と平和への願いが記され、政治的混乱とアンチファシズムを示すシンボルも描かれていた。大小さまざまなたくさんのハートマークが、あらゆるパステルカラーを使って描かれ、そのうちいくつかは道行く人の足でこすれたり、少し風が吹くだけで色鮮やかな塵になって舞い上がったりしている。ちょうど1カ月ほど前に、ハイヤーを殺害した22歳のジェームズ・アレックス・フィールズが、憎悪犯罪《ヘイトクライム》29

件の罪で終身刑と４１９年の禁錮刑の判決を受けていた。フィールズはヘイト団体の集会に参加するために、オハイオ州モーミーから車で来ていた。8月12日、白人ナショナリスト団体「ヴァンガード・アメリカ」のシンボルが描かれた盾を手にするフィールズが目撃されている。ヴァンガード・アメリカは、ナチ・ドイツが掲げた「血と土」をスローガンとする団体だ。フィールズは、抗議者たちの集団に自動車《ダッジ・チャレンジャー》で突っ込み、ハイヤーが死亡。その他十数人が負傷し、なかには大手術を受けた者もいた。

あれから2年。この小さな町は普段と変わらない月曜日を迎えていたが、人々の動きにはわずかな緊張感が漂い、熱気のなかに特別な静けさが感じられた。ときおり「シーッ」という声も上がっている。前年の２０１８年には、死者を出した1回目の「ユナイト・ザ・ライト」の主催者だったジェイソン・ケスラーが、この町で2回目の集会を開こうと計画した。だが、極右のなかで内輪もめが起こった。また、1回目の集会に参加し、身元が判明した者に対する社会的な非難が高まったために、この企ては失敗に終わっている。ジェームズ・アレックス・フィールズのほかにも、1回目の集会で犯罪者として数人が逮捕されており、ケスラーら主催者のあいだで内紛を起こそうとするアンチファシストの作戦が功を奏し、世間から厳しい目が向けられたのだ。結局、「ユナイト・ザ・ライト2」は、２０１７年ほどの騒ぎには至らず、プラカードを掲げた喧嘩腰のレイシストがワシントンに数人現れただけに終わった。今年は何か起きるのだろうか。私が聞いたかぎりでは、「ユナイト・ザ・ライト3」の計画はなかった。とはいえ、「ユナイト・ザ・ライト」は、そもそもまったく異例な出来事だった。死者を出す武力衝突が起きたために、白人ナショナリストの暴力性が突然象徴的にクローズアップされるようになったが、本来、全国《ナショナル》メディアが詳しく取り上げるような大規模な集会ではなかった。2年が過ぎた8月の同じ日、熱い陽射しが歩道に降り注ぎ、縁石にカフェのテーブルがあふれ、町全体が回復のときを迎えているように見えた。それとも、報復《リヴェンジ》のときだろうか。

その晩、シャーロッツヴィルのファーストバプティスト教会で、宗教の枠を越えた追悼の礼拝がおこなわれた。ウェスト・メインストリートに建つ、歴史ある黒人教会だ。「混乱を乗り越える」をテーマに、さまざまな人種の聴衆が座席を埋めつくしていた。主催者のシャーロッツヴィル聖職者団体は、ユダヤ教のラビ、牧師や神父、仏教やバハイ教の聖職者などから成る団体である。宗教音楽が高らかに響き、生存者が感謝の言葉を述べ、白人の聖職者が自責の念とアンチレイシズムに向けた新たな決意を語った。シャーロッツヴィルの活動家や聖職者、人種差別反対を訴える地域住民と一緒に座っていた私は深い感動を覚えていたが、同時に恐怖も感じていた。座席の列とその後方に何度も目をやってしまう。突然、銃弾が降り注ぎ、誰かが命を落とすか、吹き飛ばされるかもしれないのだ。アメリカ人が銃乱射に対して抱く根強い恐怖は、私のなかにも強く刻まれていた。いまこの瞬間、この場所で、この聴衆に対して、銃が向けられるかもしれない。銃撃犯はどこに立つだろうか。どうしたらターゲットにうまく近づくことができるだろうか。中二階の座席に立てば、下の会衆席《ピュー》に座る聴衆を狙い撃ちすることができるだろう。犯人は何と叫ぶだろうか。聖歌の合唱が始まったが、私は意識の片隅にある恐怖のせいでじっとしていられない気持ちだった。シャーロッツヴィル警察は、このファーストバプティスト教会の警護を約束してはいたものの、教会に入る際にも警官はどこにも見当たらず、その晩のプログラムが書かれたビラを手にした親切な案内係がいただけだった。

シャーロッツヴィルの左派の活動家たちは、警官が自分たちを守ってくれないことをよくわかっていた。2017年8月12日の記憶の恐ろしい点は、一つには町が混乱に陥るなか、町の警察とヴァージニア州警察の機動隊員が何も情報を与えられず、バリケードのうしろの安全な場所に待機していたことにある。2017年夏の事件に関して、シャーロッツヴィル市からの委託でハントン&ウィリアムズ法律事務所のティモシー・ヒーフィーが作成した独自報告書では、武器をもったヘイト団体の抗議運動を前に警察が手をこまねいていたことが厳しく非難されている。報告書の要約《サマリー》で、ヒーフィーは警察の計画を「不十分でまとまりがない」と評し、警察の「装備は不十分」であり、デモ隊とそれに対する抗議運動の参加者との武力衝突に介入しないとした警察の判断について「公衆の安全を守る」任務を怠ったと批判した。

「その結果、しばらくのあいだ町は無法状態になり、緊張が高まり、コミュニティ全体の安全が脅かされた」とヒーフィーは書く。207ページに及ぶ報告書では、ある章の見出しがこれを率直に言い表している。「警察は武力衝突に介入せず、助けを求める声に対応しなかった」

ヘザー・ハイヤーが亡くなったとき、人であふれる交差点を「守って」いたのは警察ではなく、一台の木挽き台《ソーホース》だけだった。あれから2年が経ったが、教会の外には、説教をするラビや教会中にバスやアルトやソプラノを響かせる聖歌隊を守るために、パトカーもいなければたくましい警官もいなかった。サイレンの音はなく、ただ死者のために集まり、歌う私たちがいるだけだった。

気持ちを落ち着けるためにタバコを吸おうと外に出た私は、警察の職務怠慢に対するコミュニティの取り組みを目の当たりにした。そこにいたのは、モリー・コンガーという名のとても小柄なブロンドヘアの女性だった。

モリーと私は、以前からツイッターで親しくしていた。モリーのハンドルネームは@socialistdogmom。政治団体「シャーロッツヴィル・アメリカ民主社会主義者」で元共同議長を務め、バックとオットーという名の2匹の小さなダックスフントを飼っている彼女にぴったりのハンドルネームだ。モリーはこの3年間、アメリカの極右に関わる多くの裁判に出頭し、文書を提出してきた。また、フィラデルフィア、ボストン、シャーロッツヴィル、ジョージア州ストーン・マウンテン、同じくニューナン、テネシー州シェルビーヴィルなど、全米各地でデモ隊に勇敢に立ち向かってきた。警官に催涙スプレーを浴びせられ、殴られ、オートバイに引き倒され、レイシストの集会では南部連合支持者から燃えた聖書のページを手渡されたこともある。シャーロッツヴィル市議会のほとんどすべての会議や多くの委員会に出席し、夜遅くまで実況中継をした。

私たちはこの町で会うまで、ほぼ1年間ツイッターでやり取りをし、極右から受けたハラスメントやレイプの脅しについて話し合ってきた。モリーは、ファーストバプティスト教会の入り口でタバコを立てつづけに吸いながら、小柄な体を緊張で硬くし、「すぐに来てほしい。なかにいる礼拝の参加者に気づかれないように、教会の周りをゆるく取り囲んで、危険がないか辺りを監視したい」と知り合いにテキストメッセージを送っていた。そんな姿を見る以前から、私は彼女を心から尊敬していた。

コミュニティを守る人員を組織するためにアンティファの連絡網を利用しているの、とモリーは話してくれた。モリーは耳に快い高い声で話し、レギンスを履き、身長160センチの私よりも10センチほど背が低かった。こうしてみると、あなたのすぐ後ろで飼い犬にパーティー用の帽子をかぶせるのを好むような人物が、アンチファシストかもしれない。

目立たない服装をした人たちが、教会の周りに1メートルほどの間隔を空けて一列に並び、辺りの様子を用心深くうかがいはじめた。ほとんどが男性だ。モリーによると、ジャケットが銃《ガン》ホルダーのように膨らんだ男性を見かけて呼び止めたところ、結局、ただの大きな携帯電話ケースだったという。

私が5本目のタバコを吸い終わり、教会のなかに戻った頃には説教は終わり、別の歌が始まっていた。宗教も人種もさまざまな人々が手拍子をし、歌声は赤い絨毯の敷かれた教会の身廊から、中二階の座席、天井、尖塔へ、そして8月の暑い夜のなかへと昇っていった。

それから数日間、私は、2017年の長い、暑い、恐ろしい夏のあいだ、シャーロッツヴィルのストリートで戦った路上救護隊や武器を手に取ったアナーキストやアンチファシストに話を聞いた。現地の活動家はあの夏を「サマー・オブ・ヘイト」と呼んでいた。最終的に流血の事態となったユナイト・ザ・ライトに先立ち、クー・クラックス・クランのメンバーやヘイト団体による松明《トーチ》の行進などがおこなわれたが、彼らはそれに立ち向かった者たちだ。混乱を黙認する市当局、敵対的な警察、無関心な市民に対して声を上げた者たちだった。彼らは攻撃を受け、とにかく反撃し、その経験はいまだに彼らの心に傷と痛みをはっきりと残している。

アナーキスト団体のメンバーである現地の女性は、メキシコ料理のレストランで、当時のことを涙ながらに語ってくれた。ヴァージニア大学のキャンパスで白人至上主義者が松明を掲げて行進し、全米が震え上がるなかで助けを求めたこと、友人がレイシストに暴行を受けたこと。さらには彼女のパートナーが、車椅子の仲間を炎と拳から守ったことを話してくれた。そして、彼らはいまも戦っている。彼らの声に耳を傾けようともせず、国中で暴力的なレイシズムを表す代名詞となってしまったシャーロッツヴィル市を相手に戦っていた。私が話を聞いた人たちに共通するのは、「自分たちの小さな町を憎悪《ヘイト》の力に明け渡すのは嫌だ」、「たとえどんな犠牲を払っても、勝ち目がなくても、押し寄せる憎悪《ヘイト》に立ち向かう」という強い気持ちである。彼らは戦うために拳を握りしめ、傷つきながらも、力尽きてはいなかった。

*

アンチファシストの活動を説明する場合に、まず一つはっきりさせるべきなのは、その活動の大部分は暴力的ではないということだ。じつのところ、アンチファシズムは受け身の姿勢《ディフェンシブ》だ。何十年もかけて証明されたパターンを見るとわかるように、アンチファシズムは、ファシズムの勢いが増すと高まり、ファシズムの勢いが下火になると衰える。トランプの時代には、２０１６年の大統領選挙の時期に、その選挙運動から生まれた露骨なレイシスト的主張《レトリック》に煽られて白人ナショナリスト運動が盛り上がり、アンチファシストの組織化が進んだ。ヘイト団体に注目が集まるにつれて、アンチファシストはそれに対抗し、暴力を伴う憎悪から弱者を守るために連携するようになった。アンチファシズムを掲げる多くの団体や個人のおもな目的は、そもそも暴力が起こらないようにすることだ。ただし、ファシストの組織的な運動を鎮めるために、ある程度の暴力を容認していることは否定できない。ナイフ、あるいはアメリカの公の場ではいつも大きな存在感を放つ銃による武力衝突に至らないようにするため、路上での乱闘になることもあるかもしれない。

しかし、乱闘が起こるずっと前から、アンチファシストたちは水面下で活動している。繰り返しになるが、こうした活動は人目を引くようなニュース映像にはならないし、そもそもアンチファシストらは、極右から嫌がらせを受けたくないこともあり、メディア嫌いで知られている。だが、アンチファシストの活動は、調査、潜入、そして何よりも「ドキシング（doxing）」、すなわちヘイト団体のメンバーの氏名、住所、職業を暴露するといった形でおこなわれている。

たとえば、ヘイト団体の集会の映像を見て、フェイスブックのプロフィール画像と顔を照合したり、オンライン上で、あるいは直接メンバーになりすまし、ファシスト団体を内部から弱体化したりするという手の込んだ作戦まで、活動はさまざまだ。アンチファシストは、ファシストがどこにいようと、彼らのあいだで内紛を起こさせ、疑心暗鬼と落胆を生じさせ、ファシズム、レイシズム、ホモフォビアやトランスフォビアに対して社会的な代償を支払わせようとしている。

トランプの時代には、そうした社会的な代償が伴うことはなかった。ライターのデヴィッド・ロスがニュー・リパブリック誌の記事で述べたように、大統領の隠れた任務は「自らのもつ価値基準や政治的信条、自らの放つ空気感やオーラを反映して文化《カルチャー》を形成する」(1)ことだというのに……。

　トランプが大統領を務めた時代、カルチャーは、何気ないものからあけすけなものまで、ミソジニーや多様なレイシズムを奨励する原動力となり、それらに社会的な代償が支払われることもなかった。トランプは選挙運動の初期の頃から人種差別的な暴言を口走り、レイシズムの暴力に対して世間が不安を覚えるほど理解を示してきた。トランプ支持者が選挙運動中、ラテン系のホームレス男性に向かって排尿し暴行を働いた際には、未来の大統領は彼らを情熱的だと称賛した。大統領は当初から白人ナショナリズムに賛同する姿勢をあからさまに見せていた。大統領は明らかに白人ナショナリストで鼻持ちならない人物であるスティーブン・ミラーを上級顧問（移民政策担当）に任命した。アメリカでは、少なくとも数十年のあいだ、露骨な白人ナショナリズムは受け入れられなかったというのに、この大統領はその脆弱な社会契約を危険にさらした。だが、それでもアンチファシストは望みを失ってはいない。ホワイトハウスによる白人ナショナリズムの影響が忍び寄ってはいても、それでも全米各地のコミュニティでは、「隣人や従業員や友人がヘイト団体のメンバーなのではないか」と不安を抱く人たちがいる。だから、アンチファシストはヘイト団体のメンバーを暴露《ドキシング》する取り組みを続けてきたのだ。

　アンチファシストと警察は、明確な敵対関係にある。ファシストの論客や集会が街を占拠した際に、アンチファシスト団体が路上で派手な衝突を起こし、混乱が生じたことが原因だ。しかし、それは問題の一部にすぎない。白人ナショナリストと極右の過激主義者のイベントをきっかけにアンチファシストとファシストのあいだで武力衝突が起きた場合、全米の警察は、右派よりも左派に不当に注目する。警察は必要以上に暴力を行使し、左派を逮捕し、左派の活動家の顔写真を見せしめとして掲示する。結果、左派団体と警察のあいだに以前からあった敵意はますます大きくなりつつある。当然、アンチファシストは、ファシストや極右の暴力に対する警察の捜査に対して、何度も協力を断ってきた。

こうした両者の関係は、オレゴン州ポートランドの状況によく表れている。ポートランドには、多くの極右主義者が流入し、負傷者の出る武力衝突が繰り返し起こっている。ウィラメット・ウィーク紙など地元紙の報道によると、ポートランド警察と極右の活動家とのあいだに広範囲にわたる協力関係があることを裏づける証拠が見つかった。ジェフ・ニーヤ警部補は、極右の過激団体「パトリオット・プレイヤー」のリーダーであるジョーイ・ギブソンと打ち解けた様子で、とりとめのないテキストメッセージをやり取りしていたという。ふざけた口調のメッセージもあった。

パトリオット・プレイヤーは2017年以降、ポートランドで何度も集会を開催し、それらの集会には、南部の伝統主義者から成る「ハイウェイメン」やレイシスト団体「アイデンティティ・エアロパ」のような白人至上主義団体が参加している。新型コロナウイルスの流行を受けて、パトリオット・プレイヤーは、さまざまな民兵組織、白人ナショナリスト、反政府過激主義者、陰謀論者を集めた「オレゴン再開（ReOpen Oregon）」を訴える集会にも熱心に参加するようになった。

かつて警察は、パトリオット・プレイヤーの支持者らを逮捕せずに見過ごしたことがある。彼らがライフルを手に、抗議デモのルートを見張るために屋根に上っていたというのに。その一方で、左派のデモ参加者に対しては、はるかに厳しい態度で臨み、2018年8月4日におこなわれたパトリオット・プレイヤーの集会では、抗議しようと集まった人々に閃光弾を投げつけた。そのせいで、閃光弾が頭に命中した左派の抗議参加者が軽い脳出血を起こしてしまった。その極右集会の現場に居合わせたデイリー・ビーストのアルン・グプタは、左派の活動家たちの様子をこう報じている。「プラウド・ボーイズやネオナチ、新南部連合系など、数百人の武装した過激主義者が町にやってきた。警察が外から来た彼らを守ろうとした結果、町は戦場と化した(2)」

アメリカの警察がほぼ一様に政治的右派と手を結び、その代わり、政治的右派が警察に対する「保護」と「尊敬」を理念の一つとして掲げていることは注目に値する。警官の暴行に対する抗議運動「ブラック・ライブズ・マター」を受けて、右派はアメリカ国旗の色を反転させて黒とブルーを強調した「シン・ブルー・ライン（Thin Blue Line）」フラッグを身につけた運動を始めた。ニューヨーク・タイムズ紙のコラムニストであるジャメル・ブイエは、こうした運動が国家的暴力と明らかにつながっていること、国家に対する無条件の服従を強要していることを挙げて、この旗を「ファシストフラッグ」と呼んだ。

各地の警察の労働組合は、2016年の大統領選挙で圧倒的にトランプ支持に回り、合衆国とアメリカ領ヴァージン諸島とプエルトリコの10万人以上の警官を代表する国際警察組合連合（IUPA）は、2020年の再選に向けてもトランプを支持した。露骨な白人ナショナリストとも言えるトランプ大統領は、「法と秩序《ロー・アンド・オーダー》」を連呼したが、この言葉はIUPAが掲げる目標と合致する。IUPAの宣言《ステートメント》は、連邦政府による死刑執行の再開と警官による軍用機器の利用推進を訴えるものだからだ。また、トランプは容疑者全般、なかでもデモ参加者に警官が暴行を加えることにも公然と賛同を示し、左派のデモ参加者に対する暴力が許されていた「古き良き時代《グッドオールドデイズ》」を懐かしむ気持ちを公の場で発言した。

「今回の選挙に立候補している民主党候補者は全員、警察を非難し、犯罪者を被害者であるかのように言います」。IUPAはトランプを支持するステートメントのなかでこのように述べている。「トランプ候補の率直さが左派を怒らせていますが……彼はアメリカの警官を支持しており、私たちは今後も引き続き彼を支持します」

警察の主張は、右派の候補者への支持に留まらず、左派の政治理念に対するあからさまな嫌悪にまで及んでいる。だから、当然のことながら、政治的に、圧倒的に極左と連携しているアンチファシストとの対立が深まるわけだ。アンチファシズムに関する警察の偏った主張が表れた典型的な例は、2017年にボストンで開催された極右集会への対応だった。「言論の自由」を求める極右活動家がボストン・コモンに集まった。悪名高いユナイト・ザ・ライトがシャーロッツヴィルで開かれ、極右のデモ参加者を擁護するトランプの姿勢に全米で反発が生じてから1週間後のことだったため、集会に集まった右派の参加者はほんのわずかだった。それに対して、抗議のデモ行進に参加した市民は3万人から4万人。メディアや参加者は、集会がおおむね平和におこなわれたと称賛し、近頃の血気盛んな極右主義者を強く非難した。

ところが警察の見方は、市民とはまったく違った。ボストン警察巡査組合の広報誌である『パックス・センチュリオン（*Pax Centurion*）』の2017年秋号で、ベテラン警官のジェイムズ・カーネルは、「アンティファとナチスは似たり寄ったり?」というタイトルのエッセイを書いている。「警察に反抗する暴動」に対する抗議を呼びかけ、カーネルは、「アンティファの乱暴者」と「平壌《ピョンヤン》の集会に集まる北朝鮮の国民のように繰り返し歌う、レミング（タビネズミ）みたいな大学生」を非難した。集会での負傷者は報告されなかったというのに、カーネルは、抗議デモの参加者に対する警察の暴力を擁護したのだ（強調は原文ママ）。

「アンチファシスト」を意味するとされるアンティファは、実はファシズムそのものだ。法を守らない団体が、自分たちの意志を物言わぬ大衆に押しつけようとし、武器を手に暴力を振るって威嚇する……こういう乱暴者に打ち勝つためには、相手と同じ手段を用いるしかない。悪を倒すためには本来、善で対処しなければならないが、暴力や非合法には優しい言葉やキスでは太刀打ちできない。いま彼らを追い払わなければ、あなたは混乱のなかで素性を明かされ、逮捕されてしまうだろう……凶暴な野良犬のような暴徒は、優柔不断や弱さを感じ取ることができる。暴力には暴力で応じて、彼らを逮捕、起訴するしかなく、そうすれば暴徒を阻むことができるだろう。(3)

要するに、アンチファシストは、極右団体からの暴力と国家警察からの敵意という二重の障害に直面しているわけだ。そうした混乱の構造は、しばしば「三つ巴の戦い」と言われる。参加者の一人は国家だ。二人目は、国家統制に反発して市民社会を暴力で転覆させようとする極右団体。そして三人目は、アンチファシストだ。アンチファシストは、政府の後ろ盾を得た白人ナショナリストを支援する警察と、制裁のために暴力を振るう極右団体の両方からコミュニティを守る唯一の防波堤を自認している。

＊

歴史家のマーク・ブレイは、説得力のある（ただし極右からはひどく嫌われている）著書『アンティファ――アンチファシスト・ハンドブック（*Antifa: The Antifascist Handbook*）』のなかで、アンチファシズム運動の歴史をわかりやすく描いている。冒頭には、１９２１年、ベニート・ムッソリーニのファシスト組織「黒シャツ隊」に対抗して立ち上がった、好戦的なアナーキストたちが登場する。この組織のリーダーは、使命感に燃えるアルゴ・セカンダリ。彼らは「アルディーティ・デル・ポポロ（人民突撃隊）」と名乗り、最盛期には約２万人のメンバーを抱えていたが、最終的にはムッソリーニの弾圧と組織の内紛が重なり制圧された。ヨーロッパでファシズムが台頭した１９３０年代半ばになると、１９３６年から１９３９年のスペイン内戦で、フランシスコ・フランコの初期部隊を倒すために各国から義勇兵が集まった。アンチファシズム運動のおもなスローガンである「奴らを通すな！」（スペイン語で ¡No pasarán!）は、このスペイン内戦に由来すると言われ、１９３６年にスペイン共産党員のドロレス・イバルリがマドリード包囲戦の際に発した言葉として有名だ。１９３０年代、独裁政権の台頭がヨーロッパ大陸の脅威となるにつれて、アンチファシズムはヨーロッパ各地で生まれた。そして共産主義者《コミュニスト》、社会主義者《ソーシャリスト》、アナーキスト、標的にされたマイノリティたちの反撃によって、街中で死傷者の出る衝突がたびたび起こったのである。アメリカ合衆国でも、ユダヤ人とファシスト団体「銀シャツ隊」や「ドイツ系アメリカ人協会」のメンバーが衝突し、アンチファシズムが表面化した。

今日の極右に反対する者たちのあいだでは、第二次世界大戦に対する思い入れが非常に強い。リベラル派は、「アメリカという国も、自分たちの祖父母や両親も、戦時中にナチスと戦った」ことをしばしば話題にし、それはアメリカ人の心のなかで、20世紀最大の輝かしい正義の戦いとして大きな位置を占めている。だが、ブレイをはじめとする研究者らは、アンチファシズムの歴史とイデオロギーを語る場合に、第二次世界大戦にはあまり注目しない。現代の多くのアンチファシストも理解するように、それはひとえに、アンチファシズムはそもそも国家とは無関係の者たちが担う運動だからだ。戦車を備えた政府軍や数十億の予算をもったアンチファシストなど、存在しない。たとえば、スターリンはアンチファシストではなく、自らの独裁に対する脅威を撃退するために大規模な軍隊を利用する専制君主だった。アンチファシストの多くはアナーキストであり、国家の介入によらずに、コミュニティによる自衛を実現するため、また極右組織に社会的制裁を加えるために力を尽くしている。第二次世界大戦の終結以降、極右の組織化の影響を受けて、世界中のコミュニティからアンチファシスト団体が生まれた。そして極右の影響を早いうちに取り除こうと、妨害工作《サボタージュ》から路上での武力衝突までさまざまな活動をおこなってきたのだ。アンチファシストは、「私たちの安全を守るのは私たちだ（We keep us safe）」というスローガンを好んで使う。活動の推進力として、コミュニティとの連帯を重視しているからだ。国家と無関係な者同士が、互いをコミュニティの一員とみなし、さらに広く言えば、極右組織から危害を加えられる恐れのある者を仲間とみなすこと。そういう意識が、今日のアメリカのアンチファシズムの中核《コア》を成していると言っていいだろう。路上での戦い《ストリートファイティング》は、幅広い活動のほんの一部にすぎない。彼らは、ネオナチが紛れ込んでいることを住民に気づかせるために著名なネオナチが住む地域に潜入し、詳しく調べ上げ、ジャーナリストにその情報を流し、ブログを書き、ヘイト団体の標的になる可能性のあるイベントや個人の警備をおこなうこともある。

アメリカの報道ではこれまで、2017年に正体不明の覆面のアンティファが、公衆の面前で代表的な白人ナショナリストであるリチャード・スペンサーの顔面を殴った事件などを受けて、同様の暴行が次々と起こるのではないかという安易な主張が展開されてきた。この事件にショックを受けた人々のあいだで、マイロ・ヤノプルス、ヘザー・マクドナルド、ミシェル・マルキンのような極右の論客に対して抗議することが民主主義に与える危険性についての議論が湧き上がった。だが反対に、カリフォルニア州バークレーでおこなわれたヤノプルスに対する抗議デモで、ファシストがデモ参加者に発砲したような極右の報復行為は、メディアではほとんど取り上げられていない。

リベラル派から見て、アンチファシストはどちらかと言うと、リベラリズムをもっぱら抽象的に議論する堅苦しい評論家と同じ側にいる感がある。だからこそ彼らは、アンチファシストをネオナチよりもっと厳しく取り締まり、非難しなければならないと考えている。特に、主流メディアに登場する著名人やジャーナリストは、アンチファシスト団体に反対する根拠として「言論の自由」を守らねばならないと主張することが多い。

しかし、それによって、アンチファシスト団体に関する明らかな事実が誤って伝えられているように思う。そもそもアンチファシストには、自らのコミュニティを自らの手で守るという明確な目標がある。彼らは、言論をより一層制限することで強大な権力をもつことを目指すのではない。極右主義の波が収まると衰退するか、消えてなくなることさえある。ブレイが著書で述べたように、この傾向は、１９５０年代にイギリスでオズワルド・モズレーのファシスト運動の名残りに反発したユダヤ系イギリス人とその協力者たちが、モズレー支持者らの組織的活動が収束するまでの数年間、闘争を繰り返した頃から見て取れるものだ。アンチファシズムを非難する人たちが信じるように、アンチファシストによる混乱が地滑り的に悪くなっていくという主張が正しいのだとすれば、右派の言論を封じ込めようとする彼らの欲求は刺激されるばかりだろう。あるいは、アンチファシストは権威主義的な欲求を募らせ、どんな言論も受け入れることができなくなってしまうだろう。しかし、そうはなっていない。70年以上ものあいだ、アンチファシストは、ファシストや極右団体による脅威に目を配り、その脅威を排除しようとし、差し迫った脅威がなくなれば満足して解散してきたのだ。

とはいえ、アンチファシストと主流メディアのあいだの対立は根深い。なぜなら、メディアの側に制度や組織を重んじる偏《バイアス》った意識が蔓延しているからだ。それは必ずしも、メディアが特定の政党を応援しているからではなく、ジャーナリストや報道機関には公的な、つまり信頼性が高いと思われる情報筋《ソース》を頼る傾向があるからだ（そうした傾向は当然と言える）。先に述べたとおり、警察と連邦当局とアンチファシストのあいだに対立があることを踏まえれば、公的な情報筋《ソース》は一般に、アンチファシストを暴力と混乱をもたらす勢力とみなしている。多くのジャーナリストは権力に対して真実を語ることを誇りとしているが、地方の報道機関の多くは事件を報じるために警察との強い結びつきを大切にしている。一方で、アンチファシストのほとんどは匿名でいることを好み、報道受けする詳しい情報を提供することもめったになく、とにかく公的な権威に欠けている。警察やメディアに対しても、これまでどちらからも不当に扱われてきたために警戒感が強い。人々が抱くアンチファシストのイメージは、たいていは白人男性の攻撃部隊《コマンド》にいるような人物か、強硬な態度を取る大学生のどちらかだろう。だが、正体を明かそうとしない集団のメンバー像を明らかにするのは難しいものの、実際に私が交流してきたアンチファシストの多くは女性か、有色人種か、有色人種の女性だった。この点に詳しいアンチファシストの情報筋によると、アメリカのおもなアンティファ集団のリーダーは女性だという。

ネオナチ団体も、ジョージ・リンカーン・ロックウェルが精力的に活躍していた1960年代から変わらない方法でメディアを利用し、それは現在も同様に成果をあげている。話をポートランドに戻すと、この町で暴力を伴う政治的な混乱が起きた際のナショナルメディアの報道は、各政治団体の理念を十分に調べることもなく、もっぱら武力衝突に注目していた。「パトリオット・プレイヤー」がポートランドで何回か開いた集会には、スキンヘッドの白人ナショナリストが大勢集まり、暴力を働く右翼が町を何度も何度も侵略した。私があえて「侵略《インヴェージョン》」と呼ぶのは、シャーロッツヴィルのときと同様、極右団体は、おおむねリベラルが優勢で左寄りの活動家の存在感が強い都市を選んで集会を開く戦略を取ってきたからだ。「パトリオット・プレイヤー」のリーダーであるジョーイ・ギブソンは、ポートランド郊外の町、ワシントン州ヴァンクーヴァーの住民だが、故郷の町や州では集会を開いていていない。

トップニュースとして扱ってもらうために、彼らは、明らかに侵略先のコミュニティで強い反応を引き起こすことを目指して集会を開き、太平洋岸北西部の全域から極右の活動家たちを送り込んでいる。ジョージ・リンカーン・ロックウェルがボストンとニューヨークで抗議行動をおこなったように、極右の過激主義者は、運動をおこなう場所を慎重に選んでいる。狙いは、ギブソンのような自称「保守派の活動家」が暴力的な左派に包囲されているという印象を与え、共感を生み出すことだ。そのため、これらの集会に参加していた多くの団体がじつはレイシストで、虐殺を目標としていることにはほとんど触れていない。また、左派のデモ参加者を繰り返し暴行し、メディアのカメラに撮られた右派の暴徒の存在についても口を閉ざしている。

さらに、「乱闘」という話があまりに単純化されて報道されたために、右派の活動家が侵略した側で、住民であるアンチファシストが敵意をもった部外者《アウトサイダー》から自ら町を守ろうとしているという事実は完全に見えなくなってしまった。アメリカ国民の多くが「警察や軍隊のような国家機関は思いのままに乱暴を働くことができる」と考えていることを踏まえれば、これは当然と言えるだろう。警官が殺人を犯した事件は、いつも決まって跡形もなく消されてしまうのに、黒服を着て武器をもった市民団体は、エキゾチックで近寄りがたい国内ゲリラとみなされている。そこには新しさがあった。20世紀のほとんどのあいだ、そして21世紀に入ってからも常にアメリカに存在した、武装した暴力的右派団体の存在を見えにくくする新しさがあった。

＊

約一世紀の歴史をもつアンチファシズムは、21世紀に入り、新たな手法や進歩的な技術を利用するようになった。ある意味で、インターネットに接続でき、一定の忍耐力があり、素人探偵のような骨の折れる仕事ができるのであれば、アンチファシストの活動に日常的に参加するのがこれほど容易になったことはかつてなかった。2011年から2017年まで運営され、いまは存在しないネオナチのウェブフォーラム〈アイアンマーチ（Iron March）〉のようなサイトから、大量のデータを抽出《リーク》することが彼らの重要な活動になっているからだ。

〈アイアンマーチ〉は、「グローバルなファシスト友愛会」を自称する、明らかに反ユダヤ的で人種差別的なフォーラムだった。「14ワーズ」を掲げ、「ナチのフェイスブック」、「人種戦争を促す国際ネットワーク」と報道された記事の切り抜きを誇らしげに掲載していた。サイトは2017年に閉鎖されたが、理由は明らかにされていない。2019年11月6日、「アンティファデータ」というハンドルネームの正体不明のアンチファシストが、〈アイアンマーチ〉のユーザー基盤《ベース》にあるメールアドレス、ユーザーネーム、フォーラムへの投稿、メッセージ、IPアドレスを含む情報を公表した。早速、アンチファシズムを支持するネットユーザーやジャーナリストらがデータを綿密にチェックしはじめた。左寄りのユダヤ系出版社であるジューイッシュワーカーは、このデータベースを検索可能なものにした。誰でも自分の町にいる〈アイアンマーチ〉のユーザーを発見できるし、用語《ターム》で検索したり、データに関してパブリックコメントを書き込んだりできるようになった。世界中のアンチファシスト団体がこれを熱心に利用するようになったのだ。

結果として、アラバマ州からペンシルヴェニア州まで、各地で、ファシストのフォーラムの多くの参加者が、世の中にその正体を知られてしまった。10代のネオナチもいれば、米軍のメンバーもいたが、彼らは隣人や友人や雇用主に、自らがファシストであることを知られてしまった。こうした取り組みの目的はただ一つ。極右勢力を支持する者に社会的な代償を払わせることで、その増殖を抑えることだ。アンチファシストの活動は、サイバー探偵から街中での抗議デモまで多岐にわたるが、目的は虐殺《ジェノサイド》ではなく、コミュニティを守ることにある。そうだとすれば、非中央集権的なその運動に裏切者がいて、痛ましい事件を起こしてしまったとしても、ナチと戦う者たちとナチを支持する者たちとを道徳的に同等の存在として扱うのは、重大な社会的過ちと言えるのではないだろうか。

制度や、ときには法律に守られた快適な枠組みから外れてアンチファシスト運動に取り組むのは、居心地が悪いと感じる人もいるだろう。だが、思い出してほしい。第二次世界大戦中、ナチの特別行動部隊《アインザッツグルッペン》がドイツ法の全面的な支持を受けた反面、フランスのパルチザンは違法に活動していたことを。かつて私たちは、誇り高い目的があれば法律に違反することも辞さないと考え、そういう人物は、亡くなってから時間が経つと英雄とみなされた。なのに、現在やむをえず社会の不正と戦う人たちは苦痛を味わっている。今日、白人ナショナリストの大統領や彼に協力する法執行機関や軍事国家に反対し、立ち上がる者たちは、連邦議会議員に署名運動をするだけで満足してはならない。国中の、世界中のアンチファシストを行動に駆り立てるための、生死を賭けた戦いに参加すべきではないだろうか。ジェノサイドを食い止めてよりよい世界を築くために、むなしい暴力から私たち自身を守るコミュニティの戦いに、ともに参加すべきなのだ。

おわりに

全神経を集中させてきた本書の執筆が終わろうとしている。私は久しぶりに料理をした。2019年の春、夏、初秋にかけて、長いつらい日々が続き、私の気持ちはずっと沈んでいた。本書のために調査を重ねるなか、人間性の最も醜悪な部分にどっぷり漬かってきた私は、身を縮めて軟体動物の殻に入り、その空洞のなかに身を潜めていたいと思うようになった。外の世界から遮断されたかった。すべての言葉は、痛みとともに私から絞り出されるような気がした。本のページから、醜い歯をむき出しにした顔が私に向かってニヤリとしていた。自分自身も、世界も、私の言葉も嫌いになった。すべてが醜さでいっぱいのような気がして、とにかく一日中眠りたかった。私はとても小さな、半径数ブロックほどの世界で生きていた。食べ物を口にすることはできなかった。不安で喉が腫れ、柔らかく、傷みやすくなってしまったかのように、喉を通らなかった。自分をだましてでも何とか食べなければならず、酔っ払ったり、飲み込みやすい物を食べたり、味のない物、甘い物を食べたりしていた。そして、いざ食べると食べすぎた。

憎悪《ヘイト》について書くと、人は変わってしまう。組織的な憎悪が自分に向けられるような世界で暮らしていると、人は変わってしまう。作者不明の殺害予定リストに、いきなり私の戦友や、日々言葉を交わす友人や、愛する人たちが掲載されてしまった。自分の身を守る方法を考えざるをえず、インターネットから家族の住所を消去するために有料サービスに申し込んだ。私は本書の執筆を始める以前から、連邦政府機関から職員の一人が白人ナショナリズムと関連する可能性があることを調査したと非難され、またネオナチのプロパガンダの標的にもなっていた。憎悪の世界にさらに深く潜って調べるにつれて、自分の生活と憎悪の世界との境界が曖昧になり、憎悪がにじみ出てくるように感じられた。私はネオナチについて考えながら眠りについた。不気味なアリア・スターク〔テレビドラマ『ゲーム・オブ・スローンズ』に登場する女戦士〕のように敵《エネミーズ》リストを作成し、そういう敵を倒す方法を想像し、ときには頭のなかでさまざまな関連性やイデオロギーを描こうとした。目が覚めると、それらを読者のみなさんのためにどうまとめようかと考えた。一日中ノートパソコンに覆い被さるようにして、ヘイトスピーチを読みながらカフェを渡り歩き、ネオナチのウェブサイトやチャットを見て回った。心は沈み、酒量が増えた。世界のすべてが薄い紅茶のような冴えない色をしていた。

毎日、私の民族に向けられた憎悪について読み、書いた。私が愛する人たち——両親や妹たち、妹の子どもたち、そしていつか生まれるかもしれない私の子どもたち——は、ほぼ全員がユダヤ人だ。それなのに、私はユダヤ人を憎む人々に関する文章を読み、そういう人々と話をし、抵抗しながらも、彼らの深い憎しみと激しい言葉が胸に刻まれた。やがて、鏡に映った自分の姿を見る目が変わった。そこにいるのは、多すぎる髪と大きな鼻をもった、太った猫背の惨めな女。彼らが馬鹿にするユダヤ人の女だった。自分自身の好きだったところは無様に感じられ、口は苦しみに歪んでいた。自分の身体もその動作も嫌いになり、自分自身のすべてにうんざりしていた。

私の愛情表現は、愛する人のために料理をすることだ。そして、憎悪《ヘイト》に対する最大の武器は愛情《ラブ》と言われている。社会に向けて宣言しただけの偽りの愛情や、欲望を満たすための愛情ではなく、激しくも変わらぬ愛情である。自分自身をそんなふうに愛することができないとしても、自分以外の人には、熱々の料理を出して強い愛情を示すことができる。激しい自己嫌悪に陥りながら、私らしくなくひっそりと過ごした数カ月を経て、ユダヤ風の料理をつくりたいという気持ちがようやく湧き上がってきた。

　中世の時代から、反ユダヤ主義の文献には、「ニンニクの臭いでユダヤ人を見分けることができる」と書かれている。社会学者のセリア・S・ヘラーによると、戦前のポーランドでは、ユダヤ人以外の人たちはユダヤ人のことを「タマネギとニシンを食べ、ニンニクの臭いがする民族」と馬鹿にしていたそうだ。本書を書き終えた私は、タマネギとニンニクを買ってきて、みじん切りにし、オリーブオイルやバターやシュマルツ〔動物性脂肪を溶かして精製した食用油〕をひいてジュージューと音を立てるフライパンに放り込んだ。キッチンに美味しそうな香りが充満する。チョレント〔肉・豆・野菜をとろ火で煮たユダヤ教の安息日の料理〕とキシュカ〔ユダヤ風の腸詰料理〕、そばの実とそばの麺を混ぜた柔らかい旨味のある一品、それにチキンスープ。いかにもユダヤ風の食事の出来上がりだ。生きるために食事を取って、やっと体が温まり、お腹がいっぱいになった。わずかな粗塩と胡椒、松葉のような形をした生のローズマリーが数本、熱い油のなかで、湯気を上げていた。私の血も沸き立ち、目が覚めた。

　深い憎悪のなかで暮らしていると、生きていることを忘れがちだ。常に暗闇を覗き込み、自分の心の奥底にある暗がりを意識してしまう。恐怖で地面から身体が浮き上がり、空気が薄く、ひどく寒い高所にいるかのようにめまいを感じ、ただあなた自身と、あなたをひどく憎んでいる人に関して集めたデータだけがそこにある。明るい気分はすべて遠ざかる。生命が存在し、植物が生え、人間同士が互いに心から大きく息をつける場所は、はるか数十キロも下に広がっている。そして、あなたはそこにいない。

ユダヤ教の聖典タルムードの「父祖たちの言葉（*In The Ethics of Our Fathers*）」という冊子で、ラビ・タルフォンは「あなたは仕事を成し遂げる義務はありませんが、自由に放棄することもできません」と語っている。最終的に、私は自分の著書についてそんな境地に至った。ファシズムの台頭を阻止するための最善の方法は、個々の自警団や国の罰則制度に委ねるのではなく、憎悪がどこで起ころうともそれを根絶するために人々が手を取り合うことなのだ。とりあえず、私はユダヤ人らしく料理をしよう。パプリカ、ディル、タマネギ、ニンニク、温かい肉汁、そして友人たち……。ニシンはなくてもいいけれど、愛情は欠かせない。だからこそ、恐ろしい敵に打ち勝つために、私たちは団結しなければならない。そしてそのために、一緒に食事をしなければならない。塩をパラっと振りかけて、バターを溶かし、一口食べて、キスをする。それから、何のために戦うべきかを話し合おうではないか。

謝辞

まず、私の両親に感謝したい。何カ月ものあいだ、私が貝のようにぐったりとソファーにもたれかかっていても大目に見て、最高の愛情がいかに力強いものであるかを教えてくれた。「シー・ドット」と店員の方々にも、レバーソーセージ・サンドイッチについて感謝したい。また、いつも私の著書の最初で最高の読者であるエリーにも感謝を伝えたい。私のエージェントのダン・マンデルにも感謝する。彼との最高に楽しいおしゃべりは、大きな安らぎを与えてくれた。本書の出版権を獲得したポール・ウィットラッチと、実現に向けて動き、信じて待っていてくれたクリシャン・トロットマンに感謝したい。絶望している私を励まし、途中で本書に何度も目を通してくれた「ライターズ・ハイプ・グロット」のみなさんにも感謝したい。たくましく賢明でいるための方法を示し、私にたくさんの鋭い意見をくれた反ナチ団体「フェム・コレクティブ」にも感謝したい。愛する友人のモーシェ、サラ、メーガン、ロペ・バンディット、そして私の魂の一部となり、私の生きる支えとなってくれたアレックスに感謝する。最後に、私が戦う目的をいつも思い出させてくれた妹と彼女の子どもたちに感謝を捧げよう。

この本の解説文の依頼を受けたとき、どこか慎重に身構えている自分がいた。パレスチナが直面する問題を取材していると、ユダヤ系の人々に対するヘイトクライムに声をあげながらも、イスラエルによるパレスチナへの抑圧や蹂躙、武力行使に関しては沈黙するか、むしろ積極的に支持するか――そんな大いなる矛盾に満ちたスタンスの団体や個人と、何度となく向き合うことになるからだ。

第二次大戦後、国連はパレスチナの地をユダヤ国家、アラブ国家、エルサレム（国連の管理下）に分割する案を採択した。その内実は、人口1／3以下、土地も6％しか購入していないユダヤ人に全土の2／3を与えるという、パレスチナ側にはとても承服しかねる内容だった。

その後、度重なる戦争を経てもなお、この地に平和が根付くことはなかった。地中海に面したガザ地区には、約200万人のパレスチナ人が暮らしている。周囲をぐるりと壁やフェンスに囲まれ、自由な往来の許されないガザは、〝天井のない監獄〟と呼ばれることもある。2021年5月には、イスラエル側からの激しい空爆にさらされ、停戦に至るまでに、子ども66人を含む256人が犠牲になった。ガザに暮らす友人からは、まだ1歳の子どもを抱き、台所の奥に隠れてひたすらに祈っているという切迫したメッセージが、連日のように届いていた。

この攻撃の背景にあったのは、東エルサレムのシェイク・ジャラー地区に暮らすパレスチナ人を、強制的に立ち退かせるというイスラエル当局の動きだった。本書の筆者であるタリア・ラヴィン氏は、2021年5月11日、ツイッターで「シェイク・ジャラーに連帯を、パレスチナに自由を」と声をあげ、この投稿には「人道に基づいて声をあげることを選んでくれてありがとう」といったコメントが連なった。

もちろん国家権力がおこなっていることと、ユダヤ系の人々を同一視することは適切ではなく、彼女自身に声をあげることを強いたいわけではない。ただ、反ユダヤ主義とヘイトクライムに抗うその姿勢が、イデオロギーに縛られたものなのか、人権という軸に貫かれたものなのか、見極めたいとは思っていた。ラヴィン氏のスタンスが後者であることは、本書にも表れている。

彼女の実践は本書の日本語版タイトル通り、「地獄」に飛び込んでいくことだった。ラヴィン氏は時に「白人至上主義者」に、時に女性たちを執拗に攻撃する「インセル」になりすましては、陰謀論者たちが手軽に結びつき、差別がエンターテイメントのように消費され続けるオンラインコミュニティに潜入した。そこはまさに、レイシズムにありがちな「被害者意識」であふれかえる鬱屈した空間だった。

白人至上主義者たちは、信仰する対象などに違いはあるにせよ、「壮大な乗っ取り」を恐れていた。この世界は「悪の根源」であるユダヤ人たちによって支配され、白色人種の血は薄められていく――そんな「恐怖の物語」を彼らが共通認識化していく様子があぶり出されていく。

それは「有害な男らしさ」と巧みに結びつき、フェミニストたちは醜悪な罵詈雑言の的となった。中でも白人女性たちには、「繁殖する器」となり、「白人の血」を残すための道具として従順であることが求められた。彼らにとっての女性とは、意志を持った一人の人間ではなく、単なる「子宮」でしかないのかと思うと、背筋が凍る。

こうして凄まじい言葉の暴力をネット上に書き込む匿名のアカウントたちは、ぞっとするほど「平凡」に見える生活を送る、すぐ隣にいるかもしれない人々だった。果たしてこうした実態は、「海の向こうの隔てられた世界の話」と傍観できるものなのだろうか。

もちろん、日本社会の成り立ちと、本書で描かれている白人至上主義、反ユダヤ主義の歴史は異なり、必ずしも同一視できるものではないが、私は本書を読み進めながら、既視感を抱かずにはいられなかった。

本書では、中世ヨーロッパで「黒死病」が流行した当時、「ユダヤ人は、キリスト教徒を全滅させるために結束して井戸に毒を入れた」という非難が起こり、大虐殺が起きたことを指摘している。そこから約600年後の1923年、関東大震災によって瓦礫に覆われた東京の路上で、「朝鮮人が井戸に毒を入れている」というデマが引き金となり、凄惨な虐殺が起きている。

また、「ニンニクの臭いでユダヤ人を見分けることができる」は、中世の時代から使い古されてきた差別の言葉の典型だというが、在日コリアンの一世や二世の人々から、「ニンニク臭い」「キムチ臭い」という言葉を投げつけられた体験を、何度耳にしてきただろう。

ラヴィン氏は、「私は警察を相手にするときや就職の面接では白人として通用した」と綴っている。つまり見た目だけでは、彼女がユダヤ系だと周囲は気づかないのだ。日本に暮らす在日コリアンたちもまた、自らルーツを語らなければ、出自に気が付かれることはないかもしれない。現に、韓国にルーツのある私の父は、亡くなるまで、娘である私にも自身の出自について語ろうとはしなかった。肌の色といった「見た目」での違いが顕著ではない者の間で起きる差別は、時に「もう日本に差別などない」「考えすぎだ」と「なかったこと」にされがちだ。はたして日本社会から、アメリカで見られるレイシズムのような差別は「なくなった」のだろうか。

ネット上には相変わらず、「日本社会が在日に乗っ取られる」「だから自衛が必要なのだ」という、「恐怖の物語」が流布されている。鉤十字の描かれた旗を片手に、意気揚々とヘイト街宣を繰り返す集団がいる。それは一部の年配男性だけの問題に留まらない。

在日コリアンの集住地区でもある大阪・鶴橋では2013年、女子中学生が拡声器を片手に街頭で「もう殺してあげたい！」「鶴橋大虐殺を実行しますよ！」とがなり立て、街を震撼させた。彼女の場合は、レイシズムに染まった父親の影響が指摘された。本書に出てくる、おぞましい差別発言を繰り返してきた10代の「ソフ」の生育環境は結局分からないままだ。ただ、手を伸ばしたらすぐそこにあるオンライン上のレイシズムと、彼女を持ち上げる大人たちが、彼女を「育てて」しまったのだとすれば、その土壌にメスを入れない限り、今後もそうした空間が「ごく平凡な生活」を送る人々を吸い寄せ、若者たちをヘイトクライムへと駆り立てるリスクは変わらないだろう。

ラヴィン氏が向き合った白人至上主義者たちが、「骨格」やら「遺伝」やら、ありもしない「科学的根拠」を用い、「生まれながらに劣る人間」「生きるに値する人間」を選別しているのだとすれば、その言説には徹底的に抗う必要がある。そう、彼らも、日本のレイシストたちも、生まれながらに、何か「遺伝的な問題」で差別主義者になったのではない。それを増長するための「システム」、構造的な問題にまで目を凝らしていかなければならないはずだ。

本書では、ユーチューバーたちが互いに「コラボ」し合いながら拡声器の役割を果たしていることに加え、それに乗っかり、利益を吸い上げるプラットフォーム側の責任にも触れている。私自身はツイッターを頻繁に利用するが、2021年末、私の父や私自身に対して出自による差別書き込みをしたアカウント主たちを提訴した。過激な言葉は拡散性が高いことが各所で指摘されてきたが、私自身に向けられた差別の言葉もまた、プラットフォーム側の広告収入に直結しているのであれば、それを断つためのアクションを起こさなければならないという思いもあった。

警察権力や政治家たちと、レイシズムとが近距離にいることも、米国だけの問題ではない。だからこそメディアの監視機能が、まっとうに働く必要があるだろう。

ところが本書でも指摘されていることだが、メディアは「中立」という型に逃げ込むことがある。ヘイト街宣に反対する一部の人々の言葉遣いや、荒っぽく見える所作をあげつらい、「どっちもどっち」であるかのような取り上げ方をしてしまいがちだ。そしてその報じ方は、新たな傍観者を増やすだけだろう。無難なスタンスの上にあぐらをかくメディアの重い腰を動かすのは、読者である市民の存在だろう。

ネット上の書き込みや駅前で散見される街宣を、「たかが言葉」と放置すれば、いずれそれは必ず身体的な暴力へとつながることを、本書は鋭く警告している。ささやかであっても、この社会に生きる一人ひとりが、人権という軸で声を持ち寄ることこそ、「地獄の具現化」への歯止めとなっていくはずだ。

安田菜津紀（認定ＮＰＯ法人 Dialogue for People 副代表／フォトジャーナリスト）

索引

索引は原書にならい作成した。ただし不便や不足があると思われた場合には、適宜修正を施した。関連項目は「→」で示した。

ア行

アーネスト，ジョン（Earnest, John）63, 190-193
アーベリー，アマード（Arbery, Ahmaud）76-77
アーリアン・ネーションズ（Aryan Nations）240, 256
アイアンマーチ（Iron March）316
アイク，デイヴィッド（Icke, David）284
アイデンティタリアニズム（identitarianism）15, 110
アイデンティティ・エアロパ（Identity Evropa）88, 99, 110, 201, 306
アヴァキアン，ボブ（Avakian, Bob）281, 285
アサトゥル（Ásatrú）201-202, 204-206
アサトゥル・フォーク・アセンブリ（Ásatrú Folk Assembly）204
アゾフ連隊（Azov Battalion）241-243, 254
アトムヴァッフェン師団（Atomwaffen）216, 253, 268-269, 273-274
アナーキスト（anarchists）46, 310-311
アムネスティ・インターナショナル（Amnesty International）143
アメリカ・ナチ党（American Nazi Party）42, 59, 266, 268, 271
アメリカ南部連合の娘の会（Confederate Daughters of America）57
アメリカン・シンカー（American Thinker）289
アメリカン・ルネサンス（American Renaissance）102
荒らし（trolls, trolling）134, 144-145, 162
アルディーティ・デル・ポポロ（Arditi del Popolo）310
アルフレッド・P・マラー連邦ビル爆破事件（Alfred P. Murrah Federal Building bombing）61
アレン，カーティス（Allen, Curtis）184-187
アングリン，アンドリュー（Anglin, Andrew）82
アンチフェミニズム（antifeminism）124, 126-127
アンティファ／アンチファシスト／アンチファシズム（antifa, antifascists, antifascism）278, 302-318
　ーに反対する根拠としての「言論の自由」312
　ーのイメージ 279, 314
　アナーキストとー 311
　新たな手法 316
　受け身の姿勢 303
　右派の政治家とー 279-280
　運動の歴史 310
　警察との関係 305-309
　抗議活動／デモ 278-279, 311-312
　個人の集合体としてのー 294
　コミュニティを守る 294, 309, 311-313, 317-318
　主流メディアとの対立 312-314
　スケープゴートとしてのー 291
　ドキシング 304-305
　二つの原則 279
　三つ巴の戦い 309
　目的 294
　→「アイアンマーチ」
『アンティファ』（*Antifa: The Antifascist Handbook*）310
アンティファの内戦（Antifa Civil War）
　右派メディアの報道 280-290
　参加人数 290
　レブコムの計画 281-282
イェシーヴァー大学（Yeshiva University）67
異教の白人至上主義者（pagan white supremacists）
　ーとアサトゥル 202, 204-206
　ーと北欧神話 200-201, 205-206
　「キリスト教徒 vs 異教徒」174-175, 179-181, 206, 210-211
異教のルーン文字（pagan runes）116
異教を信じるレイシスト（racist heathenry）203-204
異人種間結婚（interracial marriage）85, 168,

204
　－を禁じる法律 128, 130-131
イスラエル（Israel）
　－とトランプ 81
　在イスラエル米大使館の移転 84
イスラム教徒（Muslims）→「ムスリム」
『偉大な人種の消滅、あるいは欧州の人種史』（*The Passing of the Great Race; Or, the Racial Basis of European History*）130
一般的な反ユダヤ主義（ordinary anti-Semitism）47
イディッシュ語（Yiddish terms）
　白人至上主義者と－ 64
イバルリ，ドロレス（Ibárruri, Dolores）310
移民（immigrants, immigration）
　－とスティーブン・ミラー 85, 101-103
　－による白人文化の抹殺 201
　ドイツ系ユダヤ人 46
　東欧系ユダヤ人 46
　トランプ政権の移民政策に対する極右の認識 86-87
　白人至上主義者と西洋の危機 206-207
インヴィクタス，アウグストゥス・ソル（Invictus, Augustus Sol）174-175, 181, 211
インセル（incels）
　－とアニメに登場する女性 169-170
　－と陰唇の伸縮性 155-156
　－と自殺 160-161, 164-165
　－と憎しみ 170
　－と白人至上主義 163-164, 170
　－と反ユダヤ主義 170
　－と暴力 151, 170
　－とポルノ 169
　－と理想的な男らしさ 159
　－とレイシズム（人種差別）163, 165, 170
　－とロジャー 149-152, 156, 161
　－の性的欲求不満 144, 149, 158
　－の「正当な不満」153-154
　－のミソジニー 157, 158-159, 161-162, 164, 170
　－用語［隠語］158-160, 166
　性的機会の不当な剥奪 151
　男性優位主義 157
　ブラックピル 162, 166
　ミーム 156, 161, 169
　レディット 150, 153, 157, 168-169
　ロースティ（roasties）［隠語］154-155
　ER する 151, 165
インセルウィキ（incel wiki）155
インセルダム・ディスカッション（Inceldom Discussion）165
インターネット（internet）
　－が生み出す偏見 35
　オルトテック 244
　白人至上主義者による利用 240
　武器（オープンソースのガイド）251-252
　歴史観を植えつける－ 193-194
インフォウォーズ（InfoWar）285-287
インフォストーマー（InfoStormer）208-209, 245
陰謀論（conspiracy theories）
　アメリカの－ 37
　アンティファの内戦に関する－ 287
ヴァージニア州警察（Virginia State Police）300
ヴァージニア大学（University of Virginia）296
ヴァイキング（Vikings）183, 200
ヴァイキング同胞団（Viking Brotherhood）202
ヴァイス・ニュース（Vice New）74
ヴァイス・メディア（Vice Media）238
『ヴァギナのバイブル』（*The Vagina Bible*）156
ヴァルハラ（Valhalla）161, 184, 205
ヴァンガード・アメリカ（Vanguard America）298
ヴァンガード・ニュース・ネットワーク（Vanguard News Network）67
ヴィーケネス，ヴァルグ（Vikernes, Varg）202
ウィメンズ・マーチ（Women's Marches）152, 281
ウィラメット・ウィーク紙（*Willamette Week*）306
ウィリアムズ，コルトン（Williams, Colton）176-178
ヴィンランダーズ・ソーシャル・クラブ（Vinlanders Social Club）204
ヴィンランドの狼（Wolves of Vinland）205
ウェスタン・ボイシズ・ワールドニュース

(Western Voices World News) 245
ウォール・ストリート・ジャーナル紙（*Wall Street Journal*）207
ウォシッキー，スーザン（Wojcicki, Susan）237, 247
ウォタニズム（Wotanism）202
ヴォックス（Vox）152, 162
ウォルマート銃撃事件（Walmart shooting）272
ウクライナ（Ukraine）
　ー国防軍とアメリカの白人至上主義者 241-243
　「壮大な乗っ取り」の翻訳 254
　→「アゾフ連隊」
『嘘が横行する共和国』（*Republic of Lies*）37, 286
右派セクター（Right Sector militia）242
右派メディア（right-wing media）
　アンティファの内戦 282-290
　引き立て役にされるアンティファ 279-280
ウンターメンシュ（untermenschen, subhumans）89
『栄光への脱出』（*Exodus*）59
8チャン（8chan）70-71
　ーとクルシアス 272
　ーと反ユダヤ主義 72-73, 190-193
エコー，三重括弧（echo）[隠語] 136, 203
エスカピストフォーラム（Escapist Forums）146
エスノステート（ethnostates）16
　白人のー 85
エスノナショナリズム（ethnonationalism）204
エマニュエル・アフリカン・メソジスト監督教会襲撃事件（Emanuel African Methodist Episcopal Church shooting）24
エンドチャン（Endchan）205
黄金の夜明け（Golden Dawn party）118
オーウェン，テス（Owen, Tess）74
オーケーキューピッド（OkCupid）113
オーダー（The Order）61, 202
オーディオブック（audiobooks）243
オーディン（Odin）200
　ー崇拝（ウォタニズム）202
オーディンの戦士たち（Soldiers of Odin）205
オーベルランダー，ヘルムート（Oberlander, Helmut）168
オクラホマシティ爆破事件（Oklahoma City bombing）→「アルフレッド・P・マラー連邦ビル爆破事件」
オディニスト・フェローシップ（Odinist Fellowship）201
オバマ，バラク（Obama, Barack）82, 87
オペレーション・ウェアウルフ（Operation Werewolf）11
オルタナティブ・インフルエンス・ネットワーク（Alternative Influence Network）226
オルトテック（alt-tech）244
オレゴン再開（ReOpen Oregon）306
オンライン・ハラスメント（online harassment）
　ジャーナリストが受けるー 239
　女性に対するー 108-109, 133-136, 143, 146-147
　フェミニストが受けるー 108-109, 133
　ブラックフェミニストが受けるー 133
　→「ゲーマーゲート」

カ行

カーク，チャーリー（Kirk, Charlie）98, 101
ガーディアン紙（*Guardian*）273
ガーデル，マティアス（Gardell, Mattias）202
改革派ユダヤ教（Reform Judaism）46
カウンター・カレンツ（Counter-Currents）109
『カウンターストライク』（*Counter-Strike*）229, 231, 262
カエルのぺぺ（Pepe the Frog）76
鉤十字（swastika）33, 54, 59, 68, 76, 223, 256
過激化／急進化（radicalization）
　インターネットによるー 118, 232
　テレグラム上の過激主義者 72-75
　ソーシャルメディアとー 222
　ユーチューブとー 224-228
　→「ソフ」
加速主義（accelerationism）16, 80, 89, 272
合衆国憲法修正第1条（First Amendment）60, 281
カバノー，ブレット（Kavanaugh, Brett）39

カフリン，チャールズ（Coughlin, Charles） 55-56
「貨幣の劣化」説（debased coinage theory） 130
カミンスキー，イリヤ（Kaminsky, Ilya） 17
ガリエフィ，ジャン＝フランソワ（Gariépy, Jean-François） 117
カンザス防衛隊（Kansas Security Force militia） 184-185
ガンター，ジェニファー（Gunter, Jennifer） →『ヴァギナのバイブル』
「来たるべき内戦」（*The Coming Civil War*） 285
キップリング，ラドヤード（Kipling, Rudyard） 189
ギブソン，ジョーイ（Gibson, Joey） 306, 314-315
キム，ドロシー（Kim, Dorothy） 198
ギャブ（Gab） 12, 38, 108, 244
共産主義（communism）
　ーとユダヤ人 56-58
恐怖（fear）
　右派の陰謀論とー 282
共和党（Republican Party）
　ーとイスラエル 76, 81, 83-84
　ーとトランピズム 96
　極右の侵略を阻止できずにいるー 96-104
　ケイシーの計画 88-89
　トランプに対する極右の幻滅 82, 86, 89
極右（far-right）
　ーグループ間での対立 75
　ーの集会に対する抗議 308
　ーのソーシャルネットワーク 245
　ーのニュースサイト 245
　検閲を恐れるー 72
　ユーチューブによる過激化 224-228
　ロックダウンに反対する極右デモ 78
極右活動家（far-right activists）
　ーに対抗するための活動 311-312
　ポートランド警察との協力関係 306
　三つ巴の戦い 309
キリスト教（Christianity）
　ーと反ユダヤ主義 45, 51-52
　ーに対する白人至上主義者の敵意 199-200
　クー・クラックス・クランとー 194-195
　聖アンブロジウス軍団 176
キリスト教戦線（Christian Front） 55-56
キリスト教徒の白人至上主義者（Christian white supremacists）
　アーネストとー 190-193
　タラントとー 188-190
　血の中傷とー 191-192
　中世のキリスト教と十字軍への執着 194-198
キリスト教反ユダヤ党（Christian Anti-Jewish Party） 58
銀シャツ隊（Silver Shirts militia） 53-54, 310
クイレット（Quillette） 215
クィン，ゾーイ（Quinn, Zoë） 145
クー・クラックス・クラン（Ku Klux Klan） 58, 194-195, 201, 240, 302
グーグル（Google） 246-247
クーン，フリッツ（Kuhn, Friz） 54
クシュナー，ジャレッド（Kushner, Jared） 84-85
クライストチャーチ（Christchurch） 188
『クランズマン』（*The Clansman: A Historical Romance of the Ku Klux Klan*） 128, 195
グラント，マディソン（Grant, Madison） →『偉大な人種の消滅、あるいは欧州の人種史』
クリアリー，クリストファー（Cleary, Christopher） 151-152
クリステンセン，エルス（Christensen, Else） 201-202
グリフィン，ブラッド（Griffin, Brad） 84, 86
クリントン，ヒラリー（Clinton, Hillary） 144
クルシアス，パトリック（Crusius, Patrick） 272-273
クルセイダーズ（Crusaders） 184-187
クレンショー，ダン（Crenshaw, Dan） 100-101
黒い太陽（Black Sun, Sonnenrad） 90, 201
グロイパー軍団（Groyper） 98
クロウリー，アレイスター（Crowley, Aleister） 174
グローバリスト（globalists）［隠語］ 94
グロボホモ（globohomo）［隠語］ 90-94
軍隊（military）
　ーに所属する白人至上主義者 110

警察／警官（police）
　ーとアンチファシストとの関係 305-309
　ーと極右活動家との協力関係 306
　ーとトランプ 307-308
　ーに所属する白人至上主義者 110
　シャーロッツヴィルとー 300
　三つ巴の戦い 309
ケイシー，パトリック（Casey, Patrick）88-89, 99
ケイト法（Kate's Law）87
ゲートウェイパンディット（Gateway Pundit）288
ゲーマー（gamer）230
　ーと女性の登場人物 229-230
　ーのアイデンティティ 146
ゲーマーゲート（GamerGate）144-149
ケスラー，ジェイソン（Kessler, Jason）298
ゲッベルス，ヨーゼフ（Goebbels, Joseph）168
言論の自由（free speech）
　アンティファに反対する根拠 312
ゴイム（goyim）[隠語] 64
公民権運動（civil rights movement）
　ーと反ユダヤ主義 57
『氷と炎の歌』（*A Song of Ice and Fire*）197
『コール オブ デューティ』（*Call of Duty*）229, 231
コール，スカーチ（Koul, Scaachi）230-231
ゴールデンステート・スキンヘッド（Golden State Skinheads）290
ゴールドマン，エマ（Goldman, Emma）46
コーン，ゲイリー（Cohn, Gary）85
五月勅令（May Laws）45-46
国際警察組合連合（International Union of Police Associations）307
『国際ユダヤ人』（*The International Jew*）42, 49-52
黒死病（Black Death）45, 97
黒人の社会主義者（black socialist）
　ーによる反乱 267
国土安全保障省（Department of Homeland Security）289
国内テロ（domestic terrorism）→「FBI」
国民社会主義運動（National Socialist Movement）199
国民社会主義解放戦線（National Socialist Liberation Front）269
『國民の創生』（*The Birth of a Nation*）127, 131, 195
古代スカンジナヴィアの神々（Norse pantheon）200-202
コタク（Kotaku）145
国家政策研究所（National Policy Institute）83
骨相学（phrenology）42, 130, 196
コルボーン，マイケル（Colborne, Michael）262-264

サ行

サーキージアン，アニータ（Sarkeesian, Anita）145
『ザ・アワー・オブ・パワー』（*The Hour of Power*）55
サウス・バイ・サウスウエスト（South by Southwest）147
サザン・ヒストリカル・ソサイエティ・ペーパー（Southern Historical Society Papers）129
ザッカーバーグ，マーク（Zuckerberg, Mark）247
ザ・ノーティサー（The Noticer）65-66
ザ・ビューロー・オブ・ミーメティック・ウォーフェア（The Bureau of Memetic Warfare）77
『ザ・リライアント』（*The Reliant*）293
サルトル，ジャン＝ポール（Sartre, Jean-Paul）36
『シージ』（*Siege*）23, 76, 269, 271
シージ信者（Siegeheads）[隠語] 24
シージピルを飲む（Siegepilled）[隠語] 269
ジェネレーション・アイデンティティ（Generation Identity）240
ジェンダーロール（gender roles）
　白人至上主義者が好むー 107, 115
シオニズム／シオニスト（Zionism, Zionists）46, 62, 183
『シオン賢者の議定書』（*The Protocols of the Elders of Zion*）42, 51, 55, 94
システム（System）[隠語] 269
時代に逆行したポピュリズム（retrograde

populism) 145-146
シナゴーグ銃撃事件（synagogue shootings）
ツリー・オブ・ライフ（ピッツバーグ）11-12, 36, 103
ハバッド派（パウウェイ）36, 63, 272
ハレ（ドイツ）250
資本主義（capitalism）
ーに対する極右の不満 81
グローバル資本主義への批判 94
シミネムズ・シージ・シャック（Sminem's Siege Shack）78
ジム・クロウ法（Jim Crow）42, 57, 128-130
ジャーナリスト（journalists）
ーとオンライン・ハラスメント 239
アメリカの極右団体と関わりをもつー 25
シャーロッツヴィル（Charlottesville）→「ユナイト・ザ・ライト」
シャーロッツヴィル・アメリカ民主社会主義者（Charlottesville Democratic Socialists of America）301
シャーロッツヴィル警察（Charlottesville Police Department）299-300
シャーロッツヴィル聖職者団体（Charlottesville Clergy Collective）299
『社会正義』（*Social Justice*）56
銃（guns）
白人至上主義者の愛するー 252
ジューイッシュワーカー（Jewish Worker）316
宗教（religion）→「異教の白人至上主義者」「キリスト教徒の白人至上主義者」
自由経済国民社会主義者世界連合（World Union of Free Enterprise National Socialists）59
十字軍（Crusaders）
ーに対する白人至上主義者の執着 183-184, 194, 196-197
タラントのマニフェストとー 188-189
→「クルセイダーズ」
Juden［隠語］67
自由党（Libertarian Party）175
主流メディア（mainstream media）
ーとアンティファ 279, 312-314
ーを利用するネオナチ 314-315
シュロモ（Shlomo）［隠語］77
ショア（Shoah）64
ジョーンズ，アレックス（Jones, Alex）285, 287
ジョガー（jogger）［隠語］77
女性（women）
アンティファのリーダー 314
インセルのミソジニー 157, 158-159, 161-162, 164, 170
黒人女性に対する性暴力 128-129
→「オンライン・ハラスメント」「白人女性」
ジョニ，イーロン（Gjoni, Eron）145
ジョンソン，ベニー（Johnson, Benny）99-100
人種（race）
ーによるカースト制 38, 43, 129
ーの純粋性（「貨幣の劣化」説）130
ーの責任 190
ーの否定 44
法律上の境界 130
人種科学（race science）42, 48, 243
人種契約（racial contract）43
人種混交（race mixing）58-59, 62, 95, 191
人種主義（racism）→「レイシズム」
人種戦争（race war）
ーとアサトゥル 205-206
ーとバンクハウス 24
ーに関するチャット 77, 253
ーのための準備 75, 77-78
加速主義とー 16, 89
白人至上主義者への影響 268
ブーガルー運動 78-79
人種統合（racial integration）57
人種分離（racial segregation）57-58, 124
水晶の夜（Kristallnacht）55
Suifuel［隠語］160
『スカイリム』（*Skyrim*）161
スカルマスク（skull masks）14, 269, 273
『スター・ウォーズ』（*Star Wars*）225
スターリン，ヨシフ（Stalin, Josef）311
ステイシー（Stacy）［隠語］151, 159
ステイン，パトリック（Stein, Patrick）184-187
ストーナー，J. B.（Stoner, J. B.）58
ストームフロント（Stormfront.org）32, 235

ストッダード , T. ロスロップ（Stoddard, T. Lothrop）→『白人優位の世界に対する有色人種の台頭』
スピリチュアリティの生物化（biologization of spirituality）202
スピリチュアル優生学（Spiritual Eugenics）53
スピンガーン , アーサー（Spingarn, Arthur）58
スペイン内戦（Spanish Civil War）310
スペンサー , リチャード（Spencer, Richard）83, 88-89, 114, 227, 312
スミス , ジャレット・ウィリアム（Smith, Jarrett William）242
スレート（*Slate*）133
聖アンブロジウス軍団（Legion of St. Ambrose）176
聖戦（holy war）
　タラントが呼びかけた－ 189-190
　二重の－ 197
性的な人種差別主義（Sexual Racism）128
セカンダリ , アルゴ（Secondari, Argo）310
セルナー , マルティン（Sellner, Martin）240-241
セルワー , アダム（Serwer, Adam）43
セレマ（Thelema）174
選挙至上主義者（electoralist）88
センサード TV（Censored.tv）238
センチュリー・マガジン誌（*The Century*）48
全米黒人地位向上協会（National Association for the Advancement of Colored People）58
憎悪（hate）→「ヘイト」
壮大な乗っ取り（The Great Replacement）102, 188-189, 254
ソーシャルメディア企業（social-media companies）
　問題に対処できずにいる－ 240, 245
ソフ（Soph）228-238
ソロス , ジョージ（Soros, George）286

タ行

『ターナー日記』（*The Turner Diaries*）60-61, 76, 132
ターニング・ポイント USA（Turning Point USA）97-99, 104
第二次世界大戦（World War II）
　極右に反対する者たちの思い入れ 311
　不介入に賛成した反ユダヤ主義団体 54-55
多文化主義（multiculturalism）146, 209
タラント , ブレントン（Tarrant, Brenton）71, 75-76 132, 182, 188-190, 193, 240, 254, 262, 273
タルフォン（Tarfon）322
タルムード（Talmud）28, 64-65, 322
ダンプソン , テイラー（Dumpson, Taylor）133-134
血と土（Blood and Soil）12, 298
血の中傷（blood libel）191-192
チャーニー・コーパス（Cherniy Korpus）254
チャド（Chad）［隠語］151, 159, 164
ツィクロン B（Zyklon B）15
ツイッター（Twitter）37, 70, 73-74, 99-100, 143, 239, 245-247
ツイッチ（Twitch）251
ツリー・オブ・ライフ・シナゴーグ襲撃事件（Tree of Life synagogue shooting）36
出会い系サイト（dating site）→「ホワイトデート」
ディアボーン・インディペンデント紙（*The Dearborn Independent*）49-51
ディアボーン・パブリッシング・カンパニー（Dearborn Publishing Co.）51
ティーパーティー運動（Tea Party movement）82
ディクソン , ウィリアム・ヘプワース（Dixon, William Hepworth）→『白人の征服』
ティシュアー・ベ＝アーブ（Tisha B'Av）30
ディスコード（Discord app）70-72, 88, 168-169, 233
ディナースタイン , レオナルド（Dinnerstein, Leonard）45, 54, 56-57
デイリー・コーラー（Daily Caller）207-208
デイリー・ストーマー（Daily Stormer）12, 72, 85, 133, 208-209, 245
デイリー・ドット（*Daily Dot*）231-232
デイリー・ビースト（*Daily Beast*）25, 198, 289, 307
デイリー・ワイヤー（Daily Wire）207
ティル , エメット（Till, Emmett）128

ティンダー（Tinder）113
デヴィアントアート（Deviantart）93
デヴィッド（David）253-266
→「ブレントン・タラントの若者たち」
データ・アンド・ソサイエティ（Data & Society）226
テクノロジーの透明性に関するプロジェクト（Tech Transparency Project）78
テック企業（technology companies）241, 246
デューク，デヴィッド（Duke, David）194
テレグラム（Telegram）
ー上で見られる暴力 73-77
ー上の人種戦争に関する議論 77-79, 253
ー上のネオナチのチャット 174
異教崇拝のレイシストチャネル 203
イデオロギー 90
極右による利用 71-72
極右の加速主義 80
極右のチャネル 73-74
ザ・ノーティサー 65-66
「すべてのユダヤ人をブルーに染めよう」39
聖アンブロジウス軍団 176-178
ネーレンの動画 134-135
白人インターナショナリスト運動 246
バンクハウス 22-24
文書や動画の共有 76-77
電子確認法案（e-Verify bill）87
伝統主義青年ネットワーク（Traditionalist Youth Network）114
伝統主義労働者党（Traditionalist Workers' Party）176
テンプル騎士団（Templar cross）184, 194, 201
ドイツ系アメリカ人協会（German American Bund）54, 310
ドイツ系ユダヤ人移民（German-Jewish immigrants）46
トゥール・ポワティエ間の戦い（Battle of Tours in 732）188
東欧系ユダヤ人（Eastern European Jews）46
ドーシー，ジャック（Dorsey, Jack）247
トーテンコップ（Totenkopf）14
トーマス，ジェフ（Thomas, Jeff）217
トール（Thor）200, 206
トールキン，J. R. R.（Tolkien, J. R. R.）→『指輪物語』
ドキシング（doxing）304-305
突撃隊（storm troopers）59
トマス，ディラン（Thomas, Dylan）189
トランスフォビア（transphobia）95-96, 304
トランプ，イヴァンカ（Trump, Ivanka）85
トランプ，ドナルド（Trump, Donald）
ー支持者がユダヤ人墓地で墓石を倒した事件 63
ーと極右／白人至上主義者／白人ナショナリスト 81-82, 101, 305
ーと警察／警官 307-308
ーとネーレン 73, 134
ーに対する極右の幻滅 81-89
ーの人種差別に対する理解 305
ーはユダヤ人の目論見にはまってしまったという見方 84-85
ゲイ・プライドのデザインが施された帽子 91
主流派になりつつある人種差別的なイデオロギー 148
ユナイト・ザ・ライトとー 83-84, 279-280
ヨーロッパで移民が犯罪を起こしているという報道 207
2018年の中間選挙中の人種差別的発言 86
トランプ，ドナルド，ジュニア（Trump, Donald, Jr.）98
トランプ錯乱症候群（Trump Derangement Syndrome）104
トレードミー（TradeMe）92
トレントのシモン（Simon of Trent）192-193
トンプソン・ミラー，ルース（Thompson-Miller, Ruth）128

ナ行

ナチ／ナチ・ドイツ（Nazi Germany）
ーとグロボホモ 94-95
ーにおける『国際ユダヤ人』の影響 51-52
ーは社会的な代償を支払うべきと考えるアンティファ 279
ナチ式敬礼 83, 254

→「水晶の夜」「血と土」
南部のシナゴーグ爆破事件／未遂事件（synagogue-bombings in South）58-59
南部貧困法律センター（Southern Poverty Law Center）72, 101, 103
南部連合国旗（Confederate flags）79
南部連盟（League of the South）84, 86
ニューズウィーク誌（*Newsweek*）290
ニュースパンチ（NewsPunch）284
ニューヨーカー誌（*New Yorker*）9, 23, 71, 250
ニューヨーク・タイムズ紙（*New York Times*）102, 224, 274, 307
ニューヨーク・ポスト紙（*New York Post*）208
ニューヨーク・マガジン誌（*New York*）152, 159
ニュー・リパブリック誌（*New Republic*）23, 304
ヌゴ，アンディ（Ngo, Andy）207-208, 214-216
ネアンデルタール人（Neanderthals）34, 43
ネーレン，ポール（Nehlen, Paul）73, 134-135
ネオナチ（neo-Nazis）
　ーが集まるストームフロント 32
　ーの訓練ビデオ 268
　ーのメディア利用 314
　オーディオブックの人気 243
　ネルソン，クランゲ T.（Nelson, Krang T）287-288
ノウ・ユア・ミーム（Know Your Meme）229
ノーヘイト N. J.（No Hate N. J.）214

ハ行

バーカン，マイケル（Barkun, Michael）47
バイアリー，スコット・ポール（Beierle, Scott P.）152, 164
ハイウェイメン（Confederate Hiwaymen）306
ハイパーガミー（hypergamy）[隠語] 126, 162
ハイムバッハ，マシュー（Heimbach, Matthew）114
ハイヤー，ヘザー（Heyer, Heather）70, 83, 280, 297-298, 300
ハイル，万歳（Heils）90
バウアーズ，ロバート（Bowers, Robert）12, 24, 182, 244
バウマン，ケイティ（Bouman, Katie）135-136
パク・クネ（Park Geun-hye）282
白人（whiteness）
　ーと異教を信じるレイシスト 203-204
　ーの起源 195-196, 198, 202
　ーの性的な魅力 163
白人至上主義（white supremacy）
　ー運動内部の選挙至上主義者 88
　ーとインセル 163-164
　ーと反黒人主義 43-44
　ーと反ユダヤ主義 36-37, 44
　ーとフェミニズム 132-136
　ーとミラー 85, 101-102, 305
　ーに共感を示す警察 274-275
　ーのミソジニー 124-127, 132-136
　ーを否定しようと躍起になる共和党 99-101, 103-104
　起源となる物語 194
　国際的なつながり 240-241
　「白人」という概念 196
　反ユダヤ主義の影響 52-53
　レイシズム、反ユダヤ主義、銃へのカルト 252
　ユダヤ人が「白色人種の血を薄める」という陰謀論 62-63
白人至上主義者（white supremacists）
　ーが共和党に及ぼす影響 97-104
　ーが好むジェンダーロール 107, 115, 204
　ーとクルセイダーズ 184-187
　ーと反政府ミリシア運動 18
　ーに対する連邦当局の調査 273-274
　ーの大量殺人犯者たち 24-25
　ーの用語 63-64
　イデオロギーを強めていく出発点 37
　オンライン上での文書や動画の共有 76-77
　広報担当者 114
　極悪非道の敵としてのユダヤ人 38
　創設の物語 182-183
　トランプに対する幻滅 81-89
　白人を絶滅させるためのユダヤ人の策略 65
　ヨーロッパへの執着 206-210

→「異教の白人至上主義者」「キリスト教徒の白人至上主義者」「南部のシナゴーグ爆破事件／未遂事件」
白人市民会議（White Citizens Councils）57
白人女性（white women）
ーと優生学 130-131
ーの立場の向上 131-132
黒人男性の性的な誘惑 128
守護者としてのー 128-131
白人大虐殺のマニフェスト（white genocide manifesto）61, 76, 185
『白人の征服』（*White Conquest*）129
『白人の力』（*White Power*）266-267
白人文化の抹殺（white cultural genocide）201
『白人優位の世界に対する有色人種の台頭』（*The Rising Tide of Color Against White World-Supremacy*）130
バズフィード（BuzzFeed）230-231, 236, 284
バズフィード・カナダ（BuzzFeed Canada）230-231
『パックス・センチュリオン』（*Pax Centurion*）308
パトリオット・プレイヤー（Patriot Prayer）306, 314
パトリオット・フロント（Patriot Front）12, 108
パトレオン（Patreon）244
バノン，スティーブ（Bannon, Steve）82
ハバッド派シナゴーグ銃撃事件（Chabad of Poway synagogue shooting）→「シナゴーグ銃撃事件」
ハフポスト（*HuffPost*）23
バリエット，ステファン（Balliet, Stephan）250-252
『パルチヴァール』（*Parzival*）199
ハレ（Halle）→「シナゴーグ銃撃事件」
バンクハウス（The Bunkhous）→「テレグラム」
反黒人主義（antiblackness）43-44, 47, 57, 62
反政府ミリシア運動（antigovernment militia movement）18, 78
反ユダヤ主義（anti-Semitism）
ー的なミーム 38-39
ーとアンティファの内戦 286
ーと異教を信じるレイシスト 203
ーと共産主義 55-56
ーとグロイパー軍団 98
ーとグローバリスト 94
ーと人種科学 48-49
ーと聖アンブロジウス軍団 178
ーとトランスフォビア 96
ーと反黒人主義 44, 47, 57, 62
ーと優生学 48-49
ーのエコシステム（生態系）35
ーのプロパガンダ 73-74
ーのもとでの極右のまとまり 68
アーネストのー 190-193
アメリカにおける歴史 45-68
一般的なー（ordinary）47
強烈なー（extraordinary）47, 51-52, 57
極右のー 62-68
白人至上主義イデオロギーの根幹 36
バリエットとー 251-252
分離主義者とー 57
暴力としての顕在化 36
ヨーロッパにおけるー 45-46
→「ユダヤ人」
反ユダヤ主義ギルド（Guild of Counter-Semitism）73
ピアース，ウィリアム・ルーサー（Pierce, William Luther）→『ターナー日記』
ヒーフィー，ティモシー（Heaphy, Timothy）300
ヒスパニック系住民（Hispanics）272
ピチャイ，サンダー（Pichai, Sundar）247
ピッカ，レズリー・H.（Picca, Leslie H）128
ピッツバーグのシナゴーグ銃乱射事件（Pittsburgh synagogue shooting）→「シナゴーグ銃撃事件」
ビットシュート（Bitchute）243
ヒトラー，アドルフ（Hitler, Adolf）83, 87
ーの反ユダヤ主義的プロパガンダ 51-52
ーへの信奉／崇拝 24, 33, 56, 112, 178, 233, 254
アメリカの反ユダヤ主義への影響 52-54, 57, 76, 94, 168
ブーガルー運動への影響 79
『我が闘争（*Mein Kampf*）』121

ファーストバプティスト教会（First Baptist Church）299, 301
ファシスト運動の取り締まり
　第二次世界大戦中の－ 56-57
フィールズ，ジェームズ・アレックス（Fields, James Alex）280, 297-298
フィラデルフィア・オルトナイツ（PA Alt-Knights）217
ブーガルー運動（the Boogaloo）78-79, 100, 272
プール，ティム（Pool, Tim）214-216
フェイスブック（Facebook）18, 70, 74, 78-79, 151, 188, 239, 246-247, 284, 304
フェミニズム（feminism）
　－と時代に逆行したポピュリズム 145-146
　－に対する白人至上主義者の敵意 124-127, 132-136
　→「オンライン・ハラスメント」
フェンテス，ニコラス（Fuentes, Nicholas）98-103
フォーアヘルシャフト師団（Vorherrschaft Division）10, 253
フォーク・ライト（Folk Right）204
4 チャン（4chan）70, 133, 136, 150, 193, 241, 245
14 ワーズ（14 words）[隠語] 62, 112, 178, 186, 316
フォード，ヘンリー（Ford, Henry）
　－の反ユダヤ主義 49-53, 57
フォックス・ニュース（Fox News） 207, 222, 280, 289-291
フコンタクテ（Vkontakte）264
ブライトバート（Breitbart）101, 147, 207-208
プラウド・ボーイズ（Proud Boys）133, 206, 238, 307
ブラウン対教育委員会裁判（Brown v. Board of Education）57
ブラックピル（blackpill）162, 166
ブラック・ブロック（black bloc）278-279, 292
ブラック・ライブズ・マター（Black Lives Matter）79, 93, 292, 307
フランコ，フランシスコ（Franco, Francisco）310
ブリン，セルゲイ（Brin, Sergey）247
ブルー・ライブズ・マター（Blue Lives Matter）292
ブレイ，マーク（Bray, Mark）310-311, 313
　→『アンティファ』
ブレイヴィク，アンネシュ（Breivik, Anders）25, 182
『ブレイクダンス 2 ／ブーガルビートで TKO!』（*Breakin' 2: Electric Boogaloo*）78
ブレントン・タラントの若者たち（Brenton Tarrant's Lads）254-255, 261-265
プロキュアメント（Procurement）72
プロパブリカ（ProPublica）273
分離主義者（eliminationist）57
ペイジ，ラリー（Page, Larry）247
ヘイデン，マイケル E.（Hayden, Michael E.）101
ヘイト，憎悪（hate, hatred）
　－が生み出す利益 247-248
　－とインセル 170
　－について書くこと 319-320
　－によって生まれた現代の疑似科学 45
　－の増殖 182
ヘイトスピーチ（hate speech）33, 228, 239, 243, 247-248
ヘイトレオン（Hatreon）244
ペギンズ（peggins）[隠語] 180
ヘブライ語（Hebrew terms）
　白人至上主義者が使う－ 64
ヘブライ慈善教会（Hebrew Benevolent Congregation）59
ヘラー，セリア S.（Heller, Celia S.）321
『ヘラクレス』（*Hercules*）292
ペリー，ウィリアム・ダドリー（Pelley, William Dudley）53-54
ペリー，デヴィッド・M.（Perry, David M）197
ベリングキャット（Bellingcat）225, 254, 262-265
ベンジャミン，カール「アッカド王サルゴン」（Benjamin, Carl "Sargon of Akkad"）214, 226-227, 247
ペンス，マイク（Pence, Mike）283, 285

ヘンドリック，バートン J.（Hendrick, Burton J.）48
ポインター社（Poynter）284
暴力（violence）
　ーとインセル 151, 170
　ーと極右 14-16
　ーとテレグラム 73-77
ボウルキャスト（Bowlcast）24
ポートランド（Portland）
　警察と極右活動家との協力関係 306
　ナショナルメディアの報道 314
ポグロム（pogroms）28, 45, 191, 203
ポストミレニアル（*Post Millennial*）220-221
ボストン警察巡査組合（Boston Police Patrolmen's Association）308
ホモフォビア，同性愛嫌悪（homophobia）75, 92, 95, 98, 180, 204, 304
ポリティコ（*Politico*）175
ポルノ（porn）→「インセル」
ホロコースト記念日（Holocaust Remembrance Day）28
ホロコースト否定論（Holocaust denialism）60, 76, 247
ホワイト・インフォメーション・ネットワーク（White Information Network）208
ホワイトデート（WhiteDate.net）106-110, 112-113, 116-117, 120-121, 124, 126
ホワイト，ブレア（White, Blaire）214

マ行

マーウィック，アリス（Marwick, Alice）145
マーティン，ジョージ R. R.（Martin, George R. R.）→『氷と炎の歌』
マーティン，トレイボン（Martin, Trayvon）292
マーラン，アンナ（Merlan, Anna）→『嘘が横行する共和国』
マインズ（Minds）38, 92
マインズ IRL カンファレンス（Minds IRL Conference）214-222, 223
マクヴェイ，ティモシー（McVeigh, Timothy）25
　ーと『ターナー日記』61, 132
マクドナルド，ヘザー（MacDonald, Heather）312
マクナレン，ステファン（McNallen, Stephen）202, 204
マクルーア誌（*McClure's magazine*）48
マッカーティ，エヴァン（McCarty, Evan）134
マッキンズ，ギャヴィン（McInnes, Gavin）238
マッシブ・レジスタンス（massive resistance）57, 59
マドリード包囲（Siege of Madrid）310
『マトリックス』（*The Matrix*）117
マルキン，ミシェル（Malkin, Michelle）312
マンスハウス，フィリップ（Manshaus, Philip）205-206
ミソジニー（misogyny）
　ーと白人至上主義 124-127, 132-136
　アメリカ文化の背景音としてのー 143-144
　インセルのー 157-159, 161-162, 164, 170
　インターネット上のー 143-144
　→「ゲーマーゲート」
ミッチェル，シャイリーン（Mitchell, Shireen）146-147
ミナシアン，アレク（Minassian, Alek）151-153
ミューイング（mewing）159
ミラー，スティーブン（Miller, Stephen）85, 101-104, 305
民主的社会を求める学生（Students for a Democratic Society）281
民族浄化／浄化（ethnic cleansing）44, 85, 89, 124
ムスリム，イスラム教徒（Muslims）
　ーコミュニティに対する連邦当局の監視 274
　ーに対する白人至上主義者の恐怖 185
　ーのソマリア人コミュニティ 184
　クルセイダーズ（十字軍戦士）184-187
　タラントの銃撃 71, 132, 188-189
　ヨーロッパのー 207-208
ムッソリーニ，ベニート（Mussolini, Benito）310
メイク・アメリカ 110（MakeAmerican110）74

メイソン，ジェームズ（Mason, James）22, 24, 76, 268-271
　→『シージ』
名誉毀損防止同盟（Anti-Defamation League）79, 202, 247, 274
メディア（media）→「右派メディア」「主流メディア」
メルケル，アンゲラ（Merkel, Angela）190
モイニハン，マイケル・ジェンキンス（Moynihan, Michael Jenkins）269
燃える十字架（burning cross）195
モズレー，オズワルド（Mosley, Oswald）189, 313
モリノー，ステファン（Molyneux, Stefan）117

ヤ行

『屋根の上のバイオリン弾き』（*Fiddler on the Roof*）28
ヤノプルス，マイロ（Yiannopoulos, Milo）147, 238, 312
ユアニュースワイヤー（YourNewsWire）282-285
有害な男らしさ（toxic masculinity）180
優生学（eugenics）
　－と白人女性 130-131
　－と白人の「種の自殺」61
　－と反ユダヤ主義 45, 48
ユーチューブ（YouTube）
　－上のインセル動画 141
　－上の反ユダヤ主義 37-38
　－上のロジャーの動画 149-150
　－による過激化 224-228
　アンティファの内戦に関する動画 286, 289
　右派の収益源としての－ 222
ユーチューブインフルエンサー（YouTube influencers）→「ソフ」「マインズ IRL カンファレンス」
ユダヤ人（Jews）
　－とキリスト教との結びつき 198-200
　－に対する白人至上主義者の認識 36-38, 44
　－に対する暴行動画 77
　－のスクリーンショットを反ユダヤ主義者にさらす攻撃 65
　－の歴史 28
　－は「異人種」だという仮説 33-34
　イエス・キリストを殺害した－ 191
　極右の反ユダヤ主義 62-68
　「銀シャツ隊」や「ドイツ系アメリカ人協会」との衝突 310-311
　スケープゴートとしての－ 36
　世界を包囲する「寄生虫」としての－ 52
　白人になりすまそうとしている－ 66
　プロパガンダが描く－ 35-36
　ロシアからアメリカに渡った－ 46
　→「反ユダヤ主義」
ユダヤ通信社（Jewish Telegraphic agency）32
ユナイト・ザ・ライト（Unite the Right）
　－とアンティファ 279
　－とインヴィクタス 174
　－とフェンテス 99
　－におけるテンプル騎士団のシンボル 194
　－に対するトランプの認識 83-84, 279-280
　現地の活動家に対する暴力 302-303
　追悼の礼拝 299
　ディスコード上での計画 70
　ヒーフィーの独自報告書 300
　→「ハイヤー，ヘザー」
ユナイト・ザ・ライト 2（Unite the Right 2）298
ユニコーン・ライオット（Unicorn Riot）70
『指輪物語』（*The Lord of the Rings*）197
ヨーロッパ（Europe）
　－におけるアンチファシズム運動 310
　－における反ユダヤ主義の歴史 45-46
　－への白人至上主義者の執着 206-210
ヨム・キプルの日（Yom Kippur）250

ラ行

ライアン，ポール（Ryan, Paul）73
ライズ・アバブ・ムーブメント（Rise Above Movement）242
ライト，ギャヴィン（Wright, Gavin）184, 186
ラディカル・アジェンダ（Radical Agenda）198
リフューズファシズム（Refuse Fascism）

281-283, 289-290
リベラシオン（Liberation）53
リムーブ・ケバブ（Remove Kebab）188
リンチ殺人（lynchings）11, 128
リンボー，ラッシュ（Limbaugh, Rush）222
ルイス，ベッカ（Lewis, Becca）144-145, 226-227
ルーズヴェベルト，フランクリン・デラノ（Roosevelt, Franklin Delano）53
ルーフ，ディラン（Roof, Dylann）24, 38-39, 90, 199, 274
ルックスの最大化（looksmaxxing）［隠語］160
ルビオ，マルコ（Rubio, Marco）175
レイ，クリストファー（Wray, Christopher）273
レイシストによる空想小説（racist fiction）42
　→『白人の力』
レイシズム，人種主義（racism）
　ーと聖アンブロジウス軍団 176-178
　ーとレッドピル 117-118
　インセルの人種（差別）意識 163-166, 170
　白人至上主義と主流派との違い 43-44
レイズ・カウボーイ・サロン（Rey's Cowboy Saloon）80
レイプ（rape）
　白人男性による黒人女性のー 128-129
レーン，デヴィッド（Lane, David）61-62, 112, 185, 202
レッドアイス TV（Red Ice TV）239
レッドピル（red pil）117-118, 125, 162
レディット（Reddit）141
　ー上のインセル 150-151, 153, 157
レネゲード・トリビューン（The Renegade Tribune）245
レブコム，アメリカ革命共産党（Revolutionary Communist Party）281-283, 285-286
連邦選挙管理委員会（Federal Election Commission）175
連邦捜査局（Federal Bureau of Investigation）
　→「FBI」
ろうそく革命（Candlelight Struggle）282
ロジャー，エリオット（Rodger, Elliot）144, 149-152, 156, 161, 165
路上での戦い（street fighting）312
ロス，エドワード・A.（Ross, Edward A.）48-49
ロスチャイルド家（Rothschild banking family）34, 286
ロックウェル，ジョージ・リンカーン（Rockwell, George Lincoln）
　ーとアメリカ・ナチ党 59, 266-267
　ーと反ユダヤ主義 59-60, 95
　ーの暗殺 60
　「人種戦争」に関する空想物語 266-268
ロムート，シエラ（Lomuto, Sierra）198
ロンドン・タイムズ紙（*Times of London*）284

ワ行

ワシントン・ポスト紙（*Washington Post*）23, 55
ワトソン，ポール・ジョセフ（Watson, Paul Joseph）285-286
ワンドロップ・ルール（one-drop rules）131

英数字

1488［隠語］178
83［隠語］178
88［隠語］112, 178
CNN 291
ER する（going ER）→「インセル」
EU（European Union）209
FBI
　ーとアゾフ連隊 242
　ーと『ターナー日記』61
　国内テロに関する捜査 185-187, 205, 242, 272, 274, 290
　ネーレンの動画 134-135
Gen Z Y K L O N 74-75, 77
MSNBC 291
SJW［侮蔑語］146
VDARE 102, 208
VJM パブリッシング（VJM Publishing）92

原注

第１章　憎悪

（1）　Jan-Willem van Prooijen and Karen M. Douglas, "Conspiracy Theories As Part of History: The Role of Societal Crisis Situations," National Institutes of Health (June 29, 2017). https://www.ncbi.nlm.nih.gov/pmc/articles/PMC5646574/.

第２章　ユダヤ人

（1）　Adam Serwer, "The Coronavirus Was an Emergency Until Trump Found Out Who Was Dying," *The Atlantic* (May 8, 2020). https://www.theatlantic.com/ideas/archive/2020/05/americas-racial-contract-showing/611389/.

（2）　Leonard Dinnerstein, *Antisemitism in America* (New York: Oxford University Press, 1994), 14.

（3）　"Pogroms," *YIVO Encyclopedia of Jews in Eastern Europe* (New Haven, CT: Yale University Press, 2008). http://www.yivoencyclopedia.org/article.aspx/Pogroms.

（4）　Bernard K. Johnpoll, "Why They Left: Russian-Jewish Mass Migration and Repressive Laws, 1881-1917," *American Jewish Archives* (1995). http://americanjewisharchives.org/publications/journal/PDF/1995_47_01_00_johnpoll.pdf. 〔現在はアクセスできず〕

（5）　"From Haven to Home: 350 Years of Jewish Life in America: A Century of Immigration, 1820-1924," *The Century,* New Series, vol. 88 (New York: The Century Co., 1914). https://www.loc.gov/exhibits/haventohome/haven-century.html.

（6）　Michael Barkun. *Religion and the Racist Right: The Origins of the Christian Identity Movement* (Chapel Hill: University of North Carolina Press, 1997), 34.

（7）　Burton J. Hendrick, "The Great Jewish Invasion," *McClure's Magazine* 28, 1907, 317.

（8）　Edward Ross, "The Hebrews of Eastern Europe in America," *The Century* 88, 1914, 790.

（9）　Ross, *The Century,* New Series, Volume 88, The Century Co, New York, 1914.

（10）　Leo P. Ribuffo, "Henry Ford and 'The International Jew,' " *American Jewish History* 69, no. 4 (June 1980): 437-177. https://www.jstor.org/stable/23881872?seq=1.

（11）　Ken Silverstein, "Ford and the Führer," *The Nation* (January 6, 2000). https://www.thenation.com/article/archive/ford-and-fuhrer/.

（12）　Will Schultz, "William Dudley Pelley: 1885-1965," North Carolina History Project (2016). https://northcarolinahistory.org/encyclopedia/william-dudley-pelley-1885-1965/.

（13）　Jason Daley, "The Screenwriting Mystic Who Wanted to Be the American Führer," *Smithsonian* (October 3, 2018). https://www.smithsonianmag.com/history/meet-screenwriting-mystic-who-wanted-be-american-fuhrer-180970449/.

（14）　Dinnerstein, *Antisemitism in America,* 112.

（15）　Diane Bernard, "The Night Thousands of Nazis Packed Madison Square Garden for a Rally—and Violence Erupted," *Washington Post* (December 9, 2018). https://www.washingtonpost.com/history/2018/12/09/night-thousands-nazis-packed-madison-square-garden-rally-violence-erupted/.

（16）　J. Y. Smith, "The Rev. Charles E. Coughlin Dies: Noted as 'The Radio Priest,' " *Washington*

Post (October 28, 1979). https://www.washingtonpost.com/archive/local/1979/10/28/the-rev-charles-e-coughlin-dies-noted-as-the-radio-priest/baded71c-2d5e-4bd7-b0b4-89c1ae33fe7a/.
(17) Arthur Meier Schlesinger, *The Politics of Upheaval: 1935-1936*, The Age of Roosevelt, vol. 3 (Boston: Mariner Books, 2003). https://books.google.co.jp/books?id=vC5HJloBWugC&pg=PA17&lpg=PA17&dq=%22christ+or+the+red+fog+of+communism%22&source=bl&ots=oRbfKHanFg&sig=ACfU3U3_SI6DHCMVf5RL6QfR-GPX4iOtYg&hl=en&sa=X&redir_esc=y#v=onepage&q=%22christ%20or%20the%20red%20fog%20of%20communism%22&f=false.
(18) Keith Somerville, *Radio Propaganda and the Broadcasting of Hatred: Historical Development and Definitions* (London: Palgrave Macmillan, 2012). https://books.google.co.jp/books?id=t6-37XD0yicC&pg=PA37&lpg=PA37&dq=%22The+Golden+Hour+of+the+Shrine+of+the+Little+Flower,%22&source=bl&hl=en&sa=X&redir_esc=y#v=onepage&q=naturalistic&f=false.
(19) Transcript of Address by Father C. E. Coughlin (November 20,1938). https://cuomeka.wrlc.org/files/original/50b004fa185e86c9079c4ad288f49ac1.pdf.
(20) Dinnerstein, *Antisemitism in America*, 136.
(21) Christian Anti-Jewish Party, “Defend the White Race” (1955). https://archive.org/details/ChristianAntiJewishPartyJ.B.StonerAtlanta1004976/page/n33.
(22) Tim Funk, “Fuses Were Lit: Decades Before Pittsburgh, 2 Charlotte-area Synagogues Escaped Tragedy,” *Charlotte Observer* (November 14, 2018). https://www.charlotteobserver.com/living/religion/article221205950.html.
(23) Dinnerstein, *Antisemitism in America*, 146.

第３章　過激主義運動「ブーガルー」の台頭

(1) Andrew Anglin, “We Won,” Daily Stormer (November 9, 2016). https://dailystormer.name/we-won/.〔アクセスブロックがかかる〕
(2) John Woodrow Cox, “ ‘Let’s Party Like It’s 1933’: Inside the Alt-Right World of Richard Spencer,” *Washington Post* (November 22,2016). https://www.washingtonpost.com/local/lets-party-like-its-1933-inside-the-disturbing-alt-right-world-of-richard-spencer/2016/11/22/cf81dc74-aff7-11e6-840f-e3ebab6bcdd3_story.html.
(3) Alan Gomez, “Democrats Grill Trump Administration Officials over Family Separation Policy on the Border,” *USA Today* (February 7, 2019). https://www.usatoday.com/story/news/politics/2019/02/07/democrats-trump-administration-family-separation-policy-border-immigration/2794324002/.
(4) Anna Schecter, “White Nationalist Leader Is Plotting to ‘Take Over the GOP,’ ” NBC News (October 17, 2018). https://www.nbcnews.com/politics/immigration/white-nationalist-leader-plotting-take-over-gop-n920826.
(5) Francis Aidan Gasquet, *The Black Death of 1348 and 1349* (London: George Bell and Sons, 1908), 52-54.
(6) Portions of this section appeared on the GQ magazine website under the headline “Why

White Nationalists Are Turning on Trump Republicans" on November 25, 2019. https://www.gq.com/story/white-nationalists-trump-republicans.

(7) Michael Shear and Maggie Haberman. "Trump's Temporary Halt to Immigration Is Part of Broader Plan, Stephen Miller Says." *The New York Times* (April 24, 2020). https://www.nytimes.com/2020/04/24/us/politics/coronavirus-trump-immigration-stephen-miller.html.

第４章　アシュリン作戦

(1) Ruth Thompson-Miller and Leslie H. Picca, "There Were Rapes!: Sexual Assaults of African American Women and Children in Jim Crow," *Violence Against Women* 23, no.8 (2016): 934-950. https://sci-hub.tw/https://journals.sagepub.com/doi/abs/10.1177/1077801216654016.〔アクセスブロックがかかるが、論文名で検索可能〕

(2) Kathleen Mary Davis, "Fighting Jim Crow in Post-World War II Omaha 1945-1956" (master's thesis, University of Nebraska, 2002).

(3) One Drop Rule, *Encyclopedia of Arkansas* (2019). https://encyclopediaofarkansas.net/entries/one-drop-rule-5365/.

(4) Molly Conger, @socialistdogmom, Twitter (November 24, 2019). https://twitter.com/socialistdogmom/status/1198663651730870273?s=20.

(5) Stephen Harrison, "How Katie Bouman Shook Wikipedia," *Slate* (April 16, 2019). https://slate.com/technology/2019/04/katie-bouman-wikipedia-page-deletion-black-hole.html.

第５章　インセルとの冒険

(1) Simon Parkin, "Zoë Quinn's Depression Quest," *New Yorker* (September 9, 2014). https://www.newyorker.com/tech/annals-of-technology/zoe-quinns-depression-quest.

(2) Alice Marwick and Rebecca Lewis, "Media Manipulation and Disinformation Online," *Data and Society* (May 15, 2017), 9.

第６章　古き良き時代の宗教

(1) Marc Caputo, "Libertarian Party Drama: Goat Sacrifice, Eugenics and a Chair's Resignation," *Politico* (October 1, 2015). https://www.politico.com/states/florida/story/2015/10/libertarian-party-drama-goat-sacrifice-eugenics-and-a-chairs-resignation-026236.

(2) Federal Election Commission, "Candidates for President, 2020." https://www.fec.gov/data/candidates/president/?q=invictus&election_year=2020&cycle=2020&election_full=true&party=REP.

(3) US District Court District of Kansas, *United States of America v. Curtis Wayne Allen et al.* Jury Trial Transcript vol. IV. (2018).

(4) 同上。Exhibit 18.

(5) 同上。Government's Reply to Defendants' Response to Notice of Authorities Relevant to U.S.S.G. § 3A1.4 (Document 472).

(6) "Manifesto" (December 3, 2018). https://www.documentcloud.org/documents/5694091-Manifesto.html.

(7) Ryan J. Reilly, "Exclusive: 'Everyday Guy' Describes How He Brought Down an American

Terrorist Cell," *HuffPost* (April 21, 2018). https://www.huffpost.com/entry/right-wing-terrorism-dan-day-fbi-informant_n_5ad80fa7e4b03c426dab314c.
(8) *United States of America v. Curtis Wayne Allen et al.* Exhibit 25.
(9) Roxana Hegeman, Associated Press, "Militia Members Get Decades in Prison in Kansas Bomb Plot," reprinted in *U.S. News & World Report* (January 25, 2019). https://www.usnews.com/news/us/articles/2019-01-25/3-militia-members-face-sentencing-in-kansas-bomb-plot.
(10) Becky Little, "How Hate Groups Are Hijacking Medieval Symbols While Ignoring the Facts Behind Them," History Channel (December 18, 2017). https://www.history.com/news/how-hate-groups-are-hijacking-medieval-symbols-while-ignoring-the-facts-behind-them.
(11) "Knights of the Ku Klux Klan," Southern Poverty Law Center Extremist Files. https://www.splcenter.org/fighting-hate/extremist-files/group/knights-ku-klux-klan.
(12) *The Histories and Legends of Old Castles & Abbeys* (London: John Dicks, 1850). https://books.google.co.jp/books?id=XZNSPtrFi-QC&pg=PA410&lpg=PA410&dq=earl+of+arran+&redir_esc=y#v=onepage&q=earl%20of%20arran&f=false.
(13) Amy Kaufman, "Race, Racism, and the Middle Ages: The Birth of a Nation Disgrace: Medievalism and the KKK," *Public Medievalist* (November 21, 2017). https://www.publicmedievalist.com/birth-national-disgrace/.
(14) Hailey Branson-Potts, "In Diverse California, a Young White Supremacist Seeks to Convert Fellow College Students," *Los Angeles Times* (December 7, 2016). https://www.latimes.com/local/lanow/la-me-ln-nathan-damigo-alt-right-20161115-story.html.
(15) Mattias Gardell, *Gods of the Blood: The Pagan Revival and White Separatism* (Durham, NC: Duke University Press, 2003).
(16) Damon T. Berry, *Blood and Faith: Christianity in American White Nationalism* (Syracuse, NY: Syracuse University Press, 2017).
(17) Gardell, *Gods of the Blood*, 165.
(18) "Tenets of the Folk Right," Folkrightvalues.com. https://www.folkright.com/folkrightvalues.html.〔安全にアクセスできず〕
(19) The Ásatrú Folk Assembly, *Ásatrú Book of Blotar and Ritual* (self-pub, 2011).
(20) Peter Beste, "Wolves of Vinland." Photo essay. peterbeste.com/wov.
(21) Agence France-Presse. "Suspect in Norway Mosque Shooting to Remain Jailed." (August 12, 2019). https://www.courthousenews.com/suspect-in-norway-mosque-attack-to-remain-jailed/.
(22) Libby Watson. "London Has Fallen, According to This Racist Wall Street Journal Op-Ed." Splinter News (August 30, 2018). https://splinternews.com/london-has-fallen-according-to-this-racist-wall-street-1828725242.
(23) https://dailystormer.su/austria-five-vibrants-convicted-of-gang-enriching-a-13-year-old-girl/.〔現在はアクセスできず〕

第７章　カジノからの脱出、10代のレイシスト、テック企業の責任

(1) Kevin Roose, "The Making of a YouTube Radical," *New York Times* (June 8, 2019). https://

www.nytimes.com/interactive/2019/06/08/technology/youtube-radical.html.
(2) Robert Evans, "From Memes to Infowars: How 75 Fascist Activists Were 'Red-Pilled,' " Bellingcat (October 11, 2018). https://www.bellingcat.com/news/americas/2018/10/11/memes-infowars-75-fascist-activists-red-pilled/.
(3) Laura Smith, "In the Early 1980s, White Supremacist Groups Were Early Adopters (and Masters) of the Internet," Timeline (October 11, 2017). https://timeline.com/white-supremacist-early-internet-5e91676eb847.
(4) Christopher Miller, "Azov, Ukraine's Most Prominent Ultranationalist Group, Sets Its Sights on U.S., Europe," Radio Free Europe/Radio Liberty (November 14, 2018). https://www.rferl.org/a/azov-ukraine-s-most-prominent-ultranationalist-group-sets-its-sights-on-u-s-europe/29600564.html.

第８章　高まる動き——加速主義と暴力

(1) Elizabeth Zerofsky, "Letter from Europe: A Terrorist Attack on Yom Kippur in Halle, Germany," *New Yorker* (October 13, 2019). https://www.newyorker.com/news/letter-from-europe/a-terrorist-attack-on-yom-kippur-in-halle-germany.
(2) Jeremy Jojola, "A Prominent Neo-Nazi Lives in an Apartment Not Far from Downtown Denver," 9 News (November 25, 2019). https://www.9news.com/article/news/investigations/neo-nazi-lives-in-capitol-hill-downtown-denver/73-bb42d1d2-2762-4e60-bf64-3a2e5f739347.
(3) 同上。
(4) Sam Levin, "Police Thwarted at Least Seven Mass Shootings and White Supremacist Attacks Since El Paso," *Guardian* (August 22, 2019). https://www.theguardian.com/world/2019/aug/20/el-paso-shooting-plot-white-supremacist-attacks.
(5) Joe Sexton, "Las Vegas Man Arrested in Plots Against Jews Was Said to Be Affiliated With Atomwaffen Division," ProPublica (August 14, 2019). https://www.propublica.org/article/las-vegas-man-conor-climo-was-said-to-be-affiliated-with-atomwaffen-division.
(6) Janet Reitman, "U.S. Law Enforcement Failed to See the Threat of White Nationalism. Now They Don't Know How to Stop It," *New York Times Magazine*, November 3, 2018. https://www.nytimes.com/2018/11/03/magazine/FBI-charlottesville-white-nationalism-far-right.html.

第９章　アンティファが内戦を起こすというデマ

(1) "Bob Avakian," Revolution. https://revcom.us/avakian/bob_avakian_official_biography/Bob_Avakian_(BA)_Official_Biography-Part-1-en.html.
(2) Erin Blakemore, "Five Things to Know About the Case That Made Burning the Flag Legal," *Smithsonian* (November 29, 2016). https://www.smithsonianmag.com/smart-news/five-things-know-about-case-made-burning-flag-legal-180961229/.
(3) Dylan Scott, "What the Heck Is the 'Revolutionary Communist Party' Doing in Ferguson?" Talking Points Memo (August 21, 2014). https://talkingpointsmemo.com/dc/left-wing-radicals-ferguson-missouri-protests.

(4) Sean Adl-Tabatabai, "ANTIFA Plan Nationwide Riots on Nov. 4th to Forcibly Remove Trump," News Punch (August 18, 2017). https://newspunch.com/antifa-riots-november-trump/.
(5) Josh Boswell, "Mother Churns Out Stories for Master of Fake News," *Sunday Times* (January 29, 2017). https://www.thetimes.co.uk/article/mother-churns-out-stories-for-master-of-fake-news-fcmzc05sx.
(6) Craig Silverman, Jane Lytvynenko, and Scott Pham, "These Are Fifty of the Biggest Fake News Hits on Facebook in 2017," *Buzz-Feed* (December 29, 2017). https://www.buzzfeednews.com/article/craigsilverman/these-are-50-of-the-biggest-fake-news-hits-on-facebook-in.
(7) Lucian Wintrich, "ANTIFA Leader: 'November 4th ... Millions of Antifa Supersoldiers Will Behead All White Parents,' " Gateway Pundit (October 30, 2017). https://www.thegatewaypundit.com/2017/10/antifa-leader-november-4th-millions-antifa-supersoldiers-will-behead-white-parents/.

第10章　私たちの安全を守るのは私たちだ

(1) David Roth, "The Vainglorious Eternals Go Golfing," *New Republic* (November 14, 2019). https://newrepublic.com/article/155733/trump-clinton-bloomberg-giuliani-golf-photo-vainglorious-eternals.
(2) Arun Gupta, "Protester Maimed by Portland Police: 'I Thought I Was Going to Die,' " *Daily Beast* (August 9, 2018). https://www.thedailybeast.com/portland-protester-wounded-by-police-i-thought-i-was-going-to-die.
(3) James Carnell, "The ANTIFA/NAZIs: 'Want Six or a Half Dozen?'—The Nazis They Were Looking for ... Were Right Next to Them," *Pax Centurion* (Fall 2017): 34-35. https://www.bppa.org/wp-content/uploads/pax-centurion/2017/fall/.〔現在はアクセスできず〕

著者

タリア・ラヴィン（Talia Lavin）

ニューヨーカー誌、ニュー・リパブリック誌、ニューヨーク・タイムズ紙（書評欄）、ワシントン・ポスト紙、ヴィレッジ・ヴォイス紙などに寄稿しているフリーランスのライター。ニューヨーク在住。

訳者

道本美穂（みちもと・みほ）

東京大学文学部社会学科卒業。大手通信会社に勤務したのちに翻訳者に。おもにビジネス・法務分野の翻訳を手がける。訳書に『失われた報道の自由』（日経BP）、『トマトの歴史』（原書房）、『告発――フェイスブックを揺るがした巨大スキャンダル』（共訳、ハーパーコリンズ・ジャパン）がある。

翻訳協力　**株式会社リベル**

地《じ》獄《ごく》への潜《せん》入《にゅう》——白《はく》人《じん》至《し》上《じょう》主《しゅ》義《ぎ》者《しゃ》たちのダーク・ウェブカルチャー

2022年6月10日　第1刷発行

著　者　タリア・ラヴィン
訳　者　道本《みちもと》美穂《みほ》
発行者　富澤凡子
発行所　柏書房株式会社
東京都文京区本郷2-15-13（〒113-0033）
電話（03）3830-1891［営業］
（03）3830-1894［編集］

装　丁　コバヤシタケシ
組　版　髙井愛
印刷・製本　中央精版印刷株式会社

ISBN978-4-7601-5444-9